Helena Jacobi, eine junge Werberin, fährt für ein paar Tage an die Côte d'Azur. Es ist ihr erster Urlaub als Single, nachdem sich ihr Freund Tom von ihr getrennt hat. Als sie die schmucken Jachten im Hafen von Monaco anschaut, stürmt plötzlich ein Mann auf sie zu. Er drückt ihr etwas in die Hand, sagt: »Wenn Ihnen Ihr Leben lieb ist, rennen Sie«, und stürzt davon. Was Helena nicht weiß: Es ist der berühmte Parfümeur Jean Batiste. Er hat in einem geheimen Tagebuch aus dem 19. Jahrhundert eine Formel gefunden, die die Welt verändern kann – der Duft der Aphrodite. Batiste wird von skrupellosen Gangstern erpresst. Und die nehmen auch Helena ins Visier …

Ein sinnlicher Thriller unter der Sonne Südfrankreichs, eine spannende Geschichte um Gier und Korruption, aber auch um Sehnsucht und Selbstfindung – und um einen betörenden Duft.

*Heike Koschyk* hat sich mit ›Die Verfolgung‹ (Scherz Taschenbuch Verlag) als Ausnahmetalent für atmosphärische, emotionale Thriller ausgewiesen – das sie in ›Der Duft der Aphrodite‹ erneut unter Beweis stellt. Die Autorin lebt in Hamburg.

*Unsere Adresse im Internet: www.fischerverlage.de*

HEIKE KOSCHYK

# Der Duft der Aphrodite

Roman

Fischer Taschenbuch Verlag

Veröffentlicht im Fischer Taschenbuch Verlag,
einem Unternehmen der S. Fischer Verlag GmbH
Frankfurt am Main, Mai 2004



Satz: Fotosatz Otto Gutfreund GmbH, Darmstadt
Druck und Bindung: Clausen & Bosse, Leck
Printed in Germany
ISBN 3-596-16233-5

## *Prolog*

Der Duft von Lavendel wehte herüber. Er hätte ihn schon längst ernten müssen, aber aus irgendeinem Grund hatte er sich dafür entschieden, ihn stehen zu lassen. Es war nicht viel, nur wenige Reihen säumten die Beete in seinem Garten. Aber für ein paar Lavendelsträuße für die Küche und einige gefüllte Säckchen für die Kleiderschränke hatte es noch immer gereicht.

Sein Blick ging in die Ferne. Dort, hinter den sanften Hügeln, war das Meer. An manchen Tagen glaubte er, es schmecken zu können. Es war wohl mehr die Erinnerung an den Geschmack, als dass er tatsächlich in der Luft lag. Aber wenn der Himmel klar war und ein kühler Wind von der Küste herüberwehte, dann schien das Meer direkt vor ihm zu liegen.

Er lebte in einem Paradies. Das wurde ihm nun umso schmerzhafter bewusst, da es in Gefahr war. Seine Ruhe, seine Zuflucht, vielleicht sogar sein Leben. Vielleicht würde er das Land verlassen müssen, für immer.

Der Gedanke löste eine tiefe Traurigkeit in ihm aus. Er liebte das bescheidene Leben in seinem kleinen Haus am Rande von Valbonne. Er hätte sich längst eines dieser begehrten Appartements an der Küste leisten können, voll gestellt mit edlen Möbeln, die ständig von eifrigen Haushaltshilfen abgestaubt werden mussten. Aber er hatte das Haus nicht aufgeben wollen.

Hier hatte er seine besten Kreationen entwickelt und auf die ersten Erfolge angestoßen. In dem kleinen Garten, den er mit viel Liebe pflegte, konnte er am besten entspannen, wenn seine Gedanken sich verknoteten und seine Nase ihm nach stundenlangen Duftexperimenten den Dienst verweigerte. Oft hatte er auf einem der Teakstühle sitzend den Sonnenuntergang betrachtet und war nach Anbruch der Dunkelheit gestärkt in das kleine Labor im Erdgeschoss des Hauses zurückgekehrt.

Jemand hatte ihn verraten. Er war offenbar unvorsichtig geworden. Die vielen einsamen Stunden im Labor hatten ihn redselig gemacht. Noch vor wenigen Jahren gab es nur einige Menschen, denen er vertraute, und nicht einmal ihnen hatte er Dinge erzählt, die ihn selbst oder seine Arbeit betrafen. In letzter Zeit aber hatte er sich dabei ertappt, um die Aufmerksamkeit anderer zu buhlen und Dinge preiszugeben, die er besser für sich behalten sollte.

Mit dem Erfolg war auch die Anteilnahme an seiner Arbeit gestiegen. Mehr als einmal hatte er in den letzten Jahren im Rampenlicht gestanden. Sein Bestreben, sich über scheinbar unumstößliche Gesetze der Parfümeurskunst hinwegzusetzen und neuartige Düfte zu kreieren, hatte sich in der Branche herumgesprochen. Die größten Kosmetikhäuser zählten zu seinen Kunden. Es galt als chic, Parfüms von ihm kreieren zu lassen. Innerhalb kürzester Zeit war er zu bescheidenem Wohlstand gekommen. Er hatte sich sogar einen Armani-Anzug gekauft, um sich nicht allzu sehr von den adretten Leuten der Kosmetikbranche zu unterscheiden. Und wenn er seine halblangen dunklen Haare zu einem Zopf zurückband, sah man in ihm den Künstler, den Mann mit der goldenen Zukunft.

Er musste zu viel geredet haben, wie sonst hätten sie von dem schwärzesten Kapitel seines Lebens erfahren können. Nie hätte er gedacht, dass ihn seine Vergangenheit einmal einholen würde. Und vor allem hätte er niemals gedacht, dass sie es jetzt tun würde, kurz bevor er dabei war, ein großartiges Werk zu vollenden. Es hätte den Gipfel seines Ruhmes bedeutet, es hätte die ganze Welt in ihren Grundfesten verändert.

Jean Batiste wandte sich vom Fenster ab, setzte sich an den großen antiken Schreibtisch und lehnte sich in dem Stuhl zurück, die Augen starr zur Decke gewandt, als könne er dort die Lösung für sein Problem finden.

Seit dem Telefonanruf gestern früh hatte er nicht mehr geschlafen. Stunde um Stunde hatte er über das Gehörte nachgedacht, unfähig, zu einem Entschluss zu kommen. Im Morgengrauen war er in seinen Garten gegangen, hatte die Blüten der Rosen liebkost und den Duft des Salbeis inhaliert. Langsam hatten sich seine Gedanken beruhigt und einer Lösung Platz gemacht. Und nun, nur wenige Minuten vor Ablauf des Ultimatums, hatte er einen Weg gefunden. Einen Weg, an die belastenden Unterlagen zu kommen, ohne das Geheimnis des Duftes komplett preiszugeben. Die Formel in den Händen von machtgierigen Menschen wäre eine Katastrophe. Er würde einfach ein paar Parameter weglassen. Bis es bemerkt wurde, konnten Wochen vergehen, und in dieser Zeit musste er sich darüber klar werden, wie es weitergehen sollte.

Er stützte den Kopf in die Hände und fuhr sich schwer atmend durch das Haar. Eines war sicher: So sehr er sich auch dagegen sträubte, er konnte nicht hier bleiben. Er würde das Land verlassen müssen.

Er sah auf die Armbanduhr. Fünfzehn Uhr. In diesem Moment klingelte das Telefon. Sein Herz setzte für einen Moment aus, und obwohl er mit dem Anruf gerechnet hatte, begannen seine Hände zu zittern.

»Ja?«

»Wie ist Ihre Entscheidung?« Dieselbe monotone Stimme wie am Vortag.

»Sie bekommen die Formel.«

»Klug von Ihnen.«

»Sie haben mir keine andere Wahl gelassen. Was ist mit den Unterlagen?«

»Die bekommen Sie, wie versprochen.«

»Wer garantiert mir, dass nicht noch Kopien im Umlauf sind?«

»Sie müssen uns vertrauen. Sie haben keine andere Wahl.«

Jean sah ein, dass der Mann Recht hatte. »Wo treffen wir uns?«

Sie besprachen kurz die Details der Übergabe. Dann ließ Jean den Hörer auf die Gabel zurücksinken.

Ein ungutes Gefühl beschlich ihn und schien ihn mit eiskalten Händen zu packen. Was, wenn sie ihn gar nicht am Leben lassen würden? Warum sollte man einen Mitwisser laufen lassen?

Je mehr er über diese entsetzliche Erkenntnis nachdachte, desto wahrscheinlicher erschien sie ihm. Sollte er sofort abtauchen? Mit der Formel? Er könnte innerhalb einer Stunde gepackt haben. Vielleicht erwischte er noch einen frühen Abendflieger nach Amerika. Aber was dann? Sie könnten die Beweise dazu benutzen, ihn international suchen zu lassen. Ein Leben auf der Flucht, gejagt von seinen Peinigern und von der Polizei. Nein. Er musste erst die Unterlagen bekommen und die Spuren aus der Vergangenheit vernichten. Erst dann konnte er fliehen.

Aber er sollte sich auch für den Fall wappnen, dass sein Leben in Gefahr war. Die Formel war zu wichtig, um wieder zurück in die Versenkung zu geraten.

Er musste sich beeilen. Er hatte noch einiges zu erledigen.

Jean stand schwerfällig auf und ging hinunter in die Küche. Dort nahm er einen seiner besten Rotweine aus dem Weinregal, entkorkte ihn und goss ihn in ein großes, bauchiges Glas.

Ohne die Entfaltung des Bouquets abzuwarten, schwenkte er das Glas und nahm einen tiefen Schluck. Mit geschlossenen Augen stand er da und versuchte, all die Sinneseindrücke in sich aufzunehmen. Dann ging er mit dem Glas in der Hand ins Wohnzimmer, setzte sich auf das weiche Sofa und schaltete das Diktiergerät an.

»Mein Name ist Jean Batiste. Ich bin freischaffender Parfümeur. Wenn Sie dieses Band abhören, bin ich wahrscheinlich schon tot …«

# 1

Helena Jacobi lehnte sich eng an das Geländer und bewunderte die atemberaubende Aussicht, die sich vor ihr auftat. Direkt unter ihr fiel der Steilhang tief ab zum Meer. Und gegenüber, auf der anderen Seite der kleinen Bucht, konnte sie auf die Dachterrassen der noblen Appartementhäuser des kleinen Jachthafens blicken. Hier schienen die Reichen zu wohnen, die sich vom Trubel des Zentrums zurückzogen. Eine kleine aufgeschüttete Landzunge, mit terrakottafarbenen Appartementhäusern besetzt, deren Dächer grün bepflanzt waren und zum Teil sogar das Ausmaß ganzer Parks hatten. Sogar einen Swimmingpool konnte sie auf einem der Dächer erkennen. Wie es wohl war, so reich zu sein?

Helena hielt ihr Gesicht in die Sonne und schloss die Augen. In Monaco leben, sich all die schönen Dinge leisten, ohne schlechtes Gewissen shoppen gehen ... Sie hob die Lider. Wahrscheinlich stürbe sie vor Langeweile. Ein wenig mehr Geld wäre schön. Aber niemals würde sie aufhören wollen zu arbeiten, dafür liebte sie ihren Job zu sehr.

Sie warf noch einen Blick auf die wundervolle Aussicht und ging dann durch den mit exotischen Blumen bepflanzten Park zurück zum Grimaldi-Schloss, vor dem gerade eine weitere Busladung Touristen ankam. Umständlich kramte sie den Stadtführer hervor und rückte ihre Brille zurecht. Jedes Mal, wenn sie die Brille aufhatte, kam sie sich ein wenig unbeholfen vor. Aber ihre Augen vertrugen die neuen Kontaktlinsen, die sie sich vor dem Urlaub hatte anpassen lassen, nicht, und ohne Brille konnte sie die kleinen Buchstaben des Stadtführers nicht erkennen.

Eine Weile blätterte sie, bis sie das Kapitel über Monaco fand. Das Grimaldi-Schloss und die dahinter liegenden Geschäfte und Parkanlagen hatte sie ausgiebig besichtigt. Als Nächstes war der große Hafen dran, dann das Casino und das daneben liegende Hotel de Paris. Am meisten freute sie sich auf das Flanieren durch die edlen Geschäftsstraßen mit den Designerboutiquen. Nicht dass sie sich auch nur eines der Teile leisten konnte. Aber das Betrachten schöner Auslagen inspirierte sie.

Mit federnden Schritten stieg sie die vielen Stufen vom Palastberg hinab. Es war der letzte Tag ihres kurzen Urlaubes, und sie hatte jeden einzelnen davon genossen. Sie hatte sich Nizza angesehen, war auf der großen Promenade von Cannes flaniert, durch die Altstadt von Antibes gebummelt und hatte im Hafen von Porte Juan feinsten Fisch gegessen. Und sie hatte sogar ein wenig Zeit gehabt, am Pool zu liegen. Innerhalb weniger Tage hatte ihre Haut einen leichten bronzenen Schimmer angenommen, und die Sommersprossen in ihrem Gesicht hatten sich um ein Vielfaches verstärkt. Schade nur, dass ihre Freundin Julie im letzten Moment abgesagt hatte.

»Es blutet mir das Herz«, hatte sie in ihrer melodramatischen Art gesagt, und dabei war ihr französischer Akzent noch stärker zum Vorschein gekommen. »Ich hatte mich so sehr darauf gefreut. Aber die Arbeit …«

Julie arbeitete, wie Helena, in der Werbeagentur Bellini und Partner. Ein Mitarbeiter war krank geworden, und sie hatte ein wichtiges Projekt für ihn fertig machen müssen. Also war Helena alleine gefahren. Ihr erster Urlaub als Single, und sie hatte es keine Sekunde lang bereut.

Sie hätte schon viel früher in den Urlaub fahren sollen. Aber seit der Trennung von Tom hatte sie sich erst einmal ans Singlesein gewöhnen müssen. Tom … Sie schob die Brille fester auf die Nase und überquerte die Straße zum Hafengelände. Sie hatte den ganzen Urlaub nicht an ihn denken müssen, also war auch jetzt jeder Gedanke an ihn überflüssig.

Vom Hafen her hörte sie helle Kinderstimmen. Schon von weitem konnte Helena erkennen, dass direkt in das Hafengelände hinein ein Schwimmbad gebaut worden war, in dem Kinder plantschten und Erwachsene ihre Bahnen zogen.

Jedes Plätzchen in dieser Stadt ist ausgenutzt, dachte sie staunend und zog ihre Kamera hervor, um den Blick über den Hafen und die angrenzenden Hochhäuser festzuhalten.

Eine sehr gepflegte ältere Frau kam ihr entgegen. Behängt mit feinstem Schmuck, an der Leine einen kleinen Hund mit glitzerndem Halsband, der kaum mit dem Schritttempo seiner Besitzerin mithalten konnte. Unwillkürlich musste Helena lächeln. Es war ein Fleisch gewordenes Klischee.

In der Mitte des Hafens hielt sie inne und sah zum Meer hinaus. Ein großes Kreuzfahrtschiff bahnte sich den Weg in die Bucht. An unzähligen Stegen schaukelten weißblitzende Jachten im sanften Wind. Kleine und große, die fast das Ausmaß eines Hauses hatten. Helena reckte das Gesicht in die Sonne. In Deutschland begann bald der Herbst. Aber hier war es Ende August noch so warm, wie es in Deutschland selbst im Hochsommer nur selten war.

Ein Mann, der einen der Stege entlanglief, erregte ihre Aufmerksamkeit. Etwas an seiner Haltung zeigte, dass er in Panik war. Er kam direkt auf sie zu. Sie wich zur Seite, um nicht umgerannt zu werden. Er war noch einige Meter entfernt, als sein Blick auf sie fiel. Für einen kurzen Moment hielt er in der Bewegung inne, zögerte kurz, beugte sich schließlich herunter, riss sich die Sohle vom rechten Schuh und zog etwas aus dem Hohlraum. Dann setzte er seinen Lauf fort. Als er bei ihr ankam, drückte er ihr etwas Kleines, Hartes in die Hand.

»Laufen Sie«, raunte er ihr atemlos zu. »Wenn Ihnen Ihr Leben lieb ist, verschwinden Sie von hier.«

Seine Augen blickten gehetzt. Es waren nur Sekunden, dann verschwand er hinter den kleinen Cafés am Hafenrand.

Helena zögerte einen Moment lang. Ihr Herz klopfte. Ihr Instinkt sagte ihr, dass sie in Gefahr war. Sie ließ das kleine Päckchen in ihrer Handtasche verschwinden und marschierte zielstrebig zurück zu den Stufen zum Grimaldi-Palast.

Hinter ihr wurden aufgeregte Männerstimmen laut. Scheinbar unbeteiligt drehte sie sich um. Drei dunkel gekleidete Männer liefen die Pier hinunter in Richtung der Cafés, hinter denen der fremde Mann verschwunden war. Einer von ihnen aber bog in ihre Richtung ab.

»Mademoiselle!«

Sie erschrak und tat, als hätte sie ihn nicht gehört. Etwa zweihundert Meter trennten sie voneinander. Mit schnellem Schritt erreichte sie den Palastberg und erklomm die Stufen. Eilig drängte sie sich an einer Familie vorbei, die stehen geblieben war, um die Aussicht auf den Hafen zu genießen. Die empörten Ausrufe ignorierend lief sie weiter. Ihr Herz schien zu zerspringen. Auf halber Höhe wurden die näher kommenden Schritte lauter. Fast glaubte sie, seinen Atem im Nacken zu spüren und fing an, die steilen Stufen hinaufzurennen.

Oben auf der Plattform angekommen, drängte sie sich leise keuchend in eine Gruppe Touristen, die den kleinen Gässchen mit den Restaurants und Souveniershops entgegenströmten. Gut abgeschirmt von aufgeregt plappernden und schiebenden Menschen zwängte sie sich hinter einer Kreuzung in ein kleines, gut gefülltes Restaurant, setzte sich an einen der hinteren Tische, band schnell ihre widerspenstigen Locken zu einem straffen Knoten zusammen, steckte ihre Brille in die Tasche und vertiefte sich in die Speisekarte.

Warum mache ich das eigentlich, fragte sie sich, vielleicht unterstütze ich gerade einen Kriminellen.

Immer wieder ließ sie den Blick zum Fenster schweifen. Doch der Verfolger war nicht zu sehen. Hätte sie das Päckchen fallen lassen sollen? Was, wenn es Drogen enthielt?

»Haben Sie sich schon entschieden?«

Helena zuckte zusammen. Vor ihr stand ein dicker, gelangweilt aussehender Kellner, der Block und Stift schreibbereit in den Händen hielt. Helena sah vorsichtig an ihm vorbei. Ein dunkel angezogener Mann spähte in das Restaurant. Der Verfolger. Dunkles, krauses Haar, rundes Gesicht.

»Was können Sie empfehlen?« Helena beugte sich vor und verschwand nun vollends hinter der fülligen Gestalt des Kellners.

Der Kellner runzelte die Stirn. »Das Tagesgericht.«

»Woraus besteht es?«

»Tomatensuppe, Dorade, Crème brûlé.«

»Ich hätte gerne Spaghetti.«

»Wir haben eine ganze Menge Spaghetti, Mademoiselle, wie Sie sicher der Karte entnehmen konnten.« Ungeduldig trat er von einem Bein auf das andere. »Soll ich später wiederkommen, wenn Sie sich entschieden haben?«

»Nein, warten Sie.« Sie beugte sich erneut in die Karte. Die Buchstaben verschwammen vor ihren Augen. Ob der Verfolger inzwischen weg war? »Haben Sie Spaghetti mit Meeresfrüchten?«

»Ja«, antwortete er knapp. »Zu trinken?«

»Ein Mineralwasser und vielleicht einen Wein. Welcher ist denn gut?«

»Mademoiselle, alle Weine hier sind gut. Nehmen Sie den offenen Hauswein. Er passt gut zu den Spaghetti.«

Sie überhörte seinen sarkastischen Tonfall. Scheinbar nachdenklich lehnte sie sich ein Stück zurück und riskierte dabei einen Blick in Richtung Ausgang. Der Mann war verschwunden. Sie sollte sich vorsichtshalber noch eine Weile hier aufhalten, bevor sie sich auf den Weg zum Auto machte.

»Mademoiselle?«

»Ja? Ah, ja. Ich nehme ein Glas vom Hauswein.«

Der Kellner nickte erleichtert. Ohne ein weiteres Wort abzuwarten, ging er in Richtung Küchentheke.

Helena öffnete ihre Handtasche und befühlte das kleine Päckchen. Es sah nicht aus, als ob es Drogen enthielt. Etwas Hartes war in Papier gewickelt. Sie löste vorsichtig ein Stück der Umhüllung, konnte aber im Dunkeln der Tasche nichts erkennen. Sie musste sich eine Weile gedulden.

Während sie auf das Essen wartete, zog sie sich vorsichtshalber die dünne Strickjacke über, die sie sich angesichts der Wärme um die Hüften geknotet hatte, und steckte sich ihre mondäne Sonnenbrille ins Haar. Dann tönte sie die Sommersprossen im Gesicht mit ein wenig Kompaktpuder ab. Zufrieden betrachtete sie sich im kleinen Handspiegel. Es würde für ihren Verfolger schwer werden, sie auf Anhieb zu erkennen. Ihre widerspenstigen blonden Locken mussten Signalwirkung gehabt haben, und nun verlieh ihr der streng gebundene Knoten eine ganz andere Kopfform. Dazu die dünne Strickjacke sowie die Sonnenbrille im Haar, und aus einer sportlichen Touristin war eine elegante Dame geworden. Sie hoffte inständig, dass es half.

Die Nudeln schmeckten pappig und verklebt, der Wein schal. Aber sie dehnte das Mahl aus, als wäre es zu köstlich, um es hinunterzuschlingen. Nach einer Stunde bezahlte sie und trat vor die Tür des Restaurants. Für einen kurzen Moment setzte sie ihre Brille auf und sah sich vorsichtig um. Der Verfolger war nicht zu sehen.

Zielstrebig und ohne sich noch einmal umzusehen, ging sie zu dem Parkplatz, an dem sie den Mietwagen geparkt hatte.

Joseph T. Gordon war kein Mann, der sich gerne öffentlich zeigte. Kaum jemand hatte ihn zu Gesicht bekommen – mit Ausnahme seiner kleinen Truppe Männer, die sich durch Verschwiegenheit, gute Kondition und eisernen Willen auszeichnete.

Obwohl schon Mitte fünfzig, war er unverheiratet. Seiner Meinung nach hatten es Frauen ohnehin nur auf sein Vermögen abgesehen, und er war nicht bereit, es mit jemandem zu teilen. Außerdem waren ihm enge Bindungen lästig. Die unbedeutenden Liebschaften, die er zwischendurch unterhielt, dienten nur seinem Amüsement. Keine der Damen hatte zu irgendeinem Zeitpunkt geahnt, wer hinter dem wortkargen Mann mit dem von Sonne und Wind geprägten Gesicht und den silbergrauen Haaren steckte.

»Er ist erledigt.«

Gordon nickte den beiden Männern, die sich vor dem großen Schreibtisch aufgebaut hatten, wohlwollend zu und lehnte sich im Ledersessel zurück. Ein Problem weniger. Hatte der Idiot Jean Batiste doch tatsächlich geglaubt, er würde nach Übergabe der Formel am Leben bleiben.

Er öffnete den Humidor, griff nach einer Cohiba und ließ sich die Zigarre von einem der eifrig herbeieilenden Männer anzünden. Konzentriert paffte er ein paar Züge, bis die Spitze zu glühen begann. »Erzähl.«

»Er war auf dem Weg zur Rue Grimaldi, als wir ihn einholten und in einen Hauseingang ziehen konnten«, antwortete Ben Hudson, ein großer durchtrainierter Mann mit weißblondem Haar und stahlblauen Augen. »Eine gezielte Spritze und … «

Er grinste und ahmte mit beiden Händen an der Kehle Atemnot nach. »Seine Leiche ist bereits auf dem Weg nach Grasse. Es wird alles nach einem Herzinfarkt aussehen.«

»Gut. Sobald die anderen zurück sind, legen wir ab.«

Er war zufrieden. Niemand schien Jean Batistes Verfolgung bemerkt zu haben. Er hätte erst gar nicht entkommen dürfen, doch die Tür, die sie fest verschlossen glaubten, hatte nach einigen Rucken nachgegeben. Ein unkalkulierbares Risiko. Wären sie auf der Firmenjacht gewesen, wäre das nicht passiert. Aber sie hatten vorsichtig sein müssen und eine Jacht gemietet. Es war Glück, dass sie Batistes Flucht noch rechtzeitig bemerkt hatten.

Gordon zog erneut an der Zigarre. Verwundert hob er eine Augenbraue. Er hatte seinen letzten Satz als Beendigung des Gespräches verstanden, und normalerweise wussten die Männer auf seine Hinweise zu reagieren. Nun aber standen sie mit hinter dem Rücken verschränkten Händen da und sahen ihn zögernd an.

»Und?«

Pedro León, einer seiner eifrigsten Männer, räusperte sich. »Wir vermuten, dass er auf seiner Flucht jemanden informiert hat.«

»Informiert?«

»Ja. Als wir ihm folgten, konnten wir gerade noch sehen, wie er sich von einer Frau entfernte, der er anscheinend etwas zugeraunt hatte.«

Gordons Gesicht rötete sich. »Was heißt ›anscheinend‹?« Seine Stimme war ruhig, aber der Ton verriet die Wut hinter seiner Frage.

»Wir waren um ein paar Sekunden zu spät. Ich bin ihr gefolgt, bis auf den Palastberg hinauf und in die kleinen Gassen mit den Souvenirgeschäften. Dort habe ich sie verloren.«

»Eine Komplizin?«

»Sie sah eher aus wie eine Touristin. Sie hielt eine Kamera in der Hand. Ich hatte den Eindruck, sie war erst unbeteiligt und bekam dann Angst, als sie die Verfolgung bemerkte.« Die Worte klangen bestimmt, aber seine Augen drückten Zweifel aus.

»Dann ist sie in den Fall verwickelt!«

Gordons Stimme hatte inzwischen einen eindeutig bedrohlichen Unterton angenommen. Verärgert legte er die Zigarre zur Seite und stand auf. Den Rücken zu den beiden Männern gewandt, blickte er auf die Bucht von Monaco und auf das sich dahinter öffnende Meer. Er hasste Unregelmäßigkeiten. Nie wäre er darauf gekommen, dass der eigenbrötlerische Batiste mit jemandem zusammenarbeiten könnte ... Verfügte die Frau über dieselben Informationen wie Batiste? War sie seine Komplizin? Oder handelte es sich tatsächlich nur um eine harmlose Touristin, die von ihm auf der Flucht umgerannt worden war? Hatte er die Zeit gehabt, ihr etwas zuzustecken? Aber das konnte nicht sein. Sie hatten Batiste am ganzen Körper untersucht. Wenn er ihr aber einen Hinweis auf Gordons Firma gegeben hatte? Nein, unmöglich, Batiste hatte ihn persönlich niemals zu Gesicht bekommen. Er war von seinen Männern verhört worden, während er selber alles auf einem Bildschirm mitverfolgt hatte. Was also konnte Batiste mit der Frau zu tun gehabt haben? Konnte sie ihnen gefährlich werden? Sie mussten schnell handeln. Abrupt drehte er sich wieder um.

»Pedro, du gibst uns eine genaue Beschreibung der Frau, inklusive Phantombild. Schickt es an Jacques, der soll Anfragen an alle Hotels in einem Umkreis von hundert Kilometern starten und unauffällig Fahnder einsetzen. Ich will die Frau innerhalb der nächsten 24 Stunden vor mir haben, habt ihr verstanden?«

Die Männer nickten.

Mit einer kurzen Handbewegung gab er zu verstehen, dass die Unterredung damit für ihn erledigt war.

Nachdem sich die Tür hinter den beiden Männern geschlossen hatte, drehte er sich wieder den großen, getönten Fenstern zu.

Nun machte es sich bezahlt, dass er Jacques Bonnet, den Polizeikommandanten, mit internen Informationen versorgt hatte. Informationen, mit denen dieser seine Widersacher hatte aus dem Weg räumen lassen. Jacques war ihm etwas schuldig. Ihm, Gordon, verdankte er seinen Aufstieg.

Nachdenklich rieb er sich das Kinn und beobachtete, wie sich das große Kreuzfahrtschiff, das vor wenigen Stunden eingelaufen war, wieder aus der Bucht entfernte. Wellen schlugen gegen die Jachten und ließen sie im Wasser schaukeln.

Er hatte kein gutes Gefühl bei der Sache. Sie hätten Batiste lebend bei sich behalten müssen, bis sichergestellt war, dass die Formel korrekt war und es keine weiteren Kopien gab. Seine Flucht hatte ihnen einen Strich durch die Rechnung gemacht. Vielleicht hätte man ihn nur betäuben sollen.

Stirnrunzelnd ging er zurück zum Schreibtisch und besah sich das Stück Papier, das Batiste seinen Männern gegeben hatte. Vielleicht machte er sich unnötig Gedanken. Er musste die Formel schnell ins Labor zu Maurice Signac geben. Nur ein Mann wie Maurice, der in der Welt der Düfte zu Hause war, konnte die Formel auf ihre Echtheit hin überprüfen. Dann würden sie mehr wissen.

Helena warf ihre Tasche auf das Hotelbett und zog sich das Band aus den Haaren. Mit beiden Händen griff sie in die dicken Locken und schüttelte sie aus. Dann setzte sie sich auf das Bett, holte das kleine Päckchen hervor und betrachtete es.

Es schien eine kleine Tonbandkassette zu sein, umwickelt von einem Stück Papier und einem Gummiband. Mit spitzen Fingern zog sie das Gummiband herunter, riss das Papier ab und warf es achtlos in den neben der Kommode stehenden Papierkorb. Tatsächlich. Es handelte sich um eine Kassette, die man für Diktiergeräte verwendete. Was da wohl drauf war? Sie würde sich damit bis zu Hause gedulden müssen, und die Informationen über eines der Diktiergeräte in der Firma abhören.

Das Gesicht des Mannes, der ihr das Päckchen zugesteckt hatte, blitzte kurz auf. *»Wenn Ihnen Ihr Leben lieb ist, verschwinden Sie von hier.«*

Er schien sich bedroht gefühlt zu haben. Die Panik in seinen Augen war deutlich sichtbar gewesen. Ob er es geschafft hatte, seinen Verfolgern zu entkommen? War ihr Leben auch in Gefahr gewesen?

Schulterzuckend warf sie die Kassette zurück in ihre Handtasche. Sie würde es nie erfahren. Sie hatte den Verfolger abgeschüttelt und war zurückgekehrt in ihr sicheres Hotel, viele Kilometer von Monaco entfernt, vor den Toren von Saint-Paul-de-Vence.

Draußen zirpten die Grillen. Es war ein ruhiger Abend. Die Geschichte kam ihr plötzlich ein wenig albern vor. Ihretwegen hatte sie sich das Casino und die Einkaufsstraßen nicht ansehen können. Und wer wusste, wann sie das nächste Mal nach Frankreich reiste?

Sie riss die Türen zum Balkon weit auf, bewunderte für einen Moment den Anblick der mittelalterlichen Stadt, die sich vor ihr auf dem Berg aufbaute, eingetaucht in das milchige Licht des einsetzenden Sonnenunterganges, und ging ein wenig müde von den Ereignissen unter die Dusche.

Lange ließ sie das Wasser über ihren Rücken prasseln, bis sich ein Gefühl tiefer Entspannung einstellte. Mit ihrem Bademantel bekleidet und einem um den Kopf geschlungenen Handtuch ging sie zurück ins Zimmer. Ihr Blick fiel auf eine leere Dose Lightcola, die seit dem gestrigen Abend auf dem Nachttisch stand. Als sie die Dose in den Papierkorb warf, stutzte sie. Der Zettel, den sie vorhin in der Annahme, er sei nur Verpackung, achtlos beiseite geworfen hatte, schien beschrieben zu sein.

Vorsichtig fischte sie ihn zwischen Kaugummipapier und leeren Coladosen hervor. Bedächtig strich sie das Papier glatt. Tatsächlich. Es musste sich um eine Art Rezept handeln. Lateinische Namen standen neben Mengenangaben und irgendwelchen Berechnungen, mit denen sie nichts anfangen konnte.

Behutsam faltete sie den Zettel und schob ihn zusammen mit der Kassette in das Seitenfach ihrer Reisetasche. Nachdenklich trocknete sie mit dem Handtuch ihr Haar. Eine seltsame Spannung überkam sie, als wäre sie mit einem Male mitten in eine gefährliche Spionagegeschichte gerutscht. Oder in etwas anderes, nicht minder Ungewöhnliches.

Abrupt nahm sie das Handtuch vom Kopf und schüttelte ihre Haare aus, als könne sie damit auch die aufkeimende Sorge loswerden. Aber es wollte nicht gelingen.

## 2

Der Tag begann mit dunkel bewölktem Himmel. Gordon fluchte. Er hatte gehofft, das Frühstück auf Deck einnehmen zu können. Aber der kühle Fahrtwind und die fehlende Sonne hatten seine Pläne zunichte gemacht. Nun saß er im Salon und nippte am frisch gepressten Orangensaft. Es war acht Uhr.

Es klopfte leise, Pedro trat ein. Wortlos reichte er ihm eine Zeichnung. Gordon betrachtete sie. Die Frau auf dem Papier sah interessant aus. Schmales, wohlgeformtes, mit Sommersprossen übersätes Gesicht. Große, seitlich nach oben geneigte Augen hinter einer schmalen, rechteckigen Brille. Am auffälligsten aber waren die Haare: Schulterlange, offenbar blonde Locken, die sich widerspenstig um das Gesicht rankten.

»Das ist sie?«

»Ja. Nur die Augenfarbe konnte ich nicht erkennen.«

»Hat Jacques eine Kopie bekommen?«

»Er war ein wenig verärgert. Ich hatte den Eindruck, dass er uns nur ungern den Gefallen tut – anscheinend denkt er, als Polizeikommandant sei er etwas Besseres. Ich habe ein wenig Druck gemacht. Er wird jetzt den Hoteliers zumindest eine Beschreibung zufaxen. Wenn einer der Hotelangestellten die Frau erkennt, werden wir es gleich erfahren.«

»Er hat schnell vergessen.«

Pedro nickte.

»Und wenn es nun keine Touristin war?«

»Jacques hat versichert, es auch an die umliegenden Polizeistationen weiterzuleiten.« Er legte den Kopf schief. »Aber wenn ich ehrlich bin, glaube ich nicht, dass es dort viel Aufmerksamkeit erhält.«

»Jacques sollte eine Fahndung ausrufen«, schnaubte Gordon.

»Das kannst du vergessen. Wie ich schon sagte, er tut nur das Allernötigste.«

Gordon brummte. Es juckte ihn, sich den feinen Herren einmal vorzuknöpfen. Was Jacques Bonnet nicht wusste war, dass er im Besitz von Informationen war, die den Kommandanten stark kompromittierten. Es würde das sofortige Ende seiner polizeilichen Laufbahn bedeuten, wahrscheinlich sogar ein paar Jahre Gefängnis.

Im selben Augenblick, in dem Gordon der Gedanke kam, verwarf er ihn bereits wieder. Es würde im Moment mehr Aufsehen erregen, als ihm lieb war. Aber er speicherte Jacques' mangelnde Hilfsbereitschaft ab. Der richtige Zeitpunkt würde kommen. Joseph T. Gordon vergaß nie.

Nach außen hin seelenruhig griff er nach einem bereits halbierten Brötchen und bestrich die untere Hälfte mit Butter.

»Was ist mit Batistes Haus?«

»Wir haben es über Stunden durchsucht.«

»Und?«

»Nichts. Es scheint, als habe er keine Kopien der Formel gemacht. In seinem Labor befanden sich eine Menge anderer Formeln, wir haben sie vorsichtshalber fotografiert.«

»Formeln seiner großen Parfüms?«

»Nein. Die liegen wahrscheinlich in den Tresoren der Kosmetikfirmen.«

Gordon legte sich eine Scheibe Lachs auf das Brötchen und biss hinein.

»Und Batiste?«, fragte er kauend.

»Den haben wir in einen Schlafanzug gesteckt und in sein Bett gelegt. Alles sieht nach einem natürlichen Tod aus.«

»Gut.«

Er nahm einen weiteren Biss von seinem Brötchen und machte eine abweisende Handbewegung. Pedro entfernte sich.

Es dauerte keine halbe Stunde, als er erneut den Raum betrat. Gordon hatte sein Frühstück gerade beendet und strich sich über den leichten Bauchansatz.

»Wir haben sie!«

Gordon sprang auf. »Wo?«

»Ein Hotel in der Nähe von Nizza. Sie sitzt gerade beim Frühstück.«

»Wir ändern sofort den Kurs Richtung Nizza. Gerry und Ben sollen hinfahren und sie aufsuchen. Sie sollen ihr erzählen, sie seien vom FBI. Sie könne eine wichtige Zeugin sein und ein großes Verbrechen verhindern. Wenn sie sich wehrt, denkt euch was aus. Ich will sie in einer Stunde auf der Jacht haben!«

Es war kurz nach neun, als Helena sich mit einem gut gefüllten Teller auf die Frühstücksterrasse des Hotels setzte. Geschickt hatte sie zwei große Scheiben Melone, ein Brötchen, etwas Käse und Aprikosenmarmelade darauf geschichtet und gleichzeitig ein Glas Orangensaft balanciert.

Trotz des schützenden Mauervorsprunges war es ein wenig windig, aber die Sonne lugte bereits hinter den sich auflockernden Wolken hervor. Es war ihr letztes Frühstück vor der Abfahrt, und um nichts auf der Welt hätte sie in diesem Augenblick drinnen sitzen mögen.

Begierig nahm sie den Anblick des Pools und der prachtvollen Oleanderbüsche in sich auf. Dutzende von wohlriechenden Blumen, deren Namen sie nicht kannte, säumten die Beete. In der Ferne erwachte Saint-Paul-de-Vence zum Leben. Über der Stadt schien die Sonne und tauchte das bewölkte Umland in eine seltsame, schemenhafte Stimmung.

Es war Zeit gewesen, dass sie wieder anfing, ein normales Leben zu führen. In diesem Augenblick fühlte sie sich mit der ganzen Welt verbunden. Innerlich ruhig und ausgeglichen und eins mit sich selbst. Es war lange her gewesen, dass sie sich so gut gefühlt hatte.

Carla, das junge Mädchen, das jeden Morgen servierte, stellte sich neben den Tisch. Und wie jeden Morgen bestellte Helena einen Milchkaffee.

»Der letzte für diesen Urlaub«, seufzte sie.

Carla warf ihr einen mitfühlenden Blick zu. »Die Zeit rennt immer am schnellsten, wenn es besonders schön ist«, sagte sie und verschwand durch die Terrassentür im Frühstücksraum.

Nur noch eine halbe Stunde ... Helena hatte die Rechnung bereits beglichen, das Gepäck im Mietwagen verstaut. In knapp drei Stunden ging ihr Flieger. Inzwischen bereute sie es, dass sie sich nur eine Woche freigenommen hatte. Während sie die Melone in kleine Stücke schnitt, klingelte das Handy. Helena meldete sich. Die Verbindung war klar.

»Julie hier. Ich wollte wissen, ob du deinen letzten Urlaubstag genießt!«

»Ja. Und ich frage mich wirklich, warum ich nicht einfach verlängert habe.«

»Vergiss es. Hier im Büro ist die Hölle los. Es wird Zeit, dass du wieder kommst.«

Helena lachte. »Du gönnst mir wohl gar nichts!«

»Unsinn. Hattest du eine schöne Zeit?«

»Ja, wundervoll. Ich kann jetzt deine Begeisterung für Südfrankreich nachvollziehen.« Sie dachte an die Kassette. »Aber es ist auch etwas sehr Seltsames passiert. Jemand hat mir ein Päckchen mit einer Kassette in die Hand gedrückt. Er sah aus, als sei er auf der Flucht.«

»Wahrscheinlich wollte er dich nur ablenken, damit jemand anderer dein Portemonnaie klauen kann.«

»Nein. Mir wurde nichts gestohlen. Es war schon merkwürdig.« Sie dachte an den vergangenen Tag und das mulmige Gefühl, das sie beim Anblick des dunkelhaarigen Mannes gehabt hatte, der ihr nachgelaufen war. »Ich wurde verfolgt.«

»Wirklich? Übertreibst du da nicht etwas?« In Julies Stimme schwang eine Mischung aus Unglauben und Neugierde.

»Vielleicht. Gestern war es allerdings sehr real.«

»Was ist denn auf der Kassette drauf?«

»Ich weiß es noch nicht. Es ist ein Kleinformat, ich werde es wohl erst in Hamburg erfahren.«

»Ich bin gespannt. Ich wünsche dir auf jeden Fall einen guten Flug.«

Nachdenklich schaltete Helena das Handy ab und schob sich ein Stück Melone in den Mund. Der Milchkaffee wurde gebracht. Noch zwanzig Minuten bis zur Abfahrt.

Es war für Gordon noch nie einfach gewesen zu warten. Manche Dinge brauchten ihre Zeit, aber es war ihm oft unmöglich, sie abzuwarten.

»Und? Kannst du schon etwas sagen?« Seine langen, kräftigen Finger trommelten ungeduldig auf die Tischplatte, während er den Telefonhörer zwischen Kopf und Schulter geklemmt hielt.

»Es ist gerade mal einen Tag her, dass ich die Formel bekommen habe.« Maurice war offensichtlich eingeschnappt.

Gordon brummte. Diese Parfümeure hielten sich für Künstler. Dabei waren sie seiner Meinung nach nichts weiter als Handwerker, die so lange mischten und probierten, bis der Duft stimmte. Und in diesem Fall brauchte Maurice nichts weiter zu tun, als eine Einschätzung der Formel zu geben und sie dann umzusetzen.

»Ich will nur deine Meinung zur Echtheit der Formel. Wir haben nicht viel Zeit.«

»Nun ... » Maurice zögerte. »Sie sieht zumindest echt aus. Weiteres kann ich dir erst sagen, wenn ich sie zusammengemischt habe.« Seine Stimme fiel ab. Er räusperte sich. »Es ist nicht ganz so einfach. Viele der beschriebenen Pflanzen wurden im Laufe der Zeit kultiviert und haben sich verändert.«

»Was willst du damit sagen?«

»Nun ja, nehmen wir zum Beispiel die Rosa centifolia. Die waren damals blasser, aber kräftiger im Duft als die heutigen. Es könnte sein, dass das einen Einfluss auf die Wirksamkeit des Parfüms hat.«

»Wenn du meinst, es nicht zu schaffen, dann sag lieber rechtzeitig Bescheid.«

»Nein, nein. Ich wollte damit nur sagen, dass es nicht ganz so einfach ...«

»In einer Woche will ich einen genauen Zwischenstand«, würgte Gordon den immer leiser werdenden Maurice ab. Er hasste unsichere Menschen, aber er war auf seine Mithilfe angewiesen. Mit einem Knall warf er das Telefon auf die Station. Fast im selben Moment klingelte es.

»Ja!«

»Chef, wir haben die Frau und sind auf dem Weg zum Schiff. Wir sind in ungefähr fünf Minuten da.«

Endlich mal eine gute Neuigkeit. Er ließ nach Pedro rufen, schaltete den Bildschirm ein, der mit den Raumüberwachungskameras verbunden war, und stellte den Empfang auf den eleganten Essraum, in dem das Verhör stattfinden sollte.

Pedro betrat den Raum und stellte sich neben ihn.

Die Frau, die in den Essraum geführt wurde, sah ein wenig verängstigt aus. Gordon drehte den Bildschirm so hin, dass Pedro genau mitsehen konnte.

»Wir danken Ihnen, dass Sie die Zeit gefunden haben, uns zu begleiten«, sagte Gerry in diesem Moment höflich und wies die Frau an, ihm gegenüber Platz zu nehmen.

Sie hatte ihre Haare zu einem Zopf geflochten. Ihr Gesicht

war schmal. Gordon beobachtete Pedro, der die Kameraeinstellung vergrößerte und das Gesicht genau betrachtete.

»Wie ich Ihnen bereits erzählt habe, geht es um Ermittlungen des FBI«, erklärte Ben, der die Befragung leitete. »Die Spur eines Schmugglerringes aus Chicago endet hier in Südfrankreich. Und vielleicht haben Sie etwas gesehen, was uns weiterhelfen könnte.«

Die Frau nickte und rutschte unruhig auf dem Stuhl hin und her. Gordon sah Pedro fragend an. Der zuckte die Schultern und versenkte sich wieder in das Geschehen auf dem Bildschirm.

»Wo waren Sie gestern Nachmittag?«

»Am Hotelpool.«

»Den ganzen Tag?«

»Ja.«

»Hatten Sie denn keinen Hunger? Sind Sie nicht zum Essen weggegangen?«

»Mittags habe ich mir einen Salat an den Pool bringen lassen und am Abend war ich im Hotelrestaurant.« Sie beugte sich ein wenig vor. »Wissen Sie, es ist mein erster Urlaub alleine und ich bin nicht daran gewöhnt. Ich habe mich am Pool am sichersten gefühlt.«

»Kann es vielleicht sein, dass Sie sich irren? Vielleicht war der Pooltag vorgestern? Haben Sie irgendwelche Städte besichtigt?«

»Natürlich. Ich war in Nizza.«

»Und Monaco?« Ben verschärfte seinen Ton.

»Ja, aber nicht gestern.«

»Tragen Sie eine Brille?«

»Nein.« Sie stand auf. Ihre Nervosität schien mit einem Mal verschwunden. »Was wollen Sie von mir? Ich bin freiwillig mitgekommen. Und nun werde ich regelrecht verhört.«

Ben sah Hilfe suchend in Richtung Kamera. Dann bedeutete er der Frau, sich wieder zu setzen. »Es tut mir Leid. Aber wir müssen jedes Detail wissen, das uns in diesem Fall weiterhelfen kann.«

Gordon sah Pedro erneut an. Der schüttelte den Kopf. »Nein. Zuerst war ich mir nicht sicher. Das Gesicht ist ähnlich. Der geflochtene Zopf irritiert. Aber die Größe kommt nicht hin. Die Frau, die ich verfolgt habe, war groß. Und schlanker.«

»Bist du dir sicher?« Er warf einen Blick auf das Phantombild. Es sah der Frau im Essraum sehr ähnlich.

»Ja«, sagte Pedro fest. »Ich bin mir sicher. Das ist sie nicht.«

»Geh in den Raum und sieh sie dir noch einmal persönlich an. Vielleicht erkennt sie dich wieder und verrät sich. Wenn nicht, lasst sie gehen. Aber vergesst nicht, für alle Fälle ihre Personalien aufzunehmen. Und sucht weiter nach der richtigen Frau!«

Gordon schaltete den Bildschirm aus. Er brauchte jetzt etwas, bei dem er sich abreagieren konnte. Aber auf dieser verdammten Jolle war noch nicht einmal ein Sportraum. Es wurde Zeit, dass sie in ihre provisorische Zentrale zurückkehrten.

## 3

Lucile Bertrand betrachtete die beiden leeren Weinflaschen, die neben dem Sofa lagen. Dann wanderte ihr Blick zum Fenster. Es war heller Tag. Wie spät mochte es wohl sein?

Sie rieb sich mit der flachen Hand die Augen, streckte sich und setzte sich vorsichtig auf. Eine Weile blieb sie sitzen und versuchte zu ergründen, wie stark ihr Kopf schmerzte. Es war erträglich. Mit beiden Händen strich sie sich über die zerzausten Haare. Es war spät geworden gestern. Am Anfang war es nur das Gläschen Wein zum Essen, ein ganz besonders guter Brunello zur Feier des Tages. Gestern wären Paul und sie fünfzehn Jahre verheiratet gewesen. Fünfzehn Jahre! Sie hatte erst spät geheiratet, damals war sie Anfang dreißig gewesen. Für die Leute aus ihrem Dorf ein Grund, sich das Maul zu zerreißen. Aber sie hatte warten wollen, bis sie jemanden traf, den sie wirklich liebte. Und das war Paul.

Die Erinnerung an die glücklichen Tage jagte Lucile einen Stich durchs Herz. Verbissen kämpfte sie gegen die dunkle Woge, die erneut über ihr zusammenzubrechen drohte. Da sie aus Erfahrung wusste, dass ruhiges, konzentriertes Atmen die düstere Stimmung am schnellsten vertrieb, setzte sie sich gerade auf und atmete langsam, bis der Schmerz sich wieder verkroch. Schwerfällig stand sie auf und ging ins Bad, um den pappigen Geschmack im Mund loszuwerden.

Das Gesicht, das ihr im Spiegel entgegenblickte, sah furchtbar aus, aber es erschreckte sie schon lange nicht mehr. Die Jahre hatten es gezeichnet, und auch der Alkohol hinterließ seine Spuren. Das, was die Leute früher wohlwollend als interessantes Aussehen bezeichnet hatten, war hinter aufgeschwemmten Zügen verschwunden. Ihr kurzes, braun gelocktes Haar war von grauen Strähnen durchzogen und ihre hellbraunen Augen blickten matt.

Sie registrierte es wie jeden Morgen. Sie sah aus wie Mitte fünfzig. Der Verfall war innerhalb kürzester Zeit eingetreten, aber sie sah keinen Grund, ihn aufzuhalten. Ihr Gesicht spiegelte genau das wider, was in ihrem Inneren vorging.

Lucile drehte den Wasserhahn auf und benetzte ihr Gesicht mit kaltem Wasser. Dann putzte sie sich die Zähne, fuhr sich kurz mit einem Kamm durch die zerzausten Haare und ging, ohne ihr Spiegelbild noch eines Blickes zu würdigen, in die

Küche. Zwischen dem benutzten Geschirr der letzten Tage fand sie einen Becher und spülte ihn aus. Dann setzte sie Kaffee auf.

Tränen stiegen ihr in die Augen, wie immer, wenn sie an Paul dachte. Es war keine zwei Jahre her, dass er bei einem Autounfall ums Leben gekommen war. Paul war schon immer ein rasanter Fahrer gewesen, und Lucile hatte ihn mehr als einmal gebeten, umsichtiger zu fahren. Aber dass das Ungeheuerliche eines Tages tatsächlich eintreffen würde, hatte sie niemals erwartet. Aus heutiger Sicht schien es fast unvermeidlich gewesen zu sein. Die unübersichtlichen Kurven der N85 waren schon manchem geübteren Fahrer zum Verhängnis geworden.

Ihr Blick fiel auf die Uhr an der Wand. Elf Uhr vormittags. Sie hatte Schlimmeres erwartet. In einer Küchenschublade fand sie eine halb leere Schachtel Zigaretten und zündete sich eine an. Die Unordnung um sie herum drängte in ihr Bewusstsein. Es wurde Zeit, dass sie etwas dagegen unternahm. Damals, als Paul noch lebte, war das Haus Mittelpunkt der Society gewesen. Geschmackvoll eingerichtet, immer strahlend und sauber. Und sie und Paul mittendrin – ein erfolgreicher Parfümeur mit seiner eleganten Frau.

Lucile nahm einen tiefen Zug von der Zigarette und schenkte sich Kaffee in den Becher. Der erste Schluck schmeckte bitter, aber das war genau das, was sie jetzt brauchte.

Nach dem Unfall hatte Lucile von den ganzen oberflächlichen Leuten nichts mehr hören wollen. Und es hatte auch nicht lange gedauert, bis die halbherzigen Beileidsbekundungen aufhörten. Nur einer hatte ihr unermüdlich zur Seite gestanden und war immer zur Stelle gewesen, wenn sie ihn gebraucht hatte: Pauls Freund Jean Batiste.

Jean war fast zehn Jahre jünger gewesen als Paul, aber die beiden hatte etwas verbunden, was in der Branche äußerst selten war: eine Freundschaft, die voller Respekt und Anerkennung vor den Leistungen des anderen war. Pauls Tod hatte Jean fast ebenso hart getroffen wie sie.

Nun hatte Jean fast zwei Wochen nichts mehr von sich hören lassen. In letzter Zeit hatte er so euphorisch gewirkt. Er schien sich in einem neuen Projekt festgebissen zu haben, das seine ganze Aufmerksamkeit in Anspruch nahm. Sie hatte ihn in seiner Hochstimmung mit ihren Problemen nicht behelligen wollen. Aber nun spürte sie das Bedürfnis, mit ihm zu reden.

Lucile drückte die Zigarette in einer Untertasse aus und nahm den Kaffeebecher mit ins Wohnzimmer. Einem plötzlichen Bedürfnis nach frischer Luft folgend, riss sie die Fenster weit auf. Dann ging sie zum Telefon und wählte Jean Batistes Nummer.

Der Anrufbeantworter sprang an.

»Hallo Jean, hier spricht Lucile. Ich hoffe, es geht dir gut und dein Projekt kommt voran. Wenn du magst, ruf mich doch bitte zurück.«

Sie legte den Hörer auf, stellte den Kaffeebecher ab und ging in die Küche, um sich an den Abwasch zu machen.

Als Helena durch die Schiebetür die Ankunftshalle des Hamburger Flughafens betrat, entdeckte sie das strahlende Gesicht von Julie, die ihr winkend entgegenging.

»Überraschung!«

Helena war ehrlich erfreut. Sie hatte sich schon darauf eingestellt, mit dem Taxi zu fahren.

»Hast du heute frei?« Es war ein Dienstag, und gerade mal halb drei.

»Nur für eine Stunde. Ich dachte, wenn sie mir schon den Urlaub gestrichen haben, dann können sie mir wenigstens eine verlängerte Mittagspause genehmigen.« Julie strahlte über das ganze Gesicht. Dann drückte sie Helena herzlich an sich und nahm ihr die Reisetasche ab, wobei sie die Proteste ihrer Freundin überging.

Helena seufzte ergeben. Julie war ein Energiebündel. Und es hatte keinen Sinn, die zierliche Französin mit dem dunklen kurzen Haar zu bremsen.

Als sie das Flughafengebäude in Richtung Parkplatz verließen, empfing sie strahlender Sonnenschein. Es war ein paar Grade kälter als in Nizza, aber immer noch warm genug, um ohne Jacke auszukommen.

»Du bist ganz schön braun geworden«, sagte Julie. Sie wuchtete die Tasche in den Gepäckraum ihres Autos und hielt ihren blassen Arm gegen Helenas.

»Das sind die Sommersprossen!«

»Nein, wirklich. Du siehst gut aus. Du wirkst richtig erholt.«

Helena freute sich über das Kompliment und schwang sich auf den Beifahrersitz. »Was gibt es Neues aus der Firma?«

»Das Übliche. Wir ertrinken in Arbeit, und ab und zu bekommen wir zur Aufmunterung einen Anpfiff!«

Helena nickte. Herr Vollmers, ihr Vorgesetzter, konnte einem manchmal gewaltig auf die Nerven gehen.

»Und was war das für eine wilde Urlaubsgeschichte, das mit der Verfolgung?«

Julie tat, als konzentriere sie sich auf den Straßenverkehr. Helena wusste aber, dass sie hinter der scheinbar beiläufigen Frage vor Neugierde fast platzte. Sie lehnte den Kopf zur Seite und betrachtete die vorbeirauschenden Straßenzüge.

»Es war seltsam. Ich war gerade in Monaco und habe mir die Jachten am Hafen angesehen. Plötzlich stürmt ein Mann den Steg entlang, reißt sich den Absatz vom Schuh, holt etwas hervor und drückt es mir in die Hand. Er sagt, ich soll fliehen, wenn mir mein Leben lieb ist. Kurz darauf tauchen wütende

Männer auf, die ihm hinterherrennen. Sie waren ganz dunkel gekleidet, irgendwie unheimlich. Ich bin so schnell wie möglich zurück in Richtung Grimaldi-Palast gerannt, weil es dort in den Gassen von Touristen wimmelt und weil ich den Mietwagen dort in der Nähe geparkt hatte.« Sie sah Julie an. »Einer der Männer hat mich tatsächlich verfolgt. Ich konnte mich gerade noch in einem Restaurant verstecken.«

»Und dann?« Julie hatte sichtlich Mühe, ihre Augen auf den Straßenverkehr zu richten.

»Nichts ›und dann‹. Der Verfolger hatte anscheinend aufgegeben. Ich bin nach einer Weile zum Hotel zurückgefahren. Das Päckchen enthielt eine Kassette und einen Zettel, auf dem so eine Art Formel geschrieben ist. Weiter weiß ich nichts.«

»Wann hörst du dir die Kassette an?«

Helena musste schmunzeln. Neugierde war eine von Julies hervorstechendsten Eigenschaften. »Morgen im Büro.«

Zu Hause fragte sich Helena, woher sie die Geduld nehmen sollte, bis zum nächsten Morgen zu warten. Der Gedanke an die Kassette ließ sie nicht los. Nachdem sie ihre Tasche ausgepackt und eine Ladung Wäsche in der Waschmaschine verstaut hatte, war die innere Unruhe schließlich bis ins Unerträgliche gestiegen.

Um halb sechs setzte sie sich in ihren Wagen und fuhr zum nächstgelegenen Elektrogroßmarkt.

»Was für ein Unsinn, jetzt ein Diktiergerät zu kaufen«, schimpfte sie leise. »Das hat doch wirklich auch bis morgen Zeit.«

Keine halbe Stunde später war sie wieder zu Hause auf ihrem Sofa und schob die Kassette in das Gerät ein. Die Stimme, die den Raum füllte, war warm und voll. Mit angehaltenem Atem lauschte sie und versuchte, so viel wie möglich von dem klaren Französisch zu verstehen.

»Mein Name ist Jean Batiste. Ich bin freischaffender Parfümeur. Wenn Sie dieses Band abhören, bin ich wahrscheinlich schon tot.

Um dieses Tonband ist ein Zettel gewickelt, der eine wichtige Formel enthält. Vielleicht ist es ein Fehler, das Ganze zu dokumentieren, aber es erscheint mir jetzt, in diesem Moment, als die einzig richtige Lösung.

Sollten Sie zu dem seltenen Schlag guter Menschen gehören, dann sollten Sie wissen, dass ich Ihnen hiermit etwas offenbare, mit dem Sie die Welt verändern können. Sollten Sie aber zu den Menschen gehören, die meinen Tod verschulden, dann zum Henker mit Ihnen.«

Es entstand eine kurze Pause. Helena wartete gebannt auf die Fortsetzung. Sie zog die Beine an und schlang die Arme darum.

»Ich werde erpresst. Etwas aus meiner Vergangenheit wird mir vorgehalten und dazu benutzt, die Formel herauszubekommen. Ich habe beschlossen, den Erpressern nur einen Teil dessen zu geben, was sie erwarten. Ich bete zu Gott, dass Sie ein guter Mensch sind und mit dem Original umzugehen wissen.

Angefangen hat die ganze Geschichte an einem schönen sonnigen Tag, auf einem Flohmarkt in La-Colle-sur-Loup. Es ist kein besonders großer oder bekannter Flohmarkt, und ich hatte nicht wirklich erwartet, etwas zu finden. Aber dieses Mal kam mir etwas ganz Besonderes unter die Augen: Eine Amerikanerin, die sich ein kleines Häuschen für ihren Ruhestand gekauft hatte, wollte anscheinend den Dachboden entrümpeln und bot eine Menge kaputter Möbel und allerlei Schund an. Aber auf ihrem Tapetentisch stand auch ein alter Parfümflakon in Form einer Taube, den ich auf Ende achtzehntes, Anfang neunzehntes Jahrhundert schätzte. Ich tat uninteressiert, was unnötig war, denn die Frau hatte keinerlei Ahnung von dem Wert des Flakons. Und so erstand ich ihn für fünf Euro. Gerade wollte ich weitergehen, da bot sie mir noch ein altes, verstaubtes Buch an. Zuerst ablehnend blätterte ich darin. Aber bald wurde mir klar, dass es sich um ein wertvolles Exemplar aus den Anfängen des 19. Jahrhunderts handeln musste. Und tatsächlich! Das Buch enthielt Aufzeichnungen von Yves Sagan, einem der bekanntesten Parfümeure, der sich in Grasse niedergelassen hatte. Was für eine Rarität! Die Frau konnte es kaum fassen, als ich ihr dafür zehn Euro bot.«

Helena schaltete das Tonband ab. Ihre Füße waren eingeschlafen und prickelten so stark, dass sie sich nicht mehr auf das Gehörte konzentrieren konnte. Eine Weile ging sie im Zimmer auf und ab. Mit einmal verspürte sie einen brennenden Durst. Sie ging in die Küche auf der Suche nach Mineralwasser. Doch alle im Kasten befindlichen Flaschen waren leer. Sie sah auf die Uhr. Halb acht. Bedauernd sah sie zum Tonbandgerät. Aber wenn sie heute Abend nicht hungrig und durstig ins Bett gehen wollte, musste sie schnell in den schräg gegenüberliegenden Supermarkt laufen.

Eilig griff sie nach ihrer Handtasche, schloss die Tür hinter sich ab und rannte die Stufen hinab auf die Straße. Sie schien nicht die Einzige gewesen zu sein, die kurz vor Ladenschluss die Küchenschränke füllen wollte. Menschenmengen schoben ihre Einkaufswagen durch die Gänge des Supermarktes, und die Kassenschlange reichte fast bis zur Käsetheke.

Helena fluchte leise. Sie wollte so schnell wie möglich zurück und die Aufzeichnungen weiterhören. Kurz entschlossen drehte sie sich um und lief zum hundert Meter entfernten Grillimbiss. Dort erstand sie eine Flasche Wasser, ein halbes Hähnchen und eine Portion Pommes. Es gelang ihr nicht, das schlechte Gewissen angesichts der Fettmengen zu unterdrücken. Das alles zusammen hatte sicher mehr Gramm reines Fett als fünf normale Tagesrationen zusammen! Aber schließlich war es ihr letzter Urlaubstag, und da waren Fett und Kalorien nebensächlich. Und sie musste ja nicht alles aufessen.

Zurück in der Wohnung füllte sie einen Teller mit Hähnchen und Pommes, schenkte sich ein Glas Wasser ein und nahm das kleine Tonbandgerät mit in die Küche. Während sie einen Schuss Ketchup auf die Pommes gab, schaltete sie das Gerät wieder ein.

»Zuhause wollte ich den Flakon ausspülen und hielt ihn zunächst kopfüber, um eventuellen Schmutz hinausfallen zu lassen. Ein gerollter Zettel fiel mir entgegen. Er war vergilbt und ein wenig porös, doch war sein Inhalt trotz altmodischer Schrift noch gut zu lesen. Beim näheren Hinsehen entpuppte er sich als eine ungewöhnliche Formel, doch es war die Überschrift, die meine Neugierde weckte. Fein geschwungen, als wären sie gemalt, standen in großen Buchstaben die Worte: *Der Duft der Aphrodite.*

Dem Namen nach musste man davon ausgehen, dass es eine alte Formel für ein Aphrodisiakum war. Aber die aufgezeichneten Inhaltsstoffe enthielten nicht eine der dafür typischen Substanzen. Nein, diese Formel verzichtete gänzlich auf alle Duftreize, die den sexuellen Botenstoffen ähnlich waren. Auf den ersten Blick schien die Mischung eher ein wenig blumig zu sein, mit holzigem Unterton. Aber da waren auch andere Stoffe aufgeführt, mit denen ich nicht viel anzufangen wusste.

Unter anderem bezeichnete eine Kombination die angebliche Zusammensetzung von Ambrosia.

Ich war neugierig geworden. Konnte es sein, dass diese Formel von Yves Sagan stammte – dem Parfümeur, dessen Aufzeichnungen in dem alten Buch waren?

Ich fing an, das Buch zu lesen, und war bald gefesselt von einer schier unglaublichen Geschichte. Nur so viel: Die Formel beinhaltete eine Mischung, die angeblich die sagenhafte Anziehungskraft der Göttin Aphrodite erklärte, die erst im Laufe der Jahrhunderte mit allzu menschlichen Charaktereigenschaften versehen wurde. Derjenige, der den Duft trägt, wird für den, der ihn riecht, unwiderstehlich. Und auch mit dem Träger selbst soll Unglaubliches geschehen. Der Duft verklärt die Seele, macht rein und anziehend. Der Träger wird umhüllt von der Aura reiner Liebe. Dem Betrachter erscheint er als göttlich und vollkommen. Seltsamerweise scheint es die komplexe Wirkung nur bei Frauen als Trägerin zu entfalten. Aber auch ein Mann, der sich ein paar Tropfen davon aufträgt, wird auf der Stelle gelassener und friedliebender.«

Helena setzte sich gerade auf. Das war doch Unsinn. Das hörte sich an, als würde jemand behaupten, er habe die Formel gefunden, wie man aus Eisen Gold machte. Allein die Erwähnung von Ambrosia, dem Göttertrank, machte die ganze Sache unglaubwürdig. Jeder einigermaßen intelligente Mensch wusste, dass die alten Griechen Ambrosia und Nektar nur erfanden, um den Göttern des Olymp mehr Macht zu geben und deren Unsterblichkeit zu erklären. Aber dieser Mann hier behauptete tatsächlich, die Formel enthielte einen Duft, der einer griechischen Gottheit gehörte.

»Zunächst war ich skeptisch. Hielt alles für die Phantasterei eines Spinners. Aber dann las ich in dem alten Buch von den Experimenten, die Yves Sagan gemacht hatte. Es war unglaublich. Schrullige Weiber verwandelten sich in liebreizende Frauen. Männer verfielen in unsterbliche Liebe zu ehemals verschmähten Geschöpfen.

Das war genau das, worauf alle Welt gewartet hatte! Ich begann, die Formel nachzubauen. Denn bevor ich damit an die Öffentlichkeit gehen wollte, musste ich ebensolche Experimente erfolgreich abgeschlossen haben. Langsam erschlossen sich mir die Möglichkeiten, die man mit einem solchen Duft hatte: Man konnte damit, richtig eingesetzt, viel Gutes bewirken, ja sogar die Welt verändern. Den Duft bei aggressiven Menschen einsetzen, um ihnen ein harmonisches Wesen zu geben. Es würde keine Kriege mehr geben, keinen Hass und keine Wut. Ein Leben in Frieden und Harmonie.

Aber natürlich kann man damit auch viel Geld machen und das Parfüm zu überteuerten Preisen an machtgierige Menschen verkaufen, die damit andere gefügig machen wollen. Die Feinde lahm legen, um Länder zu annektieren. Ein Fressen für die Mächtigen der Welt. Wer diesen Duft Regierungen zur Verfügung stellt, kann es in kürzester Zeit zu unvorstellbarem Reichtum bringen. Und genau das scheint der Plan meiner Erpresser zu sein. Ich frage mich nur, wie sie von der Existenz dieser Formel erfahren haben …

Ich stehe jetzt vor der Entscheidung: Mein Leben gegen das Leben vieler Menschen. Aber ich bringe den Mut nicht auf, die Formel zu vernichten und mich dann dem Rechtssystem auszuliefern. Die Entdeckung ist einfach zu wertvoll. Vielleicht schaffe ich es auch, mich mitsamt den Unterlagen, mit denen ich erpresst werde, und der vollständigen Formel abzusetzen. Dann werde ich selbst derjenige sein, der dieses Band abhört.

Und dann sitze ich irgendwo in Amerika oder Asien und versuche, die Experimente fortzuführen. Ich bete zu Gott, dass es so sein wird.«

Das Band war zu Ende. Helena schob das zur Hälfte gegessene Hähnchen weit von sich und wischte sich mit einem Papiertuch Mund und Hände ab. Dann griff sie nach dem Zettel, auf den die Formel geschrieben war.

Hatte dieser Jean Batiste das Ganze wirklich ernst gemeint? Ein Duft, der die Menschen verändert? Wenngleich es sich äußerst unglaubwürdig anhörte, so schien es tatsächlich wichtig genug zu sein, dass er dafür verfolgt wurde.

Was sollte sie nun mit dieser Information anfangen? Sollte sie zur Polizei gehen? Die würden sie auslachen. Oder zu einem Parfümeur? Und dann?

Unentschlossen schob sie den Zettel hin und her. Was wohl aus Jean Batiste geworden war? Vielleicht sollte sie als Erstes versuchen, ihn zu kontaktieren? Aber wenn seine Flucht gelungen war, würde er dann noch erreichbar sein?

Abrupt stand sie auf. Sie hatte nicht darum gebeten, in eine solche Sache hineingezogen zu werden. Wenn es tatsächlich stimmte, dann hätte auch sie dabei draufgehen können. Jetzt war sie in Sicherheit, und sie würde ihr Leben nicht für eine Sache aufs Spiel setzen, von deren Realität sie noch nicht einmal überzeugt war.

Entschlossen nahm sie die Kassette aus dem Recorder und legte sie zusammen mit der Formel in die oberste Schublade ihres Sekretärs. Dann steckte sie das Diktiergerät zurück in die Verpackung. Was für ein Blödsinn, sich extra dafür ein Gerät zu kaufen. Wenn sie morgen rechtzeitig aus dem Büro kam, würde sie es zurückgeben.

# 4

Der ungewohnte Klang des Weckers riss Helena aus dem Schlaf. Tastend suchte ihre Hand den Ausschaltknopf. Dann rieb sie sich die Augen. Halb sieben. Bereits nach einer Woche veränderter Schlafgewohnheiten hatte sich ihr Rhythmus derartig verstellt, dass es ihr nun unmöglich erschien, täglich um diese unchristliche Zeit aufzustehen.

Langsam erhob sie sich und blieb noch einen Augenblick benommen auf der Bettkante sitzen. Sie hatte schlecht geschlafen und von wilden Verfolgungen geträumt. Der Traum war sehr bedrohlich gewesen, und auch jetzt, im Wachzustand, gelang es ihr nicht ganz, ihn abzuschütteln.

Sie schlüpfte in ihre Hausschuhe und ging ins Bad. Eine kalte Dusche war jetzt genau das Richtige, um schnell wieder munter zu werden.

Das kalte Wasser und ein Becher mit starkem Kaffee taten ihre Wirkung. Um acht Uhr kam Helena gut gelaunt im Büro an, wo sie der Alltag schnell wieder einholte. Als Julie mittags vor ihrem Schreibtisch stand, um mit ihr Essen zu gehen, kam es ihr so vor, als wären die Stunden nur so verflogen.

»Und? Hast du die Kassette schon abgehört?«

»Ja.«

»Und?«

Helena war sich auf einmal nicht sicher, wie viel sie Julie erzählen sollte. Sie wunderte sich über diesen plötzlichen Gedanken. Gestern Abend noch war sie der festen Überzeugung gewesen, das Ganze könne nur ein schlechter Scherz sein. Aber heute Morgen, als sie der furchtbare Traum noch so gefangen hielt, war sie sich dessen mit einem Male nicht mehr so sicher. In diesem Moment entschied sie, dass es besser war, niemanden in die Sache mit hineinzuziehen.

»Das Tonband war nicht bespielt.«

»Das war alles?«

»Anscheinend.«

»Und warum wurdest du verfolgt?«

»Ich weiß es wirklich nicht. Aber vielleicht hattest du ja Recht mit deiner Version, und jemand wollte mich einfach nur ablenken, um mich zu bestehlen.«

Dabei ließ sie es bewenden.

Als Helena um halb acht die Agentur verlassen wollte, fiel ihr ein, dass sie das Diktiergerät, das sie umtauschen wollte, zu Hause liegen gelassen hatte. Es war zu spät, um es jetzt noch zu holen – sie würde es an einem anderen Tag zurückbringen müssen. Sie schrieb sich eine Notiz auf einen leuchtend gelben Zettel und klebte ihn an den Schlüsselbund. So würde sie spätestens morgen beim Verlassen der Wohnung daran erinnert werden.

Auf dem Weg nach Hause hielt sie an einem Supermarkt, um sich für die kommenden Tage einzudecken. Stück für Stück füllte sich der Wagen mit Getränken, Brot, Aufschnitt, Nudeln und anderen Dingen. An der Kühltheke angekommen, hielt sie nach ihrem momentanen Dessertfavoriten Ausschau: fettarmer Milchreis mit Zimt. Enttäuscht musste sie feststellen, dass er ausverkauft war. Missmutig nahm sie die gehaltvollere Variante und studierte die Fettangaben auf der Rückseite.

»Na? Immer noch dabei, die Fettwerte zu vergleichen?«

Auch jetzt, nach vielen Monaten, löste diese Stimme eine Mischung aus Freude und Unsicherheit in ihr aus. Sie spürte, wie ihre Knie anfingen, nachgeben zu wollen. Sie musste heftig schlucken, bevor sie sich langsam mit einem zaghaften Lächeln umdrehte.

»Tom!«

»Hallo Helena. Wie geht es dir?«

»Gut. Danke. Und dir?«

»Auch gut.«

Einen kurzen Augenblick standen sie sich hilflos gegenüber. Helena betrachtete sein Gesicht. Er hatte sich in dem einen Jahr, in dem sie sich nicht mehr gesehen hatten, kaum verändert. Nur sein dunkelbraunes Haar war etwas kürzer geschnitten als damals. Es stand ihm hervorragend und unterstrich vorteilhaft das markante Kinn und die aristokratische Nase.

»Du bist so braun«, begann er schließlich. »Warst du im Urlaub?«

Helena legte zwei Becher Milchreis in den Einkaufswagen. »Ja. Eine Woche Südfrankreich.«

»Du siehst gut aus.« In seiner Stimme schwang die alte Vertrautheit.

Verabschiede dich jetzt bloß ganz schnell, dachte Helena, bevor du eine Dummheit machst.

Tom sah auf die Uhr. »Du, ich habe ganz furchtbaren Hunger. Hast du Lust, eine Kleinigkeit essen zu gehen?«

»Sicher, gerne.« Sie hätte sich für ihre Inkonsequenz ohrfeigen können.

»Um die Ecke ist eine Pizzeria. Ich lade dich ein.«

Die Pizzeria war fast leer. Sie setzten sich an einen Fenstertisch und studierten die Karte, ohne ein Wort zu wechseln. Nach einigem Zögern, in dem Helena mit einer Pizza Funghi liebäugelte, bestellte sie sich lieber doch einen Salat, während Tom eine Thunfischpizza mit extra Käse nahm.

»Du brauchst nun wirklich nicht auf deine Figur zu achten«, meinte Tom kopfschüttelnd, als der Kellner mit der Bestellung verschwunden war.

Helena zuckte die Schultern. Aus Erfahrung wusste sie, dass er ihren Argumenten nicht folgen konnte oder wollte. »Ich habe heute Mittag schon so viel gegessen«, log sie.

Tom nickte. »Es ist eine Weile her, dass wir uns gesehen haben. Ich freue mich richtig, dass ich dich getroffen habe. Wir hätten das schon viel früher tun sollen.«

Helena verzog den Mund zu einem Lächeln. Sie hatte den Kontakt bewusst einschlafen lassen. Auch wenn sie so getan hatte, als wäre die Trennung in beiderseitigem Einvernehmen geschehen, hatte sie doch entsetzlich darunter gelitten.

»Ich frage mich manchmal, ob die Trennung damals richtig war«, sagte Tom in diesem Moment.

»Ja?«

Er nahm ein Stück Brot aus dem Brotkorb und kaute darauf herum. »Vielleicht waren wir einfach nur zu jung für eine feste Bindung«, fuhr er fort.

»Mit Anfang dreißig?« Helena konnte sich einen sarkastischen Unterton nicht verkneifen.

Tom überging ihre Bemerkung und begann stattdessen, von seinem letzten Urlaub zu erzählen. Das Gespräch verlief recht einseitig. Angespannt lauschte Helena seinen Ausführungen, bis der Kellner kam und Salat und Pizza auf den Tisch stellte. Stumm stocherte sie in der enttäuschend trockenen Kombination von Eisbergsalat, Gurken und Tomaten herum und griff schließlich nach dem Essig. Sie hätte es eigentlich wissen müssen – die wenigsten Pizzerien bekamen einen leckeren Salat hin. Meistens handelte es sich um eine lieblose Anhäufung vorgeschnippelten Gemüses mit einer phantasielosen Essig-Öl-Mischung, wobei das Öl zudem oft ranzig schmeckte.

Vorsichtig schob sie sich eine Gabel in den Mund. Nach einem Bissen war klar, dass sie den Salat nicht aufessen würde. Sehnsüchtig schielte sie nach Tom, der gerade ein großes Stück Pizza in seinem Mund verschwinden ließ.

»Hm. Sehr lecker. Möchtest du ein Stück?«

Sie schüttelte den Kopf und griff stattdessen in den Brotkorb.

Erinnerung an den Anfang ihrer Beziehung stieg in ihr hoch. Sie war damals gerade getrennt und genoss das Single-Dasein in vollen Zügen. Tom hatte sich sehr um sie bemüht, sie mit Blumen überrascht und sie zum Essen eingeladen. Schließlich hatte sie sich auch in ihn verliebt.

Er sah vom Essen auf und blickte tief in ihre Augen. Da war es wieder, das verschmitzte Lächeln, das sie so sehr vermisst hatte.

Ihr Herz begann zu klopfen. Es war fast so, als wäre die Zeit stehen geblieben und sie säßen hier einträchtig zusammen als Paar. Sie spürte die alte Vertrautheit, die alten Gefühle. Sie schlug die Augen nieder.

»Es waren schöne Zeiten, nicht wahr?«, sagte er und griff nach ihrer Hand.

Ja, das waren sie. Und in diesem Moment wünschte sie sich nichts sehnlicher, als genau an dem Punkt fortzufahren, an dem sie aufgehört hatten.

Sie sah ihn fragend an. »Warum fangen wir nicht einfach noch mal von vorne an?«, sprudelte es aus ihr hervor. Gleichzeitig hätte sie sich dafür ohrfeigen können.

Tom zog die Hand zurück und lächelte. »Das wäre schön. Aber manchmal muss das Leben eben weitergehen.« Er schob ein weiteres Stück in seinen Mund und ließ Helena kauend auf eine Fortsetzung warten. »Im Grunde genommen muss ich dir sogar dankbar sein. Durch die Trennung war ich gezwungen, mich mit mir auseinander zu setzen. Ich bin sogar in eine Buchhandlung gegangen, um mir Informationen über Beziehungsunfähigkeit zu besorgen. Und dann habe ich Marion kennen gelernt.«

Helena stieg eine heiße Röte ins Gesicht. Am liebsten hätte sie sich die Zunge abgebissen.

Tom schien davon nichts zu bemerken. »Vor zwei Monaten

sind wir zusammengezogen. Renovierter Altbau, neunzig Quadratmeter.«

»Glückwunsch.« Ihre Kehle fühlte sich trocken an. Hastig trank sie einen Schluck Wasser, um den aufsteigenden Husten zu unterdrücken. Sie verspürte ein plötzliches Verlangen nach frischer Luft. »Und? Was macht der Beruf?«, bemühte sie einen Themenwechsel.

Während Tom von seinen Erfolgen als frisch gebackener Rechtsanwalt berichtete, sah Helena immer wieder unauffällig auf die Uhr. Eine halbe Stunde später beendete sie das Treffen mit dem Vorwand, sie müsse für morgen noch eine Präsentation vorbereiten.

Als sie endlich ihre Wohnung erreichte, warf sie sich auf das Sofa und seufzte tief auf. Wieder einmal war sie in ein riesiges Fettnäpfchen getreten. Warum hatte sie ihn nicht einfach reden lassen und selbst den Mund gehalten? *Warum fangen wir nicht einfach noch mal von vorne an.* Bei der Erinnerung an den Satz schoss ihr die Röte wieder in das Gesicht.

Wütend auf sich selbst ging sie in die Küche und begann ihre Einkäufe einzuräumen. Noch während der Kühlschrank offen stand, griff sie nach dem Milchreis und leerte den Becher innerhalb weniger Sekunden.

Bekümmert warf sie den Behälter weg, schloss den Kühlschrank und lehnte sich gegen die Tür. Draußen setzte der Regen ein.

Das Ende war unerwartet gekommen. Helena hatte Tom zum Essen bei sich zu Hause eingeladen. Der Tisch war gedeckt, sie hatte frische Blumen gekauft und Kerzen in der ganzen Wohnung verteilt. Stundenlang hatte sie in der Küche gestanden, um ihn mit einem komplizierten Drei-Gänge-Menü zu überraschen.

Sie hatten sich zwei Wochen lang nicht gesehen, da Tom auf

einer Seminarreise gewesen war, und Helena hatte ihn schrecklich vermisst. In den Wochen war ihr häufig der Gedanke gekommen, dass es an der Zeit war, die gemeinsame Zukunft zu besprechen. Die elf Monate ihrer Beziehung waren so schön und intensiv gewesen, dass ihr eine gemeinsame Wohnung als natürliche Konsequenz erschien.

Doch dann stand er mit gequältem Ausdruck im Gesicht in ihrer Wohnung und betrachtete die flackernden Kerzen.

»Ich kann das nicht«, hatte er gesagt und Helena hatte zunächst geglaubt, er sage das, weil er zu müde von der Reise war.

Aber er hatte sie nur starr angesehen, ohne die gewohnte Wärme in seinem Blick. »Das ist mir einfach alles zu viel«, fuhr er fort und verschränkte die Arme vor dem Körper.

»Was ist dir zu viel?« Helena spürte die Faust nahen, die sich jeden Moment in ihren Magen bohren würde.

»Das alles hier. Mir wird es zu eng.« Wie um seinen Worten Nachdruck zu verleihen, zog er am Halsausschnitt seines T-Shirts. »Ich glaube, ich brauche eine Auszeit.«

Helena erinnerte sich noch zu gut an das Gefühl der Hilflosigkeit, das sie damals verspürt hatte. Aber sie war zu stolz gewesen, um zu kämpfen. Seine Abwehrhaltung war eindeutig genug, und sie wollte es sich nicht zum Vorwurf machen lassen, zu allem Überfluss auch noch zu klammern. Stattdessen hatte sie ihre Überraschung und Trauer heruntergeschluckt und ihm zugestimmt. Sie habe das Single-Dasein sehr genossen und sehne sich auch manchmal nach der Unbeschwertheit dieser Tage.

Seine Erleichterung war wie ein weiterer Tritt gewesen. Plaudernd ließ er sich das Essen schmecken und die romantisch flackernden Kerzen untermalten das skurrile Tête-à-tête, in dem sich Helena tapfer um Fassung bemühte. Als er gegangen war, hatte sie weinend am Tisch gesessen und versucht, den Sinn der Trennung zu verstehen.

Er habe das Gefühl gehabt, die Luft sei ihm abgeschnürt worden. Hatte sie sich zu sehr an ihn gebunden? Aber er hatte doch alle Freiheiten gehabt, die man sich denken konnte. Tom war von jeher ein Individualist gewesen, und sie hatte sich davor gehütet, ihn in seinem Handeln zu beschränken.

Helena öffnete den Kühlschrank und nahm sich einen weiteren Milchreis heraus. Bedächtig tauchte sie den Löffel hinein und genoss die kühle, sahnige Süße. Sie war noch immer nicht darüber hinweg, das hatte sie heute ganz deutlich gespürt. Und auch jetzt fragte sie sich, was der eigentliche Auslöser für diese Trennung gewesen war.

Für einen Augenblick kam ihr der Gedanke, ob alles anders gelaufen wäre, wenn sie das Parfüm der Aphrodite besessen hätte. Nur wenige Tropfen, und Tom hätte ihr nicht widerstehen können, ganz gleich, wie sie sich ihm gegenüber verhielt. Er hätte sie immer begehrenswert gefunden und sie hätte sich nie mehr Sorgen darum machen müssen, ob sie seinen Erwartungen an eine Traumfrau entsprach. Im selben Moment schüttelte sie den Kopf. Noch peinlicher war es, wenn man einen Menschen nur für sich gewinnen konnte, weil man irgendeinen Liebeszauber angewandt hatte. Aber als sie später zu Bett ging, ließ sie der Gedanke an diese Möglichkeit nicht los.

Als Lucile Bertrand wieder versuchte, Jean Batiste zu erreichen, sprang abermals der Anrufbeantworter an. Es kam ihr seltsam vor. Ihr letzter Anruf war vor zwei Tagen gewesen. Manchmal fuhr Jean für ein, zwei Tage nach Paris – zur Konkurrenzbeobachtung, wie er es nannte –, aber nicht, ohne seinen Anrufbeantworter aus der Ferne abzuhören. Normalerweise hätte Jean schon längst zurückgerufen, vor allem jetzt, da es ihr nicht gut ging. Jean war ein verlässlicher Freund.

Kurzentschlossen zog sie sich eine leichte Strickjacke über und verließ das Haus. Es war der erste September, und der Tag versprach, warm zu werden. Doch in der Früh merkte man schon, dass der Herbst nicht mehr weit entfernt war.

Sie brauchte mit dem Auto genau sieben Minuten bis zu seinem Haus. Schon von weitem konnte sie erkennen, dass die Jalousien heruntergelassen waren. Zu dieser Tageszeit? War er etwa verreist? Unmöglich, er hätte ihr davon erzählt. Etwas stimmte nicht.

Mit quietschenden Reifen bog sie in das Grundstück ein und hastete zur Eingangstür. Beherzt drückte sie den Klingelknopf. Erst kurz, dann dauerhaft. Keine Antwort. Sie wusste, wo er seinen Ersatzschlüssel versteckt hielt. Ein seltsames Gefühl breitete sich in ihr aus, als sie durch die Pforte in den rückwärtigen Garten gelangte. Viele Pflanzen ließen die Köpfe hängen, einige Rosen hatten vertrocknete Blüten auf ihren Stängeln. Das seltsame Gefühl verstärkte sich zu einer Ahnung. Mit zitternden Händen griff sie in den Riss des kleinen Mauervorsprunges, der sich neben dem Wohnzimmerfenster befand. Dann lief sie zurück zum Hauseingang und öffnete die Tür.

Ein muffiger Geruch schlug ihr entgegen. Hier war seit Tagen nicht mehr gelüftet worden. Im Haus herrschte fast vollkommene Dunkelheit, denn die heruntergelassenen Jalousien hielten jegliches Tageslicht fern. Lucile suchte nach dem Lichtschalter im Flur und schaltete ihn ein. Dann ging sie ins Wohnzimmer, ließ die Jalousien nach oben fahren und riss die Fenster weit auf. Doch der muffige Geruch schien in den Wänden zu hängen.

»Jean?«, rief sie. »Jean? Bist du hier?«

Keine Antwort. Nichts, das darauf hinwies, dass er im Haus

war. Im Bad entdeckte sie sein Necessaire, die Zahnbürste stand im Zahnputzglas vor dem Spiegel. Er war also nicht verreist.

Langsam erklomm sie die Stufen zum oberen Wohnbereich. Ein seltsamer Geruch mischte sich in die muffige Luft. Lucile spürte, wie ihre Knie mit einem Male weich wurden. Ihre Ahnung wurde zur Gewissheit. Mit einem Ruck öffnete sie die Tür zum Schlafzimmer und schaltete das Licht an. Was sie sah, reichte ihr. Erinnerungen stiegen in ihr hoch. Sie hasste den Tod, und sie hatte sich vorgenommen, ihm in Zukunft aus dem Weg zu gehen. Aber es war ihr nicht gelungen. Mit vorgehaltener Hand lief sie hinunter ins Badezimmer und erbrach sich ins Waschbecken.

Ihre Stirn war feucht. Sie befürchtete, jeden Augenblick zusammenzubrechen. Eine Zeit lang saß sie auf den kalten Kacheln des Badezimmerbodens, bis sie spürte, dass ihre Kräfte zurückkehrten. Dann spülte sie sich den Mund aus und ging ins Wohnzimmer, um die Polizei anzurufen.

Als die Polizei fast dreißig Minuten später erschien, erwartete Lucile die Beamten auf den Stufen vor dem Haus sitzend. Ihr Kopf fühlte sich an wie Watte. Heute Abend würde sich der Knoten lösen und die Tränen zulassen. Das kannte sie bereits. War es nur eine Wiederholung dessen, was sie bereits durchgemacht hatte? Jean war in der Zwischenzeit ein so fester Bestandteil ihres Lebens geworden, dass sie nun glaubte, ohne seine Freundschaft nicht überleben zu können.

Zwei Männer stiegen aus dem Polizeiwagen. Ein weiterer Wagen, offenbar eine Ambulanz, fuhr auf die Einfahrt. Ein weiß gekleideter Mann mit Arzttasche kletterte vom Beifahrersitz. Lucile stand auf und ging ihnen entgegen.

»Lucile Bertrand. Ich habe Sie angerufen.«

Der größere der beiden Polizisten nickte ihr knapp zu. »Duval. Der Tote liegt im Schlafzimmer?«

»Ja, im oberen Stockwerk.«

Die Polizisten gingen an ihr vorbei ins Haus. Lucile setzte sich wieder auf die Stufen. Grillen zirpten, die Sonne stieg höher. Langsam zog sie ihre Strickjacke aus und legte sie achtlos neben sich.

Der Tag, an dem Paul gestorben war, war wesentlich kühler gewesen. Als der Polizist gekommen war, der ihr die schreckliche Nachricht überbracht hatte, waren beim Sprechen kleine Wölkchen entstanden vor Kälte. Sie erinnerte sich, dass der Polizist gelbe Zähne gehabt hatte. Auch Duval hatte schlechte Zähne.

Ermattet fuhr sie sich mit beiden Händen durch das Haar. Was für ein armseliges Leben sie doch hatte. Keinen Mann und keine Freunde. Wie sollte das weitergehen? Sie wusste, sie würde nicht den Mut aufbringen, sich das Leben zu nehmen. Sie hatte viel zu große Angst vor einer Art göttlicher Strafe. Selbstmördern ging es nicht gut im Jenseits, hatte ihre Mutter ihr immer wieder erzählt, sie mussten für ihre Feigheit büßen, das Leben nicht ausgehalten zu haben.

Ein Gedanke stieg in ihr auf. Ob Jean Selbstmord begangen hatte? War das Projekt, an dem er gearbeitet hatte, ihm über den Kopf gewachsen? Nein. Sie schob den Gedanken weit von sich. Jean war ein Kämpfer. Nichts hätte ihn so weit bringen können.

Der zweite Polizist kam die Treppen herunter und winkte sie zu sich heran. »Ich möchte mich kurz mit Ihnen unterhalten.«

Lucile stand auf. »Gut. Gehen wir in die Küche.«

Der Polizist ließ ihr mit einer Handbewegung den Vortritt. Als sie sich an den Küchentisch setzten, zog er einen kleinen Notizblock samt Stift aus der Hemdtasche und stellte sich als Mathieu Rodin vor. Zuerst notierte er sich ihren Namen und ihre Adresse.

»Wie gut kannten Sie Jean Batiste?«

»Sehr gut. Wir waren seit Jahren eng befreundet.«

»Und Sie besaßen einen Schlüssel zum Haus?«

»Ja. Das heißt, ich wusste, wo sich der Ersatzschlüssel befindet. Für Notfälle.«

Rodin kritzelte etwas Unleserliches auf seinen Block und runzelte die Stirn. »Woher wussten Sie, dass es sich um einen Notfall handelte?«

»Er hatte sich auf meine Anrufe hin nicht gemeldet. Das war ungewöhnlich.« Sie schluckte schwer. »Woran ist er gestorben?«

»Es scheint ein Herzinfarkt gewesen zu sein.«

»Ein Herzinfarkt? Er war doch erst Ende dreißig, und er hat sich immer gesund ernährt.«

Rodin zuckte mit den Schultern. »Es gibt wesentlich Jüngere, die daran sterben.« Er leckte sich am Zeigefinger und blätterte das beschriebene Blatt nach hinten. »Hatte er Verwandte? Gibt es jemanden, der verständigt werden sollte?«

»Soweit ich weiß, leben seine Eltern in der Bretagne. Geschwister hatte er keine.«

»Eine Ehefrau?«

»Nein.«

Vom oberen Stockwerk her drangen laute Geräusche. Der Mann, der Arzt zu sein schien, sah kurz in die Küche und nickte Rodin zu. Durch das Küchenfenster konnte Lucile sehen, wie ein Leichenwagen vorfuhr. Sie spürte, wie Tränen in ihr aufstiegen. Zu früh, dachte sie, und schluckte sie runter.

Rodin stand auf. »Wir werden uns mit seinen Eltern in Verbindung setzen. Es wäre gut, wenn Sie sich bereithielten, falls sie keinen Schlüssel zum Haus haben.«

»War das alles? Keine weitere Untersuchung?«

»Es besteht keine Veranlassung dazu.« Er reichte ihr die Hand. Duval war bereits zum Polizeiwagen zurückgekehrt und hupte kurz, aber vernehmlich. »Wenn Sie Fragen haben, rufen Sie im Präsidium an.« Damit wandte sich Rodin um und lief zum Auto. Die Ambulanz verließ gerade mit quietschenden Reifen das Grundstück. Keine zehn Minuten später entfernte sich auch der Leichenwagen.

Dann war Lucile alleine. Sie verspürte das dringende Bedürfnis, nach Hause zu fahren. Rasch ging sie noch einmal durchs Haus, ließ mechanisch die Jalousien wieder herunter und schloss die Tür sorgfältig ab. Dann setzte sie sich in ihren Wagen und fuhr zurück. Auf dem Weg schossen ihr die seltsamsten Gedanken durch den Kopf. Einer von ihnen biss sich am stärksten fest: Jean war nicht eines natürlichen Todes gestorben. Sie konnte nicht sagen, woher sie diese Gewissheit nahm. Aber je länger sie darüber nachdachte, desto unwahrscheinlicher erschien ihr ein Herzinfarkt. Oder spielte ihr nur ihre Phantasie einen Streich? War ein natürlicher Tod so schwer zu glauben?

Benommen parkte sie ihren Jeep vor dem Haus und schloss die Tür auf. Ohne zu zögern ging sie in die Küche, entkorkte eine Flasche Wein und setzte sie direkt an. Dann zündete sie sich eine Zigarette an, sank matt auf den Küchenstuhl und ließ ihren Tränen freien Lauf.

## 5

Es war Freitagabend, halb sieben. Verwundert sah Helena auf die Uhr. Wie schnell die Zeit wieder einmal vergangen war …

Sie schaute sich um. Das Großraumbüro, in dem sie arbeitete, erstreckte sich über fast die gesamte Etage. Einige Tische waren leer, die ersten Angestellten von Bellini und Partner hatten das Bürogebäude bereits verlassen. Die meisten aber saßen noch an ihren Plätzen, vertieft in die Arbeit. Von einem Angestellten der Agentur wurde erwartet, vollen Einsatz zu bringen, und zwar auch über die üblichen Arbeitszeiten hinaus. Für Bellini und Partner zu arbeiten galt als karrierefördernd. Wer hier angestellt war, hatte es unter Hunderten von Bewerbern geschafft. Dafür nahm man auch die längeren Arbeitszeiten in Kauf.

Helena lehnte sich in ihrem Bürostuhl zurück, reckte ihre Arme nach oben und gähnte. Ihre Augen brannten. Es wurde Zeit, dass sie einen Termin bei ihrem Optiker machte. Selbst mit Brille fiel es ihr schwer, den ganzen Tag am Bildschirm zu arbeiten. Aber nun war das Konzept für eine Anzeigenkampagne fertig, das sie am Montag einem Kunden präsentieren sollte. Zufrieden betrachtete sie das Ergebnis. Es war ein gutes Konzept geworden. Sie speicherte die Präsentation ab und wollte den Computer herunterfahren, als ihr Jean Batiste einfiel. In den letzten Tagen hatte sie so viel zu tun gehabt, dass sie den Gedanken an ihn weit von sich geschoben hatte. Nun aber wollte sie endlich seine Telefonnummer herausfinden und sich mit ihm in Verbindung setzen.

Sie rief die Startseite des Internetportals auf und gab einer Suchmaschine seinen Namen ein. Tatsächlich erschienen zwei französische Zeitungsartikel, die von seinen Erfolgen berichteten.

Helena las sie und war beeindruckt. Jean Batiste war allem Anschein nach ein wirklich guter Parfümeur mit Kontakten zu den größten Kosmetikkonzernen. Von ihm stammten einige der bekanntesten Kreationen. Eines der von ihm entwickelten Parfüms hatte sie sogar über Jahre selbst benutzt.

In einem der Artikel wurde erwähnt, dass er bei Valbonne wohnte. Über eine Telefonauskunft versuchte sie, seine Nummer herauszubekommen und war erstaunt, als sie sie tatsächlich so leicht bekam.

Rasch fuhr sie den Computer herunter, griff nach dem Telefon und wählte. Keine Antwort. Nach einigem Klingeln schaltete sich der Anrufbeantworter an. Helena legte den Hörer auf. Sollte sie ihm eine Nachricht draufsprechen? Was aber, wenn ihm etwas zugestoßen war? Wer würde die Nachricht abhören? Sie beschloss, eine verschlüsselte Botschaft aufzusprechen und dabei ihren Namen nicht zu erwähnen.

Erneut wählte sie die Nummer. Während die Verbindung zustande kam, legte sie sich den französischen Text ihrer Nachricht zurecht.

»Hallo Jean. Sie hatten mich Anfang der Woche kontaktiert. Ich benötige zu Ihrer Anfrage noch genauere Informationen. Bitte rufen Sie mich schnellstmöglich zurück.«

Dann gab sie ihre Handynummer an.

Auf dem Nachhauseweg fiel ihr ein, dass sie das Diktiergerät noch immer nicht umgetauscht hatte. Der Merkzettel war anscheinend von ihrem Schlüsselbund abgefallen. Sie könnte es noch schaffen, es aus der Wohnung zu holen und vor Ladenschluss zum Elektrohandel zu bringen. Aber etwas hielt sie zurück. Wer weiß, vielleicht überkam sie doch noch einmal das Bedürfnis, das Band zu Hause abzuspielen.

Als Helena die Haustür aufschloss, begann es zu regnen. Eilig hastete sie die Stufen zu ihrer Wohnung hinauf, öffnete die Balkontüren und schaffte es gerade noch, die Kissen hereinzuholen, die sie gestern Abend auf den Balkonstühlen vergessen hatte. Nachdenklich beobachtete sie, wie sich die Wolken zunehmend verdunkelten. Sie hatte sich einen Altweibersommer gewünscht, aber der Wetterbericht für die nächsten Tage gab ihr keinen Anlass zur Hoffnung.

Fröstelnd ging sie zum Schrank und holte sich einen warmen Pullover heraus. Dann zündete sie ein paar Kerzen an, die dem Raum sofort eine gemütliche Stimmung verliehen, und ging in die Küche, um das Abendessen zu bereiten.

Leise öffnete Gordon die Tür. Der Fitnessraum war leer. Er war meistens leer, obwohl er alles hatte, was man sich unter einem perfekt ausgestatteten Fitnessraum eines luxuriösen Appartementkomplexes vorstellte: hohe Wände mit großen Fenstern, die einen grandiosen Blick auf Straßen und Häuser freigaben, durch die dunkle Tönung aber von außen nicht einsichtig waren. In sonnigem Gelb gewischte, mit Spiegeln versehene Wände, weiße Säulen, einen weichen terrakottafarbenen Teppich. Fabrikneue, glänzende Geräte für jede Art von Muskel- und Ausdauertraining.

Gordon liebte es, seinen Körper zu stählen. Hier, im obersten Stock des Appartementhauses im 8. Arrondissement, unweit der Champs Élysées, konnte er überschüssige Energie abbauen und seine Gedanken ordnen.

Er blickte in einen der Spiegel, atmete tief ein und zog den Bauch nach innen. Leider hatte er weit weniger Zeit für sein Training, als ihm lieb war. Bei flüchtiger Betrachtung sah er für Mitte fünfzig noch jung und gut trainiert aus, wenn man jedoch genauer hinsah, konnte man bereits einen Bauchansatz erkennen.

Er atmete wieder aus, schlang das mitgebrachte Handtuch um seinen Hals und setzte sich an das Rudergerät, das so aufgestellt war, dass er durch die bodentiefen Fenster weit über die Dächer von Paris sehen konnte. Dämmerung senkte sich über die Häuser, der Mond war bereits schemenhaft zu erkennen. Angestrengt ruderte Gordon, bis sich sein Geist entspannte. Seine Gedanken schweiften ab.

Seit Wochen war er schon nicht mehr in seiner Firmenzentrale in Houston gewesen. Vielleicht sollte er seine Geschäfte sogar ganz nach Frankreich verlegen. Er mochte das Land. Es hatte so viel mehr Kultur und Geist als Texas, ja – als ganz Amerika. Die meisten Aufträge bekam er ohnehin aus Europa, denn sein Ruf hier war ausgezeichnet. Die Mächtigen der Medienbranche, aus Industrie und Wirtschaft, selbst Staatsmänner nahmen seine Dienste in Anspruch. Sie alle wussten seine Zuverlässigkeit und Diskretion zu schätzen. Keiner von ihnen hatte ihn jemals gesehen, er arbeitete im Hintergrund. Er war der Mann, der dort weitermachte, wo andere aufhören mussten, um nicht mit dem Ergebnis in Verbindung gebracht zu werden.

Und nun ... Dieser Auftrag konnte ihn zu einem der reichsten Männer der Welt machen. Zwar war er inzwischen zu einem kleinen Vermögen gekommen, seine Dienste ließ er sich gut bezahlen, aber es war ihm niemals genug. Er wollte zu den Reichsten gehören. So reich, dass er auf das Weltgeschehen Einfluss nehmen konnte. Börsen manipulieren, ganze Länder steuern, all denen auf den Kopf spucken, die ihn auch heute noch unterschätzten. Und nun war sein Traum zum Greifen nahe. Das Geld lag so dicht vor seiner Nase – er konnte es fast schon körperlich spüren. Wenn er Glück hatte, waren es nur noch wenige Tage. Wenn er Glück hatte ...

Und wenn dieser Trottel Maurice Recht gehabt hatte mit der Formel. Zuerst hatte Gordon geglaubt, er sei ein weltfremder Spinner, der sich nur wichtig machen wollte. Die Geschichte mit dem Duft der Aphrodite war zu unglaublich, zu irreal. Zudem konnte Maurice Gordons Dienste auch nicht bezahlen und bot ihm einen geradezu lächerlichen Anteil am Erfolg an, obwohl doch er, Gordon, es war, der die Kontakte und Möglichkeiten hatte. Aber irgendetwas an der Geschichte hatte ihn gereizt. Seit Urzeiten versuchten die Menschen, ein Parfüm zu kreieren, das die Sinne des anderen Geschlechts anregt. Einige der Duftstoffe zeigten auch Erfolge, aber sie gingen über eine minimale Steigerung des sexuellen Verlangens nicht hinaus.

Doch dann hatte Gordon Erkundigungen einziehen lassen und festgestellt, dass es Anfang des neunzehnten Jahrhunderts eine seltsame Geschichte aus Grasse gab, von zwei hässlichen, vom ganzen Ort gemiedenen Schwestern, bei denen mit einem Male die attraktivsten und wohl betuchtesten Männer Schlange standen. Man hatte es damals als Hexerei abgetan. Aber es deckte sich mit der Geschichte, die Maurice erzählt hatte.

Gordon hatte erneut Verhandlungen geführt. Maurice würde im Erfolgsfall mehrere Millionen erhalten, er selbst bekäme die Rechte an dem Duft. Und die waren Milliarden wert. Mehr als das.

Maurice hatte widerwillig zugestimmt. Aber ihm war nichts anderes übrig geblieben. Niemand anderes würde ihm Glauben schenken, das wusste er.

Gordon verstärkte die Bewegungen. Das Rudergerät knarrte. Der Gedanke an das Kommende gab seinen Muskeln Kraft. Hart und sehnig traten sie durch sein Shirt hervor. Ein Gefühl der Euphorie stieg in ihm hoch, doch sein Verstand bremste ihn. Freu dich nicht zu früh, dachte er, noch ist die Formel nicht entschlüsselt.

Die Tür wurde aufgerissen. Gordon wandte seinen Kopf dem Eingang zu. Eine Frau in hautengem Sportanzug kam herein, nickte ihm lächelnd zu und stellte sich auf den Stepper, dessen Front ihm zugewandt war.

Gordon war ungehalten. Er legte keinen Wert darauf, in Kontakt mit den anderen Bewohnern der Anlage zu kommen. Aus den Augenwinkeln betrachtete er ihr Gesicht, das fein geschminkt war. Mit den lässig hoch gesteckten Haaren entstand der Eindruck einer Frau Ende dreißig, er ahnte aber, dass sie mindestens Mitte vierzig war. Eine elegante Frau, aber zu alt für seinen Geschmack.

Er verlangsamte das Tempo, wischte sich mit dem Handtuch den Schweiß von der Stirn und verließ den Raum ohne jeden weiteren Blickwechsel.

Sein Appartement war leer. Die Luft roch nach Rauch. Es war gerade eine Stunde her, als sie um den schweren Esstisch gesessen und den Stand der Dinge besprochen hatten. Das Gespräch war in eine hitzige Diskussion ausgeartet, in deren Verlauf Ben Pedro vorgeworfen hatte, die Touristin nicht ausdauernd genug verfolgt zu haben. Gordon hatte die beiden Streithähne trennen müssen. Rivalitäten unter seinen Männern konnte er nicht gebrauchen.

Achtlos warf er das Handtuch auf den Boden und ging ins Badezimmer. In diesem Moment klingelte das Telefon. Er sah auf die Uhr. Halb elf.

»Maurice hier.«

»Hast du die Ergebnisse?«

»Ja.« Maurices Stimme war leise.

»Und?«

»Die Formel ergibt zugegebenermaßen ein sehr gutes Parfüm, aber es kann unmöglich die beschriebenen Wirkungen haben.«

Gordon merkte, wie ihm die Hitze in den Kopf schoss. »Was soll das heißen?«

»Na ja, wie schon gesagt, manche Pflanzen sind nicht mehr ganz so wie zu früheren Zeiten. Aber die Wirkung kann sich nicht derart verändern, dass …«

»Maurice! Ist die Formel echt? Ja oder nein!«

»Nein, es kann sich nicht um den Duft handeln. Meiner Meinung nach gehören auch wesentlich mehr Pheromone hinein. Das sind Stoffe, die sexuelle Signale aussenden. Moschus und Zibet enthalten zum Beispiel eine Substanz, die dem männlichen Testosteron ähnelt.«

»Ich weiß, was Pheromone sind«, erwiderte Gordon ungehalten. »Und dieser Duft enthält nichts dergleichen?«

»Nein. Ich hätte zumindest etwas erwartet, das eine Art berauschende Wirkung ausübt. Dieser Duft aber enthält fast nur Blumen und Hölzer.«

»Verdammt.« Gordon dachte angestrengt nach. Am liebsten hätte er in genau diesem Moment alles abgeblasen. Andere Dinge warteten bereits auf seine Zusage. Wenn er wollte, könnte er sich sofort um die nächste Sache kümmern, bei der ein Präsidentschaftskandidat gezielt in Misskredit gebracht werden sollte. Aber das Projekt um den Duft der Aphrodite war bereits zu weit fortgeschritten, und die Aussicht auf unermesslichen Reichtum ließ sich nicht so ohne weiteres aus seinem Kopf verdrängen.

»Ich melde mich«, beendete er abrupt das Gespräch.

Jean Batiste hatte sie ausgetrickst. Gordon konnte ihn förmlich aus dem Grab lachen hören. Was zum Henker hatte sie dazu gebracht, ihn gleich umzubringen? Das war ganz und gar unprofessionell gewesen. Aber so schnell würde er nicht aufgeben! Es gab noch eine Chance, an die richtige Formel zu kommen: die fremde Frau mit den blonden Locken.

Er musste die Suche nach ihr verstärken, wenn es nicht schon zu spät dafür war. Sie konnte überall sein. Aber Joseph T. Gordon hatte noch nie vorzeitig aufgegeben, und bislang hatten ihm seine Erfolge Recht gegeben.

Langsam hob er den Telefonhörer ab und wählte eine Nummer.

Maurice kochte innerlich. Er hatte es satt, wie Gordon mit ihm umsprang. Schließlich war er derjenige gewesen, der von der Formel erfahren und Gordon kontaktiert hatte, und nicht umgekehrt. Aber Gordon behandelte ihn wie einen Laufburschen. Einen Angestellten, den man nach Lust und Laune anbrüllen konnte.

Wütend stieß er gegen den Stuhl, auf dem er eben noch gesessen hatte und der nun mit einem lauten Krach zu Boden ging. Wenn er seine Wut doch nur auch einmal Gordon an den Kopf schleudern könnte! Aber das traute er sich nicht. Gordon war gefährlich. Das war ihm spätestens klar geworden, als er Jean eiskalt ermorden ließ. War es naiv gewesen zu glauben, Erpressung hätte gereicht, um Jean die Formel abzunehmen? Zu gern hätte er gewusst, was Gordon gegen Jean in der Hand hatte. Geradezu geleuchtet hatten seine Augen, als Maurice ihm mitgeteilt hatte, wer der Mann mit der Formel war.

Er hatte gedacht, mit Gordon könne er partnerschaftlich zusammenarbeiten. Er hatte sich geirrt. Besser hätte er es im Alleingang versuchen sollen, das wusste er nun. Aber noch war es nicht zu spät.

Eine Möglichkeit gab es noch. Vielleicht steckte die Formel doch in dem alten Buch, das er bei Jean gesehen hatte. Damals hatte er einen kurzen Augenblick genutzt, in dem Jean ihre Besprechung für ein Telefonat unterbrochen hatte, um den neuesten Stand seiner Forschungen auszuspionieren. Und da war er auf das Buch gestoßen. Ein altes Tagebuch mit handschriftlichen Aufzeichnungen. Was darin stand, war fast unglaublich. Hektisch hatte er geblättert, mit einem Ohr nach Jeans Schritten gelauscht. Aber die Formel, von der dort die Rede war, hatte er nicht finden können. Vielleicht hatte er damals etwas übersehen?

Dass Jean an der Rekonstruktion der Formel arbeitete, war

eindeutig. Er hatte von einem neuen Projekt gesprochen, das ihn ganz nach vorne bringen könnte. Nur er, Maurice, ahnte, was er damit gemeint hatte.

Maurice stellte den Stuhl wieder hin und setzte sich darauf. Das Buch musste noch im Arbeitszimmer sein. Morgen war die Beerdigung. Noch war es nicht zu spät.

Die Tür zu seinem Arbeitszimmer öffnete sich. Eine dünne, durchtrainierte Gestalt schob sich hinein. »Ich habe Lärm gehört. Ist alles in Ordnung?«

Maurice betrachtete seine Frau gereizt. »Du weißt, ich will hier nicht gestört werden, Nathalie!«

»Ich habe ein Poltern gehört«, beharrte sie und bewegte sich nicht von der Stelle.

Nathalie war ein unglaublich verbissener Mensch. Wenn sie etwas wollte, dann erreichte sie es meist auch, und in diesem Augenblick wollte sie offensichtlich eine Antwort.

»Ich habe mich geärgert«, antwortete Maurice ergeben.

»Das habe ich gehört. Über wen?«

»Geschäftlich.«

Nathalie schnalzte unwillig mit der Zunge, als wolle sie damit zu verstehen geben, wie ungenügend die Antwort war. Maurice zögerte. Wenn er jetzt nicht irgendetwas sagte, dann würde sie ihn den ganzen Abend mit eisigem Schweigen bestrafen. Er seufzte unwillkürlich. Diese dünne Frau mit den langen schwarzen Haaren hatte ihn fest im Griff. Noch.

»Einer meiner Auftraggeber will mal wieder aus Wasser Wein machen.«

»Du hättest niemals von Fragonard weggehen sollen.«

»Sie haben mir zu wenig bezahlt.« Zu wenig, als dass ich deinen hohen Ansprüchen hätte genügen können, fügte er im Stillen hinzu. Nathalie sah gut aus. Elegant, und auf eine berückende Weise knabenhaft schön. Durch das hautenge Prada-

Kleid konnte man ihre kleinen Knospen durchscheinen sehen. Doch obwohl sie sich ihm schon seit Monaten verweigerte, erregte ihn der Anblick nicht. Er war zu wütend.

Sie schnalzte nochmals mit der Zunge, wandte sich um und verließ das Arbeitszimmer.

Maurice lehnte sich zurück und starrte an die Decke. Früher war er stolz gewesen, dass er derjenige war, dem Nathalie ihre Gunst schenkte. Das schönste Mädchen der Gegend aus wohlhabendem Hause wollte ihn, den jungen aufstrebenden Parfümeur ohne Geld.

Es war sein gutes Aussehen, das sie an ihm gemocht hatte, und die Aussicht auf eine glänzende Karriere. Doch sein Aussehen welkte mit den Jahren dahin. Sein ehemals volles Haar war im Laufe der Zeit lichter geworden, und als er dreißig wurde, konnte er die immer höher werdende Stirn nicht mehr verbergen. Jetzt, mit Anfang vierzig, zierte ein Kranz die Seiten seines Kopfes, und die immer stärker zum Vorschein kommenden grauen Haare machten ihn nicht eine Spur attraktiver. Im Gegenteil.

Nathalie hingegen schien mit den Jahren immer schöner zu werden, aber leider auch immer unzufriedener. Es gab nichts, an dem sie nicht etwas auszusetzen hatte. Das kleine Haus, das sie als nicht standesgemäß empfand, seine beginnende Lethargie, seine sich dahinschleppende Karriere.

Als er sich selbständig machte, hatte er die großen erfolgreichen Parfümeure vor Augen, die sich vor Aufträgen nicht retten konnten und allesamt in Geld schwammen. Aber nachdem er von Jahr zu Jahr immer weniger Aufträge bekam, musste er sich eingestehen, dass seine Arbeit nur mittelmäßig war. Er war ein guter Handwerker, mehr nicht. Die Kreativität, die er in sich glaubte, war eine Ausgeburt seiner Phantasie gewesen. Wie gerne wäre er so talentiert gewesen wie Jean …

Aber er musste einsehen, dass er am besten nach festen Vorgaben arbeiten konnte – und das gab Nathalie Recht, wenn sie es einen Fehler nannte, bei Fragonard gekündigt zu haben. Aber das würde er vor ihr niemals zugeben. Die bittere Wahrheit war, dass selbst Fragonard ihn nicht mehr einstellen würde, und wenn doch, dann nur, um Touristen eine Einführung in die hohe Kunst der Parfümherstellung zu geben.

Nun aber war seine Chance gekommen, aus diesem bescheidenen Leben herauszukommen und es all den anderen zu zeigen. Den größten Triumph ließ er bereits seit Tagen in seinem Kopf entstehen: Wenn er nun selbst die richtige Formel fände und entschlüsselte, würde er Nathalie um die Scheidung bitten. Großzügig überließe er ihr dann das Haus, was sie ganz sicher veranlassen würde, schnell zuzustimmen, bevor er es sich anders überlegte. Und dann würde er das ganz große Geld machen. Ohne sie.

## 6

Es waren nicht so viele Menschen gekommen, wie Lucile erwartet hatte. Nur wenige Trauergäste standen am Grab und gaben Jean die letzte Ehre. Die meisten waren Kollegen. Von Jeans Kunden waren Beileidsschreiben gekommen, aber keiner von ihnen hatte es für notwendig empfunden, ihm einen letzten Besuch abzustatten. Nicht einmal die Presse, die ihn zu Lebzeiten umschwärmt hatte, schien ein Erscheinen für notwendig zu erachten, geschweige denn einen Nachruf. Nur ein kurzer Artikel in einer kleinen Tageszeitung von Grasse, sonst nichts.

Sein Vater war froh gewesen, dass sie sich um die Details

gekümmert hatte. Gramgebeugt stand er ihr nun gegenüber und senkte den Kopf fest auf seine Brust. Jeans Mutter war nicht in der Lage gewesen, aus der Bretagne anzureisen. Monsieur Batiste hatte erklärt, sie leide an starkem Rheuma und habe das Haus seit Jahren nicht mehr verlassen. Aber es sei auch besser so. Es hätte ihr das Herz gebrochen, der Zeremonie beizuwohnen.

Mit Tränen in den Augen blickte Lucile zum Himmel. Dicke Wolken zogen auf und sie befürchtete schon, dass es anfangen würde zu regnen. Aber als sich die kleine Trauergemeinde auf dem Weg zurück zu ihren Autos befand, war es noch immer trocken.

Kaum jemand wollte der Einladung zu Kaffee und Kuchen in Jeans Haus folgen. Also saß Lucile alleine mit drei Männern am Esstisch: Jeans Vater, Didier Lenard, einem Essenzenhändler aus Grasse, und Jeans Kollegen Maurice Signac.

Seltsam, dachte Lucile, wie vergänglich alles ist. Noch vor wenigen Wochen wurde er von den Großen der Branche für sein neuestes Parfüm gelobt, das in Amerika sogar die Nummer eins war, und heute kräht kein Hahn mehr nach ihm. Das ist das Schicksal der großen Parfümeure. Sie arbeiten zu sehr im Hintergrund, und obwohl es nur wenige hundert auf der ganzen Welt gibt, scheinen sie fast austauschbar. Kaum jemand weiß wirklich, wer hinter den großen Namen steckt.

Bitterkeit kroch in ihr auf. Wenn die Leute damals gewusst hätten, wer in Wahrheit den Duft *Brillante* entworfen hatte …

Erinnerungen an Pauls Beerdigung stiegen in ihr hoch. Es waren mehr Menschen gekommen als heute, aber Paul hatte auch nicht so zurückgezogen gelebt wie Jean. Paul hatte die Öffentlichkeit geliebt. Und obwohl auch sie selbst zeitweilig ein öffentliches Leben geführt hatte, säßen sicher auf ihrer eigenen Beerdigung ebenfalls nicht mehr als vier Menschen beim

Bestattungsmahl. Wenn überhaupt. Von der großen Zeit war nichts mehr geblieben, außer der Erinnerung.

»Sie würden mir eine große Last abnehmen, wenn Sie sich um die Räumung und um den Verkauf des Hauses kümmerten«, sagte in diesem Moment der Vater und blickte sie mit wässrig-verschwommenen Augen an. »Ich würde es nicht verkraften, in den Sachen herumzuwühlen.«

Lucile nickte. Auch wenn sie sich nicht sicher war, ob sie selbst mehr Kraft besaß als er.

»Wenn Sie etwas von den Sachen behalten wollen, tun Sie es. Den Rest verkaufen Sie am besten an einen Nachlasskäufer.« Er drückte ihre Hand. »Es ist schön zu wissen, dass Jean eine so nette Freundin hatte.«

»Möchten Sie nicht noch einmal durch das Haus gehen und sehen, was Sie mitnehmen wollen?«

Monsieur Batiste schüttelte den Kopf.

Maurice, der die ganze Zeit schweigend am Tisch gesessen hatte, meldete sich zu Wort. »Ich würde gerne noch einmal durch die Räume gehen. Ich kann es noch gar nicht fassen ...«

Lucile fand, dass er besonders mitgenommen aussah. Sein Gesicht war blass, die Augen gerötet. Sie hatte bemerkt, wie er am Grab geweint hatte. Irgendwie schien ihn Jeans Tod besonders mitzunehmen.

»Ja. Geh nur.«

Maurice erhob sich und ging aus der Küche. Eine Weile herrschte Schweigen. Jeder hing seinen Gedanken nach.

»Jean war ein so talentierter Junge«, sagte Monsieur Batiste unvermittelt. »Er hatte es nicht verdient zu sterben.« Mit zitternden Händen wischte er sich eine Träne aus dem Gesicht. »In unserer Familie hat es noch niemals Herzprobleme gegeben.«

Didier Lenard, der den Blick fest auf seinen Teller geheftet hatte, hob den Kopf. »Vielleicht hatte er zu viel Fleisch gegessen?«

»Jean war Vegetarier«, erwiderte Lucile.

»Dann zu viel Stress?«

Lucile musste sich beherrschen, um die aufkeimende Wut nicht an Monsieur Lenard auszulassen. »Wenn Sie es genau wissen wollen, ich glaube nicht an einen natürlichen Tod.«

»Was dann? Glauben Sie, jemand hat ihn im Schlaf ermordet? Das hätten die Ärzte sicher festgestellt.«

»Sie haben ihn doch nur kurz untersucht. Weder haben sie den Hausarzt befragt, noch eine Obduktion gemacht. Ich hätte gute Lust, den Fall aufzurollen.«

Lucile bemerkte das erschrockene Gesicht von Monsieur Batiste. Sie nahm an, dass sie zu weit gegangen war. »Keine Sorge, Monsieur. Es war nur so ein Gedanke. Ich werde Ihren Sohn in Frieden ruhen lassen.«

Ein Ausdruck der Erleichterung trat in sein Gesicht. Später dachte Lucile, dass er ein wenig zu erleichtert gewirkt hatte. Wäre es nicht logischer gewesen, er hätte darauf gedrungen, die wahre Todesursache herauszufinden?

Maurice erschien in der Tür. Sein Gesicht war angestrengt. Er wirkte unzufrieden.

»Ich gehe jetzt. Vielen Dank für die Bewirtung ... « Er gab Lucile seine Hand. Sie hing schlaff in ihrer.

Seltsam, dachte sie, sie hatte ihn als einen Mann in Erinnerung, der genau wusste, was er tat. Jeans Tod schien ihn völlig aus dem Gleichgewicht gebracht zu haben. Aber wahrscheinlich war es nur die Tatsache, dass der Tod ihnen allen näher kam, je älter sie wurden. Und das konnte nicht jeder verkraften.

»Au revoir, Maurice. Und danke, dass du da warst.«

»Das war das Mindeste, was ich für Jean tun konnte.« Er zögerte. »Ich würde dir gerne beim Zusammenpacken seiner Sachen helfen.« Er sah sich um und breitete die Arme aus. »Es ist doch so wahnsinnig viel zu tun …«

»Vielen Dank. Aber ich möchte das lieber alleine machen.« Sein plötzlicher Eifer erschien Lucile merkwürdig. Er hatte nur oberflächlich mit Jean zu tun gehabt, war nicht gerade einer seiner besten Freunde, eher einer seiner Konkurrenten. Wollte er etwa in Jeans Arbeiten spionieren? Aber sie tat es dann doch als eine nette Geste ab. Freundlich lächelte sie ihn an. »Trotzdem danke für das Angebot.«

Maurice nickte. Lucile glaubte, einen Anflug von Enttäuschung in seinem Blick zu sehen. Sie begleitete ihn noch kurz zur Tür und setzte sich dann wieder an den Tisch in der Küche.

Eine Zeit lang saßen die drei Trauernden in Gedanken versunken da. Schließlich stand Didier Lenard von seinem Stuhl auf, bedankte sich für das Essen und ging.

Wenig später brachte Lucile Monsieur Batiste zurück in sein Hotel. Sie verabredeten, dass sie ihn am nächsten Morgen wieder abholen und zum Bahnhof bringen würde. Dann fuhr sie noch einmal zu Jeans Haus zurück, um die Reste des Mahls zu beseitigen. Eilig machte sie sich an die Arbeit, wusch das Geschirr ab und stellte es ordentlich zurück in den Küchenschrank, bis sie begriff, wie unsinnig diese Handlung eigentlich war.

Kurz bevor sie das Haus wieder verließ, ließ sie alle Jalousien herunter. Als sie ins Wohnzimmer trat, stutzte sie. Das rote Lämpchen am Anrufbeantworter leuchtete. Sie zögerte kurz, drückte den Knopf und lauschte.

*»Hallo Jean. Sie hatten mich Anfang der Woche kontaktiert. Ich benötige zu Ihrer Anfrage noch genauere Informationen. Bitte rufen Sie mich schnellstmöglich zurück.«*

Die Anruferin sprach fließendes Französisch mit einem

leichten Akzent. Und sie behauptete, noch Anfang der Woche eine Anfrage von Jean bekommen zu haben. Jean war laut Aussage des Arztes am Montag gestorben. War sie die Letzte, die mit ihm gesprochen hatte? Hastig suchte sie einen Zettel und notierte sich die angegebene Telefonnummer. Dann löschte sie den Anruf und verließ das Haus.

Pierre Lucas starrte auf den Zettel in seinen Händen. Ja, er erinnerte sich. Eine der Telefonistinnen hatte ihm die Nachricht in die Hand gedrückt. Er war anscheinend in Gedanken ganz woanders gewesen und musste den Zettel irgendwie in die falsche Ablage gelegt haben.

Hilflos strich er sich über das schüttere Haar. Das war nicht das erste Mal, dass er eine dringliche Sache verlegt hatte. Es würde Konsequenzen haben.

Sicher, er war inzwischen alt geworden und sein Gedächtnis wurde immer schwächer. Aber er war noch immer ein guter Polizist. Er war es, der die Einbruchserie in den verlassenen Ferienanlagen aufgeklärt hatte. Dieser Fall hatte ganz Vence und Umgebung in Atem gehalten. Bis er, Pierre, herausgefunden hatte, dass es sich bei dem Einbrecher um den Inhaber einer örtlichen Sicherheitsfirma handelte, der neben den Einnahmen aus den Verkäufen des Diebesgutes auch noch zusätzliche Aufträge bekommen wollte.

Aber das war bereits ein paar Monate her. Würde man sich daran erinnern, wenn er berichtete, er habe eine wichtige Nachricht fast eine Woche lang auf seinem Schreibtisch vergammeln lassen? Er bezweifelte es. Wütend auf sich selbst betrachtete er die Mitteilung. Ein Hotel, das am Stadtrand von Saint-Paul-de-Vence lag, hatte sich auf das Fax mit dem Phantombild gemeldet. Sie hatten einen weiblichen Gast identifiziert, der den Urlaub bei ihnen verbrachte. Das Datum der Nachricht zeigte, dass die Frau zum Zeitpunkt der Mitteilung noch anwesend gewesen war. Pierre Lucas schüttelte den Kopf. Man hätte sofort die entsprechenden Schritte einleiten können. Nun mussten die Aktivitäten ins Ausland verlegt werden. Das kostete Zeit und Geld. Geld, das man wegen des Versäumnisses vielleicht sogar ihm anlasten würde. Die Hotelleitung hatte die Adresse der Frau angegeben. Eine Adresse in Deutschland.

Pierre Lucas stand auf und ging im Zimmer auf und ab. Schweiß bildete sich auf seiner Stirn. Er zog ein viel benutztes Taschentuch aus seiner Hosentasche und wischte ihn ab.

Sollte er erzählen, er habe den Zettel erst jetzt von den Telefonistinnen bekommen? Nein, das würde man ihm nicht abnehmen. Die Telefonistinnen waren in diesem Punkt zuverlässig. Jedenfalls zuverlässiger als er selbst.

Nachdenklich betrachtete er das Chaos in seinem Büro. Akten lagen auf dem Boden, auf dem Schreibtisch quollen die Ablagekörbe über und selbst auf dem Fensterbrett türmte sich die Arbeit. Wenn er ehrlich war, schaffte er das tägliche Pensum nicht mehr. Es stimmte. Er war alt geworden. Aber was sollte er ohne seinen Beruf tun? Nur noch drei Jahre bis zur Pensionierung. Würde man ihn vorzeitig entlassen?

Stirnrunzelnd legte er die Mitteilung auf seinen Schreibtisch zurück. Sollte er sie nun weitergeben? Oder sollte er sie zerreißen und in seinem Papierkorb verschwinden lassen? Würde es jemals herauskommen? Das Hotel würde sich sicher nicht noch einmal melden und den Fall verfolgen. Im Grunde genommen war es seine einzige Chance.

Pierre drehte sich zum Fenster und starrte auf die belebte Straße. Er rang mit sich. Hinweise verschwinden zu lassen widerstrebte seiner Polizeiwürde. Er war noch einer vom alten

Schlag, und davon gab es sicherlich nicht mehr viele heutzutage. Wenn diese Frau gesucht wurde, dann hatte sie gewiss etwas verbrochen. Dann war es seine Pflicht, zur Klärung des Falls beizutragen. Aber war ihm sein Beruf nicht doch wichtiger? Arbeit bis zum Ruhestand?

Er griff nach seiner Jacke. Zuerst brauchte er etwas im Magen. Nebenan gab es ein Bistro mit phantastischen Sandwichs. Vielleicht würde er sich auch einen Pastis genehmigen. Und dann, wenn er gesättigt und innerlich ruhiger war, würde er eine Entscheidung treffen.

Es war nach zehn Uhr abends, als Helena die Tür zu ihrer Wohnung aufschloss. Lauthals gähnte sie, ohne sich Mühe zu machen, die Hand vor den Mund zu halten. Die Arbeit hatte sie wieder voll gefangen genommen. Die Kunden waren von der Präsentation begeistert gewesen und sie hatte damit der Agentur einen großen Auftrag gesichert. Schon warteten die nächsten Projekte, und wenn es nach ihrem Chef ginge, dann würde sie noch jetzt im Büro sitzen.

Sie verspürte ein kneifendes Hungergefühl im Magen. Ihr fiel ein, dass sie ja noch hatte einkaufen wollen. Seufzend ging sie in die Küche und wärmte sich eine Dosensuppe, als das Handy klingelte. Wer konnte um diese Uhrzeit anrufen? Einen kurzen Augenblick musste sie an Tom denken, doch sie verwarf den Gedanken sofort wieder. Müde ging sie ins Wohnzimmer, wo sie ihre Handtasche mit dem Handy abgestellt hatte.

Nur jemand aus der Familie ruft so spät an, dachte sie, oder Julie. Umso erstaunter war sie, eine weibliche Stimme zu hören, die französisch sprach.

»Mein Name ist Lucile Bertrand. Sie hatten eine Nachricht für Jean Batiste hinterlassen.«

»Ja.« Mit einem Schlag war Helena hellwach.

»Sie sprachen von einer Anfrage.«

»Stimmt.«

»Was war das für eine Anfrage?«

»Ich würde das gerne mit Jean Batiste persönlich besprechen«, antwortete Helena vorsichtig.

»Das wird wohl nicht möglich sein.«

»Warum nicht?«

Auf der anderen Seite der Leitung entstand eine kurze Pause. Schließlich kam ein tiefes Seufzen. »Jean Batiste ist tot.«

Für einen Moment stockte Helena der Atem. Sie musste sich eingestehen, dass es nicht unerwartet kam. Insgeheim hatte sie es sogar geahnt.

»Das tut mir sehr Leid.«

»Ich bin eine sehr enge Freundin von Jean. Mir liegt viel daran, die Umstände seines Todes zu ergründen. Sie scheinen einer der letzten Menschen gewesen zu sein, der mit ihm gesprochen hat.«

Helena zögerte. Die Frau klang sympathisch. Aber inwieweit konnte sie ihr trauen? Wenn Batiste tot war, konnten dann nicht auch seine Mörder das Band abgehört haben? Ihr Herz begann heftig zu klopfen. Dann hätte sie die Mörder durch ihren Anruf direkt zu sich geführt. Wie hatte sie sich am Telefon eigentlich gemeldet? Mit ihrem Namen? Sie konnte sich nicht mehr daran erinnern.

»Hallo? Sind Sie noch da?«

Die Stimme brachte sie zurück. Sie schluckte hart. »Ja. Entschuldigen Sie bitte. Wie ist er denn gestorben?«

»Der Arzt, der ihn untersucht hat, sagt, es sei ein Herzinfarkt gewesen.«

»Ein Herzinfarkt?«

»Ja. Er lag in seinem Bett.«

»Sind Sie sich da sicher?«

»Ja.« Lucile Bertrands Stimme wurde rau. »Ich habe ihn gefunden.«

»Wann ist er gestorben?«

»Laut Aussage der Ärzte am Montag.«

Helena dachte nach. Wenn Batiste noch am Tag seiner Verfolgung gestorben war, dann war es auf jeden Fall Mord gewesen und kein Herzinfarkt. Und dann wäre es eigentlich recht unwahrscheinlich, dass die Mörder Tage danach noch einmal in sein Haus kamen, um den Anrufbeantworter abzuhören. Von dieser Frau sollte eigentlich keine Gefahr ausgehen. Aber konnte sie ihr vertrauen?

»Ich kann mir nicht vorstellen, dass er an einem Herzinfarkt gestorben ist.«

»Wie kommen Sie darauf?«

»Er wurde verfolgt.«

»Ich habe es gewusst!« Die Stimme am anderen Ende der Leitung klang erregt. »Ich hatte es von Anfang an geahnt. Von wem wurde er verfolgt?«

»Hören Sie, ich kann Ihnen dazu nicht mehr sagen. Ich weiß ja noch nicht einmal, wer Sie sind.«

»Ich sagte es doch bereits. Ich bin … war eine gute Freundin. Seine engste. Sie müssen mir alles erzählen.«

Helena schüttelte heftig den Kopf, als könne die Frau es am Telefon sehen. »Nein. Das müssen Sie verstehen.«

»Was muss ich verstehen?« Lucile Bertrand hob ihre Stimme an. »Mein bester Freund ist gestorben. Angeblich an einem Herzinfarkt, was ich von Anfang an bezweifelt hatte. Nun erzählen Sie mir, er hatte Feinde. Nein. Verstehen *Sie* mich. Ich habe ein Recht auf die Wahrheit.«

»Es tut mir Leid.«

Damit beendete Helena die Verbindung und schaltete das

Handy aus. Langsam legte sie es beiseite und ging zum Fenster. Starrte in die Dunkelheit. Der Hunger war vergessen, an Schlaf gar nicht zu denken. Jean Batiste war tot. Warum hatte sie nichts darüber im Internet gefunden? Hätten die Zeitungen nicht auch von seinem Tod berichten müssen?

Was sollte sie jetzt bloß tun? Sie hatte das Bedürfnis, mit jemandem über das Geschehen zu reden – mit jemandem, der Batiste kannte. Konnte sie Lucile Bertrand vertrauen?

Und vor allem – wie sollte es nun weitergehen? Was sollte sie mit ihrem Wissen anfangen? Alles Material vernichten? Nein. Ignorieren war mit Sicherheit der falsche Weg. Zur Polizei gehen? Aber die französischen Behörden hielten Batistes Tod für einen natürlichen. Die beste Lösung wäre wahrscheinlich, Batistes Erben ausfindig zu machen. Oder einen Menschen, dem er vertraut hatte. Wenn die Formel wirklich echt war, dann gehörte sie in Hände, die etwas damit anzufangen wussten.

Eine Weile stand sie dort, die Augen starr in die Ferne gerichtet. Langsam fand sie ihre Ruhe wieder.

Lucile Bertrand starrte auf das Telefon. Die Frau am anderen Ende der Leitung schien Angst gehabt zu haben. Sie musste ihr Vertrauen gewinnen. Diese Frau war der Schlüssel zu Jeans Tod. Sie war wahrscheinlich die Letzte gewesen, die ihn lebend gesehen hatte, und sie hatte angedeutet, was Lucile selbst befürchtet hatte: Jean war nicht eines natürlichen Todes gestorben. Jemand hatte ihn umgebracht und seinen Körper so manipuliert, dass man einen Herzinfarkt vermutete.

Wie war noch gleich ihr Name? Sie hatte ihn genannt, da war sich Lucile ganz sicher. Aber sie hatte ihn in der Aufregung wieder vergessen.

Mit einem Ruck setzte sie sich auf, ging in die Küche und

schenkte sich ein Glas Rotwein ein. Für einen Augenblick zögerte sie und betrachtete den Kasten Mineralwasser, der neben der Spüle stand. Früher, als Paul noch lebte, hatte sie kaum Alkohol getrunken. Alkohol schädigt die Sinnesorgane. Für einen Parfümeur war er tabu. Sie zuckte die Schultern und hob das Glas an. Die Zeiten hatten sich verändert.

Langsam nippte sie vom Wein und rollte ihn auf der Zunge. Vergeblich. Er war nicht gut genug, um den Gaumen zu kitzeln. Hektisch trank sie zwei tiefe Schlucke, ging zurück zum Telefon und wählte erneut die Handynummer. Die Mobilbox sprang an. Die deutsche Sprache klang hart und schwer in ihren Ohren, aber sie erkannte die Stimme der Frau, mit der sie eben gerade gesprochen hatte.

»Hier spricht noch einmal Lucile Bertrand. Ich wollte Ihnen nur noch kurz meine Telefonnummer geben, falls Sie doch noch mit mir sprechen wollen. Ich verstehe Ihre Angst. Aber ich möchte nur die Wahrheit herausfinden, mehr nicht. Wenn es Ihnen hilft, können Sie mich gerne überprüfen lassen. Ich habe nichts zu verbergen. Wenn Ihnen nur ein wenig daran gelegen ist herauszufinden, woran Jean gestorben ist, dann sollten wir uns unterhalten. Ich würde mich jedenfalls über einen Rückruf sehr freuen.«

Lucile setzte das Glas an und leerte es in einem Zug. Dann entzündete sie eine Zigarette, inhalierte den Rauch, legte den Kopf zurück und blies kleine Wölkchen gegen die Decke.

Zumindest hatte sie jetzt die Gewissheit. Morgen wollte sie Monsieur Batiste anrufen und um Zustimmung bitten, seinen Sohn noch einmal aus dem Grab zu holen und obduzieren zu lassen. Jetzt, wo es bestätigte Zweifel gab, würde er es sicher verstehen.

## 7

Der Dienstag begann entgegen den Vorhersagen mit klarblauem Himmel. Es versprach, ein schöner Tag zu werden. Summend zog Helena einen knielangen Rock an und eine passende hellblaue Bluse. Dazu Stiefel und einen dunklen Blazer, denn trotz der strahlenden Sonne war es draußen doch recht frisch.

Prüfend betrachtete sie sich im Spiegel. Ihre Sonnenbräune war schon merklich blasser geworden, aber die Sommersprossen waren noch klar und deutlich. Das lockige Haar stand wirr um ihren Kopf und ließ sich heute auch durch kräftiges Bürsten nicht bändigen. Sie dachte kurz daran, sich die Haare zu einem festen Knoten zu stecken, überlegte es sich aber anders. Es war ja niemand da, dem es auffallen würde.

Dann ging sie in die Küche, stürzte hastig das morgendliche Müsli zusammen mit einer Tasse Kaffee hinunter, griff nach der Aktentasche und verließ das Haus.

Während sie in ihr Auto stieg, glaubte sie zu spüren, wie Blicke sie von hinten fixierten. Aber als sie sich umdrehte, war niemand zu sehen.

In Gedanken versunken lenkte sie den Wagen durch den Berufsverkehr. Fast hätte sie ein Fahrzeug gerammt, das zum Überholen ansetzte. In letzter Sekunde trat sie auf die Bremse.

»Reiß dich zusammen«, schimpfte sie laut und versuchte, sich wieder auf den Straßenverkehr zu konzentrieren. Aber immer wieder tauchte das Bild von Batiste auf. Seine große, schlanke Figur, sein gehetzter Blick. Es war nur eine kurze Begegnung gewesen. Eigentlich viel zu kurz, um sich in irgendeiner Art verbunden zu fühlen. Helena seufzte. Sein Tod nahm sie mehr mit als erwartet.

Ein gelbes Licht flammte im Armaturenbrett auf. Sie hatte

kaum noch Benzin. Abrupt lenkte sie den Wagen auf die nahe gelegene Tankstelle. Im Augenwinkel bemerkte sie, wie ein anderes Auto ebenso hektisch in die Einfahrt der Tankstelle einbog, aber sie maß dem keinerlei Bedeutung zu.

Um acht Uhr erreichte sie den Bürokomplex, in dem Bellini und Partner seine Räume hatte. Sie fand einen Parkplatz in der Tiefgarage und fuhr mit dem Fahrstuhl in die dritte Etage, in der die Büros lagen.

In den Räumen herrschte bereits hektisches Treiben. Zwei Telefone klingelten, ohne beachtet zu werden, einer der Kontakter raffte eilig mehrere Mappen zusammen, offenbar auf dem Weg zu einem Kundentermin. Im Hintergrund hörte man helles Lachen, das zeitweilig von einem zu laut geführten Telefonat übertönt wurde. Kaum hatte Helena das Großraumbüro betreten, passte sie sich der allgemeinen Hektik an. Zügig durchschritt sie den Raum auf dem Weg zu ihrem Arbeitsplatz und nickte ihren Kollegen freundlich zu. Dann setzte sie sich an ihren Schreibtisch, schaltete den Computer ein und vertiefte sich in die Arbeit.

Nach einer Weile verspürte sie Lust auf einen Becher Kaffee. Die Küche befand sich an der anderen Seite des Gebäudes. Dort angekommen, musste sie feststellen, dass die Kaffeekanne wieder einmal leer war, obwohl es als ungeschriebenes Gesetz galt, dass derjenige, der den letzten Kaffee entnahm, neuen zu machen hatte.

Während sie darauf wartete, dass der Kaffee durchlief, stellte sie sich ans Fenster und beobachtete das Treiben auf der Straße. Sie genoss die kurze Auszeit. In den letzten Tagen musste sie feststellen, dass ihr die Arbeit nicht mehr ganz so viel Spaß machte. Lag es daran, dass sie sich nach dem Urlaub nicht mehr an die vielen Überstunden gewöhnen konnte?

Mit einem Mal zuckte sie zusammen. Der Mann, der dort unten an einem silbernen Mercedes lehnte und telefonierte, kam ihr bekannt vor. Er sah aus wie der Mann, der sie in Monaco verfolgt hatte. Dunkle lockige Haare, rundes Gesicht. Nein. Das konnte nicht sein. Sie musste sich irren.

Aber als er den Kopf nach oben wandte und direkt in ihre Richtung zu blicken schien, war jeder Zweifel ausgeschlossen. Hektisch wich sie vom Fenster zurück.

Mit schweißnassen Händen umklammerte sie die leere Kaffeetasse. Ihr Puls raste. Wenn derselbe Mann hier in Hamburg vor dem Büro, in dem sie arbeitete, auftauchte, konnte es nur heißen, dass nun auch ihr Leben in Gefahr war. Sie musste an das Telefonat mit Lucile Bertrand denken. Jean Batiste war tot. Und dasselbe Schicksal würde auch sie ereilen, wenn sie sich dem nicht schleunigst entzog.

Eilig stellte sie die Kaffeetasse ab und lief in den Teil des Büros, in dem Julie arbeitete.

Diese saß gerade mit einem Grafiker zusammen, tief über eine Zeichnung gebeugt. Hektisch winkte Helena ihr zu. »Julie, hast du bitte einen Augenblick Zeit?«

Julie sah verwundert hoch. »Gleich. Ich muss das hier ganz kurz noch besprechen.«

»Bitte, es ist dringend.«

Julie betrachtete die Freundin und schien nun erst ihre vor Angst geweiteten Augen zu bemerken. »Gut.« Sie wandte sich dem Grafiker zu. »Ich komme nachher an deinen Platz. du kannst ja schon mal anfangen, das Besprochene umzusetzen.«

Helena wartete, bis er weg war. »Julie, ich brauche deine Hilfe!«

»Großer Gott, du siehst ja aus, als wäre etwas Furchtbares passiert. Ganz blass bist du.«

»Der Mann aus Monaco. Ich habe ihn gesehen. Hier. Vor dem Eingang des Bürohauses.«

»Das ist doch unmöglich. Bist du dir da sicher?«

»Ja, ganz sicher!«

Julie sah Helena voller Sorge an. »Woher weiß er denn, wo du arbeitest?«

»Ich habe keine Ahnung. Wahrscheinlich ist er mir sogar von zu Hause aus gefolgt. Ich hatte heute Morgen ein seltsames Gefühl. So, als würde ich beobachtet. Kann es sein, dass jemand durch die Handynummer Name und Wohnort herausfindet?«

»Unwahrscheinlich. Wem hast du denn deine Nummer gegeben?«

»Ich hatte sie bei dem Mann auf den Anrufbeantworter gesprochen, der mir das Päckchen in die Hand gedrückt hatte.« Ihre Stimme begann zu zittern. »Julie, er ist tot!«

Julies Augen weiteten sich. »Du musst die Polizei informieren.«

»Was kann die denn schon ausrichten …«

»Ich weiß es nicht, aber wenigstens solltest du sie um Hilfe bitten! Zumindest können sie dir sicher besser helfen als ich.«

Julie hob den Telefonhörer ab und drückte ihn Helena energisch in die Hand. Dann suchte sie die Nummer der nächsten Polizeistation heraus und hielt sie Helena hin.

Helena setzte sich auf die Schreibtischkante und wählte. Ein freundlich klingender Beamter meldete sich. Sie versuchte, das Zittern in ihrer Stimme unter Kontrolle zu halten.

»Ich werde von einem Mann verfolgt, der jemand anderen umgebracht hat. Können Sie mir weiterhelfen?«

»Natürlich«, antwortete der Mann verbindlich. »Wie ist der Name des Mannes?«

»Das weiß ich nicht.«

»Aber Sie haben beobachtet, wie er jemanden umgebracht hat?«

»Nein. Beobachtet habe ich es nicht. Aber er hat zur selben Zeit, in der er mich schon einmal verfolgt hat, mit Komplizen seinem Opfer nachgestellt. Und das ist jetzt tot.«

»Wer ist das Opfer?«

»Jean Batiste.«

»Und er wurde ermordet aufgefunden?«

»Ja. Das heißt nein. Man geht von einem Herzinfarkt aus ... « Helena seufzte. Sie merkte, dass sie so nicht weiterkam. »Hören Sie. Der Mann, der unten vor den Büroräumen auf mich wartet, hat mich bereits in Monaco verfolgt. Wie kann ich mich schützen?«

Der Mann atmete tief ein. »Es tut mir sehr Leid. Ohne konkrete Angriffe oder Belästigung vor Zeugen können wir nichts machen.«

»Aber wenn er mich nun auch ermorden will?«

»Leider sind uns ohne konkrete Beweise die Hände gebunden. Weisen Sie uns nach, dass Sie belästigt werden oder in Lebensgefahr schweben, und wir helfen Ihnen gerne.« Seine Stimme klang mitfühlend.

Resigniert legte Helena den Hörer auf die Gabel. »Ohne Beweise machen die nichts«, erklärte sie Julie, die sie fragend ansah.

»Was nun?«

Helena hob die Schultern. »Ich weiß es nicht. Ich traue mich auf jeden Fall nicht nach Hause.«

»Ich verstehe das Ganze nicht. Warum sollte man dich verfolgen? Ich denke, auf der Kassette war nichts Wichtiges drauf!«

Helena stand auf, wiegte den Kopf und atmete tief ein. Es nützte nichts. Sie brauchte Julies Hilfe. »Ich habe dir nicht die ganze Wahrheit erzählt. Das Tonband war besprochen und von einem Zettel mit einer Formel umhüllt.«

»Warum hast du vorher nichts gesagt?«

»Ich hielt es für nicht so wichtig.«

»Für nicht so wichtig? Du wirst durch halb Monaco verfolgt, der Überbringer des Päckchens wird ermordet aufgefunden, und du hältst es für nicht so wichtig! Wenn mich nicht alles täuscht, ist der Mann hier, um das Päckchen zu holen und einen weiteren Zeugen zu beseitigen.«

Helena wurde blass.

Julie schüttelte energisch den Kopf. »Wir müssen etwas unternehmen. Ich könnte mich für eine Stunde frei machen, zu deiner Wohnung fahren und das Tonband holen. Vielleicht auch ein paar Sachen zum Anziehen, die packe ich in eine unauffällige Sporttasche. Die kennen mich nicht, ich kann ungehindert ins Haus gehen.« Sie überlegte kurz. »Ich glaube nicht, dass sie schon in deiner Wohnung sind. Aber wenn ich vorher klingle und eine Weile warte … « Helenas Nervosität schien sich auf sie übertragen zu haben. Mit den Fingern ihrer linken Hand drehte sie unablässig einen Stift hin und her. »Du kannst erst einmal nicht dorthin zurück. Heute bleibst du bei mir. Und dann überlegen wir, wie es weitergeht.«

Helena strich sich mit der Hand über die Stirn. Sie war hin und her gerissen von der Angst, dem dunkelhaarigen Mann zu begegnen, und der Frage, ob ihre Reaktion nicht übertrieben war. Aber schließlich sah sie ein, dass Julies Vorschlag das einzig Richtige war.

»Gut. So machen wir es.«

Sie erklärte Julie, wo sich die Kassette, der Zettel und das Diktiergerät befanden, und notierte einige Dinge, die sie gerne bei sich haben wollte. Dann beschrieb sie den Standort des silbernen Mercedes und bat Julie, sich unauffällig das Kennzeichen zu notieren. Julie nickte, nahm den Wohnungsschlüssel und verschwand. Helena blickte auf die Uhr. Halb elf.

Unfähig, sich nun weiter auf ihre Arbeit zu konzentrieren oder schlicht auf Julies Rückkehr zu warten, ging sie zurück zur Küche, von wo aus sie den besten Blick auf den Eingang des Gebäudes hatte.

Der silberne Mercedes stand noch immer an seinem Platz, unauffällig geparkt seitlich in einer kleinen Straße. Von oben konnte sie nicht erkennen, ob der Mann in dem Wagen saß, aber sie vermutete es. Oder hatte sie sich doch mit allem geirrt? Sie hoffte es inständig.

Eine halbe Stunde lang stand sie am Fenster und starrte auf den Mercedes. Ein weiterer Mann, groß und mit weißblondem kurzen Haar, erschien mit einer Bäckereitüte in der Hand. Er stieg auf der Beifahrerseite ein. Ansonsten tat sich nichts.

Schließlich schenkte Helena sich eine Tasse Kaffee ein und setzte sich wieder an ihren Schreibtisch. Um halb zwölf stand sie auf und ging zu Julies Platz. Sie war noch nicht zurück. Eine innere Unruhe überfiel sie. Hoffentlich war alles gut gegangen.

Endlich, um kurz vor eins, stand Julie vor Helenas Schreibtisch.

»Es war nicht ganz so einfach, alles zusammenzusuchen. Aber nun habe ich, was du brauchst. Die Tasche liegt unten im Kofferraum meines Wagens.« Sie setzte sich Helena gegenüber in den Besucherstuhl.

»Und? War noch alles an seinem Platz? Hast du jemanden gesehen, der die Wohnung beobachtet hat?«

»Ich bin mir nicht ganz sicher. Aber zumindest ist keiner bei dir eingebrochen.« Sie zwinkerte Helena aufmunternd zu. »Ich habe noch schnell meine Digitalkamera aus der Wohnung geholt.« Sie zog eine kleine silberne Kamera aus ihrer Umhängetasche und öffnete das Display. »Ist das der Mann, der dich in Monaco verfolgt hat?«

Helena starrte auf den kleinen Monitor, der den weißblonden Mann zeigte, den sie vorhin in den Mercedes hatte steigen sehen. Er sah jünger aus als ihr Verfolger; höchstens dreißig.

»Nein.«

»Und das?«

Das nächste Bild zeigte den dunkelhaarigen Mann im Profil. Sein rundes Gesicht, die große Nase. »Ja. Wie hast du denn das zustande bekommen?«

»Das war kein Problem. Ging ganz unauffällig im Vorbeigehen. Das Autokennzeichen habe ich auch aufgeschrieben. Ein Mietwagen, wie man an dem Aufkleber sehen konnte. Gibt es sonst noch etwas, was ich für dich tun könnte?«

Helena musste unwillkürlich lächeln. Selbst in schwierigen Momenten zeigte Julie Nerven. Sie war wesentlich belastbarer und cleverer, als man ihrem zarten Aussehen zutraute.

»Du kannst mir helfen, herauszufinden, ob eine gewisse Lucile Bertrand tatsächlich die Leiche von Jean Batiste gefunden hat und ob sie mit ihm befreundet gewesen ist.«

»In Ordnung.« Julie stand aus dem Stuhl auf und ging zurück zu ihrem Platz.

Den Rest des Tages musste Helena sich sehr zusammenreißen, um sich wieder ihrer Arbeit widmen zu können. Ihr Vorgesetzter wartete auf einen Monatsbericht und Helena wusste, er würde keine Entschuldigungen gelten lassen.

Gegen sieben Uhr tauchte Julie wieder vor Helenas Schreibtisch auf. Sie hatte bei der Polizei in Valbonne angerufen und herausgefunden, dass Lucile Bertrands Angaben den Tatsachen entsprachen. Julie hatte sich als Journalistin ausgegeben und der Dienst habende Polizist hatte sich als sehr gesprächig erwiesen.

Helena konnte leider bezüglich des Mietwagens keine Erfolge vorweisen. Die Mietfirma hatte sich geweigert, den Namen eines ihrer Kunden preiszugeben, und wenn, dann nur auf polizeiliche Anordnung.

Es war bereits dunkel, als sie den Fahrstuhl zur Parkgarage betraten. Julie hatte ihren Wagen nahe dem Aufzug geparkt. Helena kletterte auf den Rücksitz und legte sich der Länge nach hin. Als sie unbemerkt an dem silbernen Mercedes vorbeifuhren, nickte Julie Helena lächelnd zu.

In Julies Wohnung angekommen, spielte Helena ihrer Freundin das Band vor.

Julies Augen wurden immer größer. »Das gibt es doch nicht«, sagte sie, als das Band zu Ende war. »Wenn nicht die Verfolger wären, würde ich sagen, der Mann ist ein Spinner.«

Helena nickte. Genauso hatte sie auch empfunden. »Du musst mir versprechen, niemandem auch nur einen Ton davon zu verraten.« Sie sah Julies unwilligen Blick. »Julie, es ist mir wichtig. Es geht auch um deine Sicherheit.«

»Versprochen.«

Bis spät in die Nacht beratschlagten sie, was nun zu tun war. Sie kamen überein, dass es zunächst das Beste wäre, wenn Helena sich sofort für die nächsten zwei Wochen frei nahm. Wie es in der Firma aufgenommen würde, wussten sie nicht, aber das war jetzt zweitrangig. Die einzige Möglichkeit, aus der Schusslinie zu geraten, war, nach Südfrankreich zu fahren und Lucile Bertrand zu treffen. Dort würden die Mörder sie mit Sicherheit am wenigsten erwarten. Und mit der Weitergabe der Formel, so hofften sie, wäre Helena für die Mörder uninteressant. Vor Ort könnte man sicher auch die Polizei besser mit einbeziehen und mit Glück die Mörder dingfest machen.

Als Helena schlaflos auf der ausziehbaren Couch lag, dachte sie, wie unabwägbar der weitere Verlauf eigentlich war. Aber sie musste jetzt handeln und hoffen, dass sich alles zum Guten wendete.

Noch niemals war sie in einer ähnlichen Situation gewesen, und der Gedanke, Zielscheibe für skrupellose Menschen zu sein, löste eine tiefe Panik aus, zu der sich Hilflosigkeit gesellte. Das Leben, das für sie bislang immer so überschaubar und sicher verlaufen war, hatte mit einem Male einen neuen Wert. Die Ereignisse stellten alles bisher Erlebte in den Schatten. Dinge, die sie sonst intensiv beschäftigten, waren plötzlich unwichtig. Sie musste an Tom denken. Selbst die Trauer um die verlorene Beziehung schien nun weit weg. Im Moment wollte sie nur noch eines: leben. Und sie spürte so stark wie niemals zuvor, wie viel Spaß ihr das Leben eigentlich machte.

Lange lag sie wach, bis die Uhr auf dem Videorecorder vier zeigte. Dann fiel sie in einen traumlosen Schlaf.

## 8

Der Anruf kam unerwartet. Lucile stand gerade am Herd und kochte einen großen Topf Lammragout, als das Telefon klingelte. Es war langsam Zeit geworden, dass sie sich etwas Vernünftiges zu essen machte, damit sie wieder zu Kräften kam. Zuerst hörte sie das Klingeln nicht, aber nach einigen Malen drang es in ihr Bewusstsein. Sie wischte sich die Hände an der Küchenschürze ab, ging ins Wohnzimmer und hob ab.

»Ja?«

»Lucile Bertrand? Hier spricht Helena Jacobi.«

Jacobi. Genau das war der Name, mit dem sich die Frau aus

Deutschland damals am Telefon gemeldet hatte. Lucile hob eine Augenbraue. Wenn sie ehrlich war, hatte sie mit ihrem Anruf nicht mehr gerechnet.

»Hallo Frau Jacobi. Ich freue mich, dass Sie zurückrufen.«

»Ich brauche Ihre Hilfe. Kann ich Sie morgen Abend besuchen?«

»Natürlich, gerne. Was machen Sie denn in Frankreich?«

»Das erzähle ich Ihnen morgen.«

»Gut. Ich freue mich auf Ihren Besuch.«

Sie nannte ihre Adresse und beschrieb den Weg. Morgen Abend also. Um sieben Uhr. Eine innere Unruhe überkam sie. Diese Frau konnte Licht in die Sache bringen.

Monsieur Batiste war da nicht so eine große Hilfe gewesen. Verärgert schnalzte sie mit der Zunge. Jeans Vater hatte sich geweigert, einer Obduktion zuzustimmen. Er wolle die Ruhe seines Sohnes nicht unnötig stören. Unnötig. Was für ein Wort. Als ob das wirklich unnötig wäre. Aber es blieb ihr nichts anderes übrig, als den Wunsch zu akzeptieren.

Lucile ging zurück in die Küche und sah nach dem Ragout. Es musste noch zwei Stunden köcheln. Vielleicht sollte sie die Zeit nutzen und schon mal anfangen, ein paar Sachen in Jeans Haus zusammenzuräumen. In der Früh hatte sie große Kartons besorgt, die nun im Kofferraum ihres Jeeps lagen. Jeans Kleider wollte sie einer Bedürftigenanstalt in Grasse geben, Bücher und Aufzeichnungen zu seiner Arbeit vorläufig in ihrem Keller lagern. Dann würde sie ein paar Nachlasskäufer anrufen, die die restlichen Dinge schätzen sollten.

Als Lucile Jeans Haustür aufschloss, bereute sie es bereits, dem Vater versprochen zu haben, sich um die Räumung und den Verkauf des Hauses zu kümmern. Der alte Herr hatte es sich wirklich leicht gemacht. War zur Trauerfeier gekommen, die sie organisiert hatte, und dann zurück in die Heimat gefahren, ohne selbst auch nur einen Handschlag getan zu haben.

Bitterkeit schnürte ihr die Kehle zu. Es war wieder einmal ihrer Gutmütigkeit zu verdanken, dass sie sich nun alleine um alles kümmern musste. Vielleicht hätte sie Maurices Angebot, ihr zu helfen, nicht so brüsk ablehnen sollen. Was machte es schon, wenn jemand in Jeans Aufzeichnungen rumschnüffelte. So blieben seine Ideen wenigstens der Nachwelt erhalten.

Als Erstes ging Lucile ins Schlafzimmer. Sie hätte es nicht ausgehalten, wenn dieses Zimmer bis zuletzt in seinem alten Zustand geblieben wäre. Die Luft war noch immer schwer. Sie riss das Fenster auf und sah sich um. Jean war ein ordentlicher Mensch gewesen. Im Zimmer gab es nichts, was überflüssig war oder herumlag, alles war in die hellen Schränke geräumt. Selbst die Sachen, die er zuletzt getragen hatte, hingen fein säuberlich auf einem Kleiderbutler neben seinem Bett; die Schuhe standen im rechten Winkel davor.

Seufzend machte sie sich an die Arbeit. Mit spitzen Fingern, als wäre der Tod ansteckend, faltete sie Hemd und Hose zusammen und legte sie in einen Karton.

Als sie die Schuhe aufhob, stutzte sie. Beim linken fehlte der Absatz! Jean würde niemals mit Schuhen ohne Absatz herumlaufen. Und wenn er ihm abgefallen war, warum sollte er die kaputten Schuhe dann fein säuberlich vor den Kleiderständer stellen, als wolle er sie am nächsten Tag wieder tragen? Ob das etwa bedeutete, dass er nicht in seiner Wohnung gestorben war? Dass er den Absatz bei einem Handgemenge verloren hatte? Hatten die Mörder ihn hierhertransportiert?

Unschlüssig, was sie mit dieser Erkenntnis anfangen sollte, warf sie die Schuhe in den Karton. Dann machte sie sich an die weitere Arbeit.

Das Flugzeug hob vom Boden ab und stieg in den klarblauen Himmel. Helena lehnte sich mit dem Kopf gegen das Fenster und atmete tief durch. Sie hatte eine unschöne Diskussion mit ihrem Vorgesetzten hinter sich gebracht, in deren Verlauf er angedroht hatte, ihr zu kündigen, wenn sie nicht innerhalb einer Woche zurück sei.

Eine Woche ... Das würde wohl kaum ausreichen, um die Dinge zu ordnen.

Helena schloss die Augen und versuchte, die aufsteigende Übelkeit zu ignorieren. Ihr ganzes Leben war durcheinander geraten. Nichts war so, wie es hätte sein sollen. Verfolgt wegen des dummen Zufalls, in dem Moment anwesend gewesen zu sein, als jemand gefährliche Informationen loswerden wollte. Kurz davor, die Arbeit zu verlieren. Und zu guter Letzt auch noch dumm genug, einer verflossenen Beziehung hinterherzutrauern.

Wie sollte es weitergehen? Helena rieb sich die Schläfen, als könne sie damit ihre Gedanken ordnen. Wie ihr Leben wohl in ein paar Monaten aussah? Wenn sie dann noch lebte ...

Julie hatte sie am Flughafen verabschiedet. Helena hatte ihren sorgenvollen Blick gespürt und ihr versprechen müssen, sich regelmäßig zu melden. Helena hatte lachend zugestimmt und dabei so getan, als sehe sie hoffnungsvoll in die Zukunft. Es hatte ihr Leid getan, Julie mit so ernster Miene zu sehen. Inständig hoffte sie, ihre Freundin nicht zu tief in die Sache mit hineingezogen zu haben.

Helena öffnete die Augen und sah aus dem Fenster hinaus zu den immer kleiner werdenden Häusern unter ihr. Ihre Brille war beschlagen. Sie zog ein sauberes Tuch aus der Tasche und wischte die Gläser ab. Wer hätte gedacht, dass sie nicht einmal dazu kommen würde, innerhalb weniger Tage so einfache Dinge zu erledigen, wie neue Kontaktlinsen zu besorgen ...

Es war irreal. Ihr ganzes Leben war mit einem Male so unwirklich.

Heute Abend aber könnte sie vielleicht der Lösung ihrer Probleme ein kleines Stück näher kommen. Sie war auf die Begegnung mit Lucile Bertrand gespannt. Was auch immer dieses Treffen brachte, zurzeit war es das einzig Greifbare.

Das Haus von Lucile Bertrand lag am Rande von Grasse. Helena hatte Mühe gehabt, es zu finden, denn ein unübersichtlicher Einbahnstraßenverlauf führte sie immer wieder an der eigentlichen Adresse vorbei. Schließlich parkte sie den Mietwagen genervt an einer der Straßen, die nahe dem Zielort lagen, und ging das Stück zu Fuß, sich immer wieder nach dem Weg erkundigend. Als sie endlich vor dem richtigen Haus stand, fragte sie sich, ob sie wohl später auch den Weg zurück zum Auto finden würde.

Einen Moment hielt sie inne und betrachtete das Haus. Seine Größe war beeindruckend. Es ließ eine vergangene Pracht erahnen. Nun aber war kaum zu übersehen, dass eine Renovierung überfällig war. Putz blätterte von den Wänden und der ehemals sicher recht schöne hellorange Farbton der Mauern war nun an den meisten Stellen schmutzig braun. Stauden wucherten wild auf den Beeten; nach der Hitze des Sommers ließen sie halbverdorrt ihre Köpfe hängen. Der Anblick des gesamten Anwesens deprimierte sie, und sie musste sich zusammenreißen, um nicht auf der Stelle umzudrehen.

Als Lucile Bertrand auf das Klingeln hin die Tür öffnete, war Helena fast ein wenig erschrocken. Sie hatte sich die gute Freundin des Parfümeurs als eine elegante Frau vorgestellt. Stattdessen blickte sie in ein aufgeschwemmt wirkendes Gesicht, das von unordentlich hängenden kurzen Haaren umrahmt war. Lucile Bertrand schien sich nicht viel aus ihrem Aussehen zu machen. Dabei wirkte sie nicht etwa ungepflegt. Eher nachlässig. Aber ihre müde wirkenden Augen lächelten Helena mit wohl tuender Freundlichkeit an. Aufmunternd streckte Lucile ihr die Hand entgegen und bat sie herein.

Helena trat in die große Eingangshalle. Auch sie war Ausdruck vergangener Eleganz. Der Raum nahm zwei ganze Stockwerke ein, die obere Etage konnte man über eine Balustrade einsehen. Der Boden war aus hellem Marmor, wertvoll wirkende Bilder hingen in staubigen Rahmen. Helena bekam den Eindruck, als habe Lucile Bertrand in aller Hektik versucht aufzuräumen, es aber nicht ganz geschafft. In einer Ecke des Eingangsbereiches standen lauter kleine Kartons und Zeitschriften gestapelt. Auf der Konsole lagen Taschentücher, Papier und ungelesene Post, daneben lehnte eine Tüte mit weiteren Papieren. Sommer- wie Winterjacken hingen geballt an der Garderobe und drohten zu Boden zu fallen.

Lucile Bertrand schien ihren Blick bemerkt zu haben.

»Ich hatte keine Zeit, alles in Ordnung zu bringen. Ich hatte lange keinen Besuch mehr«, sagte sie schulterzuckend, als wäre das ein guter Grund, und wies Helena mit einer Handbewegung an, ihr in das Esszimmer zu folgen. »Haben Sie Hunger?«

Helena wurde bewusst, dass sie seit Stunden nichts gegessen hatte. Sie nickte.

»Gut. Ich habe nämlich das Lammragout, das ich gestern gekocht habe, aufgewärmt. Wenn es einen Tag gezogen hat, schmeckt es am besten.« Damit bot sie ihr einen Stuhl an und verschwand aus dem Esszimmer.

Helena bereute fast im selben Moment, dem Essen zugestimmt zu haben. Lammragout besaß eine gewaltige Portion

Fett. Zumindest wenn man es auf die landestypische Weise kochte. In den letzten Stunden hatte sie ohnehin schon vor lauter Nervosität Dinge gegessen, die sofort ins Gewicht schlugen. Sie beschloss, nur eine kleine Portion zu nehmen.

Lucile Bertrand kam mit Geschirr zurück und deckte den Tisch. »Wohnen Sie hier in der Nähe?«, fragte sie höflich.

»Ja. Ich habe mich in einer kleinen Pension eingemietet.«

»Darf ich fragen, wo?«

»Ich werde Ihnen lieber keine Antwort darauf geben.«

Lucile Bertrand verzog keine Miene und verschwand wieder aus dem Raum. Helena fragte sich, ob sie zu vorsichtig war. Die Frau wirkte vertrauenswürdig. Wenn sie ehrlich war, war sie ihr sogar trotz des sie umgebenden Chaos ein wenig sympathisch.

Nach einer Weile betrat Lucile Bertrand wieder den Raum, stellte eine Karaffe mit Wein und einen großen Topf Ragout auf den Tisch und setzte sich Helena gegenüber.

»Ich bin neugierig, warum Sie mich treffen wollten«, sagte sie freundlich und schenkte etwas Wein in die Gläser.

»Sie sind die Einzige, die mir weiterhelfen kann.«

»Weiterhelfen? Ich Ihnen? Und ich dachte, ich bräuchte *Ihre* Hilfe.«

Sie schmunzelte und erhob zuprostend das Glas. »Aber wie dem auch sei, ich bin froh, dass wir jetzt über alles sprechen können.«

Helena nickte und nippte von dem Wein. Er war hervorragend. Sie beobachtete, wie Lucile das Ragout auffüllte. Ein köstlicher Duft von Rosmarin stieg ihr in die Nase. »Sie sagten, Sie seien eine enge Freundin von Jean?«

»Ja. Das ist richtig.«

»Hatte er noch mehr Freunde?«

»Nicht dass ich wüsste. Sicher, ein paar oberflächliche Bekannte.« Ihr Blick ging in die Ferne. »Bei der Beerdigung waren nicht viele Menschen, die ihm nahe standen ...«

»Keine Freundin, Ehefrau oder Ähnliches?«

»Nein. Wenn ich ehrlich bin, habe ich Jean auch selten in Begleitung erlebt.« Lucile schob ihre Gabel in das Ragout. »Und wie nahe standen Sie ihm?«

»Wissen Sie, ich kannte ihn eigentlich gar nicht. Ich habe ihn vielleicht gerade zwei Minuten lang gesehen.«

Lucile hob fragend eine Augenbraue an.

»Es war eher ein Zufall. Ich war als Touristin in Monaco. Er hat mir etwas zugesteckt«, fuhr Helena fort. Sie probierte ein wenig vom Ragout. Es schmeckte phantastisch. Erst jetzt bemerkte sie, wie groß ihr Hunger tatsächlich war. »Es ist köstlich«, unterbrach sie ihre Ausführungen.

»Nicht wahr? Das Rezept stammt noch von meiner Urgroßmutter. Ich habe es früher häufig gekocht, wenn Gäste kamen.« Lucile griff nach ihrem Glas und trank es in wenigen Zügen leer. Nach einem kurzen Blick auf Helenas volles Glas schenkte sie sich nach. »Aber erzählen Sie weiter. Was hatte er Ihnen zugesteckt?«

»Eine Tonbandaufzeichnung, umwickelt von einem Zettel mit einer Formel.«

»Eine Formel? Wofür? Und warum hat er es Ihnen gegeben, obwohl Sie sich gar nicht kannten?«

»Wie gesagt, es war ein Zufall. Er kam von einer der großen Jachten gelaufen. Er wirkte gehetzt. Ohne lange anzuhalten, drückte er mir im Vorbeilaufen das Päckchen in die Hand und sagte mir noch, ich solle schnell verschwinden, wenn mir mein Leben lieb sei.«

»Und dann?« Auf Luciles Hals erschienen rote Flecken.

»Ja, dann ist er weiter gerannt und ich habe noch ein paar

Männer gesehen, die ihm nachgelaufen sind. Ich wurde auch verfolgt, habe es aber geschafft, zu entkommen.«

Lucile ließ die Gabel sinken und lehnte sich zurück. »Er hat es nicht geschafft …«

Helena nickte. »Ich denke, sie haben ihn erwischt, mit irgendwelchen unauffälligen Methoden ermordet und in sein Haus gebracht, um einen natürlichen Tod vorzutäuschen.«

»Ich hatte so einen Verdacht. Einer seiner Schuhe hatte keinen Absatz mehr, stand aber fein säuberlich an seinem Kleiderständer im Schlafzimmer.«

»Darin hatte er die Kassette versteckt.«

Lucile griff nach dem Weinglas und nahm einen kräftigen Schluck. »Glauben Sie mir, Helena, ich habe es geahnt, dass er ermordet wurde. Aber jetzt, wo ich es weiß, bin ich mir nicht mehr so sicher, ob mir das Wissen darum gefällt.« Sie sah Helena mit wässrigen Augen an. »Aber warum ist er ermordet worden? Was war auf der Kassette?«

»Wollen Sie sie hören?«

»Natürlich!«

Helena stand auf und holte die Kassette und das Diktiergerät aus der Tasche.

Schweigend lauschten sie Jeans Stimme. Helena aß hungrig ihren Teller leer, während Lucile die Gabel zur Seite gelegt hatte.

»Das ist doch verrückt«, sagte diese schließlich, als das Band geendet hatte. »Das gibt es doch gar nicht.«

»Dachte ich auch erst. Bis meine Verfolger aus Monaco in Hamburg auftauchten.«

»Was? Das ist doch unmöglich.«

»Leider doch.«

»Mein Gott, Helena. Dann sind jetzt Sie in Gefahr?« Lucile stand vom Tisch auf und ging unschlüssig ein paar Schritte im

Raum umher. »Die Geschichte ist also wahr. Was wollen Sie jetzt tun?«

»Ich hatte gehofft, Sie könnten mir helfen. Ich dachte, dass Jean mir die Informationen ja nur aus der Not heraus gegeben hat und dass jemand, der ihm nahe steht, vielleicht mehr damit anfangen kann.«

»Und an wen hatten Sie da gedacht? An mich?«

Helena nickte. Es sah so aus, als ob Lucile mit der Sache nichts zu tun haben wollte. Es war ihre einzige Hoffnung gewesen. »Immerhin ist das so eine Art von Vermächtnis. Jean hätte bestimmt gewollt, dass Sie seine Arbeit zu Ende führen.«

Lucile fuhr sich mit der Hand über ihr Haar. »Aber ... « Sie brach ab. Dann trank sie ihr Glas leer, zündete sich eine Zigarette an und setzte sich wieder an den Tisch. »Sollten wir nicht lieber die Polizei einschalten? Ich meine, wir haben ja jetzt handfeste Beweise, dass Jean ermordet worden ist. Und jeder, der mit der Sache zu tun hat, kann ebenfalls ermordet werden.« Sie sah Helena fest an. »Die ganze Sache ist eine Nummer zu groß für uns, meinen Sie nicht? Das Wichtigste ist, die Mörder dingfest zu machen und die Formel zu vernichten.«

Nun stand Helena auf und beugte sich zu Lucile vor. »Ich habe schon mit der Polizei in Deutschland gesprochen. Das, was Sie handfeste Beweise nennen, ist nichts wert. Wir wissen nur, dass Jean Batiste nicht eines natürlichen Todes gestorben ist, und selbst das ist noch nicht nachgewiesen worden.« Ihr Blick ging ins Leere. »Aber ich glaube, Sie haben Recht. Es ist sinnlos. Das Einfachste wäre, direkt auf die Verfolger zuzugehen, ihnen die Formel zu geben und zu hoffen, dass sie mich damit in Ruhe lassen.« Energisch strich sie ihre Haare aus dem Gesicht. »Es war vielleicht dumm von mir, mich nach den Wünschen eines völlig fremden Mannes zu richten. Richtig idiotisch. Deshalb sitze ich hier in Frankreich, verliere vielleicht meinen Job und bin wahrscheinlich morgen schon tot.« Heftig schluckend versuchte sie, die aufsteigenden Tränen zurückzuhalten. Sie war wütend, dass Lucile ihr nicht wie erhofft die Last abgenommen hatte. Hastig griff sie nach ihrer Tasche. »Es ist wohl besser, wenn ich jetzt gehe.«

Lucile saß unbeweglich auf ihrem Stuhl und sah Helena nach. Dann aber, als Helena schon fast die Haustür erreicht hatte, sprang sie auf und eilte hinterher.

»Halt. Warten Sie.«

Helena drehte sich unwillig zu ihr um.

»Lassen Sie uns nichts überstürzen«, sagte Lucile und legte Helena beruhigend eine Hand auf die Schulter. »Wahrscheinlich haben Sie Recht. Ich sollte Jeans Wünsche respektieren. Und vielleicht, wenn die Formel wirklich echt ist, ist es sogar besser, wenn sie nicht in falsche Hände gerät.«

»Und was schlagen Sie vor?«, fragte Helena.

»Zunächst einmal sollten wir uns wieder hinsetzen.«

Lucile drückte ihre halb gerauchte Zigarette aus und füllte Helena fürsorglich einen weiteren Teller Ragout auf. Eine Weile saßen sie schweigend am Tisch und hingen ihren Gedanken nach.

»Was ich bei der ganzen Sache nicht verstehe, ist, warum Jean mir nie etwas davon erzählt hat«, begann Lucile schließlich. »Ich dachte immer, ich sei seine Vertraute.« Sie sah auf Helenas halb leeren, weit von sich geschobenen Teller und zündete sich eine weitere Zigarette an. »Ich meine, er war zwar ein recht verschwiegener Mensch, aber so etwas Wichtiges ... « Sie zog erneut an der Zigarette und blies den Rauch in einer großen Wolke aus.

Helena hustete unterdrückt, sagte aber nichts.

»Und was meinte er eigentlich damit, dass er erpresst wurde? Womit sollte man ihn schon erpressen können, bei seinem anständigen Leben.« Sie schenkte beide Gläser noch einmal voll und nahm einen tiefen Schluck aus ihrem eigenen.

In diesem Moment erschien Helena Lucile Bertrands Leben als karg und einsam. Sie schien niemand anderen gehabt zu haben als Jean Batiste. Und selbst der hatte anscheinend keinen engen Bezug zu ihr, anders konnte Helena es sich nicht erklären, dass er vor ihr so viele Geheimnisse hatte. Lucile tat ihr Leid. Sie war sicher einmal eine attraktive Frau gewesen. Und nun saß sie in einem viel zu großen Haus, das sie ebenso wie ihr Äußeres vernachlässigte, und hielt sich an Alkohol und Zigaretten fest.

»Wir probieren sie aus«, sagte Lucile plötzlich.

»Was?«

»Die Formel.«

»Wie sollen wir das machen? Dazu müssen wir ja jemanden einweihen, der sich damit auskennt.«

»*Ich* kenne mich damit aus!« Luciles Augen leuchteten. »Mein Mann war Parfümeur. Ich habe viel von ihm gelernt und auch selbst in dem Beruf gearbeitet.«

»Sie sind eine Parfümeurin?«

Lucile winkte ab. »Nein. Ich war Laborantin bei der Parfümfabrik Molinard. Die meisten ›Nasen‹ sind Männer. Als Parfümeure lässt die Branche so gut wie keine Frauen zu.« Es klang verbittert. »Angeblich schwankt der weibliche Geruchssinn wegen der ständigen hormonellen Veränderungen. Dabei hat man längst nachgewiesen, dass Frauen den besseren Geruchssinn haben.«

»Und Sie glauben, Sie können die Formel nachbilden?«

»Zeigen Sie mir den Zettel.«

Helena holte die Rezeptur aus ihrer Handtasche. Aufgeregt beobachtete sie, wie Lucile sich in die Zahlen und Wörter vertiefte.

»Es handelt sich um sehr alte Pflanzen und Hölzer«, sagte diese schließlich. »Manche Stoffe davon kenne ich nicht. Es dürfte schwer sein, sie zu beschaffen, aber einen Versuch ist es allemal wert.«

Helena spürte, wie sich ihr Pulsschlag beschleunigte. Die Aussicht, den Duft der Aphrodite selbst herzustellen, versetzte sie in Aufregung.

»Am besten ist, wir suchen nach dem Buch von Yves Sagan, das Jean beschrieben hat«, fuhr Lucile fort. »Vielleicht können wir darin Näheres über die Herkunft der unbekannten Stoffe finden.«

Helena nickte begeistert. Sie spürte, wie sie an Zuversicht gewann. »Mich würden vor allem die Geschichten über die Wirkung interessieren. Ob es tatsächlich funktioniert?«

Die Frage blieb im Raum stehen. Aber es war Lucile deutlich an den geröteten Wangen anzusehen, dass sie von der Wirksamkeit überzeugt war.

Eine Weile diskutierten sie über die nächsten Schritte. Lucile bot Helena an, während ihres Aufenthaltes bei ihr zu wohnen. Es sparte eine Menge Geld und zudem wäre es sicherer, wenn ihr Name nirgendwo auftauchte. Auch der Mietwagen sei überflüssig, ein Auto würde schließlich ausreichen. Nach kurzem Zögern stimmte Helena zu.

Als sie sich schließlich auf den Weg zur Pension machte, war es bereits spät in der Nacht. Die Luft war klar und frisch. Grillen zirpten. Den Weg zurück zum Mietwagen fand sie auf Anhieb. An der Scheibe klebte ein Strafzettel. Schulterzuckend stopfte Helena ihn in ihre Tasche. Wahrscheinlich war es besser, ihn zu bezahlen, um nicht weiter aufzufallen.

Diese Nacht blieb sie noch in der Pension. Das Zimmer würde sie morgen bar bezahlen.

Ein bisschen kam sie sich vor, als wäre sie plötzlich Teil eines dieser amerikanischen Kriminalromane, in denen die Helden quer durch das Land reisten, um sich ihren Verfolgern zu entziehen. Der Gedanke hatte etwas Tröstliches. Denn die meisten dieser Romane hatten ein Happy End …

## 9

»Was heißt das, nicht mehr auffindbar?« Joseph T. Gordon knallte mit der Faust auf den Glastisch, an dem er gerade das Frühstück einnahm. Die Kaffeetasse klirrte, ein Teil des Inhalts schwappte über den Rand.

»Wie ich es schon sagte. Wir haben sie verloren.« Pedros Stimme klang müde.

»Ich ruf dich zurück.« Gordon warf das Mobiltelefon auf die Station. Er schäumte vor Wut. Am liebsten hätte er Pedro am Telefon abgekanzelt, aber er musste vorher noch etwas erledigen. So wütend er auch war, er würde nicht den Fehler machen, vor einer fremden Person geschäftliche Diskussionen zu führen.

Mit festem Schritt ging er zum Schlafzimmer und riss die Vorhänge auf. Eine junge Frau mit braunen langen Haaren schlief unbekleidet zwischen den Laken. Ihr wohlgeformter Po lag frei. Gordon widerstand der Versuchung, ihn zu tätscheln, und warf stattdessen ihre enge Jeans auf das Bett. Sie blinzelte kurz und räkelte sich verführerisch.

Für einen kurzen Augenblick genoss Gordon den Anblick. Sie hatte etwas von einer Raubkatze. Er hatte sie am Abend in einer Bar kennen gelernt, und nachdem reichlich Champagner geflossen war, hatte sie ihn auf das Appartement begleitet. Es war eine heiße Nacht gewesen und es hatte verdammt gut getan. Zu lange war es schon her, dass er sich derart amüsiert hatte. Hatte sie ihm eigentlich ihren Namen genannt?

Das Räkeln hörte auf, stattdessen schien sie wieder eingeschlafen zu sein.

»Hey, Mädchen. Steh auf. Ich hab zu tun.«

Sie öffnete ihre Augen. »Hmmm. Kann ich dir dabei zusehen?«

Gordon wurde ungeduldig. Er brannte darauf, mit Pedro zu sprechen. »Nein. Und nun raus hier. Schnell.«

Sie zögerte kurz, streckte dann aber ihre unendlich langen Beine aus und setzte sie nacheinander auf den Boden. »Ich dusche nur kurz ...«

Doch Gordon ließ sie nicht weiterreden. Kurzerhand packte er sie am Arm, drückte ihr noch einmal die Jeans in die Hand und sagte mit unmissverständlicher Schärfe: »Ich gebe dir drei Minuten.«

Ungläubig blickte sie in seine harten Augen. Dann verstand sie. Mit zusammen gekniffenen Lippen zog sie sich ihre Sachen über und verschwand wortlos, aber mit einem laut vernehmlichen Türenknallen, aus der Wohnung.

Sofort griff Gordon zum Telefon und wählte Pedros Mobilnummer.

»Also, raus mit der Sprache. Wie konntet ihr sie verlieren!«

»Wir hatten sie bis zum Büro verfolgt, sahen aber nicht, wie sie es wieder verlassen hatte. Wir dachten, sie sei vielleicht mit einem Kollegen gefahren. Oder dass sie einen Freund hat, bei dem sie übernachtet. Wir hatten zwar das Bürogebäude überwacht, aber man kann nicht jedes Auto so ohne weiteres einsehen. Manche haben getönte Scheiben.« Pedro hob die Stimme, als wolle er sich rechtfertigen. »Das Auto stand die ganze Zeit in der Parkgarage. Also mussten wir doch davon ausgehen, dass sie mit jemand anderem gefahren ist.

Aber als sie auch heute weder in ihrer Wohnung, noch im Büro war …«

Gordon trommelte mit den Fingern auf der Tischplatte und wartete wortlos auf weitere Erklärungen.

»Wir haben unter einem Vorwand bei ihr in der Arbeit angerufen«, fuhr Pedro fort. »Sie hat sich frei genommen und keiner weiß, wohin sie gefahren ist.«

»Verdammt!« Gordon sprang auf. Warum in Gottes Namen hatte er immer wieder das Gefühl, alles selbst besser machen zu können? Wofür hatte er eigentlich diese hoch bezahlten Trottel, die sich Profis nannten? »Durchsucht die Wohnung. Seht, ob ihr einen Hinweis auf ihren Aufenthaltsort findet. Besser noch, findet die Formel. Und verwanzt das Telefon.«

»Wird gemacht.«

Das Telefonat war beendet. Gordon fegte die Reste seines Frühstücks vom Tisch. Es wurde langsam Zeit, dass er sich wieder mehr um die Sache kümmerte, sonst drohte sie aus dem Ruder zu laufen.

Das Telefon klingelte erneut.

»Ja?«

»Wir haben gerade eine Nachricht erhalten. Eine Pension in Châteauneuf-Grasse meldet, dass die gesuchte Person dort zu Gast ist.«

Ein Grinsen breitete sich auf Gordons Gesicht aus. Eins stand fest: wenn sie nach Südfrankreich zurückgekehrt war, dann hatte sich seine Vermutung bewahrheitet: Helena Jacobi war nicht nur eine einfache Touristin gewesen, nein, sie war das fehlende Verbindungsstück zu Jean Batiste. Und außerdem zeigte es, dass sie nicht besonders clever war, wenn sie unter ihrem eigenen Namen abstieg. Er rieb sich die Hände. Das Spiel war doch einfacher, als zunächst angenommen …

Die Fahrt führte entlang einer Straße mit vielen prachtvollen, abgeschiedenen Häusern und verträumten kleinen Städtchen. Lucile fuhr ein beachtliches Tempo, legte aber die Sicherheit eines Fahrers an den Tag, der den Weg bereits hunderte Male gefahren war. Helena sah aus dem Fenster und versuchte, die Augen offen zu halten. Sie hatte kaum geschlafen. Sie hatte sich zwar in der kleinen, behaglichen Pension sicher gefühlt, aber die weiche Matratze hatte ihr Rückenschmerzen bereitet. Dazu waren die Gedanken nur so auf sie eingestürmt und hatten sich stundenlang im Kreis gedreht.

»Wir sind da«, verkündete Lucile schließlich und bog in eine kiesbestreute Auffahrt ein.

Helena rieb sich die Augen. Sie standen vor einem hübschen, ockerfarbenen Haus, das noch aus der Jahrhundertwende zu stammen schien. Die altmodischen, terrakottafarbenen Fensterläden umschlossen moderne Außenjalousien, die an den alten Gemäuern fehl am Platze wirkten. Der Garten war sehr gepflegt, wenn man auch einigen Pflanzen ansah, dass sie seit Tagen kein Wasser mehr erhalten hatten. Zwei Palmen standen seitlich des Eingangbereiches und fügten sich nahezu perfekt in das mediterrane Ambiente des Hauses ein.

Lucile zog den Schlüssel hervor und öffnete die Tür. Drinnen war es dunkel. Ein muffiger Geruch schlug ihnen entgegen. Helena überkam ein merkwürdiges Gefühl, das sich ihr die Haare im Nacken aufstellen ließ. Hier hatte noch vor wenigen Tagen ein Toter gelegen. Ein Toter, dessen panischer Gesichtsausdruck sich fest in ihr Gedächtnis gegraben hatte.

Sie beobachtete, wie Lucile das Flurlicht einschaltete und dann in die Räume ging, um die Jalousien hoch zu fahren.

Helena sah sich um. Das Haus war geschmackvoll eingerichtet. Jean Batiste hatte ein gutes Händchen für Farben gehabt. Der Flur war in einem satten Gelb gewischt und passte hervorragend zu den orangen und naturfarbenen Tönen der vom Flur ausgehenden Räume. Man konnte förmlich die Lust an der Kreativität spüren, die Jean Batiste gelebt haben musste.

»Der Arbeitsbereich ist im hinteren Teil des Hauses«, rief Lucile und winkte Helena, ihr zu folgen.

Der Raum, den sie betraten, war das genaue Gegenteil der übrigen, aufgeräumt wirkenden Wohnung. An den Wänden waren deckenhohe Regale angebracht, bis oben hin voll mit Büchern. Der Arbeitsplatz selbst bestand aus einem großen, mehrstöckigen Rondell, auf dem Dutzende von Flaschen nach einer undurchschaubaren Ordnung gestapelt waren. Überall lagen Notizzettel, und auf den Arbeitsflächen neben dem Rondell standen beschriftete Fläschchen und Reagenzgläser.

»Ich kann mir nur vorstellen, dass sich das Buch mit Yves Sagans Aufzeichnungen in diesem Raum befindet«, sagte Lucile und ging zu den Regalen. Prüfend betrachtete sie die Rücktitel der Bücher und nahm immer wieder eines heraus, um es genauer zu betrachten. Helena stand unschlüssig im Raum. Sollte sie einfach fremde Schubladen öffnen und in Schränken stöbern?

»Nur keine Hemmungen«, ermunterte sie Lucile, die ihre Gedanken offensichtlich erraten hatte.

Vorsichtig öffnete Helena einen Schrank. Er war voller Ordner. Sie nahm einen nach dem anderen heraus und sah sie kurz durch. Die meisten enthielten eine Art Laborberichte, die Lucile nach kurzer Betrachtung mit einem Kopfschütteln abtat.

Eine Weile suchten sie verbissen. Schließlich zuckte Lucile mit den Schultern. »Vielleicht in einem der anderen Zimmer?«

Sie gingen zurück in den Flur. Plötzlich stutzte Lucile. Hob ihre Füße an und betrachtete die Unterseite der Schuhe.

»Sind Sie in Hundekot getreten, Helena?«

Helena besah sich ihre Schuhsohlen. »Nein. Warum?«

Lucile zeigte auf eine Spur dunkler Flecke auf dem Läufer. Ihr Gesicht wurde fahl. »Die waren das letzte Mal nicht da. Ganz bestimmt.« Sie kniete sich hin und betrachtete einen der Größeren. »Der Abdruck stammt ganz sicher nicht von einem meiner Schuhe. Außerdem ist er noch ganz frisch.«

»Was wollen Sie damit sagen?«

»Dass jemand seit gestern Nachmittag hier gewesen sein muss!«

Lucile lehnte sich zurück und blickte in den Himmel. Dunkle Wolken zogen auf und verdeckten die Sonne. Die Stufen, auf denen sie saß, waren kalt. Das letzte Mal, als sie hier, auf der Eingangstreppe vor Jeans Haus, auf die Polizei wartete, hatte sie gerade seine Leiche gefunden. Helena, die sich neben ihr niedergelassen hatte, starrte mit versteinertem Blick in die Ferne.

Irgendwie wirkt sie verloren, dachte Lucile, so, als hätte sie ihren Platz im Leben noch nicht gefunden. Sie seufzte unhörbar. Das machte Helena zu einer Leidensgenossin. Vielleicht war sie ihr deshalb von Anfang an sympathisch gewesen.

Ein Polizeiwagen fuhr vor. Aus ihm stieg ein großer Mann, in dem Lucile einen der Polizisten zu erkennen glaubte, die den Tod von Jean bearbeitet hatten. Sein Name war ihr entfallen. Sie stand auf und ging ihm entgegen.

»So sieht man sich wieder«, sagte der Mann augenzwinkernd, als handele es sich um einen freudigen Anlass.

»Anders wäre es mir lieber gewesen, Monsieur ...«

»Duval.«

»Monsieur Duval«, wiederholte Lucile und streckte ihm die Hand hin.

Nun stand auch Helena auf und begrüßte den Polizisten. »Mich brauchen Sie sicher nicht hier«, sagte sie dann zu Lucile gewandt und ging, ohne eine Antwort abzuwarten, den schmalen Steinweg hinunter in den Garten.

Duval schaute ihr mit gerunzelter Stirn nach, als versuche er, sie irgendwo einzuordnen. »Kenne ich die Dame?«, fragte er schließlich und sah Lucile nachdenklich an.

»Das kann ich mir kaum vorstellen, Monsieur, sie ist nicht von hier.«

Ein flüchtiger Ausdruck des Erkennens trat plötzlich in sein Gesicht. Dann wandte er sich der Eingangstür zu.

»Sie sagten, der Einbrecher hat Spuren hinterlassen. Gibt es sonst noch etwas, was auf einen Einbruch hindeutet? Ist die Tür beschädigt oder fehlen wertvolle Dinge?«

Lucile schüttelte den Kopf. »Offenbar nicht. Aber kann denn die Spurensicherung nicht versuchen, an der Tür weitere Hinweise zu finden?«

»Vielleicht. Doch bevor die Kollegen kommen, muss ich den Fall erst einmal aufnehmen.« Er lächelte und zeigte seine schlechten Zähne. Lucile konnte nicht ergründen, ob er wirklich freundlich war oder nur so tat. Sie ging die Stufen zur Eingangstür hinauf, öffnete sie und bat Duval, ihr in den Flur zu folgen. Mit besorgter Miene zeigte sie auf den Fußabdruck.

»Der ist frisch und stammt nicht von uns«, sagte sie fest.

Duval kniete sich nieder. Dabei rutschte ihm das zu kurze Hemd aus der Hose und legte ein Stück blasse, schwammige Haut frei. Lucile wandte sich ab und sah sich nach Helena um. Durch das Wohnzimmerfenster sah sie sie im Garten stehen. Trotz der relativ warmen Luft hatte sie ihre Arme um den Körper geschlungen, als ob sie friere.

Es hat sie erschreckt, dachte Lucile. Es ist, als komme sie aus einer heilen Welt und sei mit den Geschehnissen überfordert.

Sie drehte sich zu Duval zurück, der gerade aufstand und sich unsichtbaren Schmutz von den Knien klopfte.

»Und?«

»Ich rufe die Spurensicherung. Soweit ich erkennen kann, stammt der Abdruck, oder was von ihm übrig ist, von einem Mann. Können Sie in der Zwischenzeit noch einmal überprüfen, ob etwas fehlt?«

Lucile nickte, obwohl es unmöglich war, dies festzustellen. Weit war sie mit dem Ausräumen noch nicht gekommen, woher sollte sie also wissen, was der Einbrecher mitgenommen hatte? Sie war häufig Gast bei Jean gewesen, ja. Aber nie hatte sie sich seine Wohnung so genau angesehen, dass sie das Fehlen eines Gegenstandes oder einer wichtigen Aufzeichnung bemerken würde.

»Nehmen Sie den Fall zum Tod von Jean Batiste wieder auf?«, fragte sie.

»Warum sollten wir?«

»Na, der Einbruch beweist doch, dass hinter seinem Tod mehr steckt als ein einfacher Herzinfarkt.«

Duval sah sie mit großem Unverständnis an. »Es beweist lediglich, dass jemand Interesse an dem Inhalt dieses Hauses gehabt hat«, entgegnete er. »Wissen Sie, wir haben wirklich viel zu tun, und da ist es nicht möglich, jedem unbegründeten Verdacht nachzugehen.«

Es klang sehr herablassend, aber Lucile schluckte eine unfreundliche Erwiderung runter. Sie sah ein, dass sie so nicht weiterkommen würde. Wortlos machte sie sich daran, das Haus durchzusehen und nach eventuell fehlenden Dingen zu gucken.

Wie erwartet, konnte sie nichts feststellen. Als sie zurück in den Flur ging, war gerade ein älterer Mann dabei, Abdrücke von der Haustür zu nehmen. Duval stand neben ihm und sah ihm bei der Arbeit zu.

»Ich kann Ihnen leider keine fehlenden Dinge melden«, berichtete Lucile.

Duval zuckte mit den Schultern. »Dann können wir nicht viel für Sie tun. Wir nehmen den Fall zu Protokoll und geben die Fingerabdrücke in unseren Fahndungscomputer.«

Er schnaubte leicht und es war offensichtlich, dass er die ganze Arbeit als eine Zeitverschwendung ansah. »Da Sie aber nicht wissen können, wer vor Monsieur Batistes Tod bei ihm zu Gast war, dürfte es aussichtslos sein, jemanden ausschließlich auf Fingerabdrücke hin festzunehmen.« Damit wandte er sich wieder seinem Kollegen zu.

Lucile kochte vor Wut. Was musste eigentlich noch alles passieren, damit die Polizei den Fall endlich ernst nahm? Unfähig, auch nur eine Minute in der Nähe der beiden Beamten sein zu können, verließ sie das Haus und suchte Helena. Sie fand sie auf der anderen Seite der Straße, die Umgebung betrachtend.

»Es ist eine schöne Gegend«, sagte diese unvermittelt, als Lucile näher kam. »Inmitten der Natur, und doch nahe einer hübschen kleinen Stadt. Ideal für einen Menschen, der seine Ruhe haben möchte. Leider auch ideal für jemanden, der unbehelligt einbrechen will.« Sie schien sich wieder gefangen zu haben. Die Farbe war auf ihre Wangen zurückgekehrt.

Lucile nickte zustimmend. Sie hatte Jean manchmal um die Ruhe und den wunderschönen Blick über die malerischen Hügel beneidet. Aber es war auch sehr einsam.

»Und? Hat die Polizei etwas gefunden?«

»Vergessen Sie die Polizei«, antwortete Lucile unwirsch. »Die hilft doch nur, wenn einem das Messer bereits im Rücken steckt.«

»Ich habe es Ihnen doch gleich gesagt«, kommentierte Helena und fuhr mit einem Anflug von Resignation fort: »Wir sind dann wohl auf uns gestellt.«

Als die Polizei gefahren war, kehrten sie für einen kurzen Moment zurück in das Haus. Die bedrohliche Stille und das Bewusstsein, dass jemand kurz zuvor das Haus betreten hatte, ließen Lucile frösteln und schnell zum Aufbruch treiben.

»Ich denke, wir haben jeden Winkel durchsucht«, meinte sie und spürte in sich den Wunsch aufkeimen, Helena Jacobi niemals getroffen zu haben.

Regen prasselte an die Scheiben des Taxis. Die Wischblätter quietschten bei dem vergeblichen Versuch, der Wassermassen Herr zu werden. Gordon schaute aus dem Wagenfenster. Ganz Paris schien unter Wasser zu stehen. Die Straßen waren überflutet, an den Grenzen zu den Gehwegen hatten sich kleine Sturzbäche gebildet, deren Mengen die Kanalisation nicht zu fassen vermochte.

Er sah auf die Uhr. Es würde knapp werden. Er durfte sein Flugzeug nicht verpassen. Gordon beugte sich vor und tippte dem Fahrer auf die Schulter. »Vite, vite, Monsieur. Beeilen Sie sich.«

Der Fahrer murmelte erst etwas Unverständliches, erhöhte dann aber abrupt die Geschwindigkeit. Für einen kurzen Moment kam der Wagen ins Schlingern. Gordon fluchte verhalten.

Eigentlich hatte er keine Lust, in die Vereinigten Staaten zurückzukehren. Viel lieber hätte er das angenehme Leben für eine Weile genossen. Aber er hatte sich drängen lassen, den Auftrag zur Diffamierung des Präsidentschaftskandidaten anzunehmen, und dazu war er vor Ort vonnöten. Wenn seine

Männer auch Profis waren, ohne sein strategisches Können waren sie alle nur einzelne Perlen ohne Schnur.

Er wäre nicht gefahren, liefe nicht hier in Europa alles glatt. Die Falle zog sich zu. Zwar hatten sie Helena Jacobi in ihrer Pension verpasst, aber es war ihnen gelungen, ihren neuen Standort ausfindig zu machen.

Er lächelte vor sich hin. Diese Jacobi machte es ihnen einfach. Sie hinterließ kleine Spuren wie nette Abschiedsbriefchen. Es war ein Kinderspiel, sie aufzuspüren. Heute Nacht würden seine Männer zuschlagen, und dann sollte es kein Problem mehr sein, den Fall abzuschließen.

Vor seinem inneren Auge entstand ein Bild, wie er als einer der vermögendsten und einflussreichsten Männer dem Präsidenten persönlich die Hand schüttelte. Vielleicht sollte er sich sogar selbst als Präsident wählen lassen? Mit dem Geld ließen sich eine Menge Stimmen kaufen, und mit dem Duft sogar die Sympathien der gesamten Bevölkerung.

Seine Träume wurden durch das Klingeln des Handys unterbrochen.

»Hallo? Ja, bin auf dem Weg ... Nein. Nicht umbringen. Haltet sie beide fest, bis ich wieder zurück bin.« Er grinste selbstzufrieden. Und als das Taxi neun Minuten später vor dem Flughafengebäude hielt, lächelte er noch immer.

## 10

Später wusste sie auch nicht, wovon sie aufgewacht war, aber es wurde ihr bald bewusst, dass es ihnen das Leben gerettet hatte.

Als Helena ihre Augen aufschlug und auf den kleinen Radiowecker an der Seite des Bettes blickte, war es zwei Uhr morgens. Sie versuchte die Augen zu schließen und den Traum wieder aufzunehmen, aber es gelang ihr nicht.

Um zwanzig nach zwei schließlich fuhr sie sich mit den Lippen über den trockenen Mund. Ohne einen Schluck Wasser würde sie nicht wieder einschlafen können. Sie setzte ihre Füße auf den kalten Holzboden und schlüpfte in die neben dem Bett stehenden Schuhe. Dann verließ sie leise das Zimmer und ging über die Treppe zur im Erdgeschoss liegenden Küche. Ohne Licht zu machen, nahm sie sich ein Glas aus einem der Schränke und füllte es mit Leitungswasser. Gierig trank sie das erste Glas in einem Zug und goss sich gleich darauf ein zweites ein.

Plötzlich hörte sie ein Geräusch. Erst dachte sie, sich getäuscht zu haben. Aber dann wiederholte es sich. Es war ein leises Knacken, das auch von einem knarrenden Holzboden herrühren könnte. Aber hier im Erdgeschoss waren alle Böden aus Stein.

All ihre Sinne waren plötzlich in Alarmbereitschaft. Auf Zehenspitzen schlich sie sich hinter die halb geöffnete Küchentür und lugte durch den schmalen Spalt an der Zarge. Er war zu schmal, um etwas zu erkennen, aber sie glaubte einen dunklen Schatten zu sehen. Gleich darauf einen Zweiten. Und tatsächlich, nun knarrte eine Stufe der Holztreppe.

Helena wich zurück. Ihr Herz klopfte. Kalter Schweiß trat auf ihre Stirn. Jetzt bloß nicht in Panik geraten, ermahnte sie sich, überleg in aller Ruhe, was zu tun ist.

Sie dachte an Lucile, die im oberen Stock friedlich schlief. Der Gedanke, ihr könne etwas zustoßen, riss sie aus ihrer Lähmung und gab ihr die Kraft zum Handeln.

Vorsichtig huschte sie über den Flur zum Wohnzimmer und hob den Telefonhörer ab. In der Mitte des Apparates haftete ein Aufkleber mit Notrufnummern, der nur schwach von dem ins Zimmer scheinenden Mond beleuchtet wurde. Verschwommen tanzten die Zahlen vor ihren Augen. Ihre Brille lag im Schlafzimmer, sie musste sich also zusammenreißen. Mühsam fixierte sie das Geschriebene, und mit voller Konzentration gelang es ihr schließlich, die Nummer der Polizei zu entziffern. Mit bebenden Fingern gab sie die Zahlen auf der Telefontastatur ein. Eine geschäftig klingende Frauenstimme meldete sich.

»Kommen Sie schnell«, flüsterte Helena. »Wir haben Einbrecher im Haus.« Sie gab die Adresse an und legte auf.

Dann kauerte sie sich hinter das ausladende Sofa und wartete zitternd auf die Polizei. Die Minuten vergingen. Ihre Gedanken wirbelten umher. Hoffentlich ging es Lucile gut. Die Vorstellung, sich mit einem schweren Gegenstand zu Luciles Verteidigung aufzumachen, erschien absurd. Abgesehen davon hätten ihre Füße sie nicht tragen können; ihre Beine waren schwer wie Blei und das Zittern geriet außer Kontrolle. Ängstlich lauschte sie auf Geräusche, doch aus der oberen Etage kam kein Laut.

Es erschien ihr, als wären Stunden vergangen, als endlich sich näherndes Blaulicht durch die Fenster fiel. Autotüren wurden geknallt. Schließlich ein schweres Pochen an der Tür.

»Ouvrez! Öffnen Sie. Gendarmerie!«

Von oben war ein Poltern und lautes Fluchen zu hören.

Helena hastete mit plötzlich wiedergewonnener Kraft aus ihrem Versteck hervor zur Tür und öffnete sie. Drei Polizisten stürmten auf ihren Fingerzeig hin die Treppe hinauf, sie selbst eilte zurück ins Wohnzimmer in Deckung.

Wenige Minuten später kam einer der Polizisten hinein. »Mademoiselle?«

Helena erhob sich hinter dem Sofa. »Haben Sie sie erwischt?«

»Leider nein. Sie sind über den Balkon geflohen. Aber wir konnten eine Dame aus misslicher Lage befreien.«

»Lucile! Wie geht es ihr?«

»Den Umständen entsprechend gut.«

Helena wartete keine weitere Erklärung ab und stürmte nach oben in Luciles Schlafzimmer. Dort saß diese in ihrem weißen Nachthemd auf dem Bett und rieb sich die Handgelenke. Helena setzte sich neben sie und nahm sie erleichtert in den Arm.

»Was haben sie mit dir gemacht?«

Lucile schüttelte ungläubig den Kopf, als müsse sie einen bösen Traum abwerfen. »Geknebelt und gefesselt.« In ihren Augen stand Furcht. »Nun sind sie also schon so nahe gekommen.« Sie schluckte. »Mein eigenes Haus ...«

Helena strich ihr über die Hände. Sie wusste nichts darauf zu erwidern.

Der Polizist, der sich diskret im Hintergrund aufgehalten hatte, räusperte sich leise. »Ich muss jetzt Ihre Aussagen aufnehmen«, sagte er. Dann fügte er besorgt hinzu: »Bis morgen früh kann ich noch einen Gendarm zu Ihrem Schutz abstellen, dann kann ich leider nichts mehr für Sie tun. Sie sollten sich überlegen, vorläufig bei guten Freunden unterzukommen.«

Als die Polizisten bis auf den Wachhabenden, der in einem Dienstwagen vor der Tür blieb, gegangen waren, war es halb vier. Draußen war es noch dunkel. Lucile hatte starken Kaffee gemacht und stellte zwei bis an den Rand gefüllte Tassen auf den Küchentisch. Sie hatte ihr Nachthemd gegen einen beigen Hausanzug getauscht, der ihr Gesicht fahler wirken ließ, als es ohnehin schon war. Ihre Haare waren ungekämmt und standen struppig vom Kopf ab.

»Es war verdammt knapp«, begann sie. »Wärst du nicht zufällig wach gewesen ... Nicht auszudenken.«

Helena nickte. Sie rührte ein Stück Zucker in ihre Tasse und nahm einen Schluck. Der Kaffee tat gut. Er schmeckte stark und süß und langsam kamen ihre Lebensgeister zurück.

»Dieser eine Kerl war so unheimlich«, fuhr Lucile fort. »Ein Hüne. Nie werde ich seine Augen vergessen. So kalt und unbarmherzig.« Sie hob die Tasse und schlürfte. Kaffeetropfen rannen ihr Kinn hinab, aber sie schien es nicht zu bemerken. »Wir müssen von hier verschwinden. Und wir sollten es vor Tagesanbruch tun.«

Helena schoss ein Gedanke durch den Kopf. »Hast du einen Computer mit Internetanschluss?«

»Paul hatte einen. Er steht in seinem Arbeitszimmer.«

»Kennst du seine E-Mail-Adresse?«

»Natürlich.« Lucile sah sie verständnislos an. »Was möchtest du denn damit?«

»Abwarten«, antwortete Helena. Sie stand auf und holte ihr Handy aus der Tasche. Dann wählte sie eine Nummer.

»Julie? Es tut mir Leid, wenn ich dich wecke, aber es ist wichtig. Kannst du mir einen großen Gefallen tun?«

Minuten später saßen sie an Pauls altem Computer und warteten auf den Empfang der E-Mail. Als sie schließlich kam und sie die anhängenden Bilddateien öffneten, weiteten sich Luciles Augen.

»Der Hellblonde da, das ist der Kerl. Der hat mir den Knebel in den Mund gesteckt. Woher hat deine Freundin die Fotos?«

»Sie hat die Kamera unauffällig auf die Männer gerichtet, die mir bis zum Büro gefolgt waren.« Helena druckte das Bild aus. »Das geben wir der Polizei.«

»Wem denn? Etwa Duval?«

»Nein. Der freundliche Polizist, der unsere Aussagen aufgenommen hat, gab mir seine Karte«, sie stand auf und kam mit einer Visitenkarte zurück. »Leroc ist sein Name. Er wird uns sicher weiterhelfen können. Vielleicht können wir den Mann vom Foto bei einer Gegenüberstellung identifizieren.«

Lucile hob zweifelnd eine Augenbraue. Sie sah aus dem Fenster. »Es wird langsam hell. Wir sollten ein paar Sachen packen.« Sie stand auf und ging zurück in die Küche, wo sie sich mit zitternden Händen eine Zigarette anzündete.

»Und wohin sollen wir gehen?«, fragte Helena, die ihr gefolgt war.

»Ich weiß es nicht. Vielleicht sollten wir uns ein Zimmer suchen. Möglichst in einem kleinen Hotel, das außerhalb der üblichen Touristenzentren liegt. Le Bar-sur-Loup, beispielsweise. Der Ort ist fast ausgestorben.«

»Nein, lieber in einer Touristenhochburg. Da fällt man weniger auf. Zum Beispiel in einer so großen Stadt wie Nizza.«

»Dort ist die Gefahr größer, den Männern zu begegnen«, erwiderte Lucile.

»Aber die Polizei wäre im Notfall schneller vor Ort. Und wir müssen das Zimmer ja nicht verlassen. Wir könnten das meiste von dort aus erledigen.« Helena sah Lucile bittend an. »Ich könnte es im Moment nicht ertragen, in einer verlassenen Kleinstadt irgendwo in der Einsamkeit zu sitzen. Ich hätte das Gefühl, den Mördern hilflos ausgeliefert zu sein.« Sie schluckte. »Irgendwie sind sie uns immer einen halben Schritt voraus. Wer sagt uns denn, dass sie uns nicht wieder aufspüren?«

Lucile tippte nicht vorhandene Asche von ihrer Zigarette. »Na schön, vielleicht hast du Recht.« Sie nahm einen tiefen Zug. Die Zigarettenspitze glomm rot auf. »Jetzt stecke auch ich mit drin«, fuhr sie missmutig fort. »Aber ich habe es ja nicht anders gewollt.«

Sie blies den Rauch wieder aus und lehnte sich mit verschränkten Armen an die Küchenzeile. »Wir sollten in einen Supermarkt fahren und Essen für die nächsten Tage einkaufen. Dann können wir es im Zimmer gut aushalten. Und wir brauchen ein paar Sachen aus Jeans Labor.«

Helena kam ein Gedanke. »Wenn Jean Batiste mit der Formel beschäftigt war, dann hatte er doch sicher in seinem Labor bereits ein paar Zutaten. Wir sollten alle vorhandenen Fläschchen einpacken und dann im Hotel überprüfen.«

Lucile weitete die Augen. »Du hast Recht.« Sie drückte die Zigarette in der Spüle aus. »Aber vielleicht war es das, was der Einbrecher gesucht hat? Vielleicht haben die Gangster die Essenzen schon längst?«

»Dann hätten sie ja, was sie wollten, und müssten uns nicht mehr verfolgen«, antwortete Helena lakonisch.

Eine halbe Stunde später standen sie in Jean Batistes Arbeitszimmer. Die Sonne war bereits über den Hügeln zu sehen und warf erste Strahlen durch die halb heraufgefahrenen Jalousien. Kleine Staubteilchen tanzten in der Luft, als Lucile das Arbeitsrondell betrachtete.

»Es scheint nichts zu fehlen«, kommentierte sie. »Am besten ist es, wir nehmen alle Essenzen mit. Und all die Notizen, die hier herumliegen.«

Beladen mit zwei Kartons gingen sie zurück zu Luciles Jeep. Helena schwang sich auf den Beifahrersitz, strich sich die Haare zurück und band sie mit einem Haargummi fest. Dann setzte sie sich ihre Sonnenbrille und eine Baseballkappe auf. »Du solltest auch etwas mit deinem Äußeren machen«, sagte sie an Lucile gewandt.

»Wozu denn, die kennen doch bestimmt mein Auto«, erwiderte Lucile gereizt, öffnete aber das Handschuhfach und holte einen Seidenschal hervor, den sie sich um den Kopf band. Dann sah sie auf die einsam gelegene Straße. »Bis jetzt ist uns noch niemand gefolgt.« Es klang unsicher. Und als sie den Weg nach Nizza einschlug, wanderten ihre Augen immer wieder in den Rückspiegel.

Die Sonne stieg langsam an der Längsseite der Küste empor und legte ihre goldenen Strahlen über die Häuser der Stadt. Pierre Lucas nahm auf einem der blauen Stühle, die die Promenade von Nizza säumten, Platz und beobachtete, wie der dunstige Morgen erwachte. Sein Blick glitt über den steinigen Strand, an dessen Ufer eine Spaziergängerin ging, gramgebeugt, den Kopf hinaus zum Meer gerichtet, als finde sie dort die Antwort auf ihre Fragen.

Die vorher noch reglosen Schlafsäcke, die am Strand neben dem Toilettenhäuschen lagen, bewegten sich. Ein Kopf erhob sich. Pierre konnte nicht erkennen, ob Mann oder Frau – das war heutzutage nicht immer ganz eindeutig. Voller Unverständnis schüttelte er den Kopf. Wie unbequem, hier auf den harten Kieselsteinen des Strandes zu nächtigen. Und wie leichtsinnig. Er hatte schon von so vielen Fällen gehört, bei denen Rucksacktouristen das Geld für eine Übernachtung sparen wollten und am nächsten Tag um ihr gesamtes Hab und Gut erleichtert aufwachten.

Pierre bückte sich, griff nach der am Boden abgestellten Thermoskanne und schenkte sich heißen Kaffee ein. Vorsichtig schlürfend nahm er einen Schluck. Die Tasse wärmte seine Hände. Es war ein kühler Morgen.

Er sah auf die Uhr. Halb acht. Um diese Zeit war er normalerweise auf dem Weg zur Arbeit. Eine viertel Stunde später würde er an seinem Schreibtisch sitzen und über die sich türmenden Ablagen fluchen. Er seufzte und wischte sich eine Träne aus den Augenwinkeln. Jetzt nur nicht sentimental werden.

Er hatte darauf gezählt, dass sie seine Ehrlichkeit zu schätzen wussten. Stattdessen hatten sie ihm nahe gelegt, sich für ein paar Tage krankschreiben zu lassen. Man würde über seine weitere Polizeilaufbahn gründlich nachdenken müssen. Was das bedeutete, war ihm klar, längst bevor eine Entscheidung getroffen war. Frühpensionierung! Hätte er doch die liegen gebliebene Information des Hotels unterschlagen ...

Er trank noch einen Schluck und schaute der Spaziergängerin nach, die ihren Weg in die entgegengesetzte Richtung fortsetzte. Im selben Augenblick erschien aus dem zweiten Schlafsack ein weiteres Gesicht, das eines jungen Mädchens. Sie schüttelte den Kopf, als könne sie damit den restlichen Schlaf vertreiben, nahm einen Schluck aus der Wasserflasche, gurgelte kurz und spuckte aus. Langsam schälte sie sich aus ihrem Schlafsack, reckte sich und schlug gleich darauf die Hände fröstelnd um ihre Schultern.

Wie konnten sie nur so leben? Selbst ein Clochard verbrachte die Nacht auf einer der Parkbänke, die dem unbequemen Strand vorzuziehen waren.

Ein erschreckender Gedanke schlich sich in seinen Verstand und ließ sich nicht wieder abschütteln. Würde auch er bald als Clochard enden? Würde auch er auf einer der Parkbänke übernachten müssen, mit Zeitungen als Schutz gegen die morgendliche Kälte?

Das Gehalt, das er all die Jahre als Polizist bekommen hatte, reichte gerade so zum Leben. Er hatte es niemals darauf angelegt, Karriere zu machen; ihm war ein ruhiger, aber sicherer Arbeitsplatz weitaus wichtiger gewesen. War das ein Fehler? Nun, wo er seine Arbeit verlor, blieb ihm noch weniger übrig.

Reichte es, um seine bescheidene Wohnung behalten zu können? Er würde sich stark einschränken müssen. Seinen alten Citroën müsste er verkaufen. Er brachte bestimmt nicht mehr viel Geld, aber Versicherung, Reparaturen und Benzin waren ab jetzt unerschwinglich. Was aber sollte er ohne Auto bloß anfangen?

Pierre strich sich über sein schütteres Haar. Keine Ausflüge mehr nach Nizza, keine Besuche bei seinem Cousin in Cavaillon ... Er würde in Vence versauern. Es bliebe ihm wohl nichts anderes übrig, als sich den betagten Herren anzuschließen, die ihre Tage auf dem Sandplatz beim Boulespielen verbrachten, weil ihnen ansonsten zu Hause die Decke auf den Kopf fiel. Eigentlich fühlte er sich noch nicht so alt ...

Vielleicht sollte er einen Job bei einer Wach- und Sicherheitsgesellschaft annehmen. Wer aber nähme jemanden, der zu alt war, um einen Ladendieb zu verfolgen? Und ein Leben als Torwächter am Fabrikgelände oder als Nachtwache in einem der großen Museen? Nein, keine dieser Tätigkeiten erschien ihm verlockend.

Eine Weile noch beobachtete er, wie sich die Sonne langsam in den Himmel erhob. Dann leerte er seinen Kaffeebecher, schraubte den Verschluss der Thermoskanne fest zu, erhob sich und ging zurück zu seinem Citroën. Auf dem Weg zurück nach Vence wollte er noch kurz an einem Supermarkt Halt machen und für den Rest der Woche einkaufen. Wer weiß, wie lange er sich häufigere Strecken mit dem Wagen noch leisten konnte.

Als er seinen Wagen auf den Parkplatz des Géants lenkte, standen nur wenige Autos darauf. Der Supermarkt hatte seine Tore noch nicht geöffnet. Pierre kurbelte die Scheibe hinunter, lehnte sich zurück und schloss für einen Augenblick die Augen. Er musste eingenickt sein, denn als er sie wieder öffnete, waren die Parkplätze bereits zur Hälfte besetzt und die ersten Einkaufswagen wurden mit Tüten beladen zu den Autos geschoben.

Erschrocken fuhr er hoch und wischte sich mit der Hand über den Mund. Als er die Fensterscheibe wieder hochkurbeln wollte, erblickte er in einem wenige Meter weiter geparkten Jeep eine junge Frau, die sich in den Beifahrersitz gekauert hatte. Sie sah verängstigt aus, so, als würde sie sich verstecken wollen.

Pierres Polizeiinstinkt erwachte. Etwas an ihr hatte die Haltung einer Flüchtigen. Unauffällig betrachtete er sie aus seinen Augenwinkeln. Ihr Gesicht war schlecht zu erkennen. Sie trug eine Baseballkappe und eine Sonnenbrille, obwohl die Sonne den Parkplatz noch nicht erreicht hatte. Unter der Kappe blitzten ein paar lockige Strähnen hervor. Sie erinnerte ihn an jemanden. Könnte es sein? Ausgerechnet ...

Mit einem Satz sprang er aus dem Wagen und klopfte an ihre Fensterscheibe. Sie erschrak und griff hektisch nach dem Zündschloss, an dem aber keine Schlüssel steckten. Ihr Gesicht war panisch, und nun war er sich sicher. Es war die Frau, derentwegen er seine Arbeit verloren hatte: Helena Jacobi. Diesen Namen würde er nie vergessen. Hätte sie nicht schon längst hinter Gittern sitzen müssen?

Helena meinte, ihr Herz müsse zerspringen. Der Mann, der sie so erschreckt hatte, starrte sie an. Er schien etwas von ihr zu wollen. Sie versuchte, ihre Panik herunterzukämpfen. Dieser Mann war alt. Zu alt, als dass er zu den Profikillern gehörte. Außerdem sah er nicht so aus, wie man sich einen Gangster vorstellte: Klein und untersetzt mit spärlichem Haarwuchs und netten dunkelbraunen Knopfaugen. Vielleicht wollte er ja nur, dass sie ihm Geld wechselte; Münzen für den Schlitz des Einkaufswagens?

Sie atmete tief durch und kurbelte das Fenster herab. »Kann ich Ihnen helfen?«

Der Mann schien zu überlegen und starrte sie dabei unverwandt an.

»Was wollen Sie?«, fragte sie.

»Mit Ihnen reden. Ich glaube, wir sollten etwas klären.« Er zog eine Polizeimarke aus der Tasche. »Mein Name ist Pierre Lucas von der Gendarmerie in Vence.«

Helena sank erleichtert in den Autositz zurück. Ein Polizist. Ihre Atmung beruhigte sich.

»Wir sollten uns in die Cafeteria setzen«, fuhr der Mann fort. Ihre Erleichterung schien ihn zu irritieren.

»Natürlich. Wenn es schnell geht. Aber wir sollten auf meine Begleiterin warten, sonst macht sie sich Sorgen.«

Pierre Lucas nickte und ging vor dem Wagen auf und ab, als wolle er damit eine spontane Flucht verhindern.

Endlich kam Lucile mit einem voll beladenen Einkaufswagen auf das Auto zu. Als sie den auf und ab gehenden Herrn sah, runzelte sie die Stirn. Helena öffnete die Wagentür und stieg aus.

»Alles in Ordnung«, sagte sie. »Dieser Mann ist Polizeibeamter. Von der Gendarmerie in Vence.«

Lucile hob fragend eine Augenbraue. »Vence? Was hat denn Vence mit unserem Fall zu tun?«

Der Mann blieb stehen. »Ist denn bereits eine andere Polizeistation mit dem Fall beschäftigt?«

»Selbstverständlich! Vence liegt ja völlig außerhalb des Tatortes.«

»Tatort?« Der Mann schien verwirrt zu sein.

Helena legte Lucile Vorsicht gebietend eine Hand auf den Arm. »Warum wollten Sie mich eigentlich sprechen?«

»Zuerst sagen Sie mir, um was für einen Fall es geht.«

»Der Tod des Jean Batiste. Und der Einbruch in seinem und Madame Bertrands Haus.«

Pierre Lucas rieb sich nachdenklich das Kinn. »Wir sollten uns setzen und einen Kaffee trinken. Ich glaube, wir müssen einige Dinge entwirren.«

Lucile und Helena sahen sich fragend an, beschlossen dann aber, dass ihnen nichts anderes übrig blieb. Sie luden die Einkäufe in den Kofferraum und folgten dem Polizisten, der neben ihnen ging und immer wieder den Kopf schüttelte, als müsse er etwas mit sich ausdiskutieren.

In dem kleinen Café am Eingang des Supermarktes war nur noch ein Stehtisch frei. Pierre Lucas bestellte drei Kaffee, ohne die beiden Frauen aus den Augen zu lassen.

»Sie sind Helena Jacobi«, begann er schließlich ohne Umschweife.

Helena zuckte zusammen. Sie konnte sich nicht erinnern, jemand anderem als dem freundlichen Polizisten Leroc ihren Namen genannt zu haben.

»Woher wissen Sie das?«

»Wir haben auf unserer Polizeistation ein Phantombild von Ihnen.« Er beobachtete ihre Reaktion.

»Ein Phantombild?« Helena weitete erstaunt die Augen. »Sie müssen sich irren.«

»Waren Sie Ende August in einem Hotel bei Saint-Paul-de-Vence?«

»Ja, aber ...«

Pierre Lucas schien mit sich zu ringen. Bedächtig strich er sich über sein schütteres Haar. Dann aber fuhr er fort: »Sie wurden gesucht. Polizeilich. Alle Hotels in einem Umkreis von hundert Kilometern wurden aufgefordert, der nächsten Polizeistation zu melden, wenn Sie zu Gast sind.«

Helena spürte, wie alle Farbe aus ihrem Gesicht wich. »Und warum?«

Eine Kellnerin stellte drei große Kaffeebecher auf den Tisch. Pierre Lucas nahm einen Würfel Zucker aus der Verpackung, warf ihn in seine Tasse und rührte langsam mit dem Plastiklöffel um.

»Uns wurde kein Grund genannt. Wir hatten lediglich die Order, Meldung an Jacques Bonnet zu machen, den Polizeikommandanten persönlich.«

Helena kam ein Gedanke. Er war zu absurd, um wahr zu sein. Dennoch musste sie ihn aussprechen. »Ich werde seit Ende meines Urlaubes von Kriminellen verfolgt. Sie sind sogar in Hamburg aufgetaucht. Sie wollen mir doch nicht erzählen, dass die über einen Polizeikommandanten an meine Adresse gekommen sind?«

Pierre Lucas machte ein erstauntes Gesicht. »Kriminelle? Sind Sie sich da sicher, Mademoiselle?«

Helena nickte heftig und versuchte, aufsteigende Tränen herunterzuschlucken, was ihr aber nicht gelang. Es war, als würde sich in diesem Moment eine Schleuse öffnen, deren Fluten sich nicht mehr aufhalten ließen. Hemmungslos fing sie an zu schluchzen.

»Würde ich sonst mit dieser bescheuerten Kappe und Sonnenbrille herumlaufen? Die Haare versteckt? Monsieur, seit diesem Urlaub bin ich auf der Flucht vor Männern, die einen guten Freund von Madame Bertrand umgebracht haben. Sie können mir glauben, dass ich mir sicher bin, dass das Kriminelle sind.« Sie wischte sich mit ihrem Ärmel die Tränen vom Gesicht.

Pierre Lucas betrachtete sie bestürzt. Dann griff er in seine Jackentasche und zog ein verknittertes Papiertaschentuch hervor. Helena ergriff es dankbar und schnäuzte sich.

»Ich habe Ihre Adresse weitergeleitet, Mademoiselle«, begann er zögernd. »An Monsieur Bonnet ...«

Die Ungeheuerlichkeit der Schlussfolgerung hing schwer im Raum. Schließlich meldete sich Lucile zu Wort.

»Ich danke Ihnen für Ihre Offenheit. Nun wissen wir immerhin, dass wir Hotels aller Art und Polizeistationen in dieser Region meiden sollten.« Sie sah unruhig auf die Uhr. »Wenn Sie nichts dagegen hätten, würden wir gerne unseren Weg fortsetzen.« Sie legte einen Schein auf den Tisch und zog Helena am Arm.

Pierre Lucas stellte sich ihr in den Weg. »Warten Sie einen Moment. Vielleicht kann ich Ihnen helfen.« Er erzählte ihnen von der bevorstehenden Frühpensionierung. Bitterkeit schwang in seiner Stimme, als er von seinem Pflichtbewusstsein sprach, das ihn all die Jahre getrieben hatte. Dass er nun wegen eines offensichtlich bestechlichen Polizeikommandanten den Dienst quittieren musste, hatte sein Weltbild innerhalb weniger Minuten zerstört.

»Ich möchte den Mann stellen, der mir das angetan hat«, schloss er. »Bitte geben Sie mir die Möglichkeit, Ihnen zu helfen und Jacques Bonnet zu überführen.« Er schnaubte verächtlich. »Dieser arrogante Geck wird sich noch umsehen. Er ist eine Schande für den gesamten Berufsstand.«

»Wie wollen Sie das denn tun?«

»Bitte erzählen Sie mir mehr Details über den Toten und die Männer, die Sie verfolgen.«

Helena rieb sich noch einmal mit dem Taschentuch die

Nase und sah Lucile fragend an. Diese nickte ihr aufmunternd zu.

Stockend berichtete Helena von ihrer ersten Begegnung mit Jean Batiste und ihrer Flucht in Monaco, wobei sie die Bedeutung der Formel nicht näher beschrieb. Als sie bei dem nächtlichen Überfall in Luciles Haus endete, spürte sie, dass die kurze Zusammenfassung ihr Klarheit gab. Alles passte nun ineinander. Wenn ein ganzes Polizeiaufgebot samt Hotels auf sie aufmerksam gemacht worden war, dann war es kein Wunder, dass die Verfolger ihre Schritte genauestens kannten. Nur Monsieur Leroc schien mit dem Phantombild nicht vertraut gewesen zu sein, sonst hätte er ihnen nicht geraten, bei Freunden Unterschlupf zu suchen. »Wir haben Fotos von zwei der Kriminellen an Monsieur Leroc geschickt. Er bearbeitet den heutigen Einbruch«, endete sie ihren Bericht.

Pierre Lucas nickte entschlossen. »Ich kenne Monsieur Leroc noch von einem Verbandstreffen. Ich werde mich mit ihm in Verbindung setzen.« Er ging hinüber zur Kellnerin, bat sie um einen Stift und Zettel und kehrte zum Tisch zurück.

»Ich schreibe Ihnen meine Telefonnummer auf. Bitte rufen Sie mich in regelmäßigen Abständen an. Ich will versuchen, was ich herausfinden kann.«

Er begleitete die beiden Frauen noch zu ihrem Auto und sah ihnen nachdenklich nach.

Helena klappte den Schminkspiegel des Beifahrersitzes herab und betrachtete ihr Gesicht. Die Nase war rot und geschwollen, und ihre Augen glänzten noch ein wenig. Aber ein neuer Ausdruck war in ihnen erkennbar. Sie wusste, sie musste kämpfen, um wieder ein ruhigeres Leben zu führen. Nun aber, da sich ihr Gegner ein Stück enthüllt hatte, verspürte sie die Kraft, ihm zu begegnen.

## 11

Lucile lenkte den Wagen mit hoher Geschwindigkeit über die Autoroute 8. Helena las im Stillen die Namen der Orte, die sie in schneller Folge passierten: Le Cannet, Mandelieu, Fréjus. Keine der beiden sagte ein Wort. Dann schließlich fuhr Lucile bei Le Muy ab.

»Nun dürften wir weit außerhalb des Wirkungskreises von Jacques Bonnet sein«, sagte sie. »Weitab vom Distrikt Alpes Maritimes.«

Sie fuhren eine schmale Landstraße durch Wälder hindurch, deren Nadelbäume von der Sonne ausgetrocknet wirkten. Helena betrachtete ein vorbeiziehendes Hinweisschild. »Wir fahren nach St. Tropez?«

»St. Maxime«, korrigierte Lucile. »Nenn mich sentimental, aber ich habe an den Stränden von St. Tropez die glücklichsten Urlaube mit Paul verbracht. Und St. Maxime ist der ideale Ort, wenn man die Strände genießen, aber nicht so viel Geld ausgeben möchte.«

Helena lachte trocken auf. »Du glaubst doch wohl nicht, dass wir uns an den Strand legen werden?«

Lucile lächelte milde. »Nein, Helena. Aber ich denke, es ist ein grandioser Ort, um sich mit der Formel zu beschäftigen. Inspirierend. Außerdem kenne ich mich hier aus.«

»Und was soll ich in der Zwischenzeit machen? Kann ich dir bei der Herstellung des Duftes helfen?«

Lucile legte den Kopf schräg. Schließlich sagte sie: »Bis ich anfange, die Dinge herzustellen und zusammenzumischen, muss ich mich erst einmal mit der Herkunft der Pflanzen beschäftigen. Da kannst du nicht viel tun.«

»Hätten wir das Buch des Yves Sagan gefunden, könnte ich es in der Zwischenzeit nach Hinweisen durchsuchen ...«

Sie schwiegen wieder. Die Fahrt auf der von Pinien und Kiefern gesäumten Straße schien kein Ende zu nehmen. Endlich kamen die ersten Häuser, und schließlich erreichten sie auch St. Maxime.

Eine schöne kleine Stadt, dachte Helena, als sie die ersten Häuser passierten, aber auch weit weniger mondän, als sie es sich vorgestellt hatte.

Gegenüber dem Kinderkarussell, das in der kleinen Parkanlage vor dem Jachthafen aufgestellt war, fanden sie einen Parkplatz. Seit dem vorangegangenen Abend hatten sie nichts mehr gegessen und daher beschlossen sie, sich erst einmal in eines der vielen Cafés an der Uferstraße zu setzen und ihren Hunger zu stillen.

Kaum waren sie aus dem kühlen, klimatisierten Auto gestiegen, schlug ihnen eine für diese Jahreszeit ungewöhnliche Hitze entgegen. Die Sonne stand schon hoch am Himmel und Helena war froh, nur wenige Meter weiter ein Café zu sehen, auf dessen Vorplatz sich große Sonnenschirme über die Tische und Stühle breiteten. Sie setzten sich an einen freien Platz direkt an der Straße, von wo aus sie den Jeep im Blick hatten.

Helena zog ihre Strickjacke aus und knotete sie sich um die Hüfte. Dann vertiefte sie sich in die Speisekarte.

Als der Ober kam, bestellte Lucile einen leichten Weißwein und ein Clubsandwich. Helena hatte ursprünglich vor, einen leichten Salat zu ordern, aber der Hunger trieb sie dazu, auch ein Clubsandwich zu nehmen. Sie hoffte, in diesem Café bestrichen sie es nicht mit allzu viel Mayonnaise.

»Was soll ich denn nun machen, während du an dem Duft arbeitest?«, nahm sie die Unterhaltung wieder auf.

»Ich habe mir darüber die letzte halbe Stunde Gedanken gemacht«, antwortete Lucile. »Wir können nicht einfach in eine andere Stadt fahren und darauf hoffen, dass sich mit der Herstellung des Duftes all unsere Probleme in Luft auflösen.« Ihr Gesicht wirkte noch immer so fahl wie am Morgen. Zu der Angst schien sich nun auch Sorge gesellt zu haben. Die Stirn war in tiefe Falten gezogen und ihre Augen blickten matt und bekümmert.

Mit einem Seufzer fuhr sie fort: »Und ich bin zu dem Schluss gekommen, dass es absolut vorrangig ist, die Mörder hinter Schloss und Riegel zu bringen, bevor sie uns auch noch töten. Aber dafür benötigen wir unbedingt handfeste Beweise für einen Mord, damit endlich eine Ermittlung in Gang kommt. Die einzige Chance ist eine Obduktion. Wir müssen noch einmal versuchen, von Jeans Vater die Genehmigung dafür zu bekommen.«

»Mit Jacques Bonnet können wir der Polizei doch wohl kaum trauen ...«

»Da hast du wohl Recht«, meinte Lucile. »Aber ehrlich gesagt glaube ich nicht, dass die Beamten den Zusammenhang zwischen Jeans Tod und der Fahndung nach dir kennen. Und vielleicht können wir mit Beweisen auch Bonnet zu Fall bringen.«

Helena wiegte zweifelnd den Kopf. Aber ihr war auch klar, dass sie nicht in Untätigkeit verharren durften, sondern jede Möglichkeit nutzen mussten. Selbst wenn eine Obduktion nichts Konkretes ergab, weil eventuelle Giftstoffe bereits abgebaut waren.

»Soll ich Monsieur Batiste anrufen?«, fragte sie.

»Nein. Ich denke, es bringt mehr, wenn du ihn persönlich aufsuchst. Vielleicht ändert er seine Meinung, wenn er erfährt, dass er Schuld daran sein könnte, dass du weiterhin in Lebensgefahr schwebst.« Sie stockte. »Und ich ebenso.«

Ein Kellner mit schmierig zurückgegelten Haaren brachte die Sandwichs und die Getränke und bat um sofortige Zahlung. Helena legte das Geld hin und besah sich ihr Essen. Vorsichtig klappte sie die beiden Baguettehälften auseinander. Ihre Befürchtung fand sich bestätigt. Unter billigem, geformtem Kochschinken befand sich eine dicke Schicht Mayonnaise. Sie hob den Kopf, um es beim Kellner zu reklamieren, konnte ihn aber nirgends sehen. Aufseufzend griff sie nach einer Serviette und wischte den Großteil der fetten Sauce ab. Dann biss sie zaghaft in das Sandwich und überprüfte den Geschmack. Ihre Augen begegneten Luciles befremdetem Blick. Helena fühlte sich ertappt.

»Was zum Teufel machst du da?«, fragte Lucile.

»Fett sparen.«

»Wozu musst du denn Fett sparen?«

Helena zuckte die Schultern. Sie kannte diese Art von Diskussionen bereits aus der Zeit mit Tom und hatte gelernt, dass es besser war, dem aus dem Weg zu gehen. Lucile würde es niemals verstehen, dass ihre Figur immer einen wesentlichen Teil ihres Selbstbewusstseins bestimmte, auch wenn viele meinten, dass sie es nicht nötig habe. Bereits seit ihrer frühsten Jugend hatte sie unzählige Diäten gemacht, nur um immer wieder festzustellen, dass sie nach einer Hungerkur umso schneller wieder zunahm. Die einzige Lösung schien ihr eine dauerhafte Einschränkung, und so wurde das Jonglieren mit Kalorien und Fettwerten zum festen Teil ihres Lebens.

Lucile schüttelte voller Unverständnis den Kopf und biss herzhaft in ihr Sandwich. Sauce tropfte an ihrem Mundwinkel entlang. Hastig wischte sie sie mit einer Serviette ab.

»Ich schlage also vor, dass wir uns hier unter falschem Namen günstige Hotelzimmer nehmen und ich mich dann eingehend mit der Formel beschäftige, während du in die Bretagne fährst.«

Helena nickte zustimmend und schob ihr Sandwich beiseite. Auch ohne Mayonnaise schmeckte es nicht. »Wohin genau?«

»Nach Cancale. Das ist ein kleiner, netter Fischerort. Es wird dir gefallen.«

»Wie lange brauche ich dorthin?«

»Keine Ahnung. Ich schlage vor, du nimmst den Zug. Da Cancale am anderen Ende Frankreichs liegt, denke ich, dass du bestimmt zehn, elf Stunden fährst. Wenn nicht noch länger. Am besten ist es, du bleibst noch eine Nacht hier und ich fahre dich morgen früh zum Bahnhof.«

Sie kamen überein, dass es am besten wäre, wenn Lucile die Zimmer buchte, ohne dass Helena in Erscheinung treten musste. Dann machten sie sich auf die Suche nach einem kleinen, abseits liegenden Hotel.

Julie zögerte einen Augenblick, bevor sie die Nummer wählte. Helenas Mobilbox sprang nicht an, aber sie glaubte sich zu erinnern, dass sie den Anrufbeantworter ihrer Hamburger Wohnung auch vom Ausland aus abhören konnte.

Sie machte sich Sorgen. Seit dem letzten Telefonat war zwar erst ein Tag vergangen, aber die Tatsache, dass Helena ein Bild der Verfolger haben wollte, zeigte, dass sie noch immer in ernster Gefahr war. Eigentlich hatte sie damit gerechnet, dass Helena zurückrief und einige Dinge erklärte. Umso unruhiger wurde sie, dass nichts dergleichen geschah.

Schließlich gab sie ihrer inneren Ruhelosigkeit nach und wählte. Der Anrufbeantworter sprang an. Julie lauschte Helenas fröhlicher, zum Zeitpunkt der Aufzeichnung noch unbeschwerter Stimme.

»Hallo Helena, hier spricht Julie. Bitte rufe mich zurück. Ich mache mir Sorgen. Wo steckst du? Hast du die Bilddateien mit den Männern bekommen? Bitte, bitte melde dich.«

Sie legte den Hörer wieder auf, lehnte sich zurück und

starrte in den Bildschirm ihres Computers, ohne das dort Geschriebene wahrzunehmen. Helena und sie waren noch nicht so lange befreundet, vielleicht zwei Jahre. Aber in dieser Zeit hatte sie ihr warmherziges, ehrliches Wesen zu schätzen gelernt. Wenn Julie einmal Hilfe gebraucht hatte, war Helena sofort zur Stelle. Ihre Art, anderen bedingungslos zur Seite zu stehen, hatte auch in Julie etwas verändert. Sie hatte gelernt, dass es im Leben nicht nur Kampf, Ehrgeiz und Wettbewerb gab, sondern dass man auch mit Menschlichkeit und Wärme weiterkam.

Julie seufzte. Wie gerne wäre sie jetzt in Frankreich und würde an Helenas Seite versuchen, die Probleme zu lösen. Aber andererseits, wenn sie ehrlich war, war sie auch froh, nicht im Kreuzfeuer dieser Gangster zu stehen.

Aus einem Augenwinkel sah sie, wie ihr Vorgesetzter den Raum betrat. Schnell beugte sie sich vor und konzentrierte sich wieder auf die Arbeit.

## 12

Der Zug glitt durch wechselnde Landschaften gen Norden. Vorbei an Weinbergen, Feldern und Wäldern und schließlich an immer mehr Weiden mit Schafen und Kühen. Je näher er der Bretagne kam, desto mehr verdichteten sich die Wolken.

Nachdem Helena einen Absatz bereits zum dritten Mal las, ohne sich an das Geschriebene erinnern zu können, ließ sie die Zeitschrift, die sie sich am Bahnhof gekauft hatte, sinken und betrachtete die an ihr vorbeiziehende Weidelandschaft.

Diese Nacht hatte sie sehr schlecht geschlafen. Unruhig war sie bei jedem kleinsten Geräusch, das vom Hotelflur in ihr Zimmer drang, hochgeschreckt und hatte schließlich den schweren Sessel vor die Tür gezogen. Aber auch das hatte an ihrer Angst nichts geändert. Stunde um Stunde hatte sie die Zeiger ihres Reiseweckers auf ihrem Weg über das Ziffernblatt beobachtet, bis sie schließlich mit einsetzender Helligkeit eingeschlafen war. Als sie am Morgen erwachte, fühlte sie sich wie gerädert.

Sie legte ihren Kopf in der Lehne zurück und schloss die Augen. Erschöpft fiel sie augenblicklich in einen traumlosen Schlaf. Als sie wieder erwachte, war sie kurz vor Rennes, wo sie in einen Nahverkehrszug umsteigen musste.

Als der Zug in den Bahnhof von St. Malo einfuhr, regnete es in Strömen. Helena stieg aus und zog augenblicklich fröstelnd die Schultern zusammen. Zwischen St. Maxime und hier herrschte ein Temperaturunterschied von mindestens fünfzehn Grad. Hastig zog sie aus ihrer Reisetasche einen zerknitterten Kurzmantel und versuchte vergeblich, ihn glatt zu streichen.

Ich hätte daran denken müssen ihn zu bügeln, dachte sie, während sie sich in einem der spiegelnden Anzeigenkästen betrachtete, ich sehe nicht aus wie jemand, dem man gerne unbekannterweise seine Türen öffnet.

Sie strich sich über die Haare und ordnete ihre Frisur. Dann ging sie aus dem Bahnhofgebäude. Draußen tobte ein Sturm. Geduckt versuchte sie, sich gegen die Böen zu stemmen, und eilte zum Taxistand.

Die Landschaft wechselte zwischen karger Natur und üppigen Laubwäldern. Kleine verwitterte Feldsteinhäuschen, manche schiefergedeckt, säumten die Straße. Als sich das Taxi Cancale näherte, glaubte Helena, das Salz des Meeres schmecken zu können. Einen Augenblick lang wünschte sie, ihren Besuch angekündigt zu haben. Aber ihr war klar, dass sie mehr Chancen auf ein Gespräch hatte, wenn sie unangemeldet vor der Tür stand.

Es wurde bereits dunkel. Die Wolken rissen auf und der Mond warf ein schemenhaftes Licht auf ihre Konturen. Sollte sie sich zumindest ein Hotel suchen und den nächsten Tag abwarten? Aber wenn sie das Gespräch noch heute führte, säße sie vielleicht in wenigen Stunden wieder im Zug auf dem Weg zurück nach St. Maxime. Sie hoffte, Jeans Eltern würden ihr die späte Störung nicht übel nehmen.

Das Haus der Batistes lag in einer Straße, die parallel zu weitläufigen Austernbänken verlief und schließlich ein kleines Stück bergauf führte. Helena stieg aus und betrachtete es. Das Haus war nicht sonderlich groß, wirkte aber sehr gepflegt. Die hellen Mauern schienen Jahrzehnten der Salzbrise erfolgreich getrotzt zu haben. Neben der Eingangstür rankten prachtvolle Kletterrosen mit unzähligen tiefroten Blüten. In den Fenstern brannte Licht. Die Rahmen waren blau gestrichen und gaben dem Haus einen maritimen Charakter.

Zögernd schulterte Helena ihre Reisetasche und öffnete das Gartentor. Es knarrte laut. Sie glaubte, eine Bewegung der Gardinen gesehen zu haben, als sie beherzt auf die Haustür zuging und den Klingelknopf drückte.

Einen Augenblick lang tat sich nichts. Helena klingelte erneut.

»Was wollen Sie?« Die Stimme war barsch. Helena konnte nicht einordnen, ob sie von einer Frau oder einem Mann stammte.

»Mein Name ist Helena Jacobi. Entschuldigen Sie bitte die späte Störung. Aber ich muss dringend mit Ihnen sprechen. Es geht um Ihren Sohn.«

Die Tür öffnete sich einen kleinen Spalt. Helena konnte das Gesicht einer älteren Frau im Halbschatten erkennen. Klare

Augen schienen sie zu mustern. Schließlich, als habe man sie für gut befunden, wurde die Tür ganz aufgemacht.

»Und? Worum geht es?«

Helena stutzte. Die Frau, die vor ihr stand, sah rüstig aus, fast schon sportlich. Weiße kinnlange Haare umrahmten ein hageres, von tiefen Falten durchzogenes Gesicht. Sie sah alt aus, ja, aber nicht krank. Aufrecht und mit gespannter Körperhaltung wartete sie auf eine Erklärung der Störung. Hatte Lucile ihr nicht erzählt, Jeans Mutter konnte wegen ihres Rheumas nicht an der Beerdigung teilnehmen?

»Zunächst einmal möchte ich Ihnen mein Beileid aussprechen.« Sie spürte, wie unangemessen ihr Anliegen in dieser Situation war, fuhr aber dennoch fort. »Ich wünschte, ich müsste Sie jetzt nicht behelligen, aber es gibt einige Dinge, die noch geklärt werden sollten. Darf ich reinkommen?«

»Da kann ja jeder kommen. Glauben Sie mir, ich bin nicht auf den Kopf gefallen.« Die Stimme war schneidend. Sie trat einen Schritt zurück, um die Tür wieder zu schließen.

»Warten Sie.« Helena stellte ihre Reisetasche ab und hob flehend die Hände. »Ich brauche dringend Ihre Hilfe. Ich komme gerade von Lucile Bertrand und muss mit Ihnen über das weitere Verfahren zum Tod Ihres Sohnes sprechen. Bitte, geben Sie mir wenigstens fünf Minuten.«

»So, so. Von Lucile Bertrand also?« Die stahlblauen Augen musterten sie scharf. Eine Weile verharrte sie regungslos. Dann winkte sie Helena, ihr in das Haus zu folgen.

Madame Batiste führte Helena ins Wohnzimmer. Es roch staubig und wirkte überladen. Hier war also der berühmte Parfümeur aufgewachsen? Sie verspürte den Drang, eines der Fenster weit zu öffnen und frische Luft in den Raum zu lassen. Überall lagen kleine, abgetretene Teppiche. Dutzende Bilder mit Portraits und Landschaftszeichnungen hingen an den mit

Mustertapeten versehenen Wänden und verwirrten das Auge. Auf einem kleinen Tischchen neben dem samtbezogenen Sofa standen gerahmte Fotos. Helena versuchte, Jean auszumachen.

»Es existiert kein Foto mehr von ihm.« Madame Batiste schien ihre Gedanken erraten zu haben. Ihre Stimme klang verbittert. Helena bemerkte, dass sie jedoch keine Spur von Trauer verriet.

»Tee?«

Helena nickte und setzte sich auf das Sofa. Tief sank sie in den weichen Polstern ein. Unbehaglich rutschte sie weit nach vorne auf die Kante.

Madame Batiste verschwand in der Küche und kam bald darauf mit einem Tablett mit Tassen, einer Teekanne und einem Teller mit Madeleines zurück. Sie setzte sich auf einen der beiden seitlich vom Sofa stehenden Sessel und schenkte Tee in beide Tassen.

»Zucker?«

»Ja, bitte.«

Madame Batiste warf ein Stück Kandis in den Tee und reichte Helena die Tasse. »Was möchten Sie wissen?«

Helena trank einen vorsichtigen Schluck. Der Tee war noch sehr heiß, schmeckte aber köstlich.

»Wie ich schon sagte, ich komme gerade von Lucile Bertrand. Vielleicht hat Ihnen Ihr Mann bereits berichtet, dass Madame Bertrand davon überzeugt ist, dass es sich nicht um einen natürlichen Tod handelt?«

»Wen kümmert das? Tot ist tot. Es macht ihn auch nicht mehr lebendig, wenn die Ursache eine andere ist.«

»Sie haben natürlich Recht, Madame. Nur leider hängt sehr viel davon ab, die Ursache zu ergründen.« Helena schielte auf die Madeleines. Im Zug hatte sie ein mit magerem Schinken belegtes Brötchen gegessen, aber es hatte nur wenige Stunden vorgehalten. »Wenn wir nicht beweisen können, dass er ermordet wurde, können die Mörder nicht gefasst werden.«

»Was soll das bringen?«

»Es könnte mein Leben retten.«

Helena entschied sich, die ganze Wahrheit zu erzählen, um Madame Batiste die Dringlichkeit der Lage begreiflich zu machen.

»Ich kannte Ihren Sohn bis zu seinem letzten Tag nicht. Ich war als Touristin in Monaco, als er mir im Vorbeilaufen ein Päckchen in die Hand drückte. Er wurde verfolgt.«

»Verfolgt?«

»Ja, Madame. Und daraufhin fand man ihn tot in seiner Wohnung. Seitdem werde ich verfolgt und muss nun um mein eigenes Leben fürchten.«

»Und Sie meinen, wenn Sie die Todesursache herausfinden, fasst man die Mörder?«

Helena nickte heftig.

»Sie sind naiv. Was sollte das schon ändern? Die sind doch längst über alle Berge.«

»Sei nicht so hart zu der jungen Dame, Eunice.«

Die Stimme klang flehend. Helena drehte sich erschrocken zur Tür. Am Türrahmen lehnte ein älterer Mann, der Jeans Vater sein musste. Er hatte eine Wetterjacke an, von der noch Regentropfen herabperlten. Sein Haar war nass. Die Schultern hingen herab. Ein trauriger Zug lag um seinen Mund. Er sah nicht aus wie jemand, der seiner schroffen Frau offen Widerstand bieten konnte. Wie lange er wohl schon unbemerkt da gestanden hatte?

Eunice Batiste verzog den Mund zu einem schmalen Strich. Sie stand vom Sessel auf. »Die junge Dame wollte gerade gehen.«

Helena erhob sich zögernd. Es widerstrebte ihr, so ohne Ergebnis gehen zu müssen. Nicht, ohne noch einen Versuch zu wagen. »Ist es Ihnen wirklich egal, was mit mir passiert? Und mit Lucile Bertrand? Können Sie nicht verstehen, dass Ihre Zustimmung zur Obduktion unsere einzige Chance ist?«

Die alte Dame drehte sich wortlos um und ging aus dem Raum.

Monsieur Batiste sah auf die große Uhr, die über dem Sofa hing. »Es ist spät. Haben Sie schon ein Zimmer?«

Helena folgte seinem Blick. Es war halb elf. Den Nachtzug würde sie verpassen. »Nein.«

»Da werden Sie aber heute Nacht kein Glück mehr haben. Die Hotels haben alle außerhalb der Saison keinen Nachtportier mehr.«

Er musterte sie mit ausdruckslosen Augen.

»Es muss doch noch eine Möglichkeit geben.«

»Vielleicht.«

Er wandte sich um und ging in den Flur, in dem auf einem altmodischen Tischchen ein Telefon stand. Helena folgte ihm.

»Robert, Gerald hier. Hast du noch ein Zimmer frei? Wir haben unerwarteten Besuch bekommen.« Er nickte Helena aufmunternd zu. »Gut, danke. Ich bringe die Dame hin. Wir sind in fünf Minuten da.«

Gerald Batiste griff nach Helenas Reisetasche. »Kommen Sie. Das Hotel liegt gleich um die Ecke.«

Als sie vor dem kleinen Hotel ankamen, wartete bereits ein Mann mit ungekämmten Haaren davor. Unter seiner Jacke blitzte ein Stück Stoff hervor, der offenbar zu einem Schlafanzug gehörte. Grummelnd und ohne ein Wort der Begrüßung schloss er die Tür auf.

Helena nahm Monsieur Batiste die Tasche wieder ab und bedankte sich für seine Hilfe. Dann ging sie dem Hotelinhaber nach.

Das Zimmer befand sich im obersten Stock. Es war einfach, aber nett eingerichtet. Vorhänge und Bettbezug waren aus dem gleichen geblümten Stoff; die Tapete war grün-weiß gestreift und vermittelte den Anschein eines Landhauszimmers. Als sie das kleine Dachfenster öffnete, konnte sie direkt auf den Hafen sehen. Der hinter dunklen Wolken hervorblitzende Mond beleuchtete kleine Fischerboote, die im nachlassenden Wind schaukelten.

Helena atmete tief durch. Die Szenerie übte eine fast magisch beruhigende Wirkung aus. Und obwohl sie unverrichteter Dinge wieder zurückkehren musste, spürte sie, wie sich eine tagelang aufgestaute Spannung löste. Es war das erste Mal seit langem, dass sie sich sicher fühlte.

Am nächsten Morgen erwachte Helena von lautem, wütendem Hupen. Mit einem Ruck richtete sie sich im Bett auf und brauchte eine Weile, um zu realisieren, wo sie war. Das Hupen nahm kein Ende. Helena stieg aus dem Bett und ging zum Fenster. Unten auf der Straße kämpften ein Austerntransporter und ein breiter Lastwagen darum, die schmale Kurve zum Hafen als Erster passieren zu dürfen.

Sie riss das Fenster auf. Eine frische Brise zog durch das warme Zimmer. In dem Hafenbecken, in dem noch in der Nacht Boote im Wasser getrieben waren, lag ein einsames kleines Ruderboot im Sand. Das Meer hatte sich bis weit hinter die Hafenmauern zurückgezogen. Von weitem hatte es die Farbe von Smaragden; ein tiefes, funkelndes Blaugrün.

Helena streckte sich. Es war bereits Vormittags. Der lange Schlaf hatte ihr gut getan und Kraft gegeben. Sie überlegte, ein paar Tage hier zu bleiben. In St. Maxime hatte sie ohnehin nichts tun können, und erst jetzt wurde ihr bewusst, wie sehr ihr dort die Angst im Nacken gesessen hatte.

Vielleicht schaffte sie es ja sogar, die Batistes bei einem weiteren Besuch von einer Obduktion zu überzeugen.

Fröstelnd schloss sie das Fenster. Heute war Freitag. Am Montag sollte sie wieder bei der Arbeit erscheinen. Es war utopisch; vielleicht sollte sie jetzt in der Firma anrufen und den Urlaub verlängern, selbst wenn sie damit ihre Kündigung riskierte. Aber es war mit Sicherheit besser, als am Montag nicht da zu sein und sich dann erst zu melden.

Sie ging zu ihrer Handtasche und holte das Handy heraus. Der Akku war leer. Als sie versuchte, ihn aufzuladen, musste sie feststellen, dass keine der Steckdosen in diesem Zimmer zum Ladegerät passten. Wie ungewöhnlich, dachte sie, Steckdosen sollten doch schon längst europaweit genormt sein.

Ihr fiel ein, dass sie unbedingt Julie anrufen musste. Sicher machte sie sich schon Sorgen.

Als sie im Bad stand und sich die Zähne putzte, klopfte es. Schnell warf Helena sich einen Pullover über, schlüpfte in ihre Jeans und hastete zur Tür.

»Wer ist da?«, fragte sie vorsichtig.

»Monsieur Batiste.«

Helena öffnete die Tür. Monsieur Batiste lächelte verlegen. In seiner rechten Hand hielt er ein Paket.

»Haben Sie gut geschlafen?«

»Danke, ja.«

»Ich dachte, wir könnten zusammen einen Kaffee trinken. Vielleicht kann ich Ihnen weiterhelfen.«

»Gerne. Ich muss mich nur schnell noch fertig machen.«

»Ich warte unten in der Halle auf Sie.«

Sie setzten sich in ein kleines Bistro, in dem ein paar Männer um einen großen Tisch saßen und lautstark Karten spielten. Monsieur Batiste winkte grüßend in die Runde, wählte dann aber einen entlegenen Tisch. Statt des angekündigten Kaffees bestellte er einen Pastis. Helena, die noch nicht gefrühstückt hatte, orderte ein Baguette mit Camembert und einen Kaffee. Auf der ganzen Karte gab es kein Schwarzbrot oder etwas Gesundes. Als Alternativen zu unterschiedlich belegten Baguettes wurden nur eine Apfel-Tarte und Crème caramel angeboten.

»Sie müssen meiner Frau die Unhöflichkeit verzeihen«, begann Monsieur Batiste. »Sie meint es nicht so.«

»Tatsächlich? Ich hatte den Eindruck, als wisse sie genau, was sie sagt.«

Er zuckte mit den Schultern. Helena fiel auf, dass seine Augen müde wirkten.

Die Getränke und das Baguette wurden auf den Tisch gestellt. Helena untersuchte das Sandwich und entfernte die Hälfte des Käses.

»Sie sagten, Sie könnten mir eventuell weiterhelfen?«, fragte sie.

»Ich möchte Ihnen helfen, uns zu verstehen. Wir haben unsere Gründe, eine Obduktion zu verweigern.«

»Und die wären?«

Monsieur Batiste machte eine Handbewegung, die Hilflosigkeit ausdrückte. »Sie müssen mir versprechen, dass meine Frau nichts davon erfährt. Sie wird sowieso zu hören bekommen, dass wir hier sitzen und miteinander reden, aber worüber, bleibt unter uns.«

Helena nickte.

»Eine Obduktion brächte nicht nur den wahren Grund für Jeans Tod ans Tageslicht, sondern auch etwas anderes.« Er stockte. Sein Gesicht verdunkelte sich und es sah aus, als kämpfe er mit sich. Dann sah er Helena direkt an. »Jean hatte Aids. Und wer weiß, vielleicht ist er sogar ganz einfach an den Folgen seiner Krankheit gestorben?«

»Aids?«

»Ja. Was an sich nichts Verderbliches wäre. Aber Jean war auch homosexuell.« Er schluckte schwer. »Ich glaube, er hatte es auch dort in Grasse niemandem erzählt. Er kommt eben doch aus einer Kleinstadt, in der man diese Art von Leben mit Verachtung straft. Ich weiß nicht, warum er es uns gebeichtet hat. Vielleicht, um seine Mutter zu kränken, die seine Berufswahl nie akzeptieren konnte. Er hat es geschafft, Eunice hat seitdem jeden Kontakt zu ihm abgebrochen.«

»Deshalb gab es kein Foto von ihm im Haus.«

»Ja.« Er griff nach dem Pastis und nippte daran. Dann verdünnte er ihn mit dem auf dem Tablett stehenden Wasser. »Wenn irgendetwas von dem, was ich Ihnen erzähle, an die Öffentlichkeit kommt, werde ich es abstreiten. Die Schande würde meine Frau nicht ertragen.«

»Warum erzählen Sie mir das alles?«

»Ich habe mitbekommen, dass Sie und Lucile Bertrand in Lebensgefahr sind. Und ich will Ihren Tod nicht auf dem Gewissen haben. Es belastet mich schon genug, dass ich Jean in den letzten Jahren nicht genügend unterstützt habe. Aber Eunice …«

Er legte das Paket, das er die ganze Zeit bei sich getragen hatte, auf den Tisch. »Ich habe den Kontakt nie wirklich abreißen lassen. Wir haben uns manchmal heimlich getroffen. Er war doch mein Sohn … « Tränen traten in seine Augen. Behutsam, als handele es sich um etwas Zerbrechliches, schob er Helena das Paket hin. »Das hat er mir bei unserem letzten Treffen gegeben. Er bat mich, es für ihn aufzubewahren, es seien wichtige Dokumente. Nach seinem Tod habe ich es geöffnet, aber ich kann nichts damit anfangen. Vielleicht hilft es Ihnen, die Männer zu finden, die Sie seinetwegen verfolgen.«

Helena nahm das Paket entgegen. Es fühlte sich an, als enthalte es ein Buch. In Packpapier geschlagen und notdürftig zusammengebunden.

Monsieur Batiste stand auf. »Ich sollte jetzt gehen. Aber ich wünsche Ihnen alles Gute. Und ich bete, dass Ihnen nichts zustößt.« Er legte einen Schein auf den Tisch und verließ das Lokal.

Draußen stürmte der Wind. Wolken verdunkelten den Himmel. Helena befühlte das Paket, traute sich aber nicht, es in dem Lokal zu öffnen. Ihr Herz klopfte. Sie ahnte fast, was es enthielt, nein, sie hoffte es. Sie sollte Recht behalten.

Als sie auf die Straße trat, begann es zu regnen. Erst leicht, dann mit immer stärker werdenden Tropfen. Hastig lief sie zurück zum Hotel. In ihrem Zimmer löste sie das Band von dem Paket und entfernte das Papier. Zum Vorschein kam ein altes, in dunkles Leder gebundenes Buch. Vorsichtig schlug sie es auf. Die Seiten waren mit Tinte beschrieben, in einer nur schwer zu entziffernden Schrift. Aber auf der ersten Seite prangte groß und deutlich ein Name: Yves Sagan.

## 13

Hastig blickte Julie in den Rückspiegel. Der silberne Mercedes war ihr bereits aufgefallen, als sie die Tiefgarage des Büros verlassen hatte. Eigentlich hatte sie den Wagen nur gesehen, weil sie selbst gerne solch ein Auto fahren würde. Zuerst hatte sie ihn auch nicht mit dem Wagen in Verbindung gebracht, den Helenas Verfolger fuhren. Dann aber hatte sie festgestellt, dass der Mercedes ihr folgte.

Sie bog in eine kleine Seitenstraße, um sicher zu gehen. Tatsächlich. Der Wagen nahm denselben Weg. Ihr Herz klopfte. Sollten etwa dieselben Männer, die Helena verfolgt hatten, jetzt auch hinter ihr her sein? Aber warum nur? Abrupt fuhr sie in eine Einbahnstraße. Der Mercedes schien an ihr zu kleben.

Sie spürte, wie ihr warm wurde. Hastig lockerte sie den obersten Knopf ihrer Bluse. Was waren es für Leute, denen es anscheinend Spaß machte, ihr so offensichtlich hinterher zu fahren. Wollten sie ihr Angst einjagen? Sollte sie es als Warnung verstehen? Als Warnung wovor?

An der nächsten Kreuzung bog sie wieder in eine viel befahrene Straße ein. Vor einer Parkbucht setzte sie den Blinker und hielt dort an.

Wenn die etwas von mir wollen, sollen sie es sagen, dachte sie kämpferisch, doch insgeheim hoffte sie, der Wagen werde weiterfahren.

Der Mercedes glitt langsam an ihr vorbei. Julie konnte zwei Männer schemenhaft erkennen. Eine Weile blieb sie in der Parkbucht stehen und atmete tief durch. Vielleicht hatte sie sich auch geirrt. Es könnte doch sein, dass der Fahrer denselben Weg gehabt hatte? Aber warum hatte er dieselben Umwege gewählt?

Als sie sicher war, dass weit und breit kein silberner Mercedes in der Nähe war, lenkte sie den Wagen wieder auf die Straße und setzte den Weg zu ihrer Wohnung fort. Dort parkte sie in einer abgelegenen Seitenstraße, ging das restliche Stück zu Fuß, und als sie in ihrer Wohnung angekommen war, schloss sie die Tür mit zwei Umdrehungen ab und schob den Riegel vor.

Erschöpft lehnte sie sich mit dem Rücken gegen die Wand. Als Helena von ihrer Angst erzählt hatte, hatte sie es zwar gedanklich nachvollziehen können. Aber erst jetzt ahnte sie, wie es sich wirklich anfühlen musste, ständig in der Erwartung zu leben, dass Mörder ihr auflauerten.

Fast eine Stunde lang hielt die Beklemmung an. Als Julie aber unter die Dusche stieg, um sich für den Abend frisch zu machen, und das Wasser den Stress des Tages abwusch, war sie sich sicher, überreagiert zu haben. Wer sollte sie schon mit der Formel in Verbindung bringen? Und woher sollten die Verfolger wissen, dass sie mit Helena befreundet war?

Summend drehte sie das Wasser aus, stieg aus der Duschwanne und trocknete sich mit einem vorgewärmten Handtuch ab. In Gedanken ging sie eine Auswahl Kleidung durch, die sie in der Diskothek tragen könnte. Es war wichtig, dass sie gut aussah, denn der Mann, mit dem sie verabredet war und der sich für sie zu interessieren schien, kam aus der allerbesten Gesellschaft.

Mit dem Handtuch um die Hüften geschlungen ging sie ins Schlafzimmer, nahm zwei kurze Kleider aus dem Schrank und warf sie auf das Bett. Kritisch begutachtete sie die Stücke und stellte sich die jeweilige Wirkung vor. Schließlich entschied sie sich für das Kleid mit dem tiefen Dekolleté.

Sie freute sich auf den heutigen Abend und wollte ihn sich nicht verderben lassen. Gleichzeitig spürte sie aber Unruhe in sich aufkeimen. Seit Tagen schon wartete sie auf Helenas Anruf. Es sah ihr überhaupt nicht ähnlich, dass sie sich noch nicht gemeldet hatte. Sie musste doch ahnen, was für Sorgen sie sich machte. Ob ihr etwas passiert war?

Vorsichtshalber legte sie ihr Handy in ihre Handtasche. Wenn Helena versuchte, sie anzurufen, würde sie erreichbar sein.

Der Zug verließ den Bahnhof von St. Malo. Es regnete noch immer. Die Bäume bogen sich im Wind, der wieder stärker geworden war.

Helena saß aufrecht in ihrem Sitz. Das Buch hatte sie wieder eingepackt und in eine unauffällige Einkaufstüte gepackt, die sie nun fest umklammert hielt.

Am Bahnhof hatte sie Lucile von einem Münztelefon aus angerufen und ihre Rückkehr angekündigt. Lucile war enttäuscht gewesen von der Nachricht, dass sich die Batistes nicht umstimmen ließen. Helena wollte am Telefon nicht von dem Buch berichten, versprach jedoch, dass sie eine sehr gute Nachricht mitbrachte.

Flaches Land mit saftigen Wiesen zog am Zugfenster vorbei. Hin und wieder ein kleines Wäldchen und ab und zu ein typisch bretonisches Feldsteinhaus mit den Schornsteinen auf beiden Seiten. Helena drückte die Einkaufstüte an sich. Zu gerne hätte sie bereits im Hotelzimmer das Buch gelesen. Aber sie musste bald feststellen, dass die altmodische Schreibweise ihre Französischkenntnisse überforderte. Sie würde sich bis zum nächsten Morgen gedulden müssen.

Sie lehnte sich zurück und sah wieder aus dem Fenster. Es war schon fast dunkel. Regen peitschte gegen den fahrenden Zug.

Mit einem Mal fiel ihr ein, dass sie ihren Vorgesetzten nicht mehr angerufen hatte, um ihre Rückkehr um eine weitere Woche zu verschieben. Nun war es schon zu spät. Er müsste bis zum Montag warten. Auch bei Julie hätte sie sich längst melden sollen. Vielleicht hatte sie ja beim Umsteigen in Rennes noch einen Moment Zeit, bevor der Fernzug kam.

Als der Zug in Rennes einfuhr, stand Helena bereits im Gang. Kaum hatten sich die Türen entriegelt, sprang sie schon auf den Bahnsteig und lief den Hinweisschildern nach zur nächsten Telefonzelle. Die ersten beiden Kabinen ließen sich nur mit Telefonkarten bedienen. Endlich jedoch fand sie eine Zelle mit Münztelefon. Stirnrunzelnd zählte sie das Kleingeld und hoffte, dass es für ein kurzes Gespräch reichte.

Es klingelte vier Mal, dann sprang der Anrufbeantworter an. Helena schaffte es gerade, Julie zu sagen, dass es ihr gut gehe, als die Verbindung schon wieder unterbrochen wurde. Hastig suchte sie in ihrer Manteltasche nach weiteren Münzen. Vergeblich. Der Blick auf die Bahnhofsuhr sagte ihr, dass sie sich beeilen musste, um den Anschlusszug nicht zu verpassen. Schnell rannte sie zurück zu den Bahnsteigen und erreichte in letzter Minute den Zug.

Der Wasserkessel pfiff. Pierre Lucas eilte in die Küche, nahm den Kessel vom Herd und goss das heiße Wasser über den Filter. Der köstliche Duft frisch aufgebrühten Kaffees entfaltete sich. Pierre kannte niemanden, der so gerne Kaffee trank wie er. Im Büro hatte er oft bis zu zwei Liter am Tag zu sich genommen. Im ehemaligen Büro, um genau zu sein.

Er hatte mit François gesprochen, einem Kollegen, der in etwa das gleiche Alter hatte. François hatte ihm berichtet, dass sie bereits anfingen, Pierres Aufgabengebiete zu verteilen. Auch er glaubte nicht an eine Rückkehr. Eine Weile hatten sie sich über die Methoden der Obrigkeit empört und von den alten Zeiten geschwärmt, als ein guter Mann noch zählte und nicht als austauschbar galt wie eine alte Schreibmaschine.

Missmutig nahm Pierre den Filter aus der Kanne, goss sich Kaffee in eine Tasse und setzte sich auf den alten, wackeligen Küchenstuhl am Fenster, durch das er direkt in den grünen Innenhof gucken konnte.

Am schlimmsten war, dass sie ihn so lange in der Luft hängen ließen. Ein offenes Wort hätte er besser verkraften können. Aber anscheinend hatten die hohen Herren Besseres zu tun, als einen alten verdienten Polizisten über sein Schicksal aufzuklären.

Vorsichtig nippte er von dem heißen Getränk und starrte hinaus. Zwei Jungen aus dem Nachbarhaus spielten Fußball. Früher wäre er noch aufgestanden und hätte sie zur Vorsicht gemahnt, aber für wen tat er das eigentlich? Es kümmerte ja ansonsten niemanden. Außerdem brach die Dämmerung herein und sie mussten ohnehin bald ihr Spiel beenden.

Pierre bemerkte einen diffusen Schmerz im Magen. Verwundert legte er die Hand auf den Bauch. In all den Jahren war er noch niemals krank gewesen.

Er trank noch einen Schluck Kaffee. Es war der Ärger, ganz sicher. Es würde ihm Spaß machen, nein, sogar Genugtuung verschaffen, wenn er einen der hohen Herren zu Fall bringen konnte. Und Jacques Bonnet hatte sich in den letzten Jahren vor allem durch Arroganz und teure Maßanzüge hervorgetan. Pierre konnte sich nur an einen Fall erinnern, in dem er auch durch gute Leistung geglänzt hatte. Es musste ungefähr vier Jahre her sein. Damals hatte er einen Ganovenring zerschlagen und wurde von der Presse als neuer Bezwinger der französischen Mafia gefeiert. Seitdem hatte man in der Presse nur noch von dem spektakulären Selbstmord seiner Frau lesen können.

Aber dieser eine Fall hatte ihn ganz weit nach oben katapultiert. Wenn das stimmte, was die beiden Frauen sagten, stand Bonnet jetzt abermals mit dunklen Gestalten in Verbindung. Nur kämpfte er dieses Mal auf der falschen Seite.

Pierre trank die Tasse leer. Dann stand er auf, stellte sie in die Spüle und machte das Licht in der Küche aus. Im Flur nahm er die Tageszeitung von der alten Kommode, deren

Farbe bereits abblätterte, und machte es sich auf dem Sofa im Wohnzimmer bequem.

Als Erstes musste er die Aussagen von Lucile Bertrand und Helena Jacobi überprüfen. Morgen hatte er einen Termin mit Monsieur Leroc, der den Einbruch in Madame Bertrands Haus bearbeitete. Übermorgen wollte er dann seinen alten Freund Luc treffen, der jahrelang in Nizza unter Bonnet gearbeitet hatte. Vielleicht könnte er von ihm mehr erfahren.

Pierre lachte leise auf. »Ich werde alles tun, um deine dunklen Machenschaften aufzudecken«, murmelte er und ballte die Fäuste, als stände Jacques Bonnet direkt vor ihm. »Ich werde mich an dir festbeißen wie ein Pitbull, der Blut geleckt hat. Bis du zu Boden gehst.«

Es war noch dunkel, als Lucile nach Le Muy fuhr, um Helena vom Bahnhof abzuholen. War sie in St. Maxime noch gewohnt zügig losgefahren, so hatte sie inzwischen das Tempo abrupt reduziert. Vorsichtig lenkte sie den Wagen durch die schmale, kurvenreiche Straße. Schweiß stand auf ihrer Stirn.

Es war fast dieselbe Tageszeit, in der Paul ums Leben gekommen war. Die Polizei hatte vermutet, dass ihn ein anderes Auto von der Fahrbahn gedrängt hatte. Wahrscheinlich betrunkene Jugendliche, die am Wochenende zur frühen Stunde die Landstraßen unsicher machten. Auch jetzt war es Wochenende.

Lucile schaltete das Fernlicht ein und nahm den Fuß vom Gas. Inzwischen zeigte der Tacho nur noch fünfzig. Panik machte sich in ihr breit. Mit der linken Hand fuhr sie sich über das Gesicht.

Ein Kleinlaster überholte hupend. Lucile setzte den Blinker und fuhr an einer Bushaltestelle an die Seite. Ihre Hände umklammerten das Lenkrad, während sie tief ein und ausatmete. Die Minuten vergingen. Ihre Hände bebten immer noch, als sie im Handschuhfach nach Zigaretten suchte und sich schließlich eine anzündete. Sie nahm einen Zug, sog den Rauch tief bis in die Lungen, um ihn gleich darauf stoßweise wieder auszuhauchen. Langsam ließ die Spannung nach.

Das letzte Mal, als sie diese Panik empfunden hatte, war kurz nach Pauls Tod gewesen. Damals hatte sie es als eine natürliche Reaktion empfunden und dem keine Bedeutung zugemessen. Sie hätte es nie für möglich gehalten, dass die Panik jetzt, Jahre später, erneut ausbrach.

Eine Zeit lang saß Lucile im Wagen, mit heruntergekurbeltem Fenster, den Kopf in den Nacken gelegt. Die frische Luft tat ihr gut. Sie rauchte die Zigarette bis zum Filter und schnippte sie auf den Asphalt.

Erleichtert registrierte Lucile, dass in der Ferne der Morgen zu dämmern begann. Mit einem Schlag erschien ihr die Angst unwirklich. Sie sah auf die Uhr. Wenn sie noch rechtzeitig am Bahnhof sein wollte, musste sie sich beeilen.

Lucile betrat den Bahnsteig in dem Moment, als der Zug gerade einlief. Nur wenige Fahrgäste stiegen aus, so dass sie Helena schon von weitem entdeckte. Sie sah müde aus. Die Locken schienen noch krauser zu sein als sonst, und ihre Bluse war verknittert. Winkend ging Lucile auf sie zu.

»Hattest du eine gute Fahrt?«, fragte sie, nachdem sie sich zur Begrüßung kurz umarmt hatten.

»Danke, geht so«, meinte Helena und rieb sich den Nacken. Sie hob eine Tüte mit dem Aufdruck eines Souvenirshops hoch. »Ich habe gute Neuigkeiten.«

Lucile wartete auf eine Erklärung, aber Helena lächelte nur

geheimnisvoll und schwang ihre Reisetasche über die Schulter.

»Nicht hier«, sagte sie. »Lass uns erst zum Auto gehen.«

Beide schwiegen, während Lucile den Wagen durch den Stadtverkehr von Le Muy zurück zur Landstraße lenkte. Es war jetzt hell, der Himmel war bewölkt.

»Ich glaube ich weiß, warum Jean erpresst wurde«, begann Helena.

Lucile sah sie mit einem kurzen Seitenblick fragend an.

»Er war homosexuell.«

»Was? Das kann ich nicht glauben. Wer hat dir denn den Unsinn erzählt?«

»Sein Vater. Und ich weiß jetzt auch, warum seine Mutter wirklich bei der Beerdigung gefehlt hatte. Nämlich nicht wegen des Rheumas, sondern weil sie mit ihrem Sohn gebrochen hat. Es machte noch nicht einmal den Eindruck, dass sie trauerte.« Sie schwieg kurz, als wolle sie die Ungeheuerlichkeit der Tatsache wirken lassen. »Die Frau war so verbittert und eiskalt ... Ich glaube, sie hat Monsieur Batiste ganz schön fest im Griff. Trotzdem hat er sich noch einmal mit mir getroffen, um ihre Weigerung, uns zu helfen, zu erklären. Er sagte, eine Obduktion bringe auch Jeans Erkrankung ans Licht. Und das würde seine Frau niemals zulassen.«

»Was für eine Erkrankung?«

»Jean hatte Aids.«

Lucile war sprachlos. Hatte sie Jean wirklich so wenig gekannt? Konnte man einem Menschen so nahe sein und doch so wenig von ihm wissen?

»Es ist unmöglich«, murmelte sie vor sich hin. »Man hätte doch von der Krankheit etwas mitbekommen müssen. Er sah immer kerngesund aus. Und homosexuell? Sicher, ich habe ihn noch nie mit einer Freundin gesehen, aber auch nicht mit einem Freund!« In Gedanken ging sie die Männer durch, die sich in seiner Nähe aufgehalten hatten. Es war keiner dabei, mit dem sie sich eine intime Verbindung zu Jean vorstellen konnte. Mit den meisten hatte er geschäftlich zu tun. Einige davon waren auch schwul, aber keiner von ihnen verbarg seine Beziehungen. Lucile stutzte. Sie spürte, dass dieser Punkt wichtig war.

»Ich kann mir nicht vorstellen, dass seine Homosexualität ein Erpressungsgrund war«, fasste sie ihre Empfindung in Worte. »Gerade in der Mode- und Kosmetikbranche ist ein homosexueller Mann das Natürlichste auf der Welt. Wer sollte daran Anstoß nehmen?«

»Vielleicht wollte er seine Eltern nicht kompromittieren?«, warf Helena ein.

»Du überschätzt seine emotionale Bindung zu ihnen. Jean war nicht der Mann, der seine Neigung aufgrund von dummem Geschwätz entfernter Dorfbewohner geheim hielt.«

»Ja, warum denn dann?«

Das konnte Lucile auch nicht beantworten. Aber in ihr wuchs der Verdacht, dass Jean weit mehr Geheimnisse gehabt hatte, als sie sich vorstellen konnte. Und dass manches ihn in einem ganz anderen Licht zeigen könnte.

»Ich habe noch eine Neuigkeit«, sagte Helena in ihre Gedanken hinein und tippte auf die Einkaufstüte. »Rate mal, was hier drin ist.«

Lucile zuckte mit den Schultern.

»Na los, rate.«

Lucile betrachtete die eckige Form, die sich durch die Tüte abzeichnete.

»Das Buch von Yves Sagan«, sagte sie scherzhaft.

»Stimmt.«

Der Wagen machte einen Satz. Reflexartig hatte Lucile auf

das Gaspedal gedrückt. Ungläubig drehte sie sich zu Helena hin. »Was? Wirklich? Wo hast du das denn her?«

»Monsieur Batiste hat es mir beim letzten Treffen gegeben. Jean hatte ihn gebeten, es für ihn aufzubewahren, und nun, da er nichts damit anfangen konnte, sollen wir es behalten.«

Lucile war verwundert. »Monsieur Batiste hat dir das Buch gegeben? Woher diese plötzliche Freundlichkeit?«

»Er wollte uns helfen, damit er sich nachher nichts vorwerfen müsse. Außerdem konnte er ja nicht wissen, wie wertvoll das Buch ist«, entrüstete sich Helena, sichtlich enttäuscht über Luciles Misstrauen.

»Schon gut.« Es war nebensächlich. »Hast du schon im Buch gelesen? Was steht drin?«

»Ich habe keine Ahnung, das Französisch ist zu altertümlich. Aber vielleicht kannst du es ja entziffern?«

»Ich hoffe es. Aber wenn Jean das konnte, dürfte das für mich eigentlich auch kein Problem sein.«

Das war endlich einmal eine gute Nachricht. Lucile trat wieder aufs Gas. Plötzlich hatte sie es sehr eilig, in ihr Hotel zurückzukommen.

Dort angekommen, brachte Helena ihre Tasche zuerst einmal in ihr Zimmer und machte sich kurz frisch, bevor sie zu Lucile herüber ging.

Als sie die Tür zu Luciles Hotelzimmer öffnete, wehte ihr ein zarter, kaum wahrnehmbarer Duft entgegen. Neugierig sah sie sich um. Lucile hatte auf dem altmodischen Frisiertisch eine Reihe Fläschchen mit Essenzen gruppiert; auf dem daneben geschobenen Nachttisch standen allerlei Laborgeräte und eine elektronische Waage. Sie trat näher und besah sich einen schlanken Glasbehälter mit einer hellbraunen Flüssigkeit.

»Ist das die Mischung?«, fragte sie aufgeregt und rückte ihre Brille zurecht.

»Nein. Das ist erst eine Zusammenstellung der ersten zwölf Stoffe. Einige muss ich noch besorgen oder selbst herstellen. Drei der gelisteten Zutaten kenne ich nicht.«

»Wie lange wird das dauern?«

Lucile zuckte mit den Schultern »Das kann ich dir nicht sagen. Es kommt darauf an, ob ich die seltenen Essenzen beschaffen kann. Oder zumindest deren Grundstoffe. Vielleicht gibt es sie zum Teil nicht mehr oder sie sind unbezahlbar. Und es hängt natürlich davon ab, ob das Buch weitere Aufschlüsse über die unbekannten Stoffe gibt.«

»Kann ich mal daran riechen?«

»Es würde dich nicht befriedigen. Die Mischung ist noch nicht rund. Sie hat zu viele Spitzen.«

Helena war enttäuscht. Insgeheim hatte sie gehofft, Lucile hätte schon größere Fortschritte gemacht. Aber sie musste sich eingestehen, dass diese Hoffnung fern jeder Realität war.

Lucile musste ihre Enttäuschung bemerkt haben, denn sie öffnete den Glasbehälter, tauchte einen Papierstreifen hinein, wedelte ihn eine Weile in der Luft und schwang ihn schließlich vor Helenas Nase.

»Na, schön. Aber erwarte nicht zu viel.«

Ein stark blumiger Duft schwebte durch den Raum. Lucile hatte Recht. Er wirkte nicht betörend, wie sie ihn sich vorgestellt hatte. Eher streng und unangenehm. »Es riecht ein wenig wie die Parfüms, die ältere Damen immer so gerne tragen«, bemerkte sie und rümpfte die Nase.

»Du hast Recht. Aber das heißt noch nichts. Jeder Duftstoff, der noch hinzugefügt wird, kann die Mischung komplett verändern. Erst die Gesamtheit der Inhaltsstoffe ist aussagekräftig.«

Helena nahm Luciles Hand und führte den Papierstreifen wieder zur Nase. »Hattest du nicht gesagt, dass keine tierischen Stoffe enthalten sind? Ich meine, Moschus herauszuriechen.«

Lucile nickte anerkennend. »Das ist Muskatellersalbei. Die äußeren Enden der Blütenstängel und die getrockneten Blätter duften stark nach Amber und Moschus.« Sie verschloss das Gefäß wieder und stellte es behutsam auf die Kommode. »Ich kann mir gut vorstellen, dass das Ergebnis nachher einen weicheren Charakter hat. Merkwürdig allerdings an dieser Mischung ist, dass diese Formel so gut wie keine Kopfnote enthält.«

»Was ist das?«

»Die Kopfnote ist das, was du an einem Duft als Erstes riechst. Sie ist nur flüchtig und haftet nicht lange an der Haut. Bei diesem Parfüm wird man ohne Einleitung mit Herz- und Basisnote konfrontiert.«

»Was sind denn typische Kopfnoten?«

Lucile richtete sich auf, war sichtbar in ihrem Element. »Kopfnoten sind oft Zitrusfrüchte, wie zum Beispiel Bergamotte, Orange oder Zitrone. Sie erregen erst einmal Aufmerksamkeit.«

Helena nickte. Dennoch verstand sie nicht, warum Lucile deren Fehlen als wichtig erschien. »Warum müssen denn immer Kopfnoten dabei sein? Hat es eine Bedeutung, wenn sie nicht vorhanden sind?«

Lucile wiegte unschlüssig den Kopf. »Ich bin mir noch nicht sicher. Es ist eben nur eine alte Rezeptur, und die heutigen Regeln der Parfümeurskunst waren damals schließlich noch gar nicht existent. Wichtiger als das war ohnehin die Wirkung.« Sie verschränkte ihre Hände und betrachtete die Finger. »Es war nur so ein Gedanke ...«

»Erzähl.«

Lucile setzte zu einer Antwort an, schien es sich dann aber anders zu überlegen. »Später. Jetzt möchte ich zuerst ins Buch sehen.«

Helena zuckte ergeben die Schultern, reichte Lucile das Paket und sah zu, wie ehrfurchtsvoll sie es enthüllte.

»Ein Original von Yves Sagan«, sagte sie und strich zärtlich über die Oberfläche des Buches. Dann schlug sie langsam die erste Seite auf. Verzückt betrachtete sie die geschwungene Handschrift.

Helena beobachtete sie. Lucile schien in einer anderen Welt versunken zu sein. Minutenlang starrte sie auf den Schriftzug, aber die Augen verrieten, dass sie mit ihren Gedanken woanders war. Das Gesicht war entspannt und wirkte verklärt und schön, und Helena konnte sich gut vorstellen, was für eine attraktive Frau Lucile einmal gewesen sein musste.

Nach einer Weile ging ein Ruck durch Luciles Körper. Ihre Stimme klang belegt, als sie sprach. »Ich musste an die Zeiten mit Paul denken. Die Jahre, in denen ich neben ihm als Parfümeur gearbeitet hatte. Heimlich natürlich. Die Auftraggeber dachten alle, es seien Pauls Kreationen. Aber auch ich habe Monumente gesetzt. Ich war es, die *Brillante* kreiert hat.«

»Wirklich?« Helena war beeindruckt. *Brillante* war ein äußerst erfolgreiches Parfüm gewesen.

Lucile nickte. Ihre Augen hatten noch immer den verklärten Ausdruck. »Es war eine schöne Zeit. Sehr harmonisch und voller Kreativität. Die Arbeit mit Essenzen hatte mein Leben erfüllt.«

»Warum hast du denn nach Pauls Tod nicht weiter gemacht?«

Luciles Blick verdunkelte sich. »Wer würde schon eine ältere Frau nehmen wollen, die offiziell nur ein paar Jahre als Laborantin gearbeitet hat?«

»Du hättest es doch versuchen können. Vielleicht hätten die Firmen sich durch deine Arbeit überzeugen lassen.«

»Ich glaube, du verkennst die Lage«, antwortete Lucile knapp.

Helena schwieg. Sie war inzwischen zu der Ansicht gekommen, dass Lucile sich in ihrer Rolle als Opfer wohl zu fühlen schien. Denn sie hätte alle Chancen gehabt, einen Neuanfang zu starten. Stattdessen hatte sie sich in ihren Kummer vergraben und ihn mit Alkohol betäubt. Helena war sich sicher, dass ihr die Arbeit mit Düften die Kraft gegeben hätte, über Pauls Tod hinwegzukommen. Aber sie wollte es nicht aussprechen. Ein Streit war das Letzte, was sie jetzt gebrauchen konnten. Und im Grunde genommen ging es sie auch gar nichts an.

Lucile schien sich wieder zu fangen. Die Schärfe in ihrem Blick wich einem freundlichen Zwinkern.

»Hast du im Zug schon gefrühstückt?«, fragte sie.

»Nein.«

»Dann gehe ich jetzt runter und hole uns etwas zu essen. Wir sollten das Buch nicht mit leerem Magen lesen. Möchtest du Kaffee?«

Helena nickte.

Lucile ging aus dem Zimmer und kam einige Minuten später mit einem großen Tablett wieder, auf dem ein Korb mit Brötchen, eine Kaffeekanne mitsamt einem Milchkännchen und zwei Tassen und ein Teller mit Käse, Butter und Marmelade standen.

Helena bereitete sich ein Marmeladenbrötchen und machte es sich auf dem Bett bequem, während Lucile sich in den großen Lehnstuhl setzte. Vorsichtig umwickelte sie die untere Hälfte ihres Brötchens mit einer Serviette, nahm einen kleinen Bissen, wischte sich sofort wieder die Hände ab und schlug das Buch auf.

»Es ist tatsächlich recht altertümlich geschrieben«, sagte sie, nachdem sie sich eine Weile darin vertieft hatte. »Aber ich will versuchen, es so vorzulesen, dass es verständlich wird.«

Sie setzte sich gerade hin und begann.

## 14

»2ième Juin. Der Sommer beginnt mit mörderischer Hitze. Die Luft steht und sobald man in die Nähe des Place aux Aires kommt, raubt einem der Gestank der zum Trocknen gelegten Tierhäute den Atem. Ich verstehe sie nicht, die Menschen, die dort in einer der zahlreichen Gaststätten essen können. Aber wahrscheinlich gehört eine Mahlzeit am Bach des Gerberviertels zu den Dingen, die man als Durchreisender in Grasse erleben muss.

Ich beginne dieses Tagebuch mit einer interessanten Begegnung. Es kommt mir vor, als sei es Schicksal. Als begänne ich mit dieser Begegnung nicht nur ein neues Buch, sondern auch einen neuen Lebensabschnitt.

Es war noch früh am Morgen. Die Sonne hatte die Stadt noch nicht erreicht. Die Luft roch frisch und gab einem die Gelegenheit, sich mit tiefen Atemzügen auf das Emporkriechen der Hitze vorzubereiten.

Ich öffnete gerade die Türen meines Ateliers, da trat mir schon ein gut gewachsener Mann entgegen. Seiner edlen Kleidung konnte ich sofort entnehmen, dass er vermögend war. Ein eitler Herr, der sich auf sein Geld etwas einbildet, dachte ich sofort und betrachtete abschätzend den geckenhaft gestutzten Bart und den teuren, für diese Jahreszeit viel zu warmen Mantel. Diese Art Mann war mir jedoch stets willkommen, bedeutete sie zumeist am Abend einen großen Batzen Geld in der Kasse.

Er stellte sich als Gianfranco Cesari vor, reisender Kaufmann aus Italien. Stefano Gallo, begabtester Parfümeur von Florenz, habe ihm meinen Namen gegeben und mich als den besten Parfümeur Frankreichs beschrieben. Nur ich könne seinem Wunsch nachkommen.

Ich kannte diesen Signore Gallo nicht, gleichwohl es mir schmeichelte, dass mein Ruf bis an seine Ohren gedrungen war.

Gianfranco Cesari legte einen Beutel Silbermünzen auf den Tisch und sagte, ein Zweiter gehöre mir, wenn ich eine Rezeptur fertige, und ein weiterer, wenn ich über diese Rezeptur Stillschweigen bewahre.

Neugierig öffnete ich den Beutel. Was ich sah, übertraf alles, was mir für meine Dienste jemals angeboten wurde. Und ich muss, ohne kokett zu werden, zugeben, dass ich bereits eine Menge Geld verdient habe, zähle ich doch Adelige und selbst Napoleons Schwester Pauline Bonaparte zu meinen Kunden. Der Beutel aber enthielt den Gegenwert eines halben Jahressalärs. Für dieses Geld musste man viele Wässerchen, Pomaden, Puder, Seifen und Duftkerzen fertigen und verkaufen.

Ich fragte mich, was für eine Rezeptur es wohl sein konnte, die dem Handelsreisenden so viel Geld wert war. Und auch jetzt, wo ich im Schein einer Kerze im Kontor sitze und versuche, die fast unleserliche Schrift des mir überlassenen Blattes zu entziffern, frage ich mich, welches Parfüm diesen Lohn rechtfertige.

Die Formel fasziniert mich. Ich habe sie studiert und sollte mich an die Arbeit machen. Sie ist kompliziert. Man braucht eine ganze Menge Erfahrung, um sie umzusetzen. Zuerst dachte ich, Signore Gallo aus Florenz versteht sein Werk nicht, die besten Parfümeure kommen eben immer noch aus Frankreich, dass er einen Herrn so weit reisen lässt, um einen simplen Duft herstellen zu lassen. Aber das ist es nicht. Der Duft ist nicht simpel. Nein, er enthält seltsame Zutaten, die mir nicht geläufig sind. Zudem stellt er Aromen zusammen, die kein Parfümeur der Welt kombinieren würde. Konkurrierende, sich im Duft gegenseitig übertrumpfende Pflanzen. Unausgewogene Mengenverhältnisse. Nichts, aber auch gar nichts lässt einen erahnen, dass ein großartiges Ergebnis herauskäme.

Der Signore schien meine Zweifel vorausgeahnt zu haben. ›Versuchen Sie, Ihr Wissen um die Regeln der Parfümeurskunst beiseite zu schieben‹, hatte er gesagt, als er mir die Formel aushändigte. ›Es geht nur darum, die Mixtur zu fertigen.‹

Woran denn der Signore Gallo gescheitert sei, hatte ich ihn gefragt, und er antwortete mir: ›An der Unkenntnis der Zutaten.‹ Er sagte es fast geringschätzig, doch heute verstehe ich die Probleme des Signore Gallo. Selbst mir, dem Tausende von Aromen zumindest beim Namen bekannt sind, erscheinen einige der angegebenen Zutaten fremd.

Ich hätte nicht so großspurig daherreden sollen. Für Yves Sagan gebe es keine schwere Rezeptur ... Den Beutel Silbermünzen habe ich sogleich behalten. Doch nun sehe ich ihn an, und die Träume, die mir am Tag den Kopf verdreht hatten, zerplatzen einer nach dem anderen.

Es wird mir wohl nichts anderes übrig bleiben, als meine Unwissenheit zu bekennen. Möglicherweise handelt es sich nur um Übersetzungsfehler. Oder Unsauberkeiten in der Schrift. Ich werde das Atelier morgen meinen beiden Gesellen überlassen müssen und Signore Cesari in seinem Gasthof aufsuchen, um nähere Informationen über die Rezeptur zu erbitten.

$3^{\text{ième}}$ Juin. Wenn das, was ich heute gehört habe, wahr ist, dann gibt es sie. Die Zaubertränke und Hexengebräue. Heidnischer Humbug, Aberglaube bar jeder Vernunft.

Signore Cesari muss meine christliche Furcht bemerkt haben. Er gelobte eindringlich, der Duft sei göttlichen Ursprungs, nur eben aus einer anderen Epoche, weit vor der Geburt Jesu Christi.

Gott existierte immer. Alles andere, was sich anmaßt göttlich zu sein, ist nicht göttlich. Und ich soll dabei helfen, dieses Teufelswerk zu brauen? Mon Dieu, hilf.

Aber ich muss zugeben, die angebliche Wirkung der Rezeptur reizt mich. Ich, der große Yves Sagan, Schöpfer der elegantesten Bouquets, *Maître de Parfumeur* der edelsten Herrschaften, wurde beauftragt, die Welt zu verändern.

Ich sollte zum Place Godeau, in die Cathédrale Notre-Dame-du-Puy eilen und zum Herren beten. Gleich heute Abend gehe ich hin und zünde eine Kerze an. Bitte um Standhaftigkeit oder vielleicht um eine Fügung; einen Hinweis, der mir sagt, dass das, was ich tun soll, gottgefällig ist.

Der Beutel Silbermünzen liegt wohl verschlossen. Ich habe ihn seitdem nicht mehr angerührt. Soll ich ihn zurückgeben?

Ich weiß, ich sollte mich nicht an der Rezeptur versuchen. Aber wäre es nicht auch Frevel, etwas so Einzigartiges vorüberziehen zu lassen? War Aphrodite, heidnische Göttin, nicht doch eine Gesandte Gottes? Geschickt, um der Menschheit Liebe zu geben? Es kann nur im Sinne Gottes sein.

$7^{\text{ième}}$ Juin. Seit Tagen versuche ich, die Herkunft der unbekannten Bestandteile zu ergründen. Fragte in meiner Verzweiflung sogar meinen Kollegen und guten Freund Antoine, ob er die seltenen Bestandteile kennt, ohne ihm weitere Details zu verraten. Ahnungsloses Schulterzucken. Ich habe sogar einen Boten zu Guillaume Puget schicken lassen, der als Mönch in der Abbaye du Thoronet lebte und nach deren Schließung für die Obhut der alten Schriften zuständig war. Der Bote kehrte mit einer versiegelten Nachricht zurück, die ich aufriss, noch ehe er mein Atelier verlassen hatte. Guillaume hatte in den Aufzeichnungen nachgesehen. Unerlaubterweise, aber er war mir noch einen Gefallen schuldig. Und obwohl die alten Schriften in ihrer Dokumentation von Pflanzen und Kräutern aus aller Welt unübertrefflich sind, waren die geheimnisvollen Zutaten nicht verzeichnet. Es hatte mich nur eine Menge Münzen gekostet.

Bedauernd musste ich mir mein Versagen eingestehen. Ich kam nicht weiter. Die einzige Hoffnung sah ich in einem weiteren Gespräch mit Signore Cesari. Manchmal sind es kleine Details, die Bewegung in eine festgefahrene Sache bringen. Details, die ein anderer möglicherweise als flüchtig und unbedeutend wahrgenommen hat.

Signore Cesari war nicht erbaut über meinen neuerlichen Besuch in seiner Unterkunft. Ich konnte es an seinem Gesicht ablesen, dass er mich mit dem italienischen Stümper auf eine Stufe stellte. Auch dieses Gespräch ergab nichts Erhellendes. Schließlich jedoch hat er mir für wenige Stunden ein Tontäfelchen ausgeborgt, dessen Übersetzung der Schrieb mit der Rezeptur enthält.

Mit Ehrfurcht halte ich nun diese Tafel in der Hand. Das Material kühl und vertraut, und doch aus einer unfassbar fernen Zeit. Signore Cesari hat es schätzen lassen. Man sagte ihm, sie stamme aus dem 14. Jahrhundert vor Christi. Unglaublich. Welch wertvolles Gut. Man glaubt, sich in der Vergangenheit zu befinden, wenn man mit diesem Gedanken über den Ton streicht.

Ich fragte ihn, woher er die Tafel habe. Zuerst wollte er es mir nicht sagen. Er habe mir bereits zu viel erzählt. Aber bei einem Krug Wein in der heißen Mittagssonne lockerte sich seine Zunge.

›Ein alter Mann aus Pylos hat es mir geschenkt‹, hatte er schwerfällig erzählt. ›Ich hatte ihn vor dem sicheren Tod durch eine Kutsche mit durchgehenden Pferden bewahrt, indem ich ihn in letzter Sekunde in eine Gasse zog.‹

Die Hieroglyphen auf der Tontafel sind für mich wie das absichtslose Gekritzel spielender Kinder. Dennoch werde ich sie in mein Laborbuch übertragen. Es wird mir sicher noch von Nutzen sein.

Im Augenblick aber bringt mich die Tafel nicht weiter. Selbst die Übersetzung, die der alte Mann aus Pylos gemacht hatte, ist mir ein Rätsel. Was in aller Welt ist Ponikijo? Und welches Öl bezeichnet der Begriff Zoa-Öl? Ich bin mit den griechischen Nomenklaturen nicht vertraut. Aber oben im Ort lebt ein Grieche, der sich rühmt, zeitlebens Ausgrabungen geleitet zu haben. Ich werde ihn konsultieren müssen. Ohne Signore Cesaris Wissen.«

Lucile legte das Buch beiseite. »Ich weiß, was Ponikijo ist«, sagte sie sichtlich stolz. »Und auch das Zoa-Öl.«

»Und was ist es?«

»Ponikijo ist genau übersetzt ein phönizisches Produkt roter Farbe. Zunächst ging man davon aus, dass es sich um den Wacholder handelt, mit seinen roten Beeren. Später entdeckte man, dass der Begriff das aromatische, karmesinrote Harz der Zistrose beschreibt.«

Helena war beeindruckt. »Und das Öl?«

»Das Zoa-Öl ist höchstwahrscheinlich Mandelöl«

»Woher weißt du das?«

Lucile richtete sich gerade auf. »Ich habe es in einem alten Buch der Parfümkunde gelesen, das ich zum Glück aus Jeans Labor mitgenommen hatte. Es war sehr aufschlussreich. Aber leider nicht aufschlussreich genug.« Sie legte eine Hand vor den Mund und gähnte herzhaft.

»Es war sehr früh heute Morgen«, entschuldigte sie sich. »Wir sollten eine kleine Pause machen.«

»Jetzt schon?« Helena war enttäuscht. Sie fing gerade an, sich in die Vergangenheit hineinzuversetzen. Sie konnte sich fast bildlich den Signore Cesari vorstellen und das elegante Atelier von Yves Sagan, das von angenehmen Düften durchströmt gewesen sein musste. »Ich möchte so gerne wissen, wie es weitergeht.«

Lucile rieb sich die Augen, seufzte und überflog ein paar Seiten. Nach einer Weile blickte sie auf. »Nun, zusammengefasst kann ich dir sagen, dass Signore Cesari vorzeitig abreisen musste. Er erwartete, im August zurückzukehren. Vorher ermahnte er Yves Sagan noch einmal, den Duft nach seiner Herstellung geheim zu halten. Sollte Sagan die Rezeptur erwähnen oder die Wirkung an sich ausprobieren, würde Cesari dafür sorgen, dass ein Fluch über ihm ausgesprochen würde.«

»Das hat Sagan doch nicht geglaubt, oder?«

»Doch. Er scheint mir ein gläubiger Christ zu sein. Am selben Abend noch lief er in die Kirche, um den Herrn um Schutz zu bitten.«

Lucile blätterte weiter. Mit großer Geschwindigkeit strichen ihre Augen über das Papier. »Es ist eine Zeit lang nichts Interessantes. Er muss nach Paris, bekommt von seiner Kundin Pauline Bonaparte eine Einladung zu einem Fest am Hofe ihres Bruders Napoleon. Über Seiten beschwert er sich über den Moschusgeruch, der in den Sälen hing. Er weigerte sich sogar, sich Napoleons Gemahlin Josephine zu nähern, weil er den schweren Geruch nicht ertragen konnte. Es erinnere ihn an die Zeit, in der man Körpergeruch mit derartigen Düften zu übertünchen suchte.« Sie gähnte nochmals. »Lass uns bitte heute Nachmittag weitermachen. Ich muss mich für ein paar Stunden hinlegen.«

Helena stand bedauernd auf. Insgeheim ärgerte sie sich. Wie konnte Lucile mit dem Lesen aufhören, wo doch jedes Detail für ihre weitere Zukunft wichtig sein konnte? Zudem war das Geschriebene ziemlich spannend. Was war nun mit dem Duft? Hatte Jean Batiste nicht gesagt, in Yves Sagans Buch sei die Wirkung beschrieben?

Lucile hatte sich bereits längs auf dem karierten Bettüberwurf ausgebreitet und die Augen geschlossen. Ihr Brustkorb hob und senkte sich, die Atemzüge wurden ruhig und regelmäßig.

»Du solltest hinter mir abschließen«, sagte Helena. Lucile zwinkerte mit den Augen und erhob sich schwerfällig.

Kopfschüttelnd verließ Helena den Raum und stand nun unschlüssig auf dem Gang. Obwohl auch sie müde war, hätte sie sich jetzt nicht hinlegen können.

Durch ein Seitenfenster schien die Sonne und beleuchtete ein Stück des abgewetzten Flurteppichs. Helena beschloss, das Hotel zu verlassen und einen Spaziergang zum Hafen zu machen.

## 15

Wenn er es nicht besser wüsste, hätte er schwören können, einem Herzinfarkt nahe zu sein. Sein Puls raste und etwas zog sich bedrohlich in ihm zusammen. Kaum war er in Amerika angekommen, da hatte ihm Pedro mitgeteilt, dass die beiden Frauen erneut entkommen waren. Sie hatten sich wieder in Luft aufgelöst. Nun war er zurück in Paris, zerteilt zwischen dem neuen Auftrag, dessen Ausführung er fest zugesichert, und einer Aufgabe, die er schon längst als erledigt betrachtet hatte.

Gordon atmete tief ein. Sein Nacken war noch immer verspannt. Er hatte gebrüllt wie lange nicht mehr. Pedro und Ben waren mit hängenden Schultern aus dem Raum geschlichen, als wären sie kleine Kinder, die für eine Dummheit bestraft wurden.

Gordon schnaubte, und er musste sich vorsehen, dass der Gedanke an das Gespräch ihm nicht wieder das Blut ins Gesicht steigen ließ. Für das Eintreffen der Polizei konnten sie nichts, das war ein dummer Zufall, den man nur schlecht hatte kalkulieren können. Aber dass sie noch nicht einmal daran gedacht hatten, gleich danach jemanden zur Bewachung von Jean Batistes und Lucile Bertrands Haus abzustellen, hatte das Fass zum Überlaufen gebracht.

»Ich kann doch nicht alles alleine machen müssen«, hatte er geschrien und dabei mit der Faust so heftig auf den Tisch geschlagen, dass der Aschenbecher einen Satz machte und eine staubige Spur auf der Glasplatte hinterließ. »Was ist, wenn sie heimlich zurückkehren? Seht zu, dass ihr die Häuser überwacht.«

Gordon rieb sich den Nacken. Er musste sich beeilen. Je länger sich die beiden Frauen ungehindert bewegen konnten, desto eher hatten sie die Chance, die Rezeptur an jemand anderen zu verkaufen. Das konnte er nicht zulassen. Nicht, nachdem er so viel Zeit, Geld und Energie in die Sache gesteckt hatte.

Nun war er also zurück, und seitdem kam die Sache langsam wieder ins Rollen. Es sah so aus, als hätten sie einen Komplizen gefunden, einen Maulwurf. Jemanden, den sie mit viel Geduld und wenigen gezielten Drohungen überzeugen konnten, für ihn zu arbeiten, und der ihnen bei der Suche nach den beiden Frauen behilflich sein konnte. Dieses Mal aber wollte er nicht den Fehler begehen, sich nur auf eine einzelne Spur zu verlassen.

Es war an der Zeit, Jacques Bonnet zu kontaktieren. Dieses Mal würde er ihn nicht mit einem lächerlich kleinen Gefallen abspeisen können. Die Arroganz, die er an den Tag gelegt hatte, würde ihm noch vergehen. Jetzt war genau der richtige Zeitpunkt, ihn an seine Schuld zu erinnern.

Gordon stand auf und ging ins Arbeitszimmer. Mit einem kleinen Schlüssel, den er stets am Körper trug, öffnete er ein geheimes Fach unterhalb seines Schreibtisches und zog einen hellbraunen Umschlag hervor.

Es war Zufall gewesen, reines Glück, das ihm die belastenden Informationen zugespielt hatte. Was als routinemäßige Observation begann, war mit einem Male zum größten Trumpf geworden. Er hatte damit, wie ihm erst sehr viel später bewusst geworden war, gleich zwei Menschen in seiner Hand gehabt.

Zufrieden lächelnd setzte er sich auf den Bürosessel, öffnete den Umschlag und zog ein Foto nach dem anderen heraus. Kritisch begutachtete er die Abbildungen und entschied sich nach langem Abwägen für ein besonders scharfes Bild. Es wurde langsam Zeit, Nägel mit Köpfen zu machen.

Pierre Lucas stemmte sich gegen den Wind. Goldgelbe Blätter wirbelten umher und signalisierten unwiederbringlich, dass der Herbst bereits begonnen hatte. Am Strand lagen noch wenige unverbesserliche Touristen, die ihre weißen Gesichter in die immer wieder hinter kleinen Wölkchen hervorscheinende

Sonne hielten. Pierre konnte förmlich die Gänsehaut auf ihren halb nackten Leibern spüren.

Einen Moment hielt er inne und überlegte, wo er seinen Wagen geparkt hatte. Schließlich fiel es ihm ein und er setzte seinen Weg fort.

Das Gespräch am Vortag mit Leroc war wenig aufschlussreich gewesen. Immerhin hatte sich die Version von Helena Jacobi bestätigt und Leroc hatte ihm seine Mitarbeit bei der Suche nach den Männern, die auf den Fotos zu sehen waren, versichert. Pierre hatte sich Abzüge der Fotos geben lassen und hoffte, dass die beiden bereits straffällig geworden waren und in den Verbrecherkarteien auftauchten. Den Verdacht, sie würden vielleicht sogar für Jacques Bonnet arbeiten, behielt er jedoch für sich.

Pierre hatte Leroc auch nichts von seiner Suspendierung erzählt und ihm, unter dem Vorwand der häufigen Außentätigkeit, seine Privatnummer gegeben.

Das Gespräch mit Luc allerdings, der jahrelang in Bonnets Ressort arbeitete, bevor er die Abteilung gewechselt hatte, war brisant gewesen. Luc hatte ihn um einen geheimen Treffpunkt gebeten und in der dunklen Bar, in der sie sich frühmorgens an einem Café noir festhielten, war Pierre mehr und mehr bewusst geworden, auf was er sich da eigentlich eingelassen hatte.

Was Luc zwischen den Sätzen durchblitzen ließ, war haarsträubend. Seiner Ansicht nach umgab Bonnet ein Netzwerk aus bestechlichen Beamten und Kriminellen, die ihm zu Diensten waren. Sein Einflussgebiet ging inzwischen weit über die Grenzen des Distriktes Alpes Maritimes hinaus und Pierre fragte sich ernsthaft, ob die beiden Frauen weit genug entfernt waren, um sich seinem Zugriff zu entziehen. Er hoffte, dass sie ihn bald kontaktierten, damit er sie darüber in Kenntnis setzen konnte.

Und es gab noch einen Grund, warum er dem Anruf der beiden entgegenfieberte: er wollte in Erfahrung bringen, was Batiste Helena Jacobi zugesteckt hatte; denn er hatte das sichere Gefühl, dass ihn die Antwort auf diese Frage einen großen Schritt nach vorne brächte.

Pierre blieb stehen und sah sich um. Er hätte schwören können, seinen Wagen hier in Höhe des Blumenmarktes geparkt zu haben. Er reckte sein Gesicht in die Sonne, schloss die Augen und versuchte, sich zu konzentrieren.

Bonnet war ein ganz skrupelloser Hund. Dass seine Frau Selbstmord begangen hatte, schien eine logische Konsequenz gewesen zu sein. Man sagte, sie habe sich in den letzten Monaten vor ihrem Tod verändert. Schwach und abgemagert soll sie ausgesehen haben, nur ein Schatten ihrer selbst. Pierre hatte in der Boulevardpresse ein Foto gesehen, das eines der letzten gewesen sein soll, und er war zutiefst erschrocken. Die ehemalige Schönheitskönigin war blass und geradezu hässlich dürr, um den Mund verhärmte Züge. Sie sei depressiv gewesen, hieß es, aber zwischen den Zeilen konnte man lesen, dass die Ehe der beiden nicht mehr so gut lief. Die sensible Frau habe unter seiner Kälte sehr gelitten. Nicht einmal bei der Beerdigung soll er eine Miene verzogen haben.

Pierre schnaubte. Es wäre ihm ein Vergnügen, eine Regung aus Bonnets Gesicht herauszupressen. Zu gerne würde er dessen Ausdruck in den Augen sehen, wenn ihm der Haftbefehl zugestellt würde …

Luc hatte versprochen, ihm Material über den Fall zu besorgen, der Bonnet damals so weit nach oben katapultiert hatte. Ganz sicher ergab sich daraus ein weiterer Ansatzpunkt.

Der Wind schwoll an und zerrte an einer Fahne, die heftig gegen den Mast schlug.

Die Zeiten hatten sich wahrlich geändert. Früher noch war es in Frankreich undenkbar, dass ein so hoher Polizeibeamter bestechlich war. Man hatte immer über die Italiener gelächelt, bei denen offenbar die halbe Polizei auf der Gehaltsliste der Mafia stand und die nun auch noch ein Staatsoberhaupt hatte, dessen Verbindungen zur Unterwelt legendär waren. Aber hier?

Vielleicht war es gut so, dass er den Dienst quittieren musste. Für einen Polizisten vom alten Schlag war wahrscheinlich kein Platz mehr. Aber er würde sich nicht ins Privatleben zurückziehen, bevor er nicht mit den sauberen Herren abgerechnet und ihre Machenschaften ans Licht der Öffentlichkeit gezogen hatte.

Ein seltsamer Gedanke schoss ihm in den Kopf. Woher wusste er eigentlich, dass nicht auch Luc zu den bestechlichen Beamten gehörte? Denn wie sonst hätte er all die Details über Bonnet wissen können. Aber was machte es für einen Sinn, ihm, Pierre Lucas, dann alles zu erzählen?

Er sah sich wieder um.

Und wo, verdammt noch mal, war nun sein Auto? Fluchend ging er die Parkreihen ab, in denen er es vermutete. Es würde ja wohl kaum jemand so dumm sein und einen alten Citroën stehlen wollen!

Nach ein paar Metern endlich fand er den Wagen. Verwirrt schloss er die Tür auf und wollte gerade den Schlüssel ins Schloss stecken, als er entsetzt zurückzuckte. Der Wagen stand woanders, da war er sich ganz sicher. Was, wenn jemand etwas an ihm verändert hatte? Womöglich eine Bombe, die sich aktivierte, wenn er den Zündschlüssel umdrehte?

Mit einem Satz sprang er aus dem Wagen und rannte, vom wütenden Hupen eines scharf bremsenden Autos begleitet, auf die gegenüberliegende Seite der Straße.

In sicherem Abstand überdachte er die Lage. War er zu vorsichtig? Es war doch sicher zu auffällig, seinen Wagen so einfach in die Luft zu jagen oder etwa die Bremsen anzusägen. Man würde Nachforschungen anstellen. Außerdem kam so etwas in Italien vor, sozusagen als Abschreckung für all die, die an der Macht der Mafia zweifelten. Aber hier in Frankreich, wo die Machenschaften von Jacques Bonnet nicht an die Öffentlichkeit kommen sollen, nein, hier war der Gedanke an ein so spektakuläres Szenario einfach nur abstrus.

Er dachte noch einmal genauer nach. Er war manchmal doch schon recht vergesslich und wenn er es sich recht überlegte, könnte es schon gewesen sein, dass er den Wagen dort geparkt hatte. Es war noch früh am Morgen gewesen und er hatte sich unausgeschlafen gefühlt. Seine Gedanken waren bei dem bevorstehenden Gespräch gewesen, ganz bestimmt aber nicht bei dem Parkplatz, auf den er fuhr.

Wütend, dass er sich so hatte hineinsteigern können, marschierte er über die Straße zurück zum Auto. Beherzt steckte er den Schlüssel in das Zündschloss und drehte ihn mit einem kräftigen Ruck um.

Der Wagen startete mit einem gequälten Blubbern, um dann in ein gemächliches Schnaufen überzugehen. Erleichtert legte Pierre den Rückwärtsgang ein und machte sich auf den Weg zurück nach Vence.

»1$^{ier}$ Septembre. Keine Nachricht von Signore Cesari. Er hätte schon längst wieder in Grasse sein sollen. Die Rezeptur ist entschlüsselt, alles ist bereit.

Und obgleich mir untersagt wurde, den Duft zu probieren, so blieb mir seine betörende Wirkung nicht verborgen. Bereits als all die Zutaten im Alambik köchelten, überkam mich eine Welle des Glücks. Betrunken von der Schwere des Aromas setzte ich mich auf den Boden und verharrte in stundenlanger Seligkeit.

Das Wissen, von göttlicher Ambrosia liebkost worden zu sein, beflügelt mich. Ich muss gestehen, der Gedanke, auch mir einen Flakon zu füllen, ist reizvoll. Aber ich bin nicht gewillt, mir aus Besitzgier einen Fluch einzuhandeln.«

Lucile ließ das Buch sinken. Ihre Augen blickten starr an die Wand.

Helena sah sie fragend an. »Warum hörst du auf?«

Sie sagte es mit einem gereizten Unterton. Als sie gestern Nachmittag von ihrem Spaziergang zurückgekehrt war, hatte Lucile noch immer geschlafen. Und auch am Abend war sie nicht dazu zu bewegen, ihr Hotelzimmer zu öffnen, um weiter in den Aufzeichnungen von Yves Sagan zu lesen. Als Helena nachts in ihrem Bett lag, hatte sie sich noch Sorgen gemacht. Hatte überlegt, ob Lucile wohl krank war. Aber als diese am Morgen an ihrer Tür klopfte, hatte sie verquollene Augen. Und nun, zurück in Luciles Hotelzimmer, sah Helena zwei leere Weinflaschen, die aus dem Papierkorb ragten.

Sie macht sich noch nicht einmal die Mühe, es zu verbergen, dachte Helena, vermutlich hat sie sich an die Zeiten mit Paul erinnert und nichts Besseres zu tun gehabt, als ihr Selbstmitleid in Wein zu ertränken. War ihr denn nicht bewusst, dass die Zeit knapp war und jede Stunde zählte?

»Warum liest du nicht weiter?«, fragte sie erneut und sah Lucile, die noch immer an die Wand starrte, scharf an.

Lucile schien aus einer weit entfernten Welt zurückzukehren. Mit großen Augen blickte sie in Helenas Richtung. »Verdammt. Ich bin doch ein großer Trottel!«

»Was ist denn los?«

»Der Alambik!«

Helena verstand nicht. Ihre Gereiztheit nahm zu. »Was ist denn damit?«

»Ja, verstehst du denn nicht? Ich bin von der heutigen Art der Parfümherstellung ausgegangen. Aber im alten Griechenland gab es diese Methoden doch noch gar nicht. Heute entnimmt man den Duft jedes Stoffes einzeln, sei es durch Destillation, Mazeration … Erst dann mischt man das fertige Parfüm. Aber damals hat man offenbar alle Zutaten zusammen in einen Topf getan. Yves Sagan spricht von einem Alambik. Das ist ein Kessel mit Aufsatz, an dessen Wänden die ätherischen Öle kondensieren und herunterfließen.« Sie lehnte sich aufstöhnend zurück. »Dass die Gesamtwirkung dadurch nicht dieselbe ist, liegt auf der Hand.«

»Bist du dir da sicher? Vielleicht ist die andere Herstellung auch erfolgreich.«

»Nein!« Nun war auch Lucile gereizt. »Mit dem Alambik kann man nur eines: Destillieren. Das heißt, all die anderen Stoffe, denen man sonst auf eine andere Art und Weise den Duft entzogen hätte, sind nicht wegen des Duftes beigemischt, sondern wegen eines Wirkstoffes, den man durch Destillation entnimmt!«

Helena war verblüfft. »Und diesen Kessel hatten schon die alten Griechen?«

»Nein. Ich glaube, die hatten einfache Kochkessel. Aber es scheint ja mit dem Alambik funktioniert zu haben, wenn man Yves Sagan glauben kann.« Lucile seufzte tief auf. »Weißt du, was das bedeutet? Das heißt, wir müssen noch einmal zurück zu Jeans Haus. Dort habe ich einen alten stehen sehen.«

»Zurück? Bist du wahnsinnig?« Helena sprang entsetzt von dem Sessel auf, in dem sie es sich zuvor bequem gemacht hatte. »Es muss doch eine andere Möglichkeit geben. Kann man so etwas denn nicht kaufen? Oder etwas Ähnliches nehmen?«

»Nein, kann man nicht. Und tu mir bitte einen Gefallen und überlass mir die Entscheidung, wie wir bei der Herstellung vorzugehen haben und was für Dinge wir benötigen.« Luciles Augen funkelten verärgert.

Irgendetwas war schief gelaufen. Nicht nur, dass sie sich anscheinend erneut in Gefahr begeben mussten. Nein, auch die Stimmung zwischen Lucile und ihr war mit einem Male abgekühlt. Helena war sich bewusst, dass sie mit ihrer Gereiztheit den Anfang gemacht hatte. Aber hatte sie denn nicht einen guten Grund dafür gehabt?

Wie konnte Lucile nur gestern den Alkohol einer schnellen Durchsicht des Tagebuches vorziehen. Und wie war es nur möglich, dass sie nicht daran gedacht hatte, dass die Parfümherstellung früher auf eine andere Art geschehen war? Zu allem Überfluss wollte Lucile auch noch nach Valbonne zurückkehren, direkt in die Höhle des Löwen. War das denn wirklich notwendig?

Mit sich hadernd setzte sie sich zurück in den Sessel und sah Lucile mit aufeinander gepressten Lippen an.

»Es tut mir Leid«, sagte diese endlich und strich sich eine Strähne aus dem Gesicht. »Ich wollte dich nicht anfahren. Ich habe ja genau so viel Angst wie du. Aber anders kommen wir nicht weiter. Glaube mir, wenn ich eine andere Lösung sähe, wäre ich die Letzte, die zurück zu Jeans Haus fahren würde.«

Helena betrachtete das verquollene Gesicht, in dem sich eine tiefe, unstillbare Traurigkeit festgesetzt zu haben schien. Und wieder einmal konnte sie nur Mitleid empfinden. »Ich wollte deine Kompetenz nicht in Frage stellen ...«

»Schon gut.« Lucile lächelte. »Du wolltest mich ja nur davon abhalten, nach Valbonne zu fahren. Eigentlich ist es auch nicht notwendig, dass wir beide uns in Gefahr begeben«, sagte sie. »Du kannst ruhig hier bleiben. Ich warte, bis es dunkel wird, und fahre dann schnell hin. Es wird niemandem auffallen. Innerhalb weniger Stunden bin ich wieder zurück.«

Helena rang mit sich. Sollte sie Lucile alleine gehen lassen? »Nein«, sagte sie schließlich. »Es ist Wahnsinn. Warum solltest du dich unnötig einem Risiko aussetzen, wenn wir noch nicht einmal alle Zutaten beisammen haben? Wir brauchen den Alambik doch noch gar nicht.«

»Und wenn jemand ihn aus Jeans Haus stiehlt?«

»Das Risiko müssen wir eingehen. Es ist allemal geringer als das, für diesen wahnwitzigen Gedanken ermordet zu werden.«

Lucile schwieg. Nickte dann. »Du hast Recht. Aber ich komme leider auch bei den fehlenden Stoffen nicht weiter. Das Tagebuch von Yves Sagan scheint keine weiteren Hinweise darauf zu enthalten. Er redet jetzt schon vom fertigen Rezept, ohne die einzelnen Zutaten erwähnt zu haben.« Sie seufzte, und es klang, als komme es ganz tief aus ihrem Herzen. »Es sieht so aus, als würden wir feststecken.«

Eine schwere Stille breitete sich aus, in der Helena nahe dran war, aufzugeben und sich ihrem Schicksal zu fügen. Sie hatten ihr Bestes gegeben, standen aber noch an genau demselben Punkt, an dem sie begonnen hatten: Sie hatten die Formel, jedoch nicht die Möglichkeit, sie umzusetzen. Und sie waren auf der Flucht.

Wieder einmal wurde Helena bewusst, wie angespannt sie seit Tagen war. Nur in Cancale hatte sie für kurze Zeit das Gefühl gehabt, durchatmen zu können.

»Unsere einzige Chance ist das Buch. Vielleicht haben wir etwas übersehen?« Lucile blätterte die Seiten um. »Ich gehe noch einmal das Gelesene durch.«

Helena nickte zustimmend. Eine bleierne Müdigkeit überkam sie. Sie reckte sich und stand aus dem Sessel auf. »Ich muss raus hier. Ein wenig frische Luft wird mir gut tun. Bin gleich wieder zurück.«

Damit stand sie auf und verließ das Zimmer.

Die Luft, die Helena draußen entgegenschlug, war weder frisch noch tat sie ihr gut. Sie war schwer und schwül und roch nach Regen.

Mit verschränkten Armen überquerte sie die Straße und ging hinunter zum kleinen schmalen Strand. Dort zog sie die Schuhe aus und hielt tastend die Zehen ihres rechten Fußes ins Meer. Das Wasser war frisch und kühl, aber nicht zu kalt. Sie setzte sich in den Sand und ließ ihre Füße vom Nass umspülen.

Ein paar Meter weiter saß eine kleine Familie. Der Vater spielte mit den beiden Jungen im Sand, offenbar versuchten sie, eine Burg zu bauen, während die Mutter auf der Decke lag und schlief. Über ihnen lag eine Ruhe und Zufriedenheit, die Helena mit einem Mal den Hals zuschnürte.

Wie beneidete sie die Frau, die friedlich auf der Decke lag, in dem Wissen, dass ihre beiden Söhne bei dem Vater gut aufgehoben waren. Wie gerne hätte auch sie Kinder gehabt. Wären Tom und sie damals zusammengeblieben, wer weiß ...

Helena ließ ihren Blick schweifen. Von hier hatte man eine schöne Aussicht über die Bucht von Saint Tropez und Helena vermutete, dass es im Sommer ein beliebter Ort sein musste. Nun aber war der Strand fast menschenleer.

Gähnend legte sie ihren Kopf zurück und starrte in den wolkenverhangenen Himmel. Wind kam auf. Der Wetterwechsel war rasch gekommen. Noch vor einer knappen Stunde hatte die Sonne geschienen.

Ihre Gedanken schweiften ab. Sie musste an den Urlaub denken und mit was für einer Sorglosigkeit sie damals noch gelebt hatte.

Damals ... Es kam ihr vor wie eine Ewigkeit. Helena seufzte. Wie schön ihr Leben eigentlich gewesen war. Leicht und unbeschwert. Warum wusste man so etwas eigentlich erst dann zu schätzen, wenn man es verloren hatte?

Es war eine unmögliche Situation, die sie nun gefangen hielt. Und es war zermürbend, nicht zu wissen, wie sie aus ihr ausbrechen konnten. Sie schienen sich nur im Kreis zu drehen.

Helena wurde das Gefühl nicht los, dass sie zu einseitig vorgingen. Gab es denn nicht noch andere Lösungen? Hing denn wirklich alles an der Herstellung des Parfüms? Sie setzte sich gerade auf und überdachte die Möglichkeiten, die sie hatten.

Sie könnten sich noch einmal mit Leroc in Verbindung setzen und ihm von Jacques Bonnets Machenschaften erzählen. Aber dafür brauchte er Beweise, und die hatten sie nicht.

Vielleicht sollten sie nachforschen, womit Jean Batiste erpresst wurde. Möglicherweise führte seine Vergangenheit zu den Mördern. Aber reichte das aus, um sie dann auch hinter Gitter zu bringen?

Was wollte Bonnet mit der Formel? Oder war er vielleicht auch nur ein kleines Rädchen im Getriebe einer größeren Maschinerie?

Fragen über Fragen. Alles schien sich darum zu ranken, dass sie Jeans Leben näher beleuchten mussten. Ob es auch eine direkte Verbindung zu Bonnet gegeben hatte?

Helena zeichnete mit dem Fuß einen Kreis in den Sand. Ja, es gab einen Weg aus der vertrackten Lage. Sie mussten aufhören, kopflos vor den Mördern zu fliehen und sich stattdessen Gedanken darüber machen, wie sie sich auf sie zu bewegen könnten. Still und leise, überraschend. Den Anfang machte die Frage, womit Batiste erpressbar war. Sicher nicht allein wegen seiner Homosexualität. Aber wie könnten sie an die Informationen kommen?

Mit einem Male fiel ihr Pierre Lucas ein. Der suspendierte Polizist, der ihnen helfen wollte. Er hatte sie gebeten, sich regelmäßig bei ihm zu melden. Vielleicht konnte er etwas in Erfahrung bringen?

Die ersten Tropfen fielen. Der kleinere der beiden Jungen, die eben noch im Sand gespielt hatten, kreischte vor Vergnügen, während die Mutter sich erschrocken aufsetzte und begann, zusammenzupacken.

Helena stand auf. Und noch etwas kam ihr in den Sinn: Julie. Ihre Freundin wartete bestimmt schon voller Sorge auf ihren Anruf. Während sie den Sand von den Füßen klopfte und sich auf den Weg zurück zum Hotel machte, wählte sie Julies Nummer.

## 16

»Du lieber Himmel, wo hast du bloß gesteckt? Ich habe mir Sorgen um dich gemacht!« Julie schien zwischen Entrüstung und Erleichterung zu schwanken. Helena bekam sofort ein schlechtes Gewissen.

»Es tut mir Leid. Ich weiß, ich hätte mich schon viel früher melden sollen. Aber ich war einfach ständig angespannt und mit den Gedanken woanders.«

»Wo bist du jetzt?«

»In St. Maxime. Wir halten uns vor den Mördern versteckt. Einmal hatten sie uns schon fast gehabt ...«

»Wirklich? Helena, meinst du nicht, du solltest zurück nach Deutschland kommen? Das ist doch Wahnsinn!« Jetzt klang Julie mehr als besorgt.

»Und dann? Du glaubst doch nicht, dass ich da sicher bin. Nein, hier besteht zumindest die Chance, den Fall zu klären.«

»Haben dir die Fotos, die ich per E-Mail geschickt hatte, etwas gebracht?«

»Bis jetzt noch nicht. Aber der Mann mit den weißblonden

Haaren war mit Sicherheit an dem Überfall beteiligt. Lucile hat ihn identifiziert.«

»Überfall? Oh Helena, ich habe kein gutes Gefühl bei der Sache!«

»Ach was. Wir haben einen Komplizen, der uns weiterhilft. Einen ehemaligen Polizisten.« Helena versuchte, ihrer Stimme einen optimistischen Klang zu verleihen. »Es ist nur eine Frage der Zeit, bis wir Beweise gegen die Mörder haben. Wer hinter der Sache steckt, das wissen wir inzwischen.«

»Wer?«

»Ein gewisser Jacques Bonnet. Polizeikommandant.«

»Polizeikommandant? Himmel, du steckst wirklich tief im Schlamassel. Wie willst du da bloß wieder herauskommen?«

»Mach dir keine Sorgen, es wird schon gut werden.«

Helena hatte auf einmal keine Lust mehr, weiter mit Julie darüber zu reden. Es war anstrengend, ihre Sorgen zu zerstreuen, denn Julies Ängste spiegelten im Grunde genommen nur das wider, was sie fühlte.

»Julie, es geht mir gut. Wir schaffen das schon. Ich wollte mich nur kurz melden.«

»Das ist nett. Was ist mit dem Parfüm? Habt ihr die Formel entschlüsselt?«

»Nein. Es scheint schwieriger zu sein, als es zunächst aussah.« Helena seufzte. Sie war inzwischen wieder am Hotel angekommen und hatte sich unter das reparaturbedürftige rote Vordach gestellt. Inzwischen goss es in Strömen. »Ich muss aufhören. Ich melde mich wieder.«

Damit unterbrach sie das Gespräch und schaltete das Handy aus.

Als Helena Luciles Zimmer betrat, legte diese gerade den Hörer auf. Sie runzelte die Stirn.

»Ich habe mehrmals versucht, diesen Polizisten zu erreichen, Pierre Lucas. Aber er geht nicht ran. Anscheinend besitzt er auch keinen Anrufbeantworter.«

Helena war erstaunt. »Du hast ihn angerufen? Das ist ja ein Zufall. Gerade habe ich gedacht, dass er derjenige ist, der uns weiterhelfen kann.« Sie setzte sich auf den bunt geblümten Sessel. »Da wir mit dem Parfüm nicht voran kommen, sollten wir uns auf die Frage konzentrieren, warum Jean erpresst wurde.«

Lucile stand vom Bett auf und stellte sich ans Fenster. Ihr Blick ging in die Ferne. »Ich habe auch nachgedacht. Ich habe das Buch noch einmal überflogen. Das bereits Gelesene und die kommenden Seiten. Keine Erklärung zu den einzelnen Wirkstoffen.« Sie drehte sich um und sah Helena an. Hoffnung sprach aus ihrem Blick. »Aber mir ist etwas aufgefallen, was uns weiterhelfen könnte. Yves Sagan schreibt von einem Laborbuch. Anscheinend hat er alle Daten dort notiert. Wir müssen es finden.«

»Und wie willst du an das Buch herankommen?«

»Ich dachte, Pierre Lucas könnte herausfinden, wie die Amerikanerin heißt, die im letzten Jahr ein Haus in der Nähe von Vence gekauft hat. Verstehst du? Die Frau, die Jean das Buch verkauft hat, könnte auch das Laborbuch besitzen.«

Helena wiegte zweifelnd den Kopf.

»Wir müssen es wenigstens versuchen.« Lucile hob die Schultern und setzte sich wieder auf das Bett. »Diese Ungewissheit und die Angst, wieder überfallen zu werden, macht mich mürbe. Ich will etwas tun.«

Helena nickte. »Mir geht es genauso.« Sie legte den Kopf zurück und schloss die Augen. Also hieß es wieder warten.

Fast wäre sie eingeschlafen, als das Geräusch der altmodischen Wählscheibe des Telefons ihre Aufmerksamkeit weckte. Sie öffnete die Augen und sah Lucile mit dem Hörer am Ohr.

»Maurice? Hier ist Lucile. Du hattest mich gefragt, ob du mir helfen kannst. Jetzt brauche ich deine Hilfe.«

Maurice Signac wollte gerade das Haus verlassen, als der Anruf kam. Er hatte sich wieder mit Nathalie gestritten, und dieses Mal überlegte er, ob er die Scheidung auch einreichen solle, wenn er nicht zu Reichtum kommen sollte.

Mit seiner Jacke über dem Arm griff er nach dem Schlüssel, als es klingelte. Nathalie, die die Diskussion offensichtlich noch lange nicht als beendet betrachtete, stand mit verschränkten Armen in der Küchentür und gab mit zusammengekniffenen Lippen zu verstehen, dass sie mit Sicherheit nicht ans Telefon gehen würde.

»Selbst dazu bist du noch zu fein«, brüllte er verärgert. »Wenn es nach dir ginge, hättest du einen Butler, der dir das Telefon hinterherträgt!«

Nathalie zuckte mit den Mundwinkeln, drehte sich um und knallte die Küchentür hinter sich zu. Aus dem Raum hörte Maurice es klirren. Wieder ein Satz Teller weniger. Aber heute hatte er sich nicht den Mund verbieten lassen. Er wollte sich nicht länger als ein Schlappschwanz fühlen, der von seiner Frau gegängelt wurde.

»Ja, hallo?«, rief er dann auch genervt in den Telefonhörer.

»Maurice? Hier ist Lucile. Du hattest mich gefragt, ob du mir helfen kannst. Jetzt brauche ich deine Hilfe.«

Fast wäre er in die Knie gegangen. Die Stimme löste bei ihm eine Flut von Reaktionen aus. Sein Herz klopfte, die Beine drohten ihm zu versagen und noch im selben Moment stieg ihm die Hitze in den Kopf.

»Lucile. Meine Liebe. Wo steckst du denn? Hast du nach der Tragödie ein wenig Abstand gesucht?« Seine Gedanken wirbelten umher. Gordon hatte erwähnt, dass Helena Jacobi mit Lucile Bertrand geflohen war. Dann war nun also auch Lucile im Besitz der Formel. Wie konnte er sie dazu bringen, ihm ihren Aufenthaltsort zu verraten?

»Ja, es war hart. Aber ich versuche, mich wieder auf meine Arbeit zu besinnen. Und da stehe ich vor einem großen Problem.«

»Du arbeitest? An was denn?« Rede, Maurice, rede, dachte er. Versuche, ihr Vertrauen zu gewinnen. Das Schicksal hat es gut mit dir gemeint, nun verdirb es nicht!

»Oh, ich bin gerade dabei, ein Parfüm zu mischen, und da benötige ich alte Essenzen, die es so nicht bei Händlern zu kaufen gibt ... » Sie sprach langsamer, als zögerte sie. Im Hintergrund erklang eine andere Frauenstimme, wahrscheinlich die von Helena Jacobi. Sie schien wütend zu sein.

»Ja?«, fragte Maurice ein wenig zu hastig.

»Warte mal einen Moment.«

Ein Rascheln ertönte, als würde der Hörer zugehalten. Dumpf drangen Stimmen durch. Die beiden Frauen schienen zu diskutieren.

»Lucile?« Maurice rief ein wenig lauter. Er bekam Angst. Er war so kurz davor. Anscheinend hatte Lucile die vollständige Formel, kannte aber einige der Inhaltsstoffe nicht.

Es dauerte eine Weile, bis wieder ein Rascheln ertönte und die Verbindung klar war.

»Lucile?«

»Ja. Maurice, entschuldige bitte. Ich muss noch etwas klären. Au Revoir.«

Noch bevor er etwas erwidern konnte, hatte sie aufgelegt.

»Verdammt!« Er warf den Hörer auf die Gabel. Als er sich

mit hochrotem Kopf umdrehte, sah er Nathalie, die an der offenen Küchentür lehnte und ihn anscheinend schon eine Weile beobachtet hatte.

»Wer ist Lucile?«

Ihrem Blick entnahm er Eifersucht. Das war genau das, was er jetzt nicht gebrauchen konnte. Er musste Lucile irgendwie eine Nachricht zukommen lassen. Er musste ihr nur zu verstehen geben, dass, egal, was für einen Inhaltsstoff sie suchte, er der Einzige war, der ihr helfen konnte.

Ihm kam eine Idee. Er wusste mit einem Male ganz genau, wie er Lucile von einer Zusammenarbeit überzeugen könnte. Er musste ihr nur irgendwie eine Nachricht zukommen lassen.

In Gedanken, und ohne Nathalie weiter zu beachten, verließ er das Haus.

»Tu das nie wieder.« Lucile hatte die Hände in die Hüften gestemmt und funkelte Helena wütend an.

»Was heißt hier, tu das nie wieder? Wie kannst du jemanden in die Sache hineinziehen, ohne es mit mir zu besprechen?«

»Weil es meine Aufgabe ist, die Formel zu entschlüsseln, und ich verdammt nochmal vorwärts kommen will.«

Helena atmete tief ein. Es fehlte noch, dass sie jetzt anfingen, zu streiten. »Ich möchte auch vorwärts kommen. Aber doch nicht so. Lucile, sieh mal, ich dachte, wir arbeiten als Team.« Ihre Stimme war sanft. »Egal, was wir machen, wir müssen es miteinander besprechen. Jeder Mitwisser zu viel kann uns das Leben kosten.«

Die ruhige Eindringlichkeit, die sie in die Worte gelegt hatte, schien genau das Gegenteil zu bewirken.

»Red nicht mit mir, als ob ich ein kleines Kind wäre«, rief Lucile.

Helena hob beschwichtigend die Hände. »In Ordnung. Lass uns jetzt vernünftig weiterreden.«

Lucile schnaubte laut. »Dann erkläre mir doch bitte einmal, wie wir vorankommen sollen. Mon dieu. Hätte ich mich bloß nicht auf die Sache eingelassen.«

»Dafür ist es jetzt zu spät.« Nun wurde auch Helena wütend. Anscheinend legte Lucile es darauf an, sich zu streiten. »Es hilft doch nichts, jetzt unüberlegt zu handeln. Wir fangen sonst an, Fehler zu machen!«

»Fehler? Ich versuche doch nur, uns aus diesem Schlamassel zu befreien.« Lucile stand auf, ging ins Badezimmer und kehrte mit einer tropfnassen Weinflasche, die offenbar zum Kühlen in kaltem Wasser gelegen hatte, zurück. Ohne Helena zu beachten, schenkte sie sich das Glas, das auf ihrem Nachttisch stand, bis an den Rand voll und trank es in einem Zug leer. Trotzig sah sie Helena an.

Diese schüttelte voller Unverständnis den Kopf. »Lucile. Hör auf mit dem Trinken, das verschlimmert es doch nur.«

Lucile schüttete sich erneut Wein ins Glas, das beinahe überschwappte, trank einen großen Schluck und funkelte sie mit dem Glas in der Hand an.

»Du weißt eben nicht, was es bedeutet, dem Tod ins Auge geblickt zu haben. du hast noch niemals wirklich jemanden verloren, sonst hättest du ein wenig mehr Verständnis.«

Helena lehnte sich zurück. Luciles Reaktion war einfach nur kindisch. Wenn sie weiter darauf einginge, würden Sachen gesagt, die sie später sicher bereute. Stattdessen betrachtete sie Lucile. Ihre Wangen waren gerötet, die Augen blickten kampfeslustig. Helena hatte Lucile eigentlich für einen sanftmütigen und umgänglichen Charakter gehalten. Sie musste zugeben, dass sie sich geirrt hatte.

»Ich weiß, dass du es nicht einfach hattest«, sagte sie entnervt. »Ich habe sicher auch jemanden verloren, der mir etwas bedeutete. Aber natürlich nicht durch den Tod. Trotzdem ist jetzt nicht der richtige Zeitpunkt, sich zu streiten. Wir haben im Moment nur noch uns. Und Alkohol ist nun wirklich das Letzte, was uns jetzt voranbringen könnte! Sieh dich doch nur an. Als ob du nur darauf gewartet hast, einen Grund zum Trinken zu haben.«

Lucile sah erst so aus, als suche sie nach einer Erwiderung, dann aber ließ sie ihre Schultern hängen, stellte das Glas ab und setzte sich wieder auf das Bett. Mit bebenden Fingern fuhr sie sich durch das struppige Haar. Sie sah müde aus. »Ich weiß, dass ich zu viel trinke. Aber ich halte es sonst nicht mehr aus. Ich fühle mich so ... so allein gelassen.« Tränen strömten über ihre Wangen.

Helena sprang auf und war mit wenigen Schritten bei ihr. Tröstend legte sie Lucile den Arm um die Schulter. Sie sagte nichts, jedes Wort erschien jetzt zu viel. Beobachtete nur, wie der Strom der Tränen immer stärker wurde und schließlich in unkontrolliertes Schluchzen überging. Schließlich aber versiegte er. Lucile schüttelte den Arm ab und suchte in der Nachttischschublade nach einem Taschentuch.

»Ich glaube, das war einmal notwendig«, sagte sie, während sie sich geräuschvoll die Nase putzte. »Jeans Tod hat mich ziemlich mitgenommen. Er war der Einzige, der mir nach Pauls Unfall beiseite gestanden hat ...«

Helena dachte daran, wie wenig Lucile trotzdem von ihm zu wissen schien und dass es wahrscheinlich eine recht einseitige Freundschaft gewesen sein musste.

»Erzähl mir etwas über Jean«, bat sie.

Lucile blickte hinüber zum Weinglas, rührte es aber nicht an. »Er war ein sehr lieber, freundlicher Mann«, sagte sie. »Ruhig und besonnen. Er hat nur wenige Menschen an sich herangelassen. Er war kreativ und einfach virtuos im Umgang mit Düften. Darin war er sogar besser als Paul.«

»Und du hast tatsächlich nichts von seiner Homosexualität mitbekommen?«

»Nein. Einmal, es ist eine ganze Weile her, war er wie ausgewechselt. Fröhlich und ausgelassen. Ich fragte ihn, ob er verliebt sei, aber er hat nur gelächelt. Damals hatte ich natürlich angenommen, er habe eine Freundin.« Sie stutzte. »Er mochte ganz sicher auch Frauen. Ich erinnere mich an einen Empfang anlässlich der Präsentation eines neuen Parfüms, auf dem ich auch eingeladen war. Das war im letzten Herbst. Er flirtete mit einer dunkelhaarigen Schönheit und ich könnte schwören, dass sie zusammen die Veranstaltung verlassen hatten.«

»Vielleicht war er bisexuell ...«

»Kann sein. Obwohl ich es noch immer nicht glauben kann, dass er auch mit Männern ... « Lucile schüttelte den Kopf, als wolle sie den Gedanken einfach abwerfen. Helena fragte sich, ob sie wohl die Hoffnung gehegt hatte, selbst einmal mit Jean zusammenzukommen.

Das Gespräch verstummte. Noch einmal tupfte sich Lucile mit dem Taschentuch über die Augenlider. Dann richtete sie sich auf.

»Du hast Recht. Es war unüberlegt, Maurice mit hineinziehen zu wollen. Aber wir sollten sehen, dass wir vorankommen. Und solange wir Pierre Lucas nicht erreichen, haben wir nur das Tagebuch. Ich habe die letzten Seiten überflogen, sie sind sehr interessant. Möchtest du wissen, wie es weitergeht?«

Helena nickte heftig und Lucile nahm das Buch in die Hand, öffnete es und begann, mit dem Finger über die Zeilen gleitend, zu lesen.

## 17

Es dämmerte bereits, als Pierre Lucas den Weg zu seiner Wohnung entlang ging. Der Regen, der am Nachmittag plötzlich eingesetzt hatte, wurde zunehmend weniger und hinterließ einen grautrüben Schleier über Häusern und Straßen.

Es war ein trostloses Viertel, in dem er wohnte. Hier lebte nur, wer sich nichts Besseres leisten konnte. Trostlose, graue Wohnanlagen, die seit Jahren nicht mehr gepflegt wurden.

Vielleicht sollte er sich als Hausmeister anbieten? Er könnte die Wände ausbessern, Flure in hellen, freundlichen Farben streichen und auf den verwahrlosten Beeten Blumen pflanzen.

Der stechende Schmerz im Magen machte sich wieder bemerkbar. Zwei Tage hatte er ihn nicht gespürt, jetzt aber setzte er mit einer Heftigkeit ein, die Pierre zusammenzucken ließ. Er legte die Hand auf den Bauch. Er konnte es nicht mehr übersehen oder auf den Ärger mit seinen Vorgesetzten schieben. Vielleicht, wenn das Stechen nicht innerhalb der nächsten Tage verschwand, würde er seinen Hausarzt aufsuchen.

Pierre suchte in seiner Jackentasche nach dem Schlüssel. Er hasste Ärzte und es war ihm in den vegangenen Jahren gelungen, sich vor Arztbesuchen jeder Art zu drücken.

Er fand den Schlüssel in seiner rechten Hosentasche. Als er die schwere Haustür aufschloss, schwoll ihm ein durchdringender Geruch entgegen. Im Treppenhaus roch es nach Fisch. Eigentlich roch es immer; nach Kohl, nach Bohnerwachs oder auch nur nach Schweiß. Die kleinen Fenster, die sich zwischen den Etagen befanden, ließen sich nur mit einem Spezialschlüssel öffnen, aber niemand wusste, wer diesen Schlüssel besaß.

Mit angehaltenem Atem ging Pierre zu seiner Wohnung im Erdgeschoss. Während er die Tür öffnete, hörte er aus der

Wohnung gegenüber eine schrille Stimme, der ein tiefer Bass brüllend antwortete.

Kopfschüttelnd verschwand Pierre in seiner Wohnung. Es gab kaum einen Tag, an dem die Chevalliers nicht stritten. Wenn er in der Küche saß, konnte er jedes Wort hören. Um was sie nicht alles diskutierten: um das Haushaltsgeld, das Madame Chevallier nach Meinung von Monsieur Chevallier verschwendete, wobei sie regelmäßig erwiderte, dass er es zu knapp bemaß. Um die Wäsche, die sie ihm hinterher räumen musste, das Essen, das ihm nicht schmeckte. Und nicht selten hörte er, wie sich ihre Stimme überschlug und sie ihren Mann schließlich tätlich angriff. Dann fragte er sich, ob es einen Punkt gab, an dem er als Polizist eingreifen sollte; aber wahrscheinlich war es Monsieur Chevallier peinlich, wenn ihm jemand seine Hilfe gegen die prügelnde Ehefrau anbot.

Es gab Tage, an denen verzog sich Pierre ins Schlafzimmer, um dem Geschrei aus dem Weg zu gehen. Hier war der einzige Ort, an dem es nur noch leise im Hintergrund zu hören war.

Seufzend schloss er die Wohnungstür hinter sich und ging in die Küche, um sich einen Kaffee zu machen. Andere Menschen konnten nicht einschlafen, wenn sie am Nachmittag welchen tranken. Er aber war so an das Koffein gewöhnt, dass er, selbst wenn er kurz vor dem Schlafengehen noch einen trank, keinerlei aufputschende Wirkung spürte.

Als er den Filter auf die Kanne setzte, erreichte der nachbarliche Streit seinen üblichen Höhepunkt. Etwas wurde gegen die Wand geworfen, Monsiuer Chevallier brüllte, während seine Frau keifte.

»Es reicht langsam«, flüsterte Pierre und stellte den Kessel mit dem heißen Wasser zurück auf die Kochplatte. »Ich kann es nicht mehr hören.«

Kurz klopfte er gegen die Wand, und nachdem keinerlei Reaktion folgte und der Streit weiter wütete, schritt er kurzentschlossen zur Tür, um bei den Chevalliers zu klingeln und nachdrücklich um Ruhe zu bitten.

In diesem Moment klingelte das Telefon. Widerstrebend ging Pierre an den Apparat.

»François hier, hallo Pierre.«

François, sein alter Kollege. Der Einzige auf dem Revier, der sich an die alten Zeiten erinnern konnte, in denen Treue und Kameradschaft unter den Kollegen noch etwas zählte. In den langen Jahren der Zusammenarbeit hatte sie eine herzliche Freundschaft verbunden. Seiner gedrückten Stimme nach zu urteilen, rief er nicht an, um über das Wetter zu plaudern.

»Ich habe schlechte Nachrichten«, setzte er dann auch gleich nach. »Deine Suspendierung ist offiziell. Morgen müsstest du den Brief in der Post haben.«

»Diese Schweine. Haben sich nicht getraut, es mir persönlich zu sagen.« Verwundert stellte Pierre fest, dass ihn die Feigheit seines Vorgesetzten mehr traf als die Tatsache, dass ihm tatsächlich gekündigt wurde. Kein Dank, nach all den Jahren.

»Sie bauen hier noch mehr Stellen ab«, sagte François. »Ich glaube, sie waren ganz froh über dein Versäumnis. Inzwischen herrscht hier eine andere Gangart. Junge Männer mit überhöhtem Selbstbewusstsein haben jetzt das Sagen. Sie installieren neue Computer, und in Zukunft sollen wir uns per E-Mail miteinander verständigen, obwohl wir doch nur wenige Zimmer auseinander sitzen.« Er seufzte. »Ich versuche, so unauffällig wie möglich meine Zeit abzusitzen, damit es mich nicht auch noch trifft.«

»Du hast nur noch ein Jahr, da werden sie dich nicht feuern.«

»Wer weiß. Denn mal ehrlich, so schlimm war es doch auch nicht, dass du den Anruf des Hotels eine Woche zu spät weitergeleitet hast. Kein Grund jedenfalls, dich nach all dem, was du in den Jahren zuvor geleistet hast, vorzeitig zu entlassen.«

François hatte Recht. Aber was machte das schon. Es war geschehen.

»Du solltest dich mal bei der Gewerkschaft erkundigen. Ich glaube, das reicht als Kündigungsgrund nicht aus.«

»Meinst du?« Pierre erwog den Gedanken nur mit Widerwillen. Was war es wohl für ein Gefühl, seine letzten Jahre in einem Büro zu verbringen, in dem man nicht erwünscht war? Aber sollte er in den nächsten Wochen keine neue Arbeit finden, würde er sich wohl eingehender damit beschäftigen müssen. Nun aber war es seine Aufgabe, Bonnet zu Fall zu bringen. Ihm kam eine Idee. »François, kannst du mir einen Gefallen tun? Dein Neffe arbeitet doch bei einer dieser Klatschzeitungen. Kannst du über ihn Informationen zu Jacques Bonnet herausbekommen?« Der Gedanke war ihm plötzlich gekommen. Aus dem Bauch heraus. Normalerweise interessierte ihn dieser Klatsch nicht. Meistens war auch nichts dran. Aber vielleicht erfuhr er ja so Dinge über Bonnet, die von Bedeutung waren.

Es entstand eine kurze Pause. »Jacques Bonnet?«, fragte François schließlich. »Was hast du mit ihm zu schaffen?«

»Das erkläre ich dir später. Aber du würdest mir wirklich weiterhelfen, wenn du das für mich tun könntest.«

»Sicher. Ich sehe ihn morgen Abend beim Darts. Ich rufe dich an.«

Kaum hatte Pierre den Hörer aufgelegt, als es schon wieder klingelte. Er ging davon aus, dass François etwas vergessen hatte, denn normalerweise klingelte das Telefon mitunter tagelang nicht.

»Lucile Bertrand hier.«

Lucile Bertrand! Gott sei Dank. »Madame Bertrand. Wie gut, dass Sie anrufen.«

Sie schien über seine Erleichterung nicht erstaunt zu sein. Ohne weiter darauf einzugehen, fragte sie: »Haben Sie etwas herausbekommen?«

»Ein wenig. Wo sind Sie?«

»Warum wollen Sie das wissen?«

»Ich hoffe, Sie sind ganz weit weg. Jacques Bonnet hat sich in den Jahren ein Netzwerk von korrupten Beamten gespannt, das weit über Frankreich hinaus reicht. Wo immer Sie sind, er hat die Möglichkeit, Sie zu finden.«

Pierre hörte, wie Lucile Bertrand die Luft einzog. Es bestätigte, was er bereits vermutet hatte. Sie waren nicht weit genug.

»Danke. Können Sie noch etwas für uns herausfinden? Wir sind auf der Suche nach einer Amerikanerin, die sich im letzten Jahr in der Nähe von Vence ein Haus gekauft hat. Möglicherweise gehörte es ganz früher einem Monsieur Yves Sagan. Ach, und noch etwas. Jean Batiste wurde erpresst. Wir haben inzwischen herausgefunden, dass er aller Wahrscheinlichkeit nach homosexuell war. Aber wir wissen noch immer nicht, was seine Mörder gegen ihn in der Hand hatten. Es könnte wichtig sein, das in Erfahrung zu bringen.«

Pierre griff nach dem Block, der neben dem Telefon lag, und notierte sich die Namen. »Ich werde versuchen, was sich machen lässt.« Ihm fiel noch etwas Wichtiges ein. »Was war es eigentlich, was Jean Batiste Helena Jacobi zugesteckt hatte?«

Es dauerte eine Weile, bis Lucile ihm antwortete. »Es war eine Formel für ein sehr wertvolles Parfüm. Mehr kann ich Ihnen nicht sagen.«

Auch auf Pierres Nachfragen hin wollte Lucile sich nicht näher dazu äußern. Auch weigerte sie sich, ihm ihre Handynummer zu geben. Aber zumindest konnte Pierre ihr das Versprechen abringen, sich alle zwei bis drei Tage zu melden.

Sie schien unter Druck zu sein, dachte Pierre, als er den Hörer auflegte. Aber wahrscheinlich war es die Anspannung und die Angst vor den Mördern.

Ein Parfüm also. Was zum Henker sollte Bonnet mit einem Parfüm wollen? Er beschloss, diese Frage mit Dringlichkeit zu behandeln und darüber hinaus in Bonnets Kontakten zu forschen, ob einer seiner Geschäftspartner etwas mit Parfüms zu tun hatte.

Lucile spürte, wie ihr der Schweiß ausbrach, als sie den Hörer auflegte.

»Und?« fragte Helena, »was hat er gesagt?«

»Er fragte mich, ob wir weit genug weg seien. Er meinte, Jacques Bonnets Einflussgebiet würde über seinen Distrikt hinaus reichen.« Ihr Magen krampfte sich zusammen. Sie spürte, wie sie unruhig wurde. Irgendwie hatte sie das Gefühl, in Gefahr zu sein. Jede Minute schien zu zählen.

»Soll das heißen …«

»Dass wir so schnell wie möglich verschwinden sollten!«

Lucile sprang auf, getrieben, als sitze ihr der Feind bereits im Nacken. In Windeseile räumte sie die Essenzen in die Kartons, jede Flasche unordentlich mit Zeitungspapier umwickelt. »Ich habe ein merkwürdiges Gefühl. Los, pack deine Sachen. Ich hol dich gleich von deinem Zimmer ab.«

Helena wurde blass und verließ ohne ein weiteres Wort den Raum. Lucile öffnete ihren Koffer und fegte mit einer einzigen Handbewegung die Kleidung hinein. Ihre Nackenhaare hatten sich aufgestellt. Sie hätte schwören können, jemand beobachte sie, durch die Wände des Hotels hindurch.

»Ganz ruhig«, flüsterte sie. Es nützte nichts, wenn sie jetzt in Panik ausbrach.

Schwer beladen schwankte sie die Treppe hinunter und verstaute die Sachen im Wagen, den sie im Hinterhof des Hotels geparkt hatte. Dann ging sie zur Rezeption und zahlte. Das Bündel Scheine, das sie aus ihrem Haus mitgenommen hatte, schrumpfte auf ein Nichts zusammen. Bald würde sie wieder Geld brauchen. Jacques Bonnet schien überall zu sein. Sie traute sich nicht, einen Geldautomaten zu benutzen, da sie fürchtete, eine Spur zu hinterlassen. Wie weit würden sie mit dem Wenigen, das sie noch besaß, kommen?

Helena saß auf ihrem Bett, als Lucile das Zimmer betrat. Sie hatte die Beine angezogen und die Arme um die Knie geschlungen. Sie sah sehr zerbrechlich aus.

Erstaunlich, dachte Lucile, während sie Helena einen Koffer abnahm, wie schnell Helenas Auftreten sich ändern konnte. Von der Frau, die genau weiß, was sie will, zum ängstlichen Mädchen, das von den Ereignissen überrollt wird.

Fast unmerklich schüttelte sie den Kopf. Sie war die Letzte, die sich anmaßen durfte, zu urteilen. Die letzten Tage hatten ihr deutlich gezeigt, wie wenig gefestigt sie selbst war.

Sieben Minuten später fuhren sie vom Hof, fuhren, ohne ein festes Ziel zu haben, durch die einsetzende Dunkelheit in Richtung Autobahn. In ihrer Eile registrierten sie nicht, wie ein unauffälliger sandfarbener BMW langsam anrollte und ihnen in gebührendem Abstand folgte.

Es war kurz vor Mitternacht, als Gerald Batiste endlich auf die Uhr sah. Vor zwei Stunden hatte er überlegt, ob er Eunice anrufen sollte, aber er verspürte keinerlei Lust. Eher bereitete es ihm ein großes Vergnügen, sich vorzustellen, wie sie erst unruhig, dann wütend und endlich besorgt werden würde. Dafür nahm er auch den Ärger in Kauf.

Er senkte den Kopf und beobachtete, wie der Schaum des frisch gezapften Bieres immer weniger wurde.

Es wäre endlich mal eine Gefühlsregung. Ihre Härte gegen Jean und die Kälte, die sie anlässlich seines Todes an den Tag legte, hatten ihn erschüttert.

Sie war nicht immer so gewesen. Als Gerald Eunice kennen gelernt hatte, war sie ein freundliches, wenn auch sehr streng erzogenes Mädchen gewesen. Mit der gleichen Strenge hatte sie ihren Sohn aufgezogen, aber es hatte auch immer Zeiten gegeben, in denen sie fröhlich, ja fast ausgelassen gewesen war. Was hatte sie so verändert?

Gerald nahm einen Schluck Bier und wischte sich den Schaum vom Mund. Er konnte nicht sagen, wann diese Härte Besitz von ihr ergriffen hatte. Vielleicht war sie schon immer da gewesen, gut verborgen in ihrem Inneren – lauernd, auf einen Anlass wartend, um aus dem Schlaf zu erwachen. Sie war schleichend gekommen, fast unbemerkt. Und wahrscheinlich hatte er einen nicht unbeträchtlichen Teil dazu beigetragen.

Eunice hatte ihn eines Tages mit einem jungen Mädchen erwischt. Er hatte sie bei ihrer Mutter gewähnt, durch unglückliche Umstände aber war sie früher nach Hause gekommen. Sie war verletzt, gedemütigt und im ersten Moment hatte Gerald gar nicht begriffen, was sie so sehr getroffen hatte.

Er war ein Mann wie jeder andere auch. Eunice hatte Sex immer nur als Mittel zur Fortpflanzung gesehen, und da sie anscheinend nicht mehr als ein Kind zeugen konnten, hatte sie diesbezügliche Aktivitäten bald rigoros eingestellt. Sie hatte offenbar allen Ernstes geglaubt, er würde sich damit abfinden, denn anders konnte er ihr Entsetzen angesichts seines Seitensprunges nicht begreifen. Gerald hatte auf Verständnis gehofft, stattdessen erntete er nur Verachtung. Ja, Verachtung war es, die sie ihm entgegenbrachte; und Kälte.

Eine handfeste Auseinandersetzung wäre ihm lieber gewesen. Dann wäre die Geschichte bereinigt und man hätte noch einmal von vorne beginnen können. Aber so einfach hatte Eunice es ihm nicht machen wollen. Sein schlechtes Gewissen und die einschmeichelnde, ja fast schon unterwürfige Haltung waren ihr Triumph. Anfangs hatte Gerald geglaubt, sie werde die Scheidung einreichen, aber offenbar hatte sie sich dem Schicksal gefügt, denn in ihrer Welt war eine Scheidung das schlimmere Übel.

Gerald sah sich um. Das *Patron* war voller Männer, die bis weit nach Mitternacht blieben, um den Abend nicht mit der eigenen Frau verbringen zu müssen. Hier tranken sie oder spielten Karten. Und er kannte keinen, der sich nicht auch außerehelich amüsiert hatte.

Er griff mit gerunzelter Stirn nach dem schweren Glas und trank noch einen Schluck.

Und dann kam Jeans Geständnis. Ihr eigener Sohn homosexuell! Für Eunice war eine Welt zusammengebrochen. Zuerst hatte sie gehofft, er wolle sie damit nur verletzen. Oder es sei nur eine vorübergehende Neigung. Eunice träumte von einer netten, sittsamen Schwiegertochter und vielen kleinen Enkelkindern. Jean hatte ihre Hoffnung mit einem Schlag vernichtet.

Langsam strich Gerald sich durch das Haar. Wie seltsam das Schicksal doch manchmal war. Eunice hatte sich so strikt von ihrem Sohn distanziert, dass sie nicht einmal mitbekam, dass

Jeans sexuelle Neigung sich tatsächlich noch einmal drehte. Letzten Herbst hatte er ihm bei einem seiner seltenen Anrufe anvertraut, dass er eine Frau kennen gelernt hatte, die ihn glücklich machte.

»Sie ist wunderschön. Und sie ist so sanftmütig«, hatte er erzählt, wobei in der Art, wie er das Wort *sanftmütig* aussprach, mitschwang, dass sie das genaue Gegenteil seiner Mutter war. »Aber es gibt ein Problem: sie ist verheiratet.«

Und dann, im Sommer, war Jean mit einem Male bei ihnen vor der Tür gestanden. Blass und mit eingefallenem Gesicht. Er hatte sich versöhnen wollen, nun, da diese furchtbare Krankheit bei ihm ausgebrochen war. Aber Eunice hatte ihm die Tür gewiesen. Noch nie hatte er seinen Sohn, einen erwachsenen Mann, so verzweifelt weinen sehen.

Gerald trank das Glas leer und winkte sogleich nach einem neuen. Tränen liefen über sein Gesicht. Mit einer ungeduldigen Handbewegung wischte er über die Augen. Er hätte Jean beistehen sollen, aber er hatte sich nicht getraut. Zu groß war das Gefühl, Eunice verpflichtet zu sein. Jahrelang hatte er all die Härte klaglos ertragen. Und nun war es zu spät. Jean war tot.

Aber es war noch nicht zu spät, sein Leben zu ändern. Hier, neben dieser erkalteten Frau ging er ein. Hatte er sich vor Jahren noch gewünscht, an ihrer Seite alt zu werden, so war ihm durch Jeans Tod bewusst geworden, dass es einem langsamen Sterben gleichkam. Aber er wollte leben. Atmen können. Sich nicht verstecken müssen in der Angst vor dem strafenden Blick seiner Frau. Wie lächerlich es doch war! Er, Gerald Batiste, ließ sich von einer Frau beschneiden, deren einzige Waffen Härte und Kälte waren.

Ein winziges Flämmchen glimmte in seinem Inneren auf und wurde zur lodernden Flamme. Sein Körper füllte sich mit

Wärme und Zuversicht. Er spürte, wie sehr er sich nach einem Leben ohne Reglements sehnte. Und er wusste, dass er es hier, in Cancale, nicht führen konnte. Vielleicht sollte er Jeans Haus nicht verkaufen. Vielleicht sollte er selbst dort einziehen.

Gerald richtete sich gerade auf. Seine Augen leuchteten. Es war, als sei das die Antwort auf all seine Probleme. Ja, vielleicht mochte Eunices Leben eintönig und karg geworden sein, aber warum sollte er ihr Schicksal teilen? Nur ein Anruf trennte ihn von seinem neuen Leben, nur ein Telefonat mit Lucile Bertrand.

Er lehnte sich zurück, schloss die Augen. Im Süden war es wärmer, und es gab dort hübsche Frauen. Er war alt. Aber vielleicht war er noch nicht zu alt für einen Neuanfang.

Die Tankanzeige näherte sich dem letzten Strich. Das gelbe Lämpchen in der Mitte der Anzeige leuchtete auf.

»Wie lange reicht es noch?«, fragte Helena.

»Fünfzig Kilometer. Höchstens.«

Seit Stunden waren sie ziellos umhergefahren. Zuerst über die Autoroute La Provençale bis Aix-en-Provence und dann weiter Richtung Lyon. Sie hatten heftig diskutiert, überlegt, das Land zu verlassen, über die A 40 nach Genf. Schließlich jedoch waren sie zu dem Schluss gekommen, dass sie in keinem Land der Welt sicher sein konnten, Bonnets Einflussbereich entkommen zu sein.

»Ich möchte nicht ständig auf der Flucht sein«, hatte Helena eingeworfen. »Ich möchte, dass diese Sache endlich ein Ende findet.«

Am Strand von St. Maxime war sie zu dem Schluss gekommen, dass es am besten wäre, auf die Gegner zuzugehen, sie zu überraschen. Und genau das wollte sie noch immer. Eindringlich hatte sie auf Lucile eingeredet und langsam hatte Helena auch sie überzeugt.

Kurz vor Lyon hatten sie an einer Raststätte gehalten, ein paar Sandwiches gegessen und darüber nachgedacht, von wo aus sie den Gegenschlag planen konnten. Lucile hatte ein kleines Gasthaus bei Bonnieux vorgeschlagen, dessen Besitzer sie kannte und die sie mit Sicherheit nicht an die Polizei verrieten.

Dann waren sie umgekehrt, hatten bei Avignon-Sud die Autobahn verlassen und fuhren nun in Richtung Apt. Es war dunkel. Der Regen setzte wieder ein und peitschte gegen die Frontscheibe.

»Wir schaffen es gerade noch«, sagte Lucile nun. »In Apt gibt es bestimmt eine Tankstelle, die offen hat.« Sie seufzte. »Für eine Tankfüllung reicht es noch. Dann habe ich kein Geld mehr.«

»Ich leider auch nicht«, sagte Helena. »Wir hätten in St. Maxime noch einmal etwas abheben sollen.«

Lucile schwieg. Sie sah müde aus. Es war fast halb sechs Uhr morgens. Sie setzte den Blinker und fuhr an einen schmalen Seitenstreifen. Um sie herum herrschte Dunkelheit. Die Scheinwerfer beleuchteten die Bäume, die die Landstraße säumten, nur schemenhaft durch den dichten Regen.

»Fahr du«, sagte sie, »ich muss ein wenig schlafen.«

Sie öffnete die Fahrertür. Kalte, frische Luft strömte in den Wagen.

Ein Auto näherte sich von hinten und beleuchtete den am Rande stehenden Jeep. Es wurde langsamer und hielt schließlich direkt neben ihnen. Erschrocken warf Lucile die Tür wieder zu.

Die Seitenscheibe des Wagens fuhr herunter. »Kann ich Ihnen helfen?«, brüllte der Mann, der auf dem Beifahrersitz saß, durch das Tosen des Regens.

»Nein!«, rief Lucile und starrte abweisend nach vorne.

Aber der Mann schien nicht verstanden zu haben. Er öffnete seine Wagentür. In einem Reflex drückte Lucile den Verschlussknopf der Zentralverriegelung.

Helena starrte den Mann an. Sie hatte sein Gesicht noch nie gesehen. Aber etwas an seinen lauernden Bewegungen sagte ihr, dass sie in Gefahr waren. Der Mann trat an die Fahrertür des Jeeps und zog am Griff. Mit vor Entsetzen verzerrtem Gesicht drückte Lucile auf das Gaspedal und fuhr mit heulendem Motor an. Dabei schien sie den Mann ein Stück mitgerissen zu haben, denn er schrie laut auf und stürzte zu Boden. Der Jeep schlingerte, hielt sich dann aber doch auf der regenglatten Fahrbahn.

Im Rückspiegel konnte Helena sehen, wie der Mann in den wartenden Wagen sprang und mit hohem Tempo die Verfolgung aufnahm.

»Die sind hinter uns her«, rief Lucile.

Helena krallte ihre Hand in den Haltegriff der Tür. Sie hatte Lucile als eine gute Fahrerin kennen gelernt, aber die Straßen waren schlüpfrig. Ihre Gedanken überschlugen sich. Sollten es etwa die Männer sein, die sie wegen der Formel verfolgten? Sie konnte es sich kaum vorstellen. Wie hätten sie sie denn finden können?

Lucile bog scharf nach rechts ein, in Richtung der Berge. Sicher steuerte sie den Wagen durch scharfe Kurven, immer höher in die Wälder des Luberon, dicht gefolgt von dem Auto hinter ihnen, dessen Scheinwerfer an ihrem Heck zu kleben schienen.

Besorgt betrachtete Helena die Nadel des Tankanzeigers, die sich immer mehr senkte.

»Wir haben bald kein Benzin mehr«, rief sie.

Lucile fluchte. Die Kurven wurden immer enger. Der Jeep

rutschte von einer Spur auf die andere, um sich im letzten Moment wieder zu fangen.

Langsam lichtete sich die Dunkelheit. Morgendämmerung setzte ein. Helena seufzte auf. Jetzt würde die Flucht auf der engen Landstraße weit weniger gefährlich werden, denn die Sicht verbesserte sich trotz des Regens von Minute zu Minute.

Doch der Jeep wurde langsamer. Erstaunt bemerkte Helena, wie sich auf Luciles Stirn kleine Schweißperlen bildeten. Ihre Hände hielten krampfhaft das Steuer.

»Lucile? Was ist los?«

Luciles Blick war erstarrt. Sie schien nichts um sich herum wahr zu nehmen. Der Wagen wurde immer langsamer. Nun schien es nur eine Frage der Zeit, bis ihre Verfolger sich neben sie setzen und von der Fahrbahn abdrängen konnten.

»Lucile!« Wie durch eine Watteschicht registrierte Helena ihre schrille, sich überschlagende Stimme. »Lucile!«

»Ich kann nicht«, antwortete diese wimmernd. »Ich kann nicht.«

»Herrgott nochmal, reiß dich zusammen. Die haben uns gleich!«

Die Straße wurde breiter. Der Jeep schleppte sich einer Anhöhe entgegen, die Platz genug für zwei Autos bot. Der verfolgende Wagen setzte zum Überholen an. Er kam immer näher, scherte scharf aus und fuhr dann mit dem Jeep auf einer Höhe.

Im Licht des beginnenden Tages konnte Helena die beiden Männer, die im Auto saßen, erkennen. Sie erschrak. Der Mann auf dem Fahrersitz hatte weißblondes Haar. Es war unverkennbar derselbe, der sie bereits in Hamburg verfolgt und den Lucile als einen der Männer vom Überfall in ihrem Haus identifiziert hatte. Er grinste siegessicher.

Mit einer abrupten Bewegung griff Helena Lucile ins Lenkrad, riss es kurz zur Seite, um es gleich darauf wieder zurück zu bewegen. Mit lautem Krachen streifte der Jeep den anderen Wagen, der auf der glatten Fahrbahn den Halt verlor, seitlich ausbrach und die Böschung hinunter fuhr. Dann schließlich prallte er mit Wucht gegen einen Baum und blieb dampfend stehen.

Auch der Jeep verließ kurzzeitig die Fahrbahn, rumpelte über den steinigen Rand der Böschung, kam aber dank Luciles plötzlich wieder einsetzender Geistesgegenwart zurück auf die Straße. Sie lenkte den Wagen mit schweißnassem Gesicht die Anhöhe hinauf, bis sie schließlich das Tempo noch mehr verringerte und das Auto anhielt. Helena sprang aus dem Wagen, lief auf die andere Seite und schob Lucile auf den Beifahrersitz. Dann startete sie den Motor und beschleunigte.

»Was war denn los?«, fragte sie Lucile. Ihr Herz klopfte. Aber in ihre Angst mischte sich ein Gefühl des Triumphes. Sie hatten ihre Verfolger abgehängt.

Lucile legte den Kopf in die Hände. Ihre Bluse war schweißdurchtränkt und klebte am Körper. Schließlich richtete sie sich wieder auf.

»Ich dachte wirklich, ich hätte es überwunden«, sagte sie nur.

Helena brauchte nicht mehr zu wissen. Sie ahnte, was in Lucile vorgegangen war, oft genug hatte sie die Geschichten von Paul gehört. Und obgleich sie immer Verständnis gehabt hatte, dieses Mal hatte es beinahe ihr Leben gekostet. Wenn das alles vorbei war, würde sie Lucile raten, sich einer Therapie zu unterziehen.

Zügig fuhren sie durch ein Flusstal, dem sich eine atemberaubend schöne Hügellandschaft anschloss. Der Regen hatte aufgehört, vorsichtig schob sich die aufgehende Sonne durch die Wolken und ließ die regennasse Fahrbahn glitzern.

Plötzlich bemerkte Helena, dass der Wagen nicht mehr richtig anzog. Ein fast unmerkliches Rucken ging durch den Jeep und mündete in ein immer stärker werdendes Stottern. Schließlich blieb der Wagen stehen. Der Zeiger der Tankanzeige hing weit hinter dem letzten Begrenzungsstrich. Sie waren nicht einmal vier Kilometer vom Unfallort entfernt.

Mit einer Mischung aus Erleichterung, dass das Benzin nicht inmitten der Verfolgung ausgegangen war, und tiefer Sorge stieg Helena aus dem Wagen.

»Wir müssen den Jeep irgendwo hinschieben, wo man ihn nicht sieht.«

»Und was machen wir mit den ganzen Sachen?«, fragte Lucile, die sich bereits wieder gefangen zu haben schien. »Die ganzen Essenzen, die Bücher, unsere Kleidung ...«

»Wir nehmen nur das Nötigste mit.«

Helena sah sich um. Die Hügel, saftig und grün, boten keine geeignete Versteckmöglichkeit. In den Wäldern wäre es ein Leichtes gewesen, den Jeep zu verbergen, aber hier war alles überschaubar.

Lucile folgte ihrem Blick. »Wir müssen ihn am Straßenrand zurücklassen«, sagte sie bedauernd.

»Dann wissen die beiden Männer sofort, dass wir hier irgendwo in der Nähe sind. Vielleicht sind sie unverletzt und schon wieder auf dem Weg, um uns zu verfolgen.«

»Zu Fuß? Das dauert doch ewig.«

»Oder sie halten ein vorbeifahrendes Auto an.«

Lucile nickte. »Du hast Recht. Wir sollten ihn zumindest in die Mulde schieben. Ich habe eine dunkle Decke im Wagen, damit können wir ihn ein wenig abdecken. Und darüber legen wir ein paar Grassoden. Vielleicht haben wir Glück und sie schauen nicht so genau hin.«

Mit vereinten Kräften stemmten sie sich gegen den Wagen und schoben ihn von der Straße, die Hügel hinab, bis er schließlich von alleine rollte und in einem tiefer gelegenen Landstück zum Stehen kam. Der hintere Teil ruhte nun schräg in der Senke, so dass sie nur noch die vordere Front und einen Teil der rechten Seite abdecken mussten.

Lucile holte eine braune Decke aus dem Kofferraum, breitete sie über das Auto und klemmte sie mit beiden Türen fest. Mit bloßen Händen hoben sie Gras mitsamt Erde aus dem regennassen Boden und bedeckten damit das Auto.

»Und nun?« Helena wischte ihre dreckigen Hände an ihrer Jeans ab und betrachtete zufrieden das Ergebnis. Der Jeep war weit genug weg von der Straße und sah nur bei näherem Hinsehen aus, als habe jemand versucht, ein altes, ausgedientes Auto unauffällig loszuwerden.

»Zurück in Richtung Bonnieux. Wenn wir den Weg quer über die Hügel nehmen, kreuzen wir eine kleine Nebenstraße, die dorthin führt. Es dürften noch ungefähr fünfzehn Kilometer bis dahin sein.«

Helena nickte zustimmend. Die Verfolger wähnten die beiden Frauen in weiter Ferne. Niemals würden sie auf den Gedanken kommen, sie in der näheren Umgebung zu suchen.

Sie strich sich eine widerspenstige Strähne aus dem Gesicht, nahm die dreckverschmierte Brille ab und steckte sie in ihre Hosentasche. Ihre Muskeln taten ihr weh. Sie gähnte. Die Aussicht auf eine Dusche und ein bequemes Bett war verlockend.

Helena ging um den Wagen herum und öffnete den Kofferraum. Sie griff nach ihrer Reisetasche, entfernte einige Sachen und tat stattdessen das Buch von Yves Sagan hinein. Dann streifte sie sich einen dicken Pulli über und schulterte das Gepäck.

Lucile tat es ihr gleich und füllte ihre Tasche mit den Essenzen, die sie als wichtig erachtete. Ohne sich noch einmal umzudrehen, gingen sie über die Hügel in die Richtung, in der Lucile Bonnieux vermutete.

# 18

Das Telefon schrillte laut. Pierre Lucas schrak hoch und blinzelte zur Uhr, die auf dem Nachttisch stand. Es war kurz nach Neun. So lange hatte er vor nur wenigen Tagen nicht einmal am Wochenende geschlafen.

Unwillig setzte er die Füße auf den kalten Steinboden, zuckte zurück und angelte nach seinen Pantoffeln. Er hoffte, das Klingeln möge aufhören, bevor er das Telefon erreichte, aber der Anrufer schien hartnäckig.

Ihm fiel ein, dass es ja auch Lucile Bertrand sein konnte, vielleicht war etwas geschehen, das sie früher anrufen ließ. Hastig stand er vom Bett auf, eilte in den Flur und griff nach dem Hörer.

Doch es war Luc.

»Ich hab was für dich«, sagte er ohne Einleitung. »Aber es ist nicht umsonst.«

»Wie viel?«

»Zehntausend Euro.«

»Bist du verrückt?«

»Hör mal, Pierre, ich habe dafür Kopf und Kragen riskiert. Ich hätte gefeuert werden können.«

Pierre brummte ungehalten. »Na, schön, ich werde es weiterleiten. Aber du musst mir sagen, was es ist.«

»Ich habe etwas, das beweist, dass Bonnet ungesetzlich handelt. Es würde seine sofortige Suspendierung bedeuten.«

Pierres Augen leuchteten auf. Hätte er das Geld gehabt, er würde es mit Vergnügen zahlen. Er hoffte, eine der beiden Frauen besaß genug und war bereit, es auszugeben. Für ein solches Beweisstück war der Preis angemessen, aber wahrscheinlich konnte man Luc auch noch ein wenig runterhandeln.

»Was hast du in der Hand? Dokumente? Ist es etwas, das vor jedem Gericht der Welt anerkannt wird?«

»Worauf du wetten kannst.«

Pierre gähnte verhalten und versuchte, seine Gedanken zu ordnen. Da war noch etwas Wichtiges, das er nicht vergessen durfte …

»Kennst du einen Jean Batiste?«

»Nein. Ist das wichtig?«

»Es könnte sein. Kannst du herausbekommen, ob Bonnet etwas mit Batiste zu tun hatte? Ober ob Bonnet sich für Parfüms interessierte?«

Luc lachte laut auf. »Das glaube ich kaum. Bonnet ist ein Raubein. Sein elegantes Auftreten kann nicht darüber hinwegtäuschen, dass er ein Mann fürs Grobe ist. Ich kann mir nicht vorstellen, dass er sich für so ein Gewäsch interessiert.«

»Hör dich trotzdem mal um. Es könnte wichtig sein.«

»Mach ich.«

»Und was ist mit dem Fall, der Bonnet hochkatapultiert hat? Hast du den mal durchleuchtet?«

»Ja. Kostet aber extra.«

Pierre verdrehte die Augen. Luc war schon immer ein Halunke gewesen. Jetzt aber wurde er eindeutig zu raffgierig. »Vergiss es. Du bekommst schon genug für deine Beweisstücke.«

»Warum sollte ich umsonst arbeiten?«

»Tust du ja nicht. Aber die Auskunft sollte inklusive sein, sonst überlegt es sich mein Auftraggeber womöglich anders. Außerdem kann ich jederzeit jemand anderen fragen.«

»Klar, dauert aber länger. Und soweit ich weiß, kennst du außer mir niemanden, der im selben Gebäude arbeitet wie Bonnet.«

Pierre spürte, wie sein Magen wieder anfing zu stechen. Nur nicht aufregen, dachte er. Luc wusste ganz genau, was er wollte.

Es war keine Kameradschaft gewesen, die ihn gestern so auskunftsfreudig werden ließ. Er hatte nur seine Köder hingeworfen, damit er für weitere Informationen kassieren konnte.

»Wie viel?«

»Fünftausend Euro.«

»Das ist es nicht wert.«

»Wir werden sehen.«

Bastard, dachte Pierre. Er hoffte, dass die Frauen das Geld hatten, andernfalls könnten sie diese Quelle abhaken. Luc würde seine Informationen nicht freiwillig ohne Bezahlung rausrücken, auch dann nicht, wenn Menschenleben auf dem Spiel standen.

»Gib mir ein paar Tage Zeit. Ich melde mich bei dir.«

Als Pierre aufgelegt hatte, kam ihm der Gedanke, Luc könne ebenfalls für Bonnet arbeiten, absurd vor. Sicher, bestechlich war er, das hatte er nun zu spüren bekommen. Aber Luc arbeitete auf seine eigene Rechnung. Und für Geld schien es ihm egal zu sein, wen er aufs Kreuz legte.

Mit beiden Händen fuhr Pierre sich durch das Gesicht. Er brauchte erst einmal einen Kaffee. Und dann würde er François anrufen und ihn bitten, in den Melderegistern nach einer Amerikanerin zu suchen, die sich in der Nähe von Vence niedergelassen hatte.

Es war nur eine Tasche, die er mit sich nahm. Den Rest würde sie ihm nachschicken. Eunice hatte keine Szene gemacht. Starr hatte sie ihn angeblickt und nur gemurmelt: »Du wirst zurückkommen wollen. Aber dann bin ich nicht mehr für dich da.«

Dann hatte sie sich wieder ihrer Handarbeit zugewandt.

Gerald war kalt geworden, als wäre ein eisiger Wind durch die Wohnung gezogen. Und nun war er draußen, auf dem Weg zu seinem neuen Leben, atmete die frische Seeluft noch ein letztes Mal tief ein, blickte über die Austernfelder und das smaragdgrüne Wasser und spürte, wie sich seine Seele langsam erwärmte.

Er würde diesen Anblick vermissen. Aber auch die Gegend um Valbonne hatte ihre Reize.

Gerald schüttelte sich, als wolle er damit die letzten Zweifel abwerfen. Nein, es war die beste Entscheidung, die er je getroffen hatte. Sie hatte ihn nicht aufgehalten. Er hatte erwartet, dass sie um ihres guten Rufes willen versuchen werde, diese Farce einer Ehe aufrecht zu erhalten. Aber nicht einmal verabschiedet hatte sie sich. Sie hatte sich in den kleinen Garten gesetzt, starr wie eine Mauer, mit ihrer Stickerei beschäftigt, und hatte nicht reagiert, als er ihr auf Wiedersehen sagte. Kein Händedruck, keine Umarmung, ja, nicht einmal ein Ausdruck des Bedauerns in ihren Augen. Die Lippen zusammengekniffen, den Blick gesenkt. In ihrem viel zu großen Mantel hatte sie schmal ausgesehen, fast schon zerbrechlich, und früher hätte ihn dieser Anblick dazu verleitet, sie in den Arm nehmen zu wollen.

Aber das war jetzt vorbei. Es hätte schon viel früher vorbei sein sollen.

Gerald zwinkerte mit den Augen. Ein letztes Mal noch ließ er den Blick schweifen, dann drehte er sich um und marschierte in Richtung Marktplatz, wo ein Taxi auf ihn wartete.

Er freute sich auf Valbonne. Das Haus war schön und geräumig, er würde sich dort sehr wohl fühlen. Noch wusste er nicht, wie er an die Schlüssel kommen sollte, denn Lucile Bertrand hatte auf seinen Anruf und die Nachricht, die er hinterlassen hatte, noch nicht reagiert. Aber er hatte seine Abreise nicht einen Tag aufschieben können. Er würde sie schon erreichen. Sie konnte ja nicht ewig weg sein.

Es war fast schon Abend, als Helena und Lucile auf eine schmale Landstraße stießen.

Anfangs waren sie zielstrebig auf ein Waldgebiet zugelaufen, die Berge als Orientierungshilfe. Dann aber verlief der schmale Waldweg, dem sie gefolgt waren, im Dickicht, und Lucile hatte zugeben müssen, dass sie sich verirrt hatten. Die Berge waren durch das dichte Laub des Waldes nicht zu sehen, das Gelände war ohnehin für eine klare Sicht zu hügelig.

Schließlich hatte es wieder angefangen zu regnen, so stark, dass sie unter den mächtigen Wurzeln eines umgestürzten Baumes Unterschlupf suchen mussten. Als der Regen auch zwei Stunden später nicht nachlassen wollte und sie schließlich dennoch ihren Weg über den eingeweichten Boden fortsetzten, waren sie innerhalb weniger Minuten vollkommen durchnässt. Aber die Angst, womöglich in der freien Natur übernachten zu müssen, und die Möglichkeit, dass ihnen die Verfolger noch immer auf den Fersen waren, trieben sie weiter. Erst in der Hoffnung, eine Straße zu finden, und als die Sonne kurz durch den dichten Wolkenschleier blitzte, auch mit einer ungefähren Richtung. Dann wechselte die Landschaft. Zuerst steile Kalkfelsen, die Lucile veranlassten, sich weiter westwärts zu richten, dann plötzlich der weite Blick über Felder, auf denen Wein angebaut wurde, und überall Ebenen mit Obstbäumen. Sie waren immer schneller gegangen, mechanisch, ohne die Füße noch zu spüren.

»Endlich«, stieß Lucile nun aus und deutete auf ein Schild mit der Aufschrift: *Bonnieux 3,5 km.*

Der Regen hatte aufgehört; Kleidung und Haare klebten am Körper.

Helena sah, dass Lucile zitterte.

»Das letzte Stück gehen wir aber am Straßenrand«, sagte sie bestimmt. Die Kälte, die ihre Glieder durchströmte, ließ sie jede Vorsicht vergessen. Ein heißer Tee mit Schuss war mit Sicherheit das Einzige, was eine Erkältung jetzt noch fern halten konnte.

Schweigend gingen sie die Straße entlang, bis die mittelalterliche Silhouette von Bonnieux in der Ferne auftauchte. Helena dachte, wie schön die Gegend hier eigentlich war. Die Luft roch nach dem Regen aromatisch nach Kräutern. Wie gerne hätte sie den Luberon unter anderen Umständen durchwandert.

Die Kirchturmspitze von Bonnieux kam immer näher. Kurz vor dem Ortseingang schwenkte Lucile in einen kleinen Feldweg. Eine Weile schienen sie von dem Dorf weg wieder in die Wildnis zu gehen, nach wenigen Minuten jedoch konnte Helena ein hübsches ockerfarbenes Bauernhaus mit Dachpfannen in unterschiedlichen Rot- und Brauntönen erkennen. Auf dem Torbogen zu der Auffahrt stand in geschwungenen Buchstaben: *Auberge de Campagne.*

Ein Hund bellte. Der Parkplatz an der Einfahrt war verwaist.

»Hoffentlich sind Kenneth und Juliette da«, sagte Lucile stirnrunzelnd.

»Kenneth? Klingt gar nicht französisch.«

»Kenneth ist Engländer. Er ist als junger Student durch die Provence gereist und hat sich in die Landschaft verliebt – und in Juliette. Seitdem lebt er hier. Als wir noch kein Geld hatten, haben Paul und ich hier so manchen Sommerurlaub verbracht ...«

Ein zotteliger Mischlingshund kam kläffend auf sie zugelaufen.

»Brandy! Hierher!«

Hinter ihm erschien ein sonnengebräunter Mann mit wehendem grauen Haar. Trotz der kühlen Temperaturen trug er ein kurzärmliges Hemd, das bis zum vorstehenden Bauch aufgeknöpft war. Er mochte so um die sechzig sein. Unwillig blickte der Hund sich um und blieb schließlich stehen, um auf sein Herrchen zu warten. Dieser sah sich die Ankömmlinge an, stutzte, dann erhellte sich sein Gesicht.

»Lucile Bertrand! Habe ich Recht?«

»Richtig.«

Er streckte seine Hände aus und kam ihr weiter entgegen. »Mon Dieu. Das gibt es nicht. Ich habe gedacht, Paul und du wäret inzwischen zu fein geworden, um die gute alte Auberge zu besuchen.« Er lachte über das ganze Gesicht und griff nach Luciles Händen. »Du bist ja klitschenass! Seid ihr in den Regen gekommen?« Er sah sie prüfend an. »Aber ansonsten hast du dich kaum verändert.«

»Lügner«, entgegnete Lucile, doch auch sie lachte.

Kenneth wandte sich Helena zu. »Und wer ist diese entzückende junge Dame?«

»Das ist Helena, eine Freundin aus Deutschland«, erklärte Lucile, und Helena gab Kenneth die Hand.

»Freut mich.«

»Kommt rein, mes amis. Ihr seht verfroren aus. Ihr könntet eine warme Dusche gebrauchen und einen heißen Tee mit Zitrone.«

Die beiden Frauen folgten ihm ins Haus. Der geräumige Eingangsbereich war hübsch eingerichtet. Die Wände waren in lindgrünem Streifenmuster tapeziert, in der Mitte des Raumes stand ein großes braunes Ledersofa mit großen Kissen in typischen provençalischen Mustern. Luciles Blick glitt zum Schlüsselbrett, an dem alle Schlüssel vollständig hingen.

»Normalerweise haben wir zu dieser Zeit noch ein paar Gäste«, sagte Kenneth und seine Gesichtszüge verdunkelten sich. »Aber in den letzten Jahren haben allein in dieser Gegend ein halbes Dutzend neuer Hotels aufgemacht, alle mit schicker

Einrichtung und großem Komfort. Da können wir nicht mithalten, uns fehlt das Geld. Aber in den Sommermonaten ist es immer ausgebucht.«

Er lachte schon wieder und besah sich mit erhobenen Augenbrauen die durchnässten Frauen. »Wollt ihr euch ein wenig frisch machen?«

»Ja, ich glaube, das haben wir dringend nötig.« Lucile nickte. »Hast du zwei hübsche Zimmer für uns? Wir würden gerne ein paar Tage hier bleiben.«

»Aber natürlich! Ich gebe euch meine besten Zimmer. Oh, Juliette wird sich freuen. Sie muss jeden Augenblick zurückkommen. Die wird Augen machen!« Er ging zum Schlüsselbrett und drückte jeder der beiden einen Schlüssel in die Hand. »Lucile Bertrand«, sagte er kopfschüttelnd. » Ich kann es noch gar nicht glauben.«

Helenas Zimmer lag direkt unterm Dach und war groß und gemütlich. Wenn man genauer hinsah, dann waren die Polster allerdings schon ein wenig abgewetzt, die Tagesdecke verblichen. Der Teppich zeigte starke Gebrauchsspuren und schaudernd schwor sich Helena, nie einen nackten Fuß drauf zu setzen. Aber als sie sich kurz auf das weiche Bett legte, fühlte sie sich wohlig müde und matt. Sie spürte, wie die Anspannung von ihr abließ. Hier, in der Einöde, in der renovierungsbedürftigen Auberge, fühlte sie sich sicher.

Eine Weile blieb sie liegen und hörte, wie die Dusche, die auf dem Gang lag, mit lautem Getöse anging. Erst bullernd, dann mit stetigem Rauschen. Mit geschlossenen Augen lag Helena auf dem Bett und nur mit Mühe gelang es ihr, in der nassen Kleidung nicht einzuschlafen.

Als das Rauschen nachließ, sprang sie auf, suchte in ihrer

vom Regen durchweichten Tasche nach einigermaßen trockenen Sachen und ging zum Duschraum. Wolken warmen Wasserdampfes empfingen sie. Und als sie eine Viertelstunde später den Raum wieder verließ, warm und vom Schmutz gesäubert, da fühlte sie sich, als wäre sie ein neuer Mensch.

Kenneth hatte Lucile und Helena gebeten, heute Abend seine Gäste zu sein. Helena hätte sich lieber hingelegt, aber sie wollte nicht unhöflich sein. Draußen war es wieder dunkel. Sie hatte seit vorgestern Nacht nicht mehr geschlafen und der anstrengende Marsch steckte ihr in den Knochen. Ihre Kehle schmerzte, sie hoffte, keine Erkältung zu bekommen.

Als sie in das kleine, an das Entrée angrenzende Esszimmer trat, saß Lucile bereits am Tisch, vor ihr ein großes, bauchiges Weinglas. Ihr gegenüber stand eine Frau mit geflochtenen, nach hinten gesteckten grauen Zöpfen. Als sie Helena erblickte, ging sie strahlend auf sie zu.

»Sie müssen Helena sein. Ich bin Juliette. Herzlich willkommen!«

»Danke«, antwortete Helena matt, aber lächelnd, schüttelte Juliette kurz die Hand und setzte sich an den Tisch, der mit rustikalem Geschirr gedeckt war. In diesem Moment kam Kenneth aus der Küche; seine Hände steckten in dicken Handschuhen, mit denen er eine offenbar heiße Platte balancierte.

»Als Erstes gibt es Caillettes – kleine gratinierte Schweinepastetchen mit Mangold. Eine Spezialität meiner Frau.«

Mit offensichtlichem Stolz stellte er die Platte auf den Tisch. Die dünne Fettsauce, in der die Bällchen lagen, schwappte. Es roch köstlich und Helena spürte, dass ihr fast übel wurde vor lauter Hunger. Dennoch hob sie dankend die Hand, nachdem

Kenneth ihr ein Bällchen aufgefüllt hatte und gerade ein weiteres auf den Teller schieben wollte.

»Hast du keinen Hunger?«, fragte er verwundert.

»Doch. Aber nicht so einen großen. Wenn man den ganzen Tag nichts gegessen hat, ist man ja wesentlich schneller satt.«

Kenneth gab sich mit der Erklärung zufrieden und griff nach Luciles Teller. Helena fing Luciles Blick auf. Sie fühlte sich ertappt. Wie lange schon suchte sie nach scheinbar harmlosen Erklärungen, um ihre Angst vor dem Dickwerden zu verbergen?

Sie sah an sich herunter. In den letzten Tagen hatte sie sicher ein, zwei Kilos abgenommen. Mit Leichtigkeit könnte sie die Leckerei verspeisen, ohne dass es großartig zu Buche schlug. Aber der Fettzähler in ihrem Gehirn hatte sich verselbständigt. Misstrauisch beäugte sie den offensichtlich fettigen Kloß. Wie gerne würde sie einfach genießen, ohne über die Folgen nachzudenken. Wann hatte das eigentlich angefangen?

Sie sah zu Juliette, die ein Stück Brot in die Sauce stippte und herzhaft hineinbiss. Juliette hatte trotz des Alters ihre Figur bewahrt.

Vorsichtig stach Helena mit ihrer Gabel in die Caillette, teilte ein kleines Stück ab und schob es sich in den Mund. Es schmeckte hervorragend, fast wie eine besonders gewürzte Frikadelle. Sie schmeckte Salbei heraus und Speck. Es war warm, weich und wie erwartet fettig. Einem Reflex zufolge hätte sie es am liebsten wieder ausgespuckt. Sie rang mit dem ewig präsenten schlechten Gewissen und dem Hunger, der in ihr nagte und der die pure Gier nach diesem hervorragenden Stück Fleisch auslöste. Schließlich jedoch siegte die Gier und sie verschlang die Caillette, zusammen mit zwei Stück feinem Landbrot, in wenigen Bissen.

»Wie geht es Paul?«, fragte Kenneth in diesem Moment. »Ist er immer noch so ehrgeizig?«

Helena stockte der Atem. Sie sah zu Lucile hin, die kurz erstarrte, dann nach ihrem Weinglas griff, es aber nur kurz drehte und schließlich wieder abstellte.

»Paul geht es hoffentlich gut da oben«, antwortete sie unerwartet ruhig und gefasst. »Er ist im vorletzten Jahr durch einen Autounfall ums Leben gekommen.«

Juliette hob mit einem kleinen spitzen Aufschrei beide Hände vor den Mund und starrte Lucile mit aufgerissenen Augen an.

»Lass gut sein«, sagte diese. »Es ist schwer genug. Lass uns einfach nicht darüber reden, ja?«

Bittend sah sie Kenneth an, der sofort begriff und verständnisvoll nickte. »Und was hat euch zwei Hübschen hierher geführt? Doch nicht nur der Wunsch, uns einen Besuch abzustatten?«

Lucile schob ihren leeren Teller von sich. »Du hast Recht, Kenneth, auch wenn ein Besuch schon längst überfällig war. Wir beide sind in Schwierigkeiten. Wir werden wegen eines geheimen Dokumentes verfolgt, und es sieht so aus, als ob ein oberster Polizeikommandant seine Finger im Spiel hat. Ich möchte dich also bitten, uns nicht zu melden.«

»Selbstverständlich, Lucile.« Er machte ein besorgtes Gesicht.

»Wir haben den Wagen in der Nähe der Straße verstecken müssen, weil uns das Benzin ausgegangen ist. Vielleicht besteht ja die Möglichkeit, ihn später abzuholen.« Sie nahm ihr Glas und nippte vorsichtig, ja fast andächtig von dem Wein. »Vorausgesetzt natürlich, es ist dunkel genug und wir können sicher sein, dass die Verfolger nicht in der Nähe sind.«

Juliette schüttelte fassungslos den Kopf. »Das ist ja eine seltsame Geschichte, Lucile, wie seid ihr denn da hineingeraten?«

»Durch einen alten Freund von mir, der aufgrund dieses Dokuments ermordet wurde, nachdem er es Helena zugesteckt hatte.«

Kenneth' und Juliettes Augen blickten auf Helena, auf eine weitere Erläuterung wartend.

Helena reckte sich. Jeder Knochen tat ihr einzeln weh. Sie hatte die Geschichte wieder und wieder durchgekaut und war nun einfach zu müde, um es abermals zu tun. »Entschuldigt, aber ich bin total fertig. Seid ihr mir böse, wenn ich jetzt ins Bett gehe? Lucile kann euch alles erzählen.«

Juliette schüttelte bestimmt den Kopf. »Später, Helena. Iss erst einmal vom Hauptgang. Du siehst aus, als könntest du ein wenig Stärkung gebrauchen.« Damit verschwand sie aus dem Raum.

»Ich bin wirklich satt«, setzte Helena an.

»Du musst trotzdem etwas essen«, sagte Lucile fest. »du hast den ganzen Tag nichts in den Magen bekommen.«

Es stimmte. Und trotz der Caillette spürte sie noch immer dieses Loch im Magen. Ergeben sah sie, wie Juliette den nächsten Gang ins Esszimmer trug.

»Marinierter Wildschweinbraten mit Kartoffelgratin.« Zwinkernd nahm sie Luciles Bewunderungsrufe entgegen. »Ich kann euch gar nicht sagen, wie viel Spaß es mir macht, für Gäste zu kochen.«

Und während Lucile die Geschichte ihrer Verfolgung erzählte, aß Helena, von purer Esslust übermannt, ihren bis an den Rand gehäuften Teller leer. Auch die zum Dessert gereichte Tarte konnte sie nicht mehr verschmähen, es war, als seien bei ihr alle Dämme gebrochen.

Als sie endlich zu später Stunde, müde und mit schmerzenden Gliedern, auf ihr Zimmer kam, war ihr so schlecht wie seit Jahren nicht mehr. Am liebsten wäre sie auf der Stelle ins Bad gerannt und hätte all diese fetten Speisen erbrochen. Doch noch mehr als vor dem Fett ekelte sie sich vor dem Übergeben.

Wenn wir doch endlich den Duft der Aphrodite entschlüsseln könnten, dachte sie. Dann wäre es völlig egal, wie ich aussehe. Ein paar Tropfen nur, und ich wäre in den Augen der anderen wunderschön.

Sie dachte an die Zeit mit Tom und sie erinnerte sich, dass sie am Anfang der Beziehung ein wenig pummelig gewesen war. Bis er über das Gewicht einer Frau gelästert hatte, die deutlich weniger wog als sie. Ob er es unbeabsichtigt getan hatte oder vorsätzlich, um ihr einen Wink zu geben, wusste sie nicht. Aber es veranlasste sie dazu, mit einer Diät zu beginnen. Wenn sie es sich recht überlegte, hatte sie schon immer Diäten gemacht, vor allem, wenn sie jemandem gefallen wollte. Danach begann das vermisste Schlemmen und es dauerte nicht lange, bis sie wieder das alte Gewicht hatte. Die Abstände zwischen den Diäten verkürzten sich und irgendwann musste sie feststellen, dass es immer schwieriger wurde, abzunehmen. Schließlich legte sie sich darauf fest, nach einer erfolgreichen Diät weiterhin auf Fettwerte zu achten. Ihre gute Figur blieb daraufhin erhalten, hinzu kam aber die Panik vor einer erneuten Gewichtszunahme.

Und dennoch, trotz aller Disziplin und blendender Figur hatte Tom sie verlassen. Einfach so. Ihr Opfer, das sie nicht für sich allein, sondern für die Liebe und Bewunderung anderer gebracht hatte, hatte sich nicht bezahlt gemacht. Aber die Gedanken ums Essen ließen sich nicht mehr abschalten. Nahezu bei jedem Essen ging sie imaginäre Fettwerte durch und kalkulierte das restliche Guthaben für den Tag. War der festgelegte Wert aufgebraucht, so gab es nur noch Obst oder Karotten.

Helena war bewusst, dass es nicht ihrem Naturell entsprach, sich so sehr zurückzunehmen, sie war eine Genießerin. Aber genau das war ihr immer wieder zum Verhängnis geworden, und nun kam sie aus dem Teufelskreislauf nicht mehr raus.

Helena setzte sich ermattet aufs Bett, legte eine Hand auf den schmerzenden Bauch und zwirbelte sich mit der anderen eine Locke um die Finger.

Sie selbst würde aus diesem Wahn nicht mehr herausfinden. Aber je länger sie darüber nachdachte, desto mehr erschien ihr der Duft als ein Geschenk Gottes. Damit würde sie sich sicher nicht mehr über ihre Figur definieren. Vielleicht regte es ja auch ein wenig den Stoffwechsel an?

In ihr arbeitete es. Das Gefühl, mit dem Duft der Aphrodite eine Lösung für ihr Problem zu finden, wurde stärker. Sie mussten es einfach schaffen, die Formel zu entschlüsseln.

## 19

Der Tag begann mit blauem Himmel und der Hoffnung auf einen schönen Herbsttag. Pierre Lucas hatte sich den Wecker auf halb acht gestellt, ganz wie in alten Zeiten, denn wenn er erst gegen neun erwachte, fühlte er sich wie ein alter, nutzloser Rentner.

Nun aber hatte er sich bereits eine Morgenzeitung geholt und beim Bäcker frische Croissants gekauft. Zufrieden saß er jetzt an seinem kleinen, alten Küchentisch, kaute ein Croissant mit Aprikosenmarmelade, schlürfte seinen Kaffee und sah aus dem Fenster hinaus, die aufgeschlagene Tageszeitung ignorierend. Die Chevalliers schienen den heutigen Tag nicht mit Streit beginnen zu wollen, und so umgab Pierre an diesem Morgen in seiner kleinen Küche ein nahezu vollkommenes Gefühl der Harmonie und Ruhe.

Als er sich gerade eine weitere Tasse Kaffee einschenkte, klingelte es. In seiner Ruhe gestört, schlurfte Pierre missmutig zur Tür und öffnete sie mit griesgrämigem Ausdruck im Gesicht.

»Na, die Freizeit scheint dir ja nicht gerade gut zu bekommen«, begrüßte ihn François. Er sah adrett und dynamisch aus in seiner alten, gestärkten Polizeikluft – gar nicht wie jemand, der bald in Rente gehen sollte.

»Du?«

»Hast du die Königin von Saba erwartet?«

Pierre griente und ließ François eintreten. »Du siehst gut aus.«

»Was man von dir nicht gerade behaupten kann.«

Pierre sah an sich herunter. Das Trägerhemd spannte am Bauch und seine ausgebeulten Hosen waren längst ein Fall für die Altkleidersammlung. Außerdem hatte er sich seit zwei Tagen nicht mehr rasiert und ein Friseurbesuch für seine wenigen Haare war mit Sicherheit auch wieder fällig.

Schulterzuckend ging er voraus in die Küche. »Kaffee?«

»Gerne.«

François quetschte sich an der Wand entlang auf die gegenüberliegende Seite des Tisches, hob dankend die Hand, als Pierre die Tasse halb gefüllt hatte und goss so viel Milch nach, dass der Kaffee eine hellbraune, fast beige Farbe annahm.

Pierre schüttelte den Kopf. »Kastratenkaffee«, sagte er abfällig, lächelte aber. Er freute sich, François wieder zu sehen, und genoss das freundschaftliche Geplänkel.

François ignorierte die letzte Bemerkung. Geräuschvoll trank er einen Schluck seines Milchkaffees. »Ich habe nicht viel Zeit. Aber ich dachte, es wäre nett, dich nicht immer nur am Telefon zu haben.« Er stellte die Tasse ab. »Ich habe gestern mit meinem Neffen geredet und ich muss sagen, es war ein anregendes Gespräch.«

Er beugte sich vor und senkte die Stimme, als sei noch jemand im Raum, der nicht mithören sollte. »Es heißt, Jacques Bonnet habe eine Geliebte gehabt.«

»Ah. Daher sah seine Frau so mitgenommen aus.«

»Laura Bonnet? Nein, die soll krank gewesen sein.«

»Krank vor Kummer. Ich habe in einer Gazette gelesen, dass sie depressiv gewesen war.«

»Mein Neffe sagt, das seien alles nur Spekulationen. Er ist der Meinung, dass Laura Bonnet eher erleichtert über die Ablenkung ihres Mannes war. Er hat nämlich seinerseits beobachtet, wie sie regelmäßigen Herrenbesuch bekam.«

Pierre lachte amüsiert. »François, dein Neffe schimpft sich Journalist, in Wahrheit aber ist er ein Paparazzo.«

François tat beleidigt. »Spotte nur. Dann willst du sicher auch nicht das Foto von dem Stelldichein haben.«

»Du hast ein Foto?«

»Mein Neffe hat es. Aber er versprach mir, einen Abzug zu machen. Natürlich nur, wenn du schwörst, das Foto nur für dich zu behalten und nicht an die Presse zu veräußern.«

»Wofür hältst du mich?«, fragte Pierre entrüstet. Ein Foto mit Laura Bonnet und einem Mann. Vielleicht ließe das sich ja irgendwie gegen Bonnet verwenden, wenn Lucs Beweise den beiden Frauen zu teuer waren. Vielleicht wollte er seinen guten Ruf bewahren und kam ihnen ein Stück weit entgegen.

François nippte an seiner Tasse. »Du hast mir noch immer nicht genau gesagt, was du eigentlich mit den Informationen willst.«

Nun beugte sich Pierre vor. »Es scheint, als habe Bonnet Dreck am Stecken. Die Frau, nach der er über Hotels und Pensionen fahnden ließ und deretwegen mir nun gekündigt wurde, wird von Mördern verfolgt, zu denen er offenbar Kontakt hat oder die er selbst befehligt.«

François sah ihn mit offenem Mund an. »Das ist ja ein starkes Stück!«

»Du sagst es. Und du kannst dir sicher vorstellen, dass ich nun alles dran setze, dem sauberen Herren das Handwerk zu legen.«

»Du kannst auf meine Hilfe zählen.«

»Danke, alter Freund. Vielleicht kannst du noch etwas für mich herausfinden. Wir suchen eine Amerikanerin, die sich in den letzten Jahren in der Nähe von Vence ein Haus gekauft hat. Wahrscheinlich gehörte es ganz früher einem ... « Er stand auf und griff nach dem Notizzettel, der auf der Küchenablage lag. »Yves Sagan. Aber das ist schon ewig her.«

François zückte einen kleinen Block und schrieb sich den Namen auf. Dann sah er auf die Uhr. »Wird gemacht, mon ami. Aber jetzt muss ich zur Arbeit. Ich melde mich, wenn ich Näheres weiß.«

»Das Foto ...«

»Natürlich. Das bringe ich dir vorbei, sobald ich es habe.«

»Ach, und kannst du herausbekommen, was für eine Krankheit Laura Bonnet hatte?«

»Das muss ich nicht erst herausfinden. Mein Neffe meinte, es sah aus, als habe sie eine stark kräftezehrende Krankheit. So etwas wie Tuberkulose. Oder Aids.«

Pierre geleitete seinen Freund nach draußen. Als er die schwere Haustür schloss, sah er, dass aus seinem verbeulten Briefkasten ein Briefumschlag hing. Er ahnte schon, was es war, und als er als Absender die Personalabteilung des Polizeipräsidiums erkannte, zerriss er den Brief, ohne ihn vorher geöffnet zu haben, und brachte die Papierschnipsel direkt zu den Mülltonnen, die seitlich des Einganges standen.

Lucile erwachte von der Helligkeit der Sonnenstrahlen, die durch den Spalt zwischen den Vorhängen fielen und direkt auf ihr Gesicht schienen.

Müde rieb sie sich die Augen, überlegte, ob sie sich wieder umdrehen sollte, entschied sich dann aber beim Blick auf die Uhr, doch aufzustehen. Es war kurz nach zehn; sie hatte fast neuneinhalb Stunden geschlafen.

Sie streckte sich wohlig und bemerkte mit Verwunderung eine tiefe Entspannung, die sie an sich seit geraumer Zeit vermisst hatte. Irgendetwas hatte sich verändert. Lag es an der Umgebung, die sie noch einmal an die Anfänge mit Paul erinnerte? Das alleine konnte es nicht sein, denn normalerweise löste jede Art von Erinnerungen tiefe Trauer in ihr aus.

Lucile dachte an den gestrigen Abend. Ihr Kopf war klar. Entgegen ihrer Gewohnheit hatte sie nur ein Glas Wein zum Abendessen getrunken. Es war ein einfacher Côtes de Provence gewesen, der aber exzellent zum Essen passte. Sie konnte sich sogar fast noch an den Geschmack erinnern. Herb, mit einem leicht rauchigen Aroma.

Es war ein schöner Abend unter Freunden gewesen. Echte Freunde, die einem auch noch nach Jahren tief empfundene Herzlichkeit entgegenbrachten. Nicht so wie die versnobten Menschen der Kosmetikbranche, mit denen sich Paul und sie meist umgeben hatten. Erst jetzt wurde ihr bewusst, wie sehr sie diese Art Gesellschaft vermisst hatte, heiter und ungezwungen.

Selbst auf die Frage nach Paul hatte sie wesentlich gelassener reagiert als sonst. Auch wenn die Erinnerung an ihn noch schmerzte. Helena hatte sicher Recht gehabt, als sie sagte, dass es nichts bringt, Schmerz mit Alkohol zu ertränken. Andererseits war sie dazu vorher noch nicht in der Lage gewesen. Es war wohl auch zu viel verlangt, nach so kurzer Zeit mit geläuterter

Trauer zur Tagesordnung überzugehen. Sie vermisste ihn schrecklich und der Gedanke an ihn und die schönen Wochen, die sie hier in der Auberge verbracht hatten, tat noch immer weh. Aber erstmals seit seinem Tod gab es einen Ausblick, dass auch ein Leben ohne ihn möglich sein konnte, ohne sich als ein halber Mensch zu fühlen.

Lucile beobachtete, wie der Sonnenstrahl langsam von ihrem Gesicht weg durch den Raum wanderte. Mit einem Ruck sprang sie auf, riss die Gardinen zur Seite und ließ die Sonne ungebremst ins Zimmer scheinen. Gerade wollte sie das Fenster öffnen, als sie ein Auto in die Einfahrt biegen sah. Es war das unverkennbare Blau-weiß der Polizeiwagen. Sie zuckte zurück und drückte sich an die Wand. Autotüren wurden zugeschlagen, die Haustür mit lautem Knarren geöffnet.

Lucile schlich sich auf Zehenspitzen zur Zimmertür, öffnete sie einen Spalt und presste sich vorsichtig an den Türrahmen, lauschend, um zu hören, was die Gendarmen wollten.

»Bonjour, Monsieur.«

»Bonjour. Womit kann ich Ihnen helfen?« Kenneths Stimme klang fröhlich. Sollte ihn der unerwartete Besuch erschreckt haben, so verstand er es vorzüglich, es zu verbergen.

Lucile drückte sich durch den Türspalt und schlich den Flur entlang, so dass sie, verborgen im Dunkeln des Ganges, über das Geländer hinab zum Eingangsbereich sehen konnte.

Zwei Polizisten standen direkt an der Tür der Auberge. Einer war klein und dick, der andere von normaler Statur und mit kurz geschorenen Haaren.

»Haben Sie Gäste?«, fragte der Geschorene lässig. Es hörte sich nicht so an, als ob die Frage von Belang wäre, aber der lauernde Blick des Kleinen zeigte, dass dem nicht so war.

»Zur Zeit nicht«, antwortete Kenneth mit einer Spur von Bedauern. »Wie Sie vielleicht wissen, ist die Konkurrenz in den letzten Jahren derartig gestiegen, dass für uns Alteingesessene nicht mehr viel übrig bleibt.«

»Einer der Vorhänge ist zugezogen«, bemerkte der Kleine mit schneidender Stimme.

»Tatsächlich? Vielleicht hat meine Frau sie gewaschen und nass aufgehängt. Es gibt so hässliche Flecken, wenn man sie im feuchten Zustand zusammenschiebt. Warum so harsch?« Er fragte es freundlich und mit einer Direktheit, die den beiden Gendarmen anscheinend den Wind aus den Segeln nahm.

Lucile betete, dass Helena noch weiter schlief und nicht etwa auf die Idee kam, die Vorhänge zurückzuziehen und das Fenster weit zu öffnen.

Nun antwortete wieder der Geschorene. »Reine Routinesache. Ein Jeep wurde nicht weit von hier gefunden. Er gehört zwei Frauen, die vom Distrikt Alpes Maritimes gesucht werden. Anscheinend ist ihnen das Benzin ausgegangen. Und wir wurden gebeten, unsere Kollegen bei der Suche zu unterstützen.«

Lucile fluchte innerlich. Nun hatten sie noch nicht einmal mehr das Auto.

»Und Sie glauben, die beiden sind noch in der Nähe?«, fragte Kenneth.

»Unwahrscheinlich«, antwortete der Geschorene. »Aber man kann ja nie wissen.«

Kenneth hob seine Finger überlegend ans Gesicht. »Ich glaube kaum, dass jemand, der so große Spuren hinterlässt, noch hier ist. Was in aller Welt haben die beiden verbrochen? Muss man sich Sorgen machen?«

»Nein. Sie werden im Zusammenhang mit einem Toten, einem Parfümeur, gesucht. Man verdächtigt sie des Mordes.«

»Des Mordes?«

Lucile schluckte und wich instinktiv zurück. Wie in aller Welt wollte Bonnet das rechtfertigen?

»Ja. Mord aus Habgier.« Der Kleine stemmte die Hände in die Hüften und sah sehr wichtig aus. »Es wurde ein Brief gefunden, in dem der Mann schildert, welche Angst er vor diesen beiden Frauen hat. Er besitze etwas, das sie ihm nehmen wollten, wenn nötig, auch mit Gewalt. Sollte er unter mysteriösen Umständen sterben, so solle man sofort die Polizei benachrichtigen.«

»Ach.« Kenneth beugte sich interessiert vor. »Und diesen Brief, hat man ihn bei dem Toten gefunden?«

»Nein. Er hat ihn vor seinem Tod einem seiner Kollegen zugeschickt.«

Lucile überlegte. Einem Kollegen? Sie musste unbedingt in Erfahrung bringen, wer sich diese riesige Sauerei ausgedacht hatte. Immerhin würde es Licht ins Dunkel bringen, zeigen, wer noch in die Sache verwickelt war. Sie musste dringend mit Pierre Lucas sprechen.

Der Kleine stellte sich nun zu seiner vollen Größe auf. »So, Monsieur, Sie werden verstehen, wenn wir Ihnen keine weiteren Details mitteilen. Es könnte die Ermittlung ansonsten gefährden.« Er griff in die Innentasche seiner Uniformjacke und holte ein mehrfach gefaltetes Blatt Papier heraus. »Hier sind Bilder der beiden. Wenn Sie sie sehen, melden Sie es uns umgehend.«

»Selbstverständlich.«

Die beiden Polizisten machten eine knappe Verbeugung und verließen die Auberge. Lucile wartete, bis das Geräusch des wegfahrenden Autos leiser wurde. Dann stürmte sie die Treppe hinunter.

»Du wirst das Ganze doch nicht glauben, Kenneth?«

Kenneth sah sie belustigt an. »Wenn ich dich so sehe – unfrisiert, im Nachthemd, wirrer Blick, dann könnte man meinen, du wärst zu allem fähig.«

Lucile sah an sich herunter und spürte, wie ihr die Röte ins Gesicht schoss. »Das ist nicht lustig«, sagte sie und griff nach dem Zettel, den er in der Hand hielt.

Mit klopfendem Herzen sah sie ein altes Bild von sich, das Jacques Bonnets Leute aus der Zeitung entnommen hatten. Es musste auf einem der vielen Empfänge gemacht worden sein, die sie mit Paul besucht hatte. Sie sah gut aus, um Kilos schlanker, strahlend. Für jemanden, der sie nicht kannte, musste es schwierig sein, die heutige Lucile darin zu erkennen. Neben ihrem Foto war eine Phantomzeichnung von Helena. Es musste das Bild sein, von dem Pierre Lucas berichtet hatte. Es sah ihr ähnlich, ließ aber, wenn Helena sich die Haare zurückband, reichlich Interpretationsmöglichkeiten.

Lucile fuhr sich mit der linken Hand über die Stirn. Das Ganze drohte zu eskalieren. Sie sah Kenneth an, der ihren Blick mit einem warmherzigen Lächeln erwiderte.

»Ich kann doch auf dich und Juliette zählen?«

»Natürlich. Du kannst dich auf uns verlassen.«

»Da ist noch etwas. Ich habe kaum noch Geld. Ich werde die Übernachtungen erst bezahlen können, wenn das Ganze vorbei ist.«

Leise, wie ein Schatten, schob sich mit einem Mal Juliette aus dem Hintergrund. Sie hatte anscheinend in der Küche gestanden und alles mitgehört. »Mach dir darüber keine Sorgen. Wir haben euch gerne als Gäste. Alles andere wird sich finden.«

Lucile lächelte dankbar, umarmte beide herzlich und ging wieder ins obere Stockwerk, um sich zu waschen und umzuziehen.

Helena erwachte von dem Geräusch klappender Autotüren. Erschrocken sprang sie auf und schlich zum Fenster. Durch den Spalt der Gardinen konnte sie gerade noch schemenhaft einen Wagen erkennen, der um die Kurve hinter dem Torbogen bog. Vielleicht ein weiterer Gast? Oder ein Lieferant.

Helena schob die Vorhänge auf und öffnete das Fenster. Gut gelaunt sah sie in den blauen Himmel und hielt die Nase witternd in die Luft. Sie roch würzig, frisch. Der Tag begann, als wäre es ein wundervoller Urlaubstag. Mit einer ausladenden Geste reckte sie sich, gähnte laut und strich sich dann mit beiden Händen über das Gesicht. Der lange Schlaf hatte ihr gut getan. Ihr Kopf fühlte sich an, als sei er voller Watte. Nach all den Tagen der Anspannung ein angenehmes Gefühl.

Doch als sie sich umdrehte, um ins Bad zu gehen, drängte sich ein alarmierender Gedanke durch die Watte in ihr Bewusstsein: Heute war bereits Dienstag. Gestern hätte sie im Büro erscheinen müssen und sie hatte noch nicht einmal abgesagt!

Stöhnend griff sie nach dem Handy und schaltete es ein. Hektisch wählte sie die Nummer der Firma und verlangte ihren Vorgesetzten.

»Tut mir Leid, Frau Jacobi«, sagte die Sekretärin, die das Gespräch entgegengenommen hatte. »Herr Vollmers ist in einer Besprechung und wird vor fünf Uhr nicht erreichbar sein.« Ihre Stimme klang süffisant. Helena fragte sich, ob ihre sichere Kündigung schon Tagesthema war.

Erneut wählte sie die Nummer von *Bellini und Partner*, dieses Mal aber Julies Durchwahl.

»Helena. Wie schön, dass du dich auch mal wieder meldest.« Julie klang kurz angebunden.

Sie hat ja Recht, dachte Helena, ich hätte viel eher wieder anrufen sollen. Gleichzeitig aber spürte sie auch Verärgerung angesichts des mangelnden Verständnisses für ihre Situation.

»Julie, sei nicht böse. Hier geht es drunter und drüber.«

»Ich weiß. Aber meinst du nicht, du hättest dich wenigstens gestern melden sollen? Ich bin fast krank vor Sorge. Du bist weder zur Arbeit erschienen, noch hast du eine Verlängerung des Urlaubs angekündigt. Was meinst du, wie die sich hier das Maul zerreißen. Kannst du dir vorstellen, wie es für mich ist, wenn alle fragen, was denn mit dir los sei? Und ich, deine angeblich beste Freundin, kann keine Antwort geben!«

»Bin ich meinen Job los?«

»Worauf du wetten kannst. Ich habe noch versucht, bei Herrn Vollmers ein gutes Wort einzulegen. Aber was sollte ich ihm denn großartig sagen? Was willst *du* ihm sagen? Die Wahrheit? Dass du verfolgt wirst? Und wie lange wird das noch gehen? Du glaubst doch selbst nicht, dass du innerhalb einer Woche wieder zurückkommst.«

Helena seufzte. Sie hätte sich einen guten Arzt suchen, einen Nervenzusammenbruch vortäuschen und sich für drei Wochen krankschreiben lasssen sollen. Das hätte einiges leichter gemacht.

»Verdammt Julie, was soll ich nur tun? Vielleicht sollte ich tatsächlich die Wahrheit sagen. Vielleicht hat Herr Vollmers dafür Verständnis.«

Julie schnaubte. Dann aber klang sie versöhnlich. »Egal. Hauptsache, es geht dir gut. Wo bist du jetzt?«

»Unwichtig. Wir sind, glaube ich, ganz gut untergetaucht.«

»Kann ich dir helfen? Soll ich dir Sachen schicken? Oder Geld?«

Helena überlegte kurz, ob sie Julie bitten sollte, Geld von ihrem Konto abzuheben und zuzuschicken. Aber sie entschied sich dagegen.

»Das ist ganz lieb, Julie, aber das hätte keinen Sinn. Wir sind nie lange an einem Ort und wer weiß, wann wir wieder weiter müssen.«

Es schien Julie nicht zufrieden zu stellen. »Es wird doch irgendetwas geben, was ich tun kann. Soll ich mich noch einmal mit der Polizei in Verbindung setzen?«

»Zwecklos.«

»Na gut. Ich hoffe nur, ihr seid sicher aufgehoben. Kannst du denn nicht das Handy anlassen, damit ich dich erreichen kann? Oder wenigstens die Nummer eures Aufenthaltsortes hinterlassen? Ich würde mich wesentlich besser fühlen.«

»Julie, wenn ich das Handy ständig an habe, kann ich vielleicht im Notfall nicht telefonieren. Ich komm nicht immer an eine Steckdose ran, um den Akku aufzuladen.«

»Dann schalte bitte wieder deine Mobilbox an, damit ich dir zumindest mal eine Nachricht raufsprechen kann.«

»Mach ich, versprochen.« Julie hatte Recht. Es war keine Art, für seine beste Freundin so unerreichbar zu sein. Sie nahm sich vor, die Mobilbox gleich nach Beendigung des Gespräches wieder einzuschalten und sich häufiger zu melden, damit Julie sich nicht so viele Sorgen machte. »Ich muss wieder Schluss machen. Ich melde mich wieder, ganz bestimmt. Mach dir aber bitte keine Gedanken, wenn es einmal länger dauert.«

Matt setzte sie sich aufs Bett und sehnte sich danach, das herrliche, unbeschwerte Wattegefühl wieder im Kopf zu haben. Sie war ihren Job los. Das bedeutete, wenn sie nicht bald etwas Neues fand, musste sie ihre Wohnung aufgeben, die sie sich vom Arbeitslosengeld nie würde leisten können. Sie hatte immer gut gelebt, kein Geld für Notfälle zurückgelegt. Sie hatte sich niemals vorstellen können, dass es einmal so etwas wie einen Notfall geben könnte. Und nun war er da.

Es nützte nichts. Es gab momentan Wichtigeres. Um fünf würde sie ihren Vorgesetzten anrufen und versuchen, ihren Job zu retten. Wenn nicht, würde sie sich etwas einfallen lassen, wenn das Ganze vorbei war. Im Moment war es vorrangig, zu überleben.

Maurice senkte die Stimme. Wie schon öfter in letzter Zeit, hatte er Nathalie als lautlosen Schatten an seiner Bürotür vorbeihuschen sehen. Sie schien zu spüren, dass er nicht nur seiner normalen Auftragsarbeit nachkam, aber er war nicht gewillt, ihr von seinem unsäglichen Job zu erzählen.

»Was hast du?«, schnaubte er jetzt ins Telefon, fast lautlos, aber mit unüberhörbarem Zorn in der Stimme.

Gordon antwortete ebenso ungehalten. »Es war der einzige Weg, um etwas gegen die beiden in der Hand zu haben. Wir müssen endlich vorwärts kommen.«

»Du hättest mich vorher fragen sollen. Ich war bei Batistes Beerdigung. Und danach habe ich mich von Lucile Bertrand verköstigen lassen. Es wird Leute geben, die sich fragen, wie ich das tun konnte, wenn Batiste mir angeblich einen Brief schreibt, in dem er erzählt, wie er sich vor einem Mordversuch ihrerseits fürchtet.«

»Überlass das Denken mir.«

»Aber ich muss doch wissen, was ich sagen soll, wenn jemand bei mir nachfragt!«

»Das kann ja wohl nicht so schwer sein. Dann hast du den Brief eben erst nach seiner Beerdigung entdeckt. Er ist aus Versehen in einen Stapel mit Werbung geraten und erst herausgerutscht, als du ihn wegwerfen wolltest.«

Gordon sprach langsam und betont, als rede er mit einem kleinen Kind. Maurice kochte. Er hasste es, für dumm gehalten zu werden. Was Gordon nicht wusste, jetzt steckte er so richtig im Schlamassel. Wie sollte er Lucile erklären, dass er den Brief zur Polizei gebracht, sie aber fast gleichzeitig angerufen hatte, um ihr seine Hilfe bei der Entschlüsselung der Formel anzubieten? Jean habe ihn um Mithilfe bei einer komplizierten Sache gebeten, habe er gelogen, als er auf den Anrufbeantworter sprach, ob sie ihn deswegen neulich um Hilfe gebeten hatte? Er habe einiges herausgefunden, und vielleicht könne sie die Informationen gebrauchen.

Unschuldig hatte es geklungen, perfekt nichts ahnend. Lucile hätte sich mit Sicherheit bei ihm gemeldet und er, Maurice, hätte die Chance ergriffen, die Formel endgültig an sich zu reißen. Und nun war ihm Gordon mit dieser dummen Idee in die Quere gekommen. Ausgerechnet er sollte von Jean Batiste einen Hilferuf per Brief bekommen haben. Ausgerechnet er, Maurice Signac, der ihm alles andere als nahe gestanden hatte. Alle wussten es, alle würden sich darüber wundern. Und nun kam dieser großkotzige Amerikaner und glaubte, die Dinge vorantreiben zu können, ohne auch nur eine Ahnung von den Verhältnissen zu haben!

Zugegeben, er selbst hatte damals damit geprahlt, enger Vertrauter von Batiste zu sein, um Gordon zu ködern. Das war jetzt sein Verhängnis.

Maurice schluckte hart. Überhaupt geriet alles zunehmend außer Kontrolle. Dieser angebliche Brief im Zusammenhang mit seiner Nachricht auf dem Anrufbeantworter lenkte den Verdacht jetzt unweigerlich auch auf ihn. Nun wurde es für ihn selbst gefährlich, aber das konnte er Gordon schlecht erzählen. Die einzige Chance, die er hatte, war, in Lucile Bertrands Haus einzubrechen und die Kassette des Anrufbeantworters zu löschen. Verdammt! Es war bereits das zweite Mal innerhalb kurzer Zeit, dass er sich als Einbrecher betätigen musste. Andere mochten so etwas ja als willkommenen Nervenkitzel betrachten, er aber hasste das Gefühl der Gefahr; das Gefühl, jederzeit bei seinem Tun erwischt zu werden.

»Was geschieht mit den beiden Frauen, wenn du sie hast?«, flüsterte er nun, den Blick auf die Tür gerichtet, hinter der er Nathalies wachsames Ohr vermutete.

»Das lass mal meine Sorge sein.« Gordons Stimme wurde schärfer. »Halt dich da raus und tu, was ich dir sage. Sonst ...«

Maurice konnte sich lebhaft vorstellen, was ansonsten geschah. Er fuhr sich mit der Hand über die Stirn, auf der sich Schweißperlen gebildet hatten. Er musste den Tatsachen ins Auge sehen. Gordon hatte Jean Batiste umbringen lassen, und er würde weder vor Lucile Bertrand und Helena Jacobi, noch vor ihm selbst Halt machen. Wahrscheinlich war sein eigener Tod bereits beschlossene Sache; wozu brauchte Gordon einen Mitwisser, wenn die Formel entschlüsselt war?

»Glaube mir, Maurice, wir kommen dem Ende der Sache endlich näher«, fuhr Gordon nun mit sanftem Ton fort. »Wir alle müssen jetzt zusammenhalten.«

Dieser Gordon war so durchschaubar. Er selbst glaubte wahrscheinlich, klug und weise zu sein. Aber seine Methoden waren plump und offensichtlich.

»Du bist der Boss«, murmelte Maurice und legte auf.

Seine Gedanken rasten. Er lehnte sich im Stuhl zurück. Gordon zu kontaktieren war der größte Fehler, den er je gemacht hatte. Er wünschte sich, ihn niemals auf die Formel angesetzt zu haben.

Er stand auf, öffnete eine Schublade in seinem Schreibtisch, nahm ein Taschentuch aus der dort liegenden Packung und wischte sich über die Stirn.

Er hatte das seltsame Gefühl, dass Gordon im selben Moment, in dem er eine sanfte Tonart einschlug, seinen Tod in Erwägung gezogen hatte. Kein Ärger mehr und vor allem keine offenen Fragen wegen des aufgetauchten Briefes. Gordons Verhalten bezüglich der Entschlüsselung der Formel war von unglaublicher Ignoranz geprägt. Mit Sicherheit nahm er an, dass es genügend Parfümeure gab, die sich für eine nette Summe zur Entschlüsselung der Formel bereit erklärten.

Maurice atmete tief ein. Aber was sollte er tun? Es gab nichts, wohin er fliehen könnte. Und er hatte auch nicht genügend Geld, mit dem er sich eine neue Existenz aufbauen konnte. Er wollte auch nicht. Hier war seine Heimat, hier hatte er seine Arbeit. Außerdem würde Gordon ihn überall finden, dessen war er sich sicher.

Maurice wischte sich noch einmal mit dem Taschentuch über die Stirn, knüllte es zusammen und schnippte es in den Papierkorb. Vielleicht machte er sich auch unnötig Sorgen. Ja – wahrscheinlich war er einfach nur überlastet und seine Nerven spielten ihm einen Streich. Niemals würde Gordon das Risiko eingehen wollen, eine weitere Person, einen neuen Parfümeur, in das Geheimnis der Formel einweihen zu müssen. Nein, bis zum Auffinden und Entschlüsseln der vollständigen Formel war er sicher.

Aber auf alle Fälle hatte Gordon ihn auf eine Idee gebracht. Er selbst würde nun einen Brief aufsetzen, in dem er alle Details über Gordons Machenschaften aufschrieb – alles, was er wusste. Und wahrscheinlich wusste er mehr, als Gordon glaubte. Den Brief würde er in den Safe seiner Bank legen, den Nathalie dann nach seinem Tode mit Sicherheit als Erstes öffnete. Er lächelte, verzog seinen Mund zu einer Grimasse. Wenn er schon sterben musste, dann nicht, ohne den Mörder mitzureißen.

Leise schlich er zur Tür, um dann fester aufzutreten und sie mit einem Schwung zu öffnen. Nathalie machte einen Satz.

»Mon Dieu, hast du mich erschreckt. Ich wollte dich gerade fragen, was du essen möchtest.«

Maurice antwortete nicht, nahm ihr Gesicht in beide Hände

und drückte ihr einen schmatzenden Kuss auf den Mund. Dann drehte er sich um und ließ die verdutzte Nathalie stehen.

## 20

Gerald Batiste hatte sich sein Leben in Südfrankreich anders vorgestellt. Lucile Bertrand reagierte nicht auf seine Anrufe und ohne sie kam er nicht ins Haus. Die Tür aufbrechen lassen wollte er nicht, jedenfalls noch nicht jetzt. Und so wohnte er unterdessen in einer schäbigen kleinen Pension und schlug sich die Zeit tot. Er kannte niemanden, und da er in den Jahren auch keine Hobbys entwickelt hatte, außer ab und zu einmal eine Partie Boules zu spielen, fing er langsam an, sich zu langweilen.

Den gestrigen Nachmittag hatte er in einem der Cafés verbracht, die in den engen Straßen von Grasse lagen. Es sah sauber aus und hatte eine freundliche Bedienung, die ihm lustig zuzwinkerte, als er sich an einen der billigen Plastiktische setzte.

Heute hatte er sich schon am Vormittag hingesetzt. Die freundliche Bedienung war nicht da, vielleicht begann ihre Schicht etwas später. Der dickleibige Mann hinter dem schmalen Kühltresen revidierte mit seiner schmierigen Schürze den Eindruck von Sauberkeit, und so bestellte er sich statt des gestrigen Croque nur einen Pastis.

Gerald konnte am schmalen Himmelsstreifen über den Dächern der engen Gasse erkennen, dass der Himmel noch immer klarblau war und die Sonne schien, nur hierher verirrte sich kein Strahl. Sollte die nette Kellnerin nicht kommen, würde er am Nachmittag das Café wechseln oder sich in einem der Supermärkte eine Flasche Rosé kaufen und sich damit auf eine Bank am Place du Cours setzen, mit Blick auf die palmengesäumten Anbauten unterhalb der Stadt.

Der dickleibige Mann stellte mit einem unverständlichen Grunzen ein Glas Pastis und einen kleinen Krug Wasser auf den Tisch. Gerald dankte mit einem kurzen Nicken und machte sich daran, die perfekte Mischung aus Wasser und dem herb-süßlichen Getränk zusammenzustellen. Bedächtig nippte er an dem Ergebnis und befand es für gut.

Eine Frau kam die Steigung der Gasse hinauf, und Gerald musste erstaunt blinzeln. Sie erinnerte ihn an Eunice. Diese Frau war ebenso hager und hatte denselben forschen Gang. Auch die Frisur war ähnlich: kinnlange, weiße Haare.

Er war irritiert, nahm noch einen Schluck. Wenn es nicht unmöglich gewesen wäre, hätte er geschworen, dass es seine Frau war.

Die Frau kam näher, sah in seine Richtung und wandte den Blick nicht mehr von ihm ab.

Gerald beugte sich vor. Mein Gott, es *war* seine Frau Eunice. War sie etwa gekommen, um ihn zurückzuholen? Er hatte ihr nach seiner Ankunft die Adresse der Pension auf den Anrufbeantworter gesprochen – für alle Fälle. Hatte er insgeheim darauf gehofft, sie würde es zum Anlass nehmen, sich auszusprechen?

Eine Welle der Wärme durchflutete ihn. So kühl sie auch sein mochte, er hatte ihre Nähe vermisst. Die stillen Abende auf dem Sofa, die sonntäglichen Spaziergänge. Er hätte nie geglaubt, dass ihre Gegenwart ihm eine Art von Geborgenheit vermittelte, aber jetzt, da er sie sah, freute er sich. Sein Fortgehen hatte sie zu einer Gefühlsregung bewegt und das bedeutete, dass es eine Chance auf ein friedliches Miteinander gab. Gerald stand auf und ging ihr entgegen.

»Der Mann in der Pension sagte mir, dass du hier seist«, begann sie ohne Einleitung und wehrte Geralds Umarmung ab. »Glaube bloß nicht, ich käme, um mit dir über unsere Ehe zu sprechen. Dass du gegangen bist, war deine Entscheidung, und ich werde einen Teufel tun, dich anzuflehen, es dir anders zu überlegen.«

Verdutzt, als hätte man ihm eine Ohrfeige gegeben, zuckte Gerald zurück, geleitete Eunice zum Café und bot ihr den Platz ihm gegenüber auf einem der Plastikstühle an.

»Warum bist du dann hier?«

Mit einer barschen Handbewegung scheuchte sie den dickleibigen Mann weg, der eifrig herangeeilt war, um ihre Bestellung aufzunehmen.

»Wegen Jean. Ich wurde angerufen, weil sie eine Obduktion machen wollen.«

»Eine Obduktion?«

»Ja. Sie vermuten, er sei ermordet worden.«

»Dann hat Lucile Bertrand doch erreicht, was sie wollte«, sagte er missmutig und dachte verstimmt an seine Freundlichkeit, mit der er Helena Jacobi gegenübergetreten war. »Aber ich hätte nicht gedacht, dass sie es uns aufzwingen wird.«

»Hör doch erst einmal zu, bevor du dich aufregst.« Eunices Augen blitzten. »Sie wollen die Obduktion, weil sie davon ausgehen, dass Lucile und diese andere Frau den Mord begangen haben.«

»Das ist doch absolut lächerlich!« Er hob das Glas und trank es mit einem Zug leer. »Und überhaupt: Was interessiert sich die Polizei mit einem Male so brennend für das Schicksal unseres Sohnes?«

»Ich weiß es nicht. Aber ich will, dass das verhindert wird.«

Traurig sah Gerald Eunice an. Ihre weißen Haare verfingen sich im Wind. Trotz ihres Alters war sie attraktiv, aber der verhärmte Zug um den Mund entstellte ihr Gesicht, wann immer sie die Lippen schürzte. »Du willst mir doch nicht erzählen, dass du die weite Reise nur gemacht hast, um mir das zu erzählen? Das hättest du genauso gut am Telefon erledigen können.«

»Du hast doch wohl nicht im Ernst geglaubt, ich sei deinetwegen gekommen?« Sie taxierte ihn spöttisch. »Glaube mir, Gerald, es gibt keinen Grund, warum ich das tun sollte. In einem Dorf lebt es sich leichter mit einem Mann, der über längere Zeit verreist ist, als mit einem, der die Nächte in Kneipen verbringt und nur darauf wartet, dass irgendein Flittchen ihm Avancen macht.«

Gerald sprang auf. Sein Gesicht brannte. »Du weißt, dass das nicht wahr ist. Mein Gott, Eunice, dieses eine Mal. Das ist Jahre her!«

Eunice winkte ab. »Setz dich. Ich bin nicht hier, um alte Geschichten aufzuwärmen, sondern um dich um deine Mithilfe zu bitten. Heute Nachmittag werde ich zur Polizeikommandantur in Nizza gehen und denen persönlich sagen, dass sie mich am lebendigen Leib obduzieren müssen, bevor ich es an meinem Sohn zulasse. Ich erwarte von dir, dass du mich begleitest.«

»Das kannst du vergessen.« Gerald sah sie angewidert an. »Wenn ich dich nicht kennen würde, könnte man meinen, du tust es, um Jean zu beschützen und sein Andenken aufrechtzuhalten.« Er winkte dem dickleibigen Kellner mit seinem leeren Glas. »Wie kann man nur so stur sein. Glaubst du wirklich, die lassen ihre Untersuchungen wegen einer alten Frau fallen, die aus Angst vor persönlicher Schande auf die Barrikaden geht?« Alles war beim Alten. Gerald ärgerte sich über die Gefühle, die er Eunice vorhin entgegengebracht hatte. Was war er nur für ein verdammter Idiot gewesen.

»Du wirst mich nicht daran hindern können.«

»Ich halte dich nicht auf. Aber glaube nicht, dass ich dich dabei unterstützen werde.« Er kratzte sich am Kopf. »Und weißt du was? Langsam finde ich, dass es an der Zeit ist, das Geheimnis um Jeans Tod zu lüften. Wenn er wirklich ermordet worden ist, dann soll der Mörder auch gefasst werden.«

Als Lucile die Nummer von Pierre Lucas' Anschluss wählte, brauchte sie kaum noch auf den Zettel zu schauen, auf dem sie notiert war – sie kannte sie fast auswendig. Während sie auf das Zustandekommen der Verbindung wartete, beobachtete sie Helena, die ihr gegenüber auf dem Bett saß und auf der Unterlippe kaute.

»Hier Lucile Bertrand.«

»Madame Bertrand!« Es hörte sich an, als freue Pierre sich aufrichtig über ihren Anruf.

»Jacques Bonnet wird immer dreister«, begann Lucile ohne Umschweife. »Er hat eine Fahndung nach uns ausgeschrieben – wegen Mordes. Ein Brief ist aufgetaucht, den Jean einem Kollegen kurz vor seinem Tod geschickt haben soll. Darin steht angeblich, dass Helena und ich ihm nach dem Leben trachten und dass man gegen uns ermitteln muss, sollte er unter seltsamen Umständen ums Leben kommen.«

Am anderen Ende der Leitung war ein Keuchen zu vernehmen. »Du lieber Himmel, Bonnet muss verdammt unter Druck stehen.«

»Was meinen Sie damit?«

»Das ist leichtsinnig. Kein Richter der Welt würde das anerkennen. Damit kann er höchstens eine Untersuchung einleiten und Sie beide zu einem Verhör bitten, nicht aber verhaften! Es sei denn ...«

»Was?«

»Es sei denn, er hat etwas anderes gegen Sie in der Hand. Beweise, die eine Anklage rechtfertigen. Für jemanden in seiner Position dürfte es nicht so schwer sein …«

Lucile schluckte schwer. Sie vermied es, Helena anzusehen, die ihren Blick fragend auf sie gerichtet hatte. »Glauben Sie, dass er etwas hat, womit er uns belasten kann? Wird er damit durchkommen?«

»Vielleicht. Aber ich glaube an Gerechtigkeit, und ich werde so lange kämpfen, bis die Wahrheit ans Licht kommt.« Er stockte. »Sie sind nicht allein, Lucile. Ich habe versprochen, Ihnen zu helfen, und ich werde es nicht zulassen, dass Ihnen oder Mademoiselle Jacobi Unrecht getan wird.«

Lucile zwinkerte heftig, konnte aber nicht verhindern, dass sich eine Träne löste und über ihre Wange kullerte. Sie wandte sich ab und starrte an die Wand. »Danke, Pierre.« Ihre Stimme klang rau.

»Ich habe auch schon etwas, das Ihnen weiterhelfen kann«, fuhr Pierre fort. »Ein Informant von mir hat Beweise für Bonnets ungesetzliches Handeln. Gute Beweise, die ihn hinter Gitter bringen können. Allerdings will mein Informant dafür Geld.«

Lucile seufzte. »Wie viel?«

»Zehntausend Euro. Und noch einmal fünftausend für den Hinweis, welcher Fall Bonnet nach ganz oben gebracht hat.«

»Ist denn dieser Informant überhaupt glaubwürdig?«

»Ja. Luc Poirrot ist ein alter Bekannter von mir, der eng mit Bonnet zusammengearbeitet hat.«

Es war eine Menge Geld – mehr, als sie es sich leisten konnte. Lucile überlegte, ob Pierre Lucas sich wohl einen Teil der Summe einstrich, verwarf den Gedanken aber sofort wieder.

»Ich habe ein wenig Geld«, erklärte sie. »Aber fünfzehntausend ist zu viel. Ist denn die Information denn so wichtig, welcher Fall Jacques Bonnet nach oben gebracht hat?«

»Ich hatte so das Gefühl. Aber Sie haben natürlich Recht, es ist viel Geld für eine bloße Ahnung.«

»Also bleiben zehntausend. Meinen Sie, wir könnten da noch handeln?«

»Sie können es ja versuchen.«

Lucile dachte nach. Es ging um ihr Leben. »Achttausend.«

»Ich leite es weiter.«

»Haben Sie schon herausgefunden, wer die Amerikanerin ist?«

»Nein, noch nicht. Aber ich habe etwas über Bonnet und seine Frau erfahren, das ganz interessant sein dürfte: Er selbst hatte ein Verhältnis und seine Frau Laura auch.«

»Und was fangen wir mit der Information an?«

»Möglicherweise finden wir heraus, warum Laura Bonnet Selbstmord begangen hat. Wer weiß, vielleicht hat es ein Familiendrama gegeben? Jede Information ist wichtig; alles, was Bonnet belasten könnte und uns mehr Aufschluss darüber gibt, ob er allein arbeitet oder einen Partner hat. In den nächsten Tagen bekomme ich ein Foto von Laura Bonnets Liebhaber; vielleicht kann ich herausfinden, wer er ist. Liebhaber können eine gute Quelle sein. Mal sehen, ob er etwas über Bonnet weiß, was wir verwenden können.«

Lucile nickte. Endlich hatte sie das Gefühl, voranzukommen. »Können Sie auch herausfinden, wer der Kollege ist, der den Brief von Jean erhalten haben will?«

»Kein Problem.«

Im Hintergrund hörte sie ein Kratzen, als mache Pierre Lucas sich Notizen. Ihr fiel noch etwas ein. »Wie stellen Sie sich die Geldübergabe an diesen Luc Poirrot vor?«

»Er wird den Betrag in bar haben wollen.«

»Aber wie soll ich das machen? Ich komme von hier aus nicht an das Geld ran. Ich könnte höchstens telefonisch eine

Überweisung anordnen. Aber ich kann den Betrag weder zur Abholung in einer Filiale im nächstgrößeren Ort noch auf Ihr Konto überweisen, ohne dass Jacques Bonnet davon erfährt.«

»Und wenn Sie es nach Deutschland auf Mademoiselle Jacobis Konto transferieren? Dann könnte sie es telegraphisch zu einer Bank in Ihrer Nähe schicken. Ich glaube kaum, dass die Polizei in Deutschland aufgrund einer nationalen französischen Fahndung die Bewegungen auf deutschen Konten überprüfen lässt.«

»Meinen Sie?« Lucile bezweifelte, dass es eine gute Idee war. Es gab immerhin ein Restrisiko. Sie mussten sich etwas anderes einfallen lassen.

»Madame Bertrand«, sagte Pierre in ihre Überlegungen hinein, »meinen Sie nicht, Sie sollten mir sagen, wo Sie sich aufhalten?«

Lucile schüttelte heftig den Kopf, überrascht durch seine Frage. Hatte sie sich in Pierre Lucas getäuscht? War seine Hilfsbereitschaft nur Tarnung, um im geeigneten Moment zuzuschlagen? Woher wollte sie wissen, dass er nicht ebenfalls käuflich war? »Nein, warum?«

»Ich denke, ich kann Sie besser beschützen, wenn ich in Ihrer Nähe bin.«

»Warum sollten Sie uns beschützen wollen? Es reicht doch, wenn Sie Ihre Rache haben und Jacques Bonnet hinter Gitter bringen.«

»Sie trauen mir nicht.« Pierre Lucas klang enttäuscht. »Ich kann es Ihnen nicht übel nehmen. Aber Sie liegen falsch. Geben Sie mir wenigstens Ihre Handynummer, damit ich Sie im Notfall erreichen kann.«

Lucile zögerte. Was, wenn er sie warnen musste und sie aus falsch verstandener Vorsicht nicht erreichbar war? Sie nahm das Handy beiseite und bedeckte es mit einer Hand. »Er möchte meine Nummer, für Notfälle«, berichtete sie Helena flüsternd. »Was meinst du?«

Helena hörte auf, an der Unterlippe zu kauen. »Traust du ihm nicht?«, fragte sie erstaunt.

Lucile zuckte die Schultern.

Helena nickte. »Gib sie ihm. Wir müssen erreichbar sein, wenn es brenzlig wird. Erinnerst du dich, wie knapp es in St. Maxime war? Hätte er damals schon deine Handynummer gehabt, säßen wir jetzt nicht hier.«

Das leuchtete Lucile ein. Sie gab Pierre ihre Nummer durch. Er versprach, sich schnellst möglich mit Luc Poirrot in Verbindung zu setzen und zu klären, ob er bereit war, die Informationen auch für achttausend Euro weiterzugeben. Lucile bedankte sich für seine Hilfe und beendete das Telefonat. Dann berichtete sie Helena von den Neuigkeiten, die Pierre Lucas für sie hatte.

»Aber das ist ja großartig«, sagte Helena, als sie geendet hatte. »Endlich einmal gute Nachrichten. Mit den Beweisen gegen Jacques Bonnet sind wir ein großes Stück weiter!« Sie lehnte sich aufseufzend zurück. »Lucile, kannst du dir das vorstellen? Bald müssen wir zumindest nicht mehr befürchten, verfolgt zu werden.«

Lucile beobachtete sie skeptisch. Sie konnte Helenas Erleichterung nicht so recht teilen. Sicher, es schien, als hätten sie damit einen großen Schritt nach vorne gemacht. Noch aber war es nicht soweit, und das Gefühl der Befreiung konnte sich nicht einstellen. Es kam ihr zu einfach vor. Woher sollten sie wissen, dass mit der Verhaftung Jacques Bonnets alles vorbei war? Pierre Lucas hatte von der Möglichkeit gesprochen, dass es weitere erfundene Beweise gegen sie geben könnte. Könnten die mit Jacques Bonnets Verhaftung auch aus dem Weg geräumt werden? Und was wäre, wenn er selbst nur Teil einer kriminellen Vereinigung war?

Helena schien ihre Zweifel zu spüren, denn sie setzte sich abrupt auf und sah sie fast bittend an. »Komm schon, Lucile, es wird bestimmt alles gut werden.«

»Ich wünsche mir nichts mehr, als dass du Recht behältst.« Damit legte sie ihren Kopf in den Nacken und schloss die Augen.

## 21

»1ier Octobre. Signore Cesari ist noch nicht wieder von seinen Reisen zurück. Im August hatte er kommen wollen, war ihm etwas dazwischengekommen? Der Anstand hätte es geboten, mir eine Nachricht zukommen zu lassen.

Mein Blick wandert täglich, ja nahezu stündlich zu dem Flakon, den ich fest verschlossen in meinem Arbeitszimmer verwahre. Die Erinnerung an das betörende Aroma schwindet mit jedem Tag und ich umstreiche die Quelle der Lust wie ein Ertrinkender. Es dürstet mich danach, den Duft zu riechen, nur wenige Spritzer davon auf die Alabasterhaut einer schönen Frau zu sprenkeln. Diese Mischung von süßen, leichten und balsamisch schweren, betörenden Wohlgerüchen der Pflanzen des Archipels ist grandios. War es das, was im alten Griechenland die Männer um den Verstand brachte? Ob auch die schöne Helena den Duft der Aphrodite am Körper trug?

Oh, ich darf die Gedanken nicht weiter schweifen lassen, ehe ich mich vergesse und den Kristallpfropfen vom Flakon reiße. Signore Cesari war überaus deutlich, was die Folgen betrifft.

Was aber, wenn ihm etwas zugestoßen ist? Habe ich dann nicht auch das Recht, den Duft zu enthüllen? Dann ist die Ware ja nicht vollständig bezahlt und fällt rechtmäßig *mir* zu. Wenn der Signore sich bis Mitte des Monats nicht gemeldet hat, werde ich versuchen, etwas über seinen Verbleib herauszufinden.

25ième Octobre. Ich weiß, es ist Frevel, eine solche Freude zu verspüren. Mein Herz klopft heftig, meine Seele jubiliert. Neben mir liegt der Brief aus Florenz, der mir soeben zugetragen wurde, die Antwort der Signora Cesari, Witwe. Sie dankt für meine Besorgnis, leider habe sie traurige Nachrichten. Ihr Mann sei von einer Reise in den Orient nicht zurückgekehrt, nur sein treuester Begleiter konnte dem Überfall von Wegelagerern knapp entkommen. Sie bedauert, nichts von einem Auftrag an mich zu wissen und mir daher auch nicht den sicher zustehenden Lohn auszahlen zu können. Die bestellte Ware sei doch mit Sicherheit auch anderweitig verwendbar.

O ja, das ist sie. Und es wird mir ein großes Vergnügen sein, mich um diese ›Ware‹ zu kümmern.

Ich bin berauscht. Schaffe es kaum noch, die Feder zu halten, die über das Papier gleitet. Was für ein Erlebnis. Noch einmal muss ich an meinem Handrücken schnüffeln, um den Duft deutlicher wahrnehmen zu können. Ja, ich kann die kleinen Luftwirbel, die dabei emporschweben und das Aroma an meine Nase tragen, über die Hand streichen spüren. Der Wohlgeruch, der mich einhüllt und das ganze Kontor durchdringt, ist wahrlich göttlich.

Bald wird der Duft durch die Ritzen unter der Tür nach vorne ins Atelier wabern und Kunden, wie auch meinen Assistenten, in Verzücken versetzen. Ich muss den Flakon wieder schließen und gut lüften, bevor sie die Tür aufreißen und nach dem Ursprung des himmlischen Duftes fahnden.

26ième Octobre. Signore Cesari hatte Recht: Trage ich den Duft, so stimmt er mich friedlich und löst ein tief empfundenes Glücksgefühl aus. Aber es muss noch etwas anderes sein, wenn eine Frau ihn trägt. Der körpereigene Geruch von Frauen, so hatte er erzählt, muss sich auf frappierende Weise mit dem Duft der Aphrodite verbinden. Signore Cesari sprach von reiner Liebe, die man der Trägerin entgegenbringt; von Hingabe und Anbetung.

Ich werde, bevor ich den Duft en gros herstelle und für viel Geld verkaufe, noch ein paar Experimente machen. Experimente, die alle restlichen Bedenken ausräumen werden; an Frauen, die so abstoßend sind, dass sie zweifelsohne mit ihrem Wesen alleine nicht betören können.

Auf dem Markt gibt es einen Stand, der zwei Schwestern gehört. Wahrlich besonders hässliche, unappetitliche Exemplare. Noch immer Jungfrauen, obwohl sie alles versuchen, ihre männliche Kundschaft zu betören. Ohne jeden Erfolg, denn ihre Nasen sind krumm, die Gesichter voller Warzen, die Gestalt gedrungen. Die Zähne schlecht mit einem furchtbaren Gestank, der beim Sprechen entweicht. Noch nie habe ich dort etwas kaufen wollen – aus Widerwillen, derart entstellten Frauen ins Gesicht zu sehen, geschweige denn Ware zu essen, die durch ihre Hände ging. Auch jetzt entsetzt mich der Gedanke, mich ihnen zu nähern, aber ich kenne keine besseren Subjekte, um den Beweis für die Wirksamkeit des Duftes anzutreten.

27ième Octobre. Mon Dieu, es war entsetzlich. Sie haben mich angekeift, und der Gestank, der aus ihren Mäulern kam, war unerträglich. Nur ein paar Tropfen des Duftes auf einem Tuch, das ich vor Mund und Nase hielt, ließen mich derart Widerwärtiges ertragen. Schließlich jedoch hat ihre Gier gesiegt. Einen Tag lang wollen sie mir zur Verfügung stehen für ein paar läppische Silberlinge. Schon jetzt erscheint mir jeder Tropfen der kostbaren Mixtur, den ich auf die Haut dieser Kreaturen träufle, als Verschwendung …

30ième Octobre. Ein Wunder. Wie soll ich es ansonsten nennen? Es ist, wie mir erzählt wurde: dieser Duft, diese köstliche Ambrosia, ist nicht nur in der Lage, unansehnliche weibliche Geschöpfe unwiderstehlich zu machen, nein, es gelingt ihm auch, ihren Ausdruck zu verändern.

Marie, die ältere und wohl auch hässlichere der beiden Schwestern, war die Erste, mit der ich das Experiment begann. Schon bald, nachdem ich den Duft in ihre Armbeuge geträufelt hatte, begannen ihre matten Wangen rosig zu strahlen, und ein Glanz trat in ihre Augen, der von einer fernen Welt zu sein schien. Ihr Atem, ehedem so sauer und abstoßend, war mit einem Male lieblich und süß. Erlag auch ich nur der Illusion des Parfüms oder war Marie mit einem Male ein ganz anderer Mensch? Die Warzen im Gesicht schienen zu verschwinden und der ganze Körper richtete sich auf, um eine anmutige Haltung einzunehmen. Bei Gott, ich musste mich zusammenreißen, sie nicht auf der Stelle in meine Arme schließen zu wollen. Nur mit Mühe hielt ich mir das Bild vor Augen, wie sie vorher war.

Charlotte, ihre Schwester, hatte die Verwandlung mit großen Augen verfolgt und riss mir den Flakon fast aus der Hand. Gerade noch konnte ich verhindern, dass er herunterfiel und in tausend Stücke zersprang. Ich hätte fluchen wollen, war aber zu berauscht, und so teilte ich nur einen sanften Tadel aus, um sie dann ebenfalls mit ein paar Tropfen zu besprenkeln.

Der Spuk wiederholte sich. Nur umgab Charlotte eine noch weit stärkere Aura der Lieblichkeit und Anmut. Ich hatte auf der Stelle mein Herz verloren.

Gerade eben habe ich die Schwestern nach Hause geschickt, um sie morgen noch einmal zu empfangen. Wie lange hält die Wirkung an? Bis zum nächsten Bade? Schweiß steht auf meiner Stirn. Ich kann es gar nicht erwarten, die beiden wieder zu sehen. Es ist nicht nur die Neugierde, nein, eine tiefe Sehnsucht mischt sich mit hinein. Teufelszeug. Aber mich werden sie nicht bezirzen. Denn ich befürchte, dass die Anmut und Schönheit nur eine Sinnestäuschung sind und man den ehedem hässlichen Körper liebt, während einem die Sinne Makellosigkeit vorgaukeln.

31ième Octobre. Sie waren hier. Hässlich wie die Nacht, obwohl sie nicht gebadet hatten. Es muss mit den Stunden verflogen sein, denn als sie aufwachten, sahen sie aus wie zuvor. Ich schauderte, denn auch über Nacht hatte mich der Gedanke an die beiden Schwestern nicht losgelassen. Etwas, was der Verliebtheit nahe kam, aber mit einem Gefühl, das nicht als schmerzvoll, nein, eher mit friedvoller Hingabe zu beschreiben ist.

Unter Tränen baten sie mich, das Experiment fortzuführen. Auf dem Heimweg hätten sie Anträge von Herren bekommen, die sich früher nie nach ihnen umgedreht hätten. Ach, dummes Volk. Man stelle sich die Überraschung vor, am nächsten Morgen neben einem stinkenden Weib zu erwachen …

Dennoch gab ich erneut den Duft. Ich sah ihre Gier. Ich muss den Flakon gut verbergen, sonst holen sie ihn sich mit Gewalt.

25ième Novembre. Die Sonne streichelt die Dächer der Stadt und taucht die Welt in ein milchig-weißes Licht. Ich habe Hoffnung auf einen milden Winter.

In mir ist eine tiefe Ruhe. Der Duft umgibt mich bei Tag und bei Nacht und inspiriert mich zu wahrer Kreativität. Meine Parfüms, die ich nun beinahe täglich erschaffe, finden reißenden Absatz. Aber der größte Erfolg sind die beiden Schwestern. Sie sind inzwischen Stadtgespräch geworden. Die edelsten Herren, Söhne aus den reichsten und mächtigsten Familien, buhlen um ihre Gunst. Ja, sogar von Heirat scheinen sie zu sprechen. Niemand vermag sich mehr daran zu erinnern, dass sie ehemals widerwärtige Marktweiber waren.

Der Duft scheint immer länger zu wirken. Als würde er von den Zellen absorbiert und mit dem Menschen langsam eine dauerhafte Verwandlung vollziehen. Marie und Charlotte kommen immer seltener, um vom Duft der Aphrodite beträufelt zu werden, zuletzt vor fünf Tagen.

Doch auch an mir scheint sich etwas zu verändern. Auch in mir schwindet das Bedürfnis, mich täglich mit dem Duft zu umgeben. Stattdessen macht sich eine allumfassende Heiterkeit breit, die immer häufiger in dem Bestreben mündet, mich in ein Feld duftender Blumen zu setzen und den Tag an mir vorbeiziehen zu lassen.

Noch scheue ich mich, den Duft zu verkaufen. Das Geld – ich brauche es nicht. Ich bin reichlich gesegnet und betrachte die Welt nun mit anderen Augen. Das Leben ist schön.«

Lucile schloss das Buch und legte es zur Seite. »Das war's«, sagte sie. »Irgendwie auch beklemmend, oder?«

Helena rieb sich die Augen. Das Gelesene übertraf ihre Erwartungen. Gleichzeitig klang es so phantastisch, dass sie wieder begann, die Echtheit des Geschriebenen anzuzweifeln.

»Wenn ich ehrlich bin, erscheint mir dieser Yves Sagan wie ein Geschichtenerzähler. Vielleicht hat er sich das Ganze nur ausgedacht?«

»Ganz bestimmt nicht.« Lucile strich sanft über den Buchrücken. »Yves Sagan war ein äußerst erfolgreicher Parfümeur. Warum sollte er Geschichten erzählen?«

Helena zuckte die Schultern. »Vielleicht hatte das Parfüm auch eine halluzinogene Wirkung und er stand unter Drogen. Es hört sich jedenfalls ganz danach an.« Bevor Lucile etwas einwenden konnte, hob sie die Hände. »Schon gut, ich habe nur laut gedacht. Wir sind viel zu weit, als dass wir zurück könnten. Und glaube mir, ich wäre froh, wenn all das der Wahrheit entspräche.« Sie sah auf ihre Armbanduhr. Noch zwei Stunden, bis sie Herrn Vollmers in der Agentur erreichen konnte.

Es war schon fast fünf Uhr, als Eunice Batiste sich dem Polizeigebäude näherte. Sie sah an der ehrwürdigen Fassade hoch und fröstelte. Die Mauern erweckten den Eindruck von Unerschütterlichkeit, aber auch sie war bereit, Härte zu zeigen, bis sie ihr Ziel erreicht hatte.

Gerald tat ihr Unrecht, wenn er behauptete, sie tue es nur für sich. Sie tat es auch für Jean, denn nun, da er tot war, wurde er in ihren Erinnerungen wieder der nette kleine Junge, der seine Mutter bei der Hand nahm und sie bat, ihn durchs Leben zu führen.

Er hätte niemals aus Cancale weggehen dürfen, dachte Eunice, hier im Süden stank es vor lauter Unmoral und Ehrlosigkeit. Jean hatte sich verändert. Zuletzt war es nicht mehr der Junge gewesen, den sie kraft ihrer eigenen Hände aufgezogen hatte. Sie hatte versucht, ihm ein Gefühl für Werte zu vermitteln – umsonst. Und Gerald war ihr dabei keine besonders große Hilfe gewesen, ganz im Gegenteil.

Aids … Für sie war es eine Brandmarkung, ein Stempel des Teufels, ein Appell zur Reue, zur Sühne der Sünden. Aber Jean hatte seinen Lebenswandel nicht bereut, Gott nicht um Verzeihung angefleht. Stattdessen hatte er ihre Absolution gesucht und die konnte sie ihm beim besten Willen nicht geben. Was er getan hatte, war Unrecht, Schande. Er hatte es nicht anders gewollt.

Sie kramte einen Zettel aus der großen bauchigen Reisetasche, der, ordentlich zusammengefaltet, den Namen des Polizisten enthielt, der sie angerufen hatte. Monsieur Müller. Er war laut geworden am Telefon. Hatte ihre Weigerung, die Zustimmung zu geben, ignoriert. Monsieur Müller. Gegen ihn würde sie Beschwerde einlegen. Es war kein französischer Name, wahrscheinlich irgendein Deutscher, der es mit seinen Reglements zu genau nahm. Auf dem Revier musste es doch einen Polizisten geben, der ihr Anliegen verstand und sie in ihrer Weigerung, die Obduktion zuzulassen, zumindest ernst nahm. Schließlich ging es ja um ihren Sohn, und den könne man ja nun nicht wegen irgendwelchen unbegründeten Zweifeln aus dem Grab holen und aufschneiden.

Eunice Batiste strich sich über den Rock, zupfte einen Fussel vom Ärmel ihres hellen Mantels und straffte die Schultern. Mit hoch erhobenem Kopf schritt sie durch den Eingang und ging geradewegs zum Tresen, an dem eine freundlich aussehende ältere Dame mit eleganter Hochsteckfrisur saß und telefonierte. Aus einem kleinen Metallschild, das vor ihr auf dem Tresen stand, ging hervor, dass es sich um Madame Rousseau handelte. Eunice wartete, bis Madame Rousseau das Gespräch beendet hatte, und trug ihr Anliegen vor. Madame Rousseau betrachtete den Zettel, auf dem der Name des unfreundlichen

Polizisten notiert war, runzelte kurz die Stirn und verwies sie schließlich an Monsieur Juillot, Zimmer 203.

»Ja?«, rief dieser knapp, als Eunice fest an seine Tür klopfte.

Sie öffnete die Tür und steckte den Kopf hinein. »Monsieur Juillot?«

»Steht doch draußen, oder?«

Eunice zuckte unmerklich zusammen. Das war kein guter Start. Sie schlüpfte in das Zimmer, schloss die Tür leise hinter sich zu und sah sich nach einer Sitzmöglichkeit um.

Monsieur Juillot sah von seiner Arbeit auf, wies auf einen klapprigen Besucherstuhl in der Ecke neben der Tür und senkte wieder den Kopf. »Moment noch.«

Eunice zog den Stuhl heran und platzierte ihn neben den Tisch. Mit einer knappen Bewegung strich sie den Rock glatt, setzte sich mit übereinander geschlagenen Beinen hin und sah sich unauffällig um. Das Zimmer sah äußerst aufgeräumt aus. Nicht, wie man es von einem viel beschäftigten Polizeibeamten erwartete. Und auch das Dokument, das Monsieur Juillot gerade fixierte, war das einzige auf der glatten Schreibtischoberfläche.

Eunice betrachtete den Polizisten. Er war ihr unheimlich. Ein feistes Gesicht mit dichten buschigen Augenbrauen und einem üppigen, dunkelbraunen Haarwuchs. Fleischige Finger strichen über das vor ihm liegende Dokument, und als er schließlich aufblickte und sich ihr zuwandte, sah Eunice in wässrige kleine Schweinsaugen.

»So, jetzt habe ich Zeit. Was wollen Sie?«

Eunice versuchte, sich ihre Erbostheit angesichts der Unhöflichkeit nicht anmerken zu lassen. »Ich wurde von einem Monsieur Müller darüber informiert, dass mein verstorbener Sohn Jean Batiste obduziert werden soll. Aber ich möchte dazu meine Einwilligung nicht geben.«

»Monsieur Müller also.« Er nickte. »Und warum kommen Sie dann zu mir?«

»Monsieur Müller hat auf mich keinen freundlichen Eindruck gemacht, und Madame Rousseau hat mich an Sie verwiesen.«

Monsieur Juillot schnalzte unwillig mit der Zunge. »Der Fall ist mir nicht vertraut, das ist Müllers Sache. Und ich glaube kaum, dass ich Ihnen mit großer Freundlichkeit dienen kann. Sie müssen sich schon an ihn wenden.«

Eunice straffte den Rücken. So leicht würde sie sich nicht abspeisen lassen. »Hören Sie. Mein Sohn ist bereits seit Tagen unter der Erde. Irgendjemand hat sich jetzt plötzlich in den Kopf gesetzt, er sei ermordet worden und müsse obduziert werden. Ich bin mir aber sicher, er ist eines natürlichen Todes gestorben, und ich lasse es nicht zu, dass er wegen dummen Vermutungen wieder ausgegraben wird.«

»Hola.« Monsieur Juillots Augen verdunkelten sich. »Sie wollen doch nicht sagen, jemand denkt sich so etwas nur so zum Spaß aus? Wir haben weiß Gott anderes zu tun, als einen so kostspieligen Aufwand nur zu treiben, um irgendeiner Vermutung nachzugehen.« Er wandte sich seinem Computer zu und gab einige Daten ein. »Nein, unmöglich. Die Obduktion ist vom Polizeikommandanten persönlich angeordnet worden.«

»Und wer ist dieser Kommandant?«

»Das ist unerheblich. Hören Sie, gute Frau«, er sagte es mit einem drohenden Unterton, »wenn ein Mord im Spiel ist, dann ist das Sache der Justiz. Und die Aufklärung sollte Ihnen wichtiger sein als die Ruhe Ihres Sohnes. Im Übrigen denke ich nicht, dass bei diesem Fall Ihre Einwilligung überhaupt notwendig ist.«

Damit wandte er sich wieder seinem Dokument zu und gab damit zu verstehen, dass für ihn die Unterhaltung beendet war.

Eunice stand wutentbrannt vom Besucherstuhl auf, reckte den Kopf in die Höhe und warf ihm noch ein ironisches »Herzlichen Dank für Ihre überaus freundliche Auskunft« entgegen.

Dann stand sie wieder auf dem Gang, unschlüssig, verloren. Der Duft frisch polierten Linoleums stieg ihr in die Nase, und irgendwie erinnerte sie sich plötzlich an Jeans Schulzeit. Ganz schmal war er gewesen, und schüchtern. Sie hatte ihn die ersten Jahre immer an seinem Klassenzimmer abgeholt, aus Angst, die größeren Jungs könnten ihn verprügeln. Irgendwann einmal kam Jean mit einem blauen Auge aus der Klasse, unwillig, von ihr an die Hand genommen zu werden. Nur mit viel Mühe bekam sie aus ihm heraus, dass er in der Pause verprügelt worden war, und auch nur deshalb, weil er sich noch immer von seiner Mutter abholen ließ. Seitdem hatte er sich ihr entzogen und sich alle Mühe gegeben, nicht als Mamasöhnchen dazustehen. Irgendwie hatte sie es auch verstanden, aber es hatte sie auch maßlos verletzt. Ihr eigener Sohn, den sie im Leib getragen und in den schlechten Jahren gut ernährt hatte ... Es war erst der Anfang gewesen.

Eunice seufzte und fragte sich langsam, warum sie das hier tat. Jean selbst wäre es wohl egal gewesen, wenn seine schreckliche Krankheit und dadurch seine Neigung herauskäme. Und wer würde schon Wert darauf legen, die Wahrheit nach Cancale zu tragen, wo sich die Frauen bereits jetzt die Mäuler zerrissen? Aber nun war sie schon einmal hier, und ihr Stolz verbot es ihr, unverrichteter Dinge zurückzukehren.

Suchend las sie die Aufschriften auf den Schildern, die neben den Zimmertüren angebracht waren. Eine Tür am anderen Ende des Ganges öffnete sich und ein junger Mann lief eilig den Flur entlang in Eunices Richtung. Als er sie wahrnahm, blieb er stehen.

»Kann ich Ihnen helfen?«

»Ja, ich suche das Zimmer des Polizeikommandanten.«

»Jacques Bonnet? Haben Sie denn einen Termin?«

»Ja«, log Eunice.

»Dann müssen Sie sich unten an der Anmeldung registrieren lassen. Madame Rousseau wird Sie dann zum Zimmer begleiten.«

Eunice nickte und ging in Richtung Treppenhaus. Als sie sich umdrehte, war der junge Mann verschwunden. Schnell lief sie ein Stockwerk höher. Jacques Bonnet. Der Name müsste doch an einer der Türen stehen.

Endlich, im obersten Stockwerk fand sie ihn. Fest klopfte sie an die große schwere Tür des Büros und öffnete, ohne eine Antwort abzuwarten. Sie trat in eine Art Vorzimmer, das aber nicht besetzt war. Auf dem Schreibtisch stand eine dampfende Tasse Tee. Entschlossen marschierte sie zur Tür, die offensichtlich zu Bonnets eigentlichem Büro führte, und öffnete sie mit einem Ruck. Ein Mann mittleren Alters, der an einem großen, mit Papieren überhäuften Schreibtisch saß, riss den Kopf hoch.

»Was wollen Sie?«

»Monsieur Bonnet?«

»Ja.« Seine rechte Hand glitt in eine Schreibtischschublade. Eunice vermutete, dass sie sich um eine Waffe legte. Was in aller Welt dachte er, das sie wollte?

»Ich bin gekommen, um mit Ihnen über die Obduktion meines Sohnes zu sprechen.« Sie trat näher an den Schreibtisch, hob aber dabei beschwichtigend die Hände.

Jacques Bonnet sah sie erstaunt an. Eunice fiel auf, dass er sehr elegant gekleidet war. Das helle Haar war sorgfältig gekämmt und sie vermutete, dass er auch ein wenig Gel benutzte. Dennoch ... – trotz gepflegtem Äußeren wirkte alles irgendwie unharmonisch. Die ganze Erscheinung passte nicht ganz zu dem eher groben Körperbau und dem kantigen Gesicht.

Der Polizeikommandant legte die Hand zurück auf den Tisch, eine große, kräftige Männerhand, und sah sie funkelnd an. »Und da kommen Sie zu mir?«

Der Dialekt, den er sprach, war bäuerlich. Ein Junge vom Lande, dachte sie pikiert. Ein Emporkömmling, der etwas Besseres sein wollte. »Ja, denn Sie haben es angeordnet.«

Der verständnislose Ausdruck in seinen dunkelblauen Augen wich einer Erkenntnis. »Sie sind die Mutter von Jean Batiste!« Er lachte auf. »Und Sie wollen mit mir über die Obduktion sprechen?«

»Ja. Aber es wird keine geben.«

Er wartete stirnrunzelnd auf eine Fortsetzung.

»Ich werde es nicht zulassen.« Eunice sprach mit scharfer Stimme. Aber als sie auf eine Erwiderung wartend in Jacques Bonnets starre Augen sah, bemerkte sie, wie ihr Selbstvertrauen bröckelte. Von Bonnet ging etwas Unangenehmes aus. Etwas Schmieriges, Gefährliches. Unter seinem Blick sank sie in sich zusammen und spürte auf einmal, wie absurd und überaus lächerlich es war, die Obduktion verhindern zu wollen. Dennoch straffte sie die Schultern und legte Strenge in ihre Augen.

Jacques Bonnet stand auf. »Wenden Sie sich bei Beschwerden an den Dienst habenden Beamten«, sagte er knapp und ging ihr entgegen.

Eunice wich unwillkürlich zurück.

Jacques Bonnet ergriff ihre Hand, drückte sie so stark, dass Eunice automatisch ein wenig in die Knie ging, lächelte kühl und schob sie aus dem Zimmer. »Es war nett, Sie kennen gelernt zu haben.«

Inzwischen war die Vorzimmerdame wieder an ihren Platz zurückgekehrt und sah Eunice mit großen Augen an.

»Madame Batiste möchte gehen«, brummte Bonnet und schlug seine Bürotür zu.

Eunice eilte aus dem Raum, hinaus auf den Flur und die Treppen hinunter. Ihre Hand brannte. Etwas stimmte nicht mit diesem Jacques Bonnet. Er passte eher in einen Mafiafilm als in eine französische Polizeikommandantur.

Als sie wieder auf die Straße trat, atmete sie auf. Sie überlegte, welche Möglichkeiten sie noch hatte, musste aber schließlich einsehen, dass sie gegen die Weisung eines Polizeikommandanten nicht ankam. Trotzig reckte sie ihr Kinn. Nun, dann musste das Leben eben seinen Lauf nehmen. Sie hatte alles versucht.

Es roch köstlich. Juliette schien es große Freude zu bereiten, für andere zu kochen, und so wedelte sie, vertieft in ihre Arbeit, mit der Hand über dem großen Kochtopf, sog den Duft ein und nickte zufrieden.

Eine nasse Hundeschnauze stupste Helenas Bein, sanft und beharrlich, bis Helena dem Mischling über den Kopf strich. Für einen Moment schloss sie die Augen. Es war schön hier, und wäre die Situation nicht so verworren, sie hätte hier, in Juliettes Küche, ewig sitzen können. Ihr Vorgesetzter Herr Vollmers hatte ihr zu verstehen gegeben, dass sie zum nächsten Termin gekündigt war. Sie hatte als Grund für ihr Fehlen angedeutet, dass sie sich einer Verfolgung entziehen musste, aber er hatte ihr erklärt, dass ihr größtes Verschulden nicht darin lag, weiterhin frei zu nehmen, sondern ohne Ankündigung der Arbeit fern zu bleiben; das sei für ihn Vertrauensbruch und ein klares Zeichen für Unzuverlässigkeit.

Helena seufzte. Am Schluss hatte sie seine Haltung sogar verstehen können. Nur dass sie auf gar keinen Fall unzuverlässig war, wäre sie nicht in akuter Lebensgefahr gewesen. Vielleicht ergab sich die Gelegenheit, ihm später einmal alles genauer zu erklären.

Helena öffnete die Augen wieder und sah Juliette zu, wie geschickt sie einen Salat zubereitete. »Kann ich dir helfen?«

Juliette drehte sich um und lächelte. »Nein, ma chère, entspanne dich ein wenig, das tut dir gut.« Dann wandte sie sich wieder den Tomaten zu.

Entspannen ... Helena seufzte. Sie spürte, wie sie innerlich unruhig wurde. Die Stunden plätscherten dahin und es gab nichts, was sie tun konnte. Irgendwo im Hintergrund ahnten Polizei und die Mörder, dass sie in der Nähe des abgestellten Jeeps geblieben waren. Sie waren hier eingesperrt, tatenlos. Das Tagebuch des Yves Sagan hatte nichts Neues gebracht; eher hatte es ihr das Gefühl gegeben, wegen eines Phantasten in Bedrängnis geraten zu sein.

Die Küchentür ging auf und Lucile steckte den Kopf hinein. »Ach, hier bist du.« Sie kam herein. »Gute Neuigkeiten. Pierre Lucas hat angerufen und Adresse und Telefonnummer von drei in Frage kommenden Amerikanerinnen durchgegeben. Zwei davon scheiden aus, sie haben, wie sie mir telefonisch bestätigten, an keinem Flohmarkt teilgenommen. Bleibt nur noch die Dritte. Sie wohnt in Tourette-sur-Loup. Ich habe versucht, auch sie anzurufen, aber es hebt keiner ab.« Sie ging schnuppernd zum Herd und lobte Juliette für ihre unnachahmlichen Kochkünste. Dann zog sie einen Küchenstuhl heran und setzte sich neben Helena. »Pierre hat auch mit seinem Bekannten, diesem Luc sowieso, gesprochen; er akzeptiert die achttausend Euro.«

»Sehr gut. Hast du denn so viel Geld? Ich kann leider nicht viel dazu beisteuern.«

»Lass gut sein.« Lucile zog eine verknitterte Schachtel Zigaretten aus der Tasche ihrer Jeans, nahm eine Zigarette heraus und zündete sie sich an. »Jetzt müssen wir nur noch klären, wie wir an das Geld kommen sollen. Wir können es weder telegrafisch anweisen, noch auf Pierres oder Kenneth' Konto überweisen.«

Helena grub ihre Finger in das weiche Fell des Hundes. Plötzlich kam ihr eine Idee. »Du könntest über deine Bank einen Scheck an meine Freundin Julie schicken lassen. Sie löst das Geld ein und schickt die Scheine dann per Post an die Auberge.«

Lucile strahlte. »Das ist perfekt! Selbst wenn Jacques Bonnet das Konto überprüfen lassen sollte, wird er in den Kontobewegungen nur eine Scheckeinlösung sehen, aber ohne den Namen des Empfängers.«

Helena sprang auf, froh, etwas tun zu können. Aufgeregt klopfte sie die Hundehaare von ihrer Jeans. »Ich hole das Telefon.«

Es dauerte keine zwei Minuten, als sie wieder in der Küche erschien. Nach einem Blick auf die Uhr wählte sie die Nummer von Julies Büro, in der Hoffnung, sie dort noch zu erwischen. Sie hatte Glück.

»Julie, gut, dass ich dich noch erreiche.«

»Helena!« Julies Stimme verriet Überraschung und Freude zugleich.

»Ich glaube, du kannst mir jetzt doch noch helfen.«

»Na endlich. Wie denn?«

Helena zögerte einen Moment. Sie hoffte, Julie würde ihre Bitte nicht doch noch ablehnen; immerhin war es nicht ohne Risiko.

»Wir haben Kontakt zu einem Informanten, der uns Beweise für Jacques Bonnets kriminelle Machenschaften geben kann.«

»Und was soll ich da tun?«

»Diese Informationen sind natürlich nicht umsonst, und der Mann, der sie uns besorgt, möchte nur Bargeld. Da wir aber im Moment nicht einfach so zu einer Bank gehen und Geld abheben können, müsstest du uns beim Transfer helfen. Würdest du das tun?«

»Klar.« Julies Stimme klang fest.

»Gut. Luciles Bank wird dir einen Barscheck über achttausend Euro zusenden. Du löst den Scheck ein und schickst das Geld per Post an den Besitzer der Auberge.«

»Ja, das mach ich gerne.« Julie klang aufgeregt und ihr Akzent klang stärker durch. »Ich dachte schon, ich könne dir niemals bei dieser dummen Sache helfen. Was sind das für Informationen? So eine Art Freibrief gegen diesen Polizeikommandanten?«

»Das hoffen wir sehr. Der Informant behauptet, es könne Jacques Bonnet hinter Gitter bringen.«

»O Helena, das wäre schön. Ist der Informant denn zuverlässig? Ich meine, er könnte ja auch einfach mit dem Geld abhauen.«

»Das glaube ich nicht. Er ist ja selbst Polizist. Er hat sogar früher einmal für Jacques Bonnet gearbeitet.«

»Ein Polizist, der für Geld Informationen gegen seinen ehemaligen Chef ausgibt? Ich weiß nicht, Helena, das hört sich seltsam an. Soll ich ihn einmal überprüfen lassen?«

Helena dachte nach. Es konnte nicht schaden, vielleicht war es ja auch nur eine Falle, und dann wäre das Geld auch noch weg. »Ja, vielleicht bekommst du etwas heraus. Er heißt Luc Porree oder Poirrot oder so ähnlich.«

Dann gab Helena Julie die Adresse der Auberge durch und sie beendeten das Gespräch. Als Helena aufsah, registrierte sie überrascht Luciles düsteren Blick.

»Warum hast du das gemacht?«, fauchte Lucile Helena auch gleich an.

»Was? Wir hatten es doch abgesprochen ...«

»Das mit der Adresse, ja. Aber warum hast du Julie den Namen unseres Informanten gegeben?«

»Sie wollte ihn überprüfen lassen.«

»Aha.« Lucile schürzte die Lippen. »Und mich fährst du an, als ich eigenmächtig Maurice um Hilfe gebeten habe, ohne es mit dir abzusprechen?«

Helena nickte schuldbewusst. »Du hast Recht. Aber Julie ist doch meine Freundin.«

»Ich kann nur hoffen, dass sie jetzt nicht die falschen Leute anruft, um an ihre Informationen zu kommen. Es braucht nur jemand seine Schlüsse ziehen, und ...«

Helena schlug beide Hände vor den Mund. »Oh Lucile, daran habe ich nicht gedacht. Entschuldige bitte, das war dumm von mir.«

Lucile drückte ihre Zigarette im Spülbecken aus und warf den Stummel auf den Gemüseabfall, den Juliette auf Zeitungspapier gestapelt hatte. »Schon gut. Julie wird sicher diskret dabei vorgehen.«

»So, meine Lieben«, unterbrach Juliette, die unbemerkt die Küche verlassen hatte und sie nun wieder betrat. »Zeit fürs Abendessen.« Damit fegte sie die Abfälle in einen Eimer und bugsierte die beiden ins Esszimmer, wo es bereits köstlich nach Thymian roch.

Als alle am Tisch saßen, begann Lucile mit Kenneth und Juliette eine lebhafte Unterhaltung. Nur Helena saß zurückgelehnt in ihrem Stuhl und konnte sich nicht auf die Gespräche konzentrieren. Immer wieder glitten ihre Gedanken ab und verweilten bei der Gefahr, die Julie möglicherweise drohte, wenn sie mit ihren Nachforschungen in ein Wespennest stach.

Andererseits würde sie sicher vorsichtig vorgehen, dazu war sie einfach zu clever. Dennoch nahm Helena sich vor, Julie nach dem Essen noch einmal anzurufen.

Als Helena endlich eine Stunde später, mit entsetzlich gefülltem Magen, Julies Nummer wählte und nur der Anrufbeantworter ansprang, legte sie wieder auf, ohne eine Nachricht zu hinterlassen. Julie war eine erwachsene Frau. Sie wusste, was für eine Gefahr von den Mördern ausging, und sie würde ganz gewiss kein unnötiges Risiko eingehen.

## 22

Sein Magen schmerzte, und mit jedem Schluck, den er trank, wurde es schlimmer. Keuchend schob Pierre seinen Kaffeebecher zur Seite und hielt sich den Bauch. Vielleicht sollte er doch einen Arzt aufsuchen?

Er sah auf den Teller Müsli, der vor ihm stand, und verzog den Mund. Er hatte nicht das Gefühl, dass er auch nur einen Bissen hinunter bekommen würde. Kopfschüttelnd stand er auf und schlurfte ins Bad.

Das hat mir gerade noch gefehlt, dachte er, und unterzog sich einer Katzenwäsche. Dann ging er ins Schlafzimmer. Mit einem Blick aus dem Fenster entschied er sich für einen dicken Pullover und seine alte Cordhose. Die Wolken zogen sich gerade zu, und es war nicht ausgeschlossen, dass es wieder einmal anfangen würde zu regnen.

»Mistwetter«, sagte er laut und dachte an die Jahre, an denen man sich darauf verlassen konnte, dass es bis weit in den Oktober hinein sommerlich warm war. Dann fiel ihm ein, dass er Luc Poirrot noch einmal anrufen wollte, um zu fragen, wann die Übergabe der Beweise vonstatten gehen konnte. Aber als er die Nummer wählte, kam nur eine Ansage vom Amt, die Nummer sei vorübergehend nicht erreichbar. Vielleicht hatte er seine Telefonrechnung nicht bezahlt. Auch im Büro war er noch nicht zu erreichen, aber wahrscheinlich war er jemand, der erst auf den letzten Drücker zur Arbeit erschien.

Ein weiterer Stich fuhr ihm durch den Magen. Einen Moment überlegte er, in der Praxis seines Hausarztes anzurufen und um einen Termin zu bitten. Aber der Schmerz wurde immer intensiver und Pierre spürte, dass er keinen Aufschub duldete. Mit zusammengekrümmter Haltung griff er nach seinem Schlüssel und verließ die Wohnung.

Das Wartezimmer war voll mit alten Menschen. Pierre fragte sich, ob er nun auch zu ihnen gehörte. Er fühlte sich noch nicht alt. Aber er war eindeutig alt genug, um zu einer Zeit beim Arzt zu sitzen, in der andere Menschen bereits bei der Arbeit waren. Er haderte mit seinem Körper und dem Schicksal, aber bevor er tiefer ins Grübeln versinken konnte, rief ihn die hübsche Sprechstundenhilfe auf.

»Eine Gastritis«, diagnostizierte der Arzt und blickte Pierre gütig an, als sei es eine harmlose Sache.

»Eine was?«

»Gastritis. Magenschleimhautentzündung. Hatten Sie in letzter Zeit viel Stress?«

Pierre dachte nach. »Nun, mir wurde gekündigt. Und seitdem habe ich mehr Zeit, als mir lieb ist.«

»Essen Sie gerne scharf gewürzte Speisen? Oder trinken viel Alkohol?«

»Nein. Kaffee trinke ich gerne. Aber Alkohol nur sehr wenig.«

»Kaffee? Wie viel?«

»Oh, bestimmt zwei, drei Kannen am Tag. Aber schon seit Jahren.«

»Heureka, das ist es.« Der Arzt lächelte milde. »Ab sofort keinen Kaffee mehr; nichts, was den Magen reizen könnte. Ich schreibe Ihnen ein Medikament auf, und in den nächsten zwei Wochen ernähren Sie sich ausschließlich von Haferschleim und Kamillentee.« Damit schrieb er Pierre ein Rezept auf, schüttelte ihm die Hand und begleitete ihn hinaus. »Machen Sie am Empfang einen Termin für nächste Woche aus.«

Das fehlte mir noch, dachte Pierre, als er mit dem Rezept in der Hand in die gleich neben der Praxis liegende Apotheke ging. Haferschleim und Kamillentee. Er schüttelte sich. Hätte er die Tasse Kaffee heute Morgen doch ausgetrunken. Wie lange er wohl keinen mehr trinken durfte? Magenschleimhautentzündung. Noch nie zuvor war er krank gewesen. Er war wohl doch älter, als er es sich eingestehen wollte.

Zurück zu Hause setzte er Wasser auf, gab eine Hand voll Kamillenblüten in ein Teesieb und hängte es in die große, bauchige Kanne, aus der er zuvor den Kaffee getrunken hatte. Dann goss er das heiße Wasser über die Kräuter und ließ den Tee zehn Minuten ziehen, wie es auf der Packung gestanden hatte. Mit der Tasse in der Hand wählte er Lucs Büronummer. Niemand hob ab.

Er probierte mit zusammengekniffenen Augen einen Schluck Tee. Er schmeckte grauenhaft. Entsetzt behielt er den Schluck im Mund, zögernd, ob er ihn ausspucken oder hinunterschlucken sollte. Er entschied sich für Letzteres. Auf dem Weg zurück in die Küche fiel sein Blick auf die Fußmatte, die innen vor der Wohnungstür lag. An der Seite blitzte etwas hervor, das ein Umschlag sein konnte. Pierre stellte die Tasse ab und hob die Matte an. Tatsächlich. Ein Briefumschlag, auf den jemand etwas in größter Eile gekritzelt hatte.

»Habe dich nicht erreicht, hier das versprochene Foto«, las Pierre laut. François. Er lächelte, während er den Umschlag öffnete. Auf seinen alten Kollegen war Verlass.

Das Foto zeigte eine hübsche Frau Anfang dreißig mit schulterlangem blonden Haar, das sich in einer Welle nach außen legte. Neben ihr ein Mann mit halblangem dunklen Haar, das er zu einem Zopf zusammengebunden hatte. Sie standen eng umschlungen auf einem Steg, im Hintergrund das Wasser. Sein Mund lag auf ihrer Wange, während die Frau den Kopf leicht zur Seite geneigt hielt und misstrauisch in Richtung des Fotografen blickte, als hätte sie seine Anwesenheit gespürt. Aber wenn man genauer hinsah, ging der Blick an der Linse vorbei ins Leere.

Pierre drehte das Foto um. Auf der Rückseite hatte François' Neffe zwei Namen notiert: Laura Bonnet und Jean Batiste.

Eigentlich hatte Eunice Bertrand beschlossen, Nizza noch am selben Abend zu verlassen. Aber nachdem sie die Polizeikommandantur verlassen hatte, war sie seltsam erschöpft gewesen. In einer kleinen Pension nahe dem Blumenmarkt hatte sie noch ein freies Zimmer bekommen, das trotz einfacher Einrichtung einen horrenden Preis hatte. Noch nie hatte sie so teuer gewohnt, aber sie war zu müde gewesen, um sich auf die Suche nach einem anderen Hotel zu machen. Die meisten Unterkünfte in Nizza waren ohnehin recht teuer und ein Taxi in eine der umliegenden Kleinstädte hätte den Preisunterschied schnell wieder zunichte gemacht.

Dafür hatte sie am Abend nur ein Sandwich vom Vortag gegessen, das sie sich noch in Cancale zubereitet hatte, und war dann früh ins Bett gegangen.

Nun stand sie am Gare Nice Ville und wartete auf den Zug, der sie wieder in Richtung Heimat bringen sollte.

Heimat ... Eunice spürte, wie ihr Hals anschwoll und sie nur mit Mühe Bitterkeit hinunterschlucken konnte. Was war das für eine Heimat, in der niemand auf sie wartete? Kein Mann, kein Sohn, ja noch nicht einmal Freunde. In den ganzen Jahren, die sie in Cancale lebte, hatte sie mit den anderen Dorfbewohnern nicht so recht warm werden können. Sicher, für einen kleinen Plausch am Markt hatte es gerade noch gereicht. Aber es gab niemanden, mit dem sie ernsthaft reden, geschweige denn dem sie sich anvertrauen konnte.

Gerald dagegen hatte viele Freunde. Kneipenfreunde, wie sie die Männer immer abschätzig genannt hatte. Oberflächliche Bekanntschaften, die sich bei einem Wein oder Pastis aufspielten. Insgeheim war sie wohl auch ein klein wenig eifersüchtig gewesen. Nicht wegen der unerquicklichen Gespräche, nein, diese Art von Kommunikation hätte sie jederzeit haben können. Nein, vielleicht eher auf Geralds naive Art, seinen Gleichmut, mit dem er die Mittelmäßigkeit schätzte. Vielleicht war sie selbst immer zu anspruchsvoll gewesen, hatte vom Leben zu viel erwartet, genauso wie von Freunden. Wäre das Leben leichter geworden, wäre sie weniger wählerisch gewesen?

Eine Lautsprecheransage kündigte ihren Zug an. In der Ferne tauchten die Lichter auf, endlich fuhr er dröhnend ein und kam mit quietschenden Bremsen zum Stehen. Türen glitten auf und entließen Menschen, die die Stufen herab auf den Bahnsteig stiegen.

Eunice umklammerte ihre Tasche und blieb unschlüssig stehen. Was zögerte sie eigentlich? Hier, im Süden des Landes hatte sie sich noch nie wohl fühlen können. Ihre Heimat war der Norden. Dort war sie aufgewachsen, dort hatte sie schon immer gelebt. Sie liebte das raue Klima und die Behaglichkeit ihres Hauses. Und doch ... Eunice schluckte schwer. Tränen stiegen in ihr auf. Tränen, die sie seit Geralds Treuebruch nicht mehr geweint hatte. Noch nie war sie allein gewesen. Ihre Eltern waren tot, ihr Sohn ebenfalls, aber da war immer Gerald gewesen. Nie hätte sie damit gerechnet, dass er sie je verlassen würde. Nicht, dass sie ihn wiederhaben wollte – nein, das Kapitel war ein für alle Mal erledigt. Aber er war trotz der Distanz, die sie ihm gegenüber wahrte, immer ein Teil ihres Lebens gewesen. Wahrscheinlich musste sie sich nur an das Gefühl der Leere gewöhnen.

Ein Ruck ging durch ihren Körper, und mit einem Satz sprang sie in den Zug, kurz bevor sich die Türen zischend hinter ihr schlossen.

Der Schaukelstuhl knarrte bei jeder Bewegung. Tropfen fielen vom Dach der kleinen Veranda und reihten sich in die immer größer werdenden Pfützen ein. Lucile zog die Wolldecke enger um sich und sog die Luft tief ein. Sie liebte den Geruch des Regens, er war frisch und würzig.

Sie ließ ihren Blick über die kleinen Gemüsebeete schweifen, die Juliette hinter der Auberge bepflanzt hatte. Da standen Reihen von Tomatenstauden, die meisten leer und mit welken Blättern, einige wenige noch mit tiefroten Früchten. Auf der rechten Seite ein umgegrabenes Stück Land, das offenbar ein kleiner Kartoffelacker war, ansonsten jede Menge Kräuter und heruntergeschnittene Sträucher bereits abgeernteten Gemüses.

Es war früher Vormittag. Helena schlief noch. Sie schien überhaupt in den letzten Tagen eine Menge Schlaf zu brauchen.

Lucile dachte an den gestrigen Abend. Helena war mit ihren

Gedanken nicht bei ihnen gewesen, das hatte sie gespürt. Lustlos hatte sie im Essen gestochert und war dem Tischgespräch nur zeitweilig gefolgt, ohne sich daran zu beteiligen. Es musste mit den letzten Seiten des Buches zu tun gehabt haben. Vielleicht hätte sie Helena von den Experimenten des Yves Sagan nur in knappen Worten erzählen sollen, dann wäre sie jetzt nicht so verunsichert! Aber Helena hatte darauf bestanden, dass Lucile ihr vor allem die Schilderung der Experimente bis ins Detail vorlas. Begierig hatte sie jedes Wort in sich eingesogen, um dann offenbar von den beschriebenen Wirkungen überfordert zu sein. Lucile hatte den skeptischen Blick deutlich gesehen.

Zugegeben, es klang sehr unwahrscheinlich. Und doch … Lucile erinnerte sich an die Zeit ihrer Ausbildung, in der es eine Geschichte von einem geheimnisumwobenen Duft gab, der niemals gefunden worden war. Doch, ja, sie glaubte an die Wirkung. Sie hatte höchsten Respekt vor Yves Sagan, der als Meister seiner Zunft galt. Was sie nur stutzig machte, war die Beschreibung, wie sich auch die Gesichter der beiden Schwestern veränderten. Ein Ausdruck, ja. Aber das Gesicht selbst?

Lucile setzte sich gerade auf. Vielleicht war Helenas Verdacht gar nicht so unbegründet. Sie hatte vermutet, der Duft enthalte halluzinogene Stoffe, Drogen. Wahrscheinlich waren die unbekannten Stoffe eine Kombination aus Rauschmitteln. Solche, die sich mit der Zeit in die Nervenbahnen einschleusen und die Gehirnbahnen nach exzessivem Gebrauch dauerhaft verändern. Vielleicht war es einem Parfümeur deshalb nur schwer möglich, die fehlenden Zutaten zu ergründen?

Lucile lehnte sich wieder zurück und schüttelte den Kopf. Nein. Wie sollte man dann erklären, dass die vielen Männer den hässlichen Schwestern Angebote gemacht hatten? Oder hatten sie sich auch das nur eingebildet? Tatsache war, dass sie nur die Aussagen von Yves Sagan hatten. Und der stand unter dauerhaftem Einfluss des Duftes.

Der Regen ließ nach. In der Ferne rissen die Wolken auf, Sonnenstrahlen fanden den Weg durch die Wolkendecke und warfen Licht in die graue, trübe Landschaft. Lucile zwinkerte mit den Augen. Ein Regenbogen wurde sichtbar, aber genauso schnell, wie er erschienen war, verschwand er wieder, und mit ihm die Strahlen der Sonne.

Lucile fröstelte. Die Erkenntnis, der Duft könne halluzinogene Wirkung haben, gefiel ihr nicht. Sie hatte sich überlegt, sich die harmonisierende Wirkung des Duftes zunutze zu machen und ihn, sollte die Formel entschlüsselt worden sein, wohl überlegt zu spenden. Immer nur winzige Mengen, und nur dort, wo Frieden vonnöten war. In verfeindeten Ländern, die sich in ihren Aggressionen zu hoch aufgeschaukelt hatten, um je einen friedlichen Schritt aufeinander zugehen zu können. In Diktaturen, die ihr Volk knechteten. Überall dort, wo Kampf und Schrecken herrschten und wo Frieden, Liebe und Gelassenheit von unsagbarem Wert waren.

Wenn nun aber der Duft die Menschen dauerhaft veränderte, würde sie dann nicht Gott spielen? Wer gab ihr das Recht, in das Wesen von Menschen einzugreifen? Sicher, es war nur zum Besten der Menschheit. Aber wo lag die Grenze? Wer konnte ihr sagen, dass es nicht in eine Manipulation ausartete, in eine Sortierung zwischen Gut und Böse? Und wer sollte bestimmen, wer die Guten und wer die Bösen sind?

Mit einem Ruck stand sie vom Schaukelstuhl auf und ging zurück ins Haus, die Treppe hoch zu ihrem Zimmer. Was immer die Formel beschrieb, jetzt war es wichtig, sie zu vervollständigen, und das konnte sie nur mit Hilfe des Laborbuches tun. Was dann daraus wurde, musste später entschieden werden.

Sie suchte nach dem Zettel, auf dem sie die Nummer der Amerikanerin notiert hatte, fand ihn auf dem Nachttisch neben ihrem Bett und griff nach ihrem Handy. Ein Anruf in Abwesenheit wurde angezeigt, aber ohne Angabe der Nummer.

Es könnte Pierre gewesen sein, vermutete sie, vielleicht war es etwas Wichtiges.

Plötzlich drang ein Geräusch an ihre Ohren. Lucile hastete zum Fenster. Ein Wagen fuhr die Auffahrt entlang und kam knirschend im Kies zum Stehen. Ein Mann in einem gut sitzenden dunklen Anzug stieg aus. Er war groß und schmal und wirkte dennoch sehnig-muskulös. Das Gesicht war von einem Hut verdeckt. Luciles Herz schlug schneller. Sofort lief sie aus dem Zimmer und über den Flur. Ohne anzuklopfen öffnete sie die Tür zu Helenas Zimmer und legte den Finger auf den Mund, als Helena, nur mit Nachthemd bekleidet und einer Zahnbürste in der Hand, zu einem empörten Ausruf ansetzte.

»Leise. Ein Auto ist angekommen. Mit einem Mann.« Sie ignorierte Helenas entsetzten Blick und schlich zum Fenster, um vorsichtig hinunterzuschauen. Helena folgte ihr und sah ebenfalls nach unten. Kenneth war dem Mann inzwischen entgegen gekommen und hievte nun einen kleinen braunen Koffer vom Rücksitz.

»Wahrscheinlich ein Gast«, flüsterte sie Helena zu. »Sei vorsichtig, er darf uns nicht sehen.« Damit schlich sie auf Zehenspitzen aus dem Zimmer und den Flur entlang zu der Stelle, von der aus sie den Eingangsbereich beobachten konnte, ohne dass man sie sah.

»Sie sind unser einziger Gast«, sagte Kenneth in diesem Moment auf Englisch und geleitete den Mann in die Halle.

Der Mann nahm den Hut ab. Er sah unscheinbar aus. Dunkelblonde Haare, langes Gesicht. Er mochte Mitte Dreißig sein,

Typ Handlungsreisender. »Ich bleibe auch nur zwei, drei Tage«, sagte er. »Wenn es Ihnen keine Umstände macht.«

»Nein, ganz sicher nicht.« Kenneth griff einen Schlüssel vom Brett und schob dem Mann ein Formular hin. »Wenn Sie sich bitte eintragen würden.« Geduldig wartete er, bis der Gast den Schreiber beiseite legte, verglich die Angaben mit dem vorgelegten Ausweis und führte ihn in ein Zimmer im unteren Trakt.

»Verdammt!«, entfuhr es Lucile. Hätte Kenneth nicht sagen können, er nehme in der Nachsaison keine Gäste? Sicher, er hatte das Geld dringend nötig, aber dafür wäre sie ganz bestimmt aufgekommen.

Lucile drehte sich um und verschwand im Dunklen des Ganges, um Helena von der neuesten Entwicklung in Kenntnis zu setzen.

»Nur ein harmloser Gast? Das glaubst du doch selbst nicht.« Das innere Zittern hatte nachgelassen und Helena spürte, wie die Farbe in ihr Gesicht zurückkehrte. Sie hatte sich inzwischen eine Jeans und einen Pulli angezogen, bereit, jederzeit die Flucht anzutreten.

»Muss denn jeder, der in unsere Nähe kommt, einer der Verfolger sein?«, antwortete Lucile.

»Zumindest wäre es in unserer Situation das Dümmste, diese Möglichkeit nicht in Betracht zu ziehen.«

Sie ließ Lucile stehen, schlich über den Flur zum Treppenabsatz und lugte über das Geländer. Die Eingangshalle war leer. Nach wenigen Minuten, die Helena wie eine Ewigkeit erschienen, kam Kenneth zurück. Sie erhob sich.

»Pst, Kenneth«, flüsterte sie zischend.

Kenneth drehte sich um und blickte in ihre Richtung. Helena winkte ihn zu sich heran, und nachdem er kurz hinter sich geschaut hatte, eilte er die Treppe herauf und folgte Helena ins Dunkel.

»Kenneth, wer ist dieser Mann?«

»Ein Gast«, wisperte er. »Keine Angst, ich sag ihm nicht, dass ihr hier seid.«

»Hat er sich eingetragen?«

»Ja. Und seinen Ausweis vorgelegt. Der ist sicher.«

»Wie heißt der Mann?«

»Gerry Powers. Ein Engländer.«

Helena atmete erleichtert auf. »Kannst du ihn trotzdem einmal von der Polizei überprüfen lassen? Du sagst einfach, dein neuer Gast erinnere dich an einen gesuchten Verbrecher.«

Kenneth nickte und ging die Treppe herunter zum Telefon, das an der Rezeption stand.

Fast unmerklich zuckte er zusammen, als der Gast aus dem Dunkel trat und auf ihn zukam. Helena kauerte sich ins Dunkel des Flures.

»Kann ich Ihnen helfen?«, fragte Kenneth.

»Ja, ich würde gerne ein wenig spazieren gehen. Haben Sie eine Karte der Umgebung?« Der Mann hatte den Anzug inzwischen gegen eine legere Tweedhose und einen schwarzen Rollkragenpullover getauscht. Über dem Arm trug er eine dunkle Steppjacke. Er ließ seinen Blick durch den Raum schweifen. Helenas Herz klopfte, als er in ihre Richtung sah. Aber sie wusste, er konnte sie nicht sehen, dazu war hier oben zu wenig Licht.

»Ich gebe Ihnen eine unserer Karten«, hörte sie Kenneth sagen. »Sie können sie hier herlegen, wenn Sie sie nicht mehr brauchen. Viel Vergnügen.«

»Danke.« Die Stimme war dunkel und rauchig.

Helena sah, wie der Gast in Richtung Ausgang ging, und wartete das Geräusch der zuschlagenden Eingangstür ab. Vorsichtig bewegte sie sich wieder auf den Treppenabsatz zu. Kenneth sah in ihre Richtung und hielt den Daumen hoch. Dann nahm er das Telefon und wählte.

Hinter sich hörte sie leise Schritte. Erschrocken wirbelte sie herum. Auch Lucile war aus dem Zimmer gekommen und hockte sich neben sie. Kenneth sprach inzwischen gedämpft ins Telefon.

»Er lässt die Personalien überprüfen«, erklärte Helena Lucile.

Nach einer Weile legte Kenneth auf. »Alles in Ordnung«, sagte er. »Der Mann ist dort nicht bekannt. Sollte sich etwas ergeben, rufen sie bei mir an.«

»Sehr gut, danke.«

Helena erhob sich und schüttelte verärgert den Kopf. Es wurde wirklich Zeit, dass die Sache ausgestanden war. Aber lange würde es ja nicht mehr dauern. Sobald sie die belastenden Beweise gegen Jacques Bonnet hatten, sollte sich das Leben bald wieder normalisieren.

Der Kaffee schmeckte bitter wie jeden Morgen. Gerald Batiste schüttelte sich und stellte die Tasse wieder ab. Angewidert betrachtete er die harten Brötchen und die kleinen Packungen mit Marmelade und Streichkäse, die neben seinem Teller lagen. Sollte er auch morgen noch hier wohnen, würde er sein Frühstück woanders einnehmen. Er sehnte sich nach backfrischen Baguettebrötchen, duftenden Croissants und einem aromatischen Kaffee. Es war ihm bewusst, dass man in einer billigen Pension kein Frühstück à la carte erwarten konnte, aber das war nicht einen Tag länger zu ertragen.

Er tupfte sich mit der Papierserviette den Mund, legte sie auf den noch unbenutzten Teller und stand auf. Er hatte nicht erwartet, länger als ein, zwei Tage in der Pension zu fristen, aber so, wie es aussah, musste er sich auf eine längere Zeit einrichten.

Er ging hinauf in sein karges Zimmer und versuchte erneut, Lucile Bertrand zu erreichen. Wieder einmal sprang der Anrufbeantworter an.

Hatte er sich in ihr geirrt? War etwa tatsächlich etwas dran an dem, was Eunice ihm erzählt hatte? Befand sich Lucile Bertrand auf der Flucht vor der Polizei?

Gerald schüttelte vehement den Kopf. Er glaubte den Blödsinn nicht. In Jeans Schilderungen war sie immer eine gute Freundin gewesen. Auch schien sie von Jeans Tod genauso betroffen gewesen zu sein wie er selbst. Nein, irgendetwas stimmte nicht.

Gerald sah aus dem Fenster, nahm angesichts des bewölkten Himmels seine Regenjacke aus dem Schrank und verließ die Pension. Er würde zu Lucile fahren und sehen, ob sie nicht vielleicht doch zu Hause war. Wer weiß, vielleicht funktionierte der Anrufbeantworter nicht. Auf jeden Fall war es besser, als tatenlos herumzusitzen und die Tage verstreichen zu lassen.

Vor der Pension winkte er ein Taxi heran und gab Luciles Adresse an. Der Taxifahrer, obwohl er aus der Gegend zu kommen schien, verfuhr sich im Einbahnstraßengewirr und so dauerte es eine Weile, bis sie vor Lucile Bertrands Haus hielten.

Gerald bat den Fahrer, auf ihn zu warten, dann ging er auf das Gebäude zu. Die Größe des Hauses beeindruckte ihn. Das hatte er nicht erwartet, wenngleich Luciles Mann sehr erfolgreich gewesen sein musste. Der Anblick der Fassade jedoch zeigte, dass seit Jahren nichts mehr an dem Haus gemacht wurde, und auch die Beete waren höchst ungepflegt. Wehmütig musste er an sein Häuschen in Cancale denken, das immer ordentlich und sauber war.

Energisch schüttelte er die Erinnerungen ab und schritt den Weg entlang zur Tür. Niemand öffnete auf sein Klingeln hin, und auch kein Geräusch ließ darauf schließen, dass jemand anwesend war. Hilflos drehte er sich um. Auf der anderen Seite der Straße parkte ein weißer Transporter, der die Aufschrift eines Elektrounternehmens trug. In dem Wagen saß ein Mann und aß ein Brot. Gerald schöpfte Hoffnung. Vielleicht arbeitete er ja schon länger in der Gegend und hatte Lucile gesehen?

Der Mann zuckte zusammen, als Gerald an der Scheibe des Transporters klopfte und ihm bedeutete, das Fenster herunter zu kurbeln.

»Entschuldigen Sie, stehen Sie schon länger hier?«

Der Mann starrte ihn an. Die stahlblauen Augen wirkten eisig. »Warum?«

Gerald ließ sich davon nicht beeindrucken. »Ich bin auf der Suche nach einer gewissen Lucile Bertrand. Sie wohnt in dem Haus dort, gleich gegenüber. Haben Sie die Dame in den letzten Tagen gesehen?«

Der Mann schüttelte den Kopf und fuhr das Fenster wieder hoch.

Unhöflicher Kerl, dachte Gerald verärgert, aber offenbar kam er nicht von hier und hatte nicht ganz verstanden, was er wollte. Wahrscheinlich war er Skandinavier, zumindest waren die weißblonden Haare ungewöhnlich für einen Franzosen.

Einen Augenblick überlegte er, was er noch tun könnte. Schließlich bat er den Taxifahrer um einen Zettel und einen Stift, kritzelte eine kurze Nachricht für Lucile, falls der Anrufbeantworter tatsächlich nicht funktionieren sollte, und warf sie durch den Briefschlitz. Sollte er bis morgen früh nichts von ihr hören, dann würde er doch einen Schlüsseldienst beauftragen und die Tür zu Jeans Haus öffnen lassen.

Als er zurück in seine Pension am anderen Ende der Stadt

fuhr, fragte er sich, warum er nicht schon eher darüber nachgedacht hatte.

Pierre klopfte ungeduldig mit den Fingern gegen die Tasse, in der der vor zwanzig Minuten aufgegossene Kamillentee langsam erkaltete. Seit dem frühen Morgen hatte er versucht, Luc zu erreichen, aber ohne Erfolg. Auch Lucile war nicht erreichbar gewesen. Es schien heute nicht sein Tag zu sein!

Seufzend griff er nach dem Telefon und gab abermals Lucs Büronummer ein. Als auch jetzt niemand abhob, vergaß er alle Vorsicht und wählte die Nummer der Zentrale.

»Ich hätte gerne Luc Poirrot gesprochen, aber er ist unter seiner Nummer nicht erreichbar.«

»Einen Moment bitte.« Die Frau, die den Anruf entgegengenommen hatte, legte ihn auf Warteschleife. Nervös traktierte Pierre erneut die Tasse. Endlich war die Frau wieder dran. »Worum geht es bitte?«

»Ich bin ein Kollege der Gemdarmerie in Vence und wollte ihn um seine Mitarbeit in einem unserer Fälle bitten.« Es war noch nicht einmal gelogen.

»Es tut mir Leid, Monsieur Poirrot ist heute nicht zum Dienst erschienen. Kann ein anderer Kollege Ihnen helfen?«

»Nein, vielen Dank!« Er legte auf.

Was um Himmels Willen konnte Luc daran hindern, zur Arbeit zu erscheinen? Etwas in Pierre krampfte sich zusammen. Eine furchtbare Ahnung überkam ihn. Er sprang auf, griff nach seiner Jacke und verließ das Haus. Noch während er zu seinem Citroën lief, fragte er sich, ob Luc wohl noch in der Rue Barberts wohnte. Er sah auf die Uhr: es war fast elf. Wenn er gut durchkam, könnte er in einer knappen halben Stunde dort sein.

Mit einem Tempo weit über dem Geschwindigkeitslimit preschte Pierre durch Cagnes-sur-Mer nach Nizza, die Promenade des Anglais entlang in Richtung Kongresszentrum. Bereits als er in die Avenue de la République einbog, konnte er eine schmale Rauchwolke über den Häusern der noch entfernt liegenden Rue Barberts erkennen. Als er in die Straße fuhr, wurde seine Befürchtung Gewissheit. Aus dem Haus, in dem Luc Poirrot wohnte, drang Qualm, der von einer zurückgedrängten Feuerflut zeugte. Ein Feuerwehrfahrzeug verließ soeben den Ort, ein weiteres stand noch dort, um das Haus zu sichern. Pierre hielt seinen Wagen an mit Warnblinker und lief auf die Absperrung zu. Im Lauf riss er seine Polizeimarke aus der Jackentasche. Die Gendarmerie in Vence hatte anscheinend versäumt, ihn zur Rückgabe der Marke aufzufordern. Oder er hatte die Aufforderung gleich mit der Kündigung zerrissen und es war nur eine Frage der Zeit, bis sie vor seiner Tür standen, um die Marke zu kassieren. Ein Umstand, der Pierre Schwierigkeiten einbringen konnte, ihm jetzt aber sehr gelegen kam.

»Lucas, Gendarmerie Vence«, rief er einem der Beamten zu, die ihn gerade am Durchdringen der Absperrung hindern wollten, und hielt die Marke hoch. »Was ist vorgefallen?«

Ein Beamter mit kleinem, schwarzen Schnauzbart reichte ihm die Hand. »Bousquet«, stellte er sich knapp vor. »Ein Brand am frühen Morgen. Oberes Stockwerk.«

Pierre sah an dem kleinen, schmalen Haus hinauf, dessen Fassade seit jeher schmutzig war, jetzt aber weitflächige schwarze Rußspuren bis ins Erdgeschoss zeigte. Die zwei Öffnungen im oberen Stock, einst mit staubbedeckten Fenstern versehen, gaben den Blick frei auf eine gähnende, schwarze Leere. Pierre schluckte heftig, um nicht auf der Stelle zu erbrechen.

»Luc Poirrot?«

»Wir haben den Leichnam noch nicht identifizieren können«, sagte Bousquet. »Aber wir gehen davon aus, das es sich hierbei um Poirrot handelt. Furchtbare Sache, nicht wahr?«

Pierre nickte. »Was war die Ursache?«

»Das können wir erst nach Abschluss der Ermittlungen sagen. Aber wir gehen davon aus, dass es eine brennende Zigarette war. Wahrscheinlich hat Poirrot morgens im Bett eine geraucht und ist dabei wieder eingeschlafen.«

Pierre bedankte sich und ging zurück zum Wagen. Hier konnte er jetzt nichts weiter tun. Wut keimte in ihm auf, der Schmerz im Magen verstärkte sich. Er öffnete die Wagentür und zog sein Handy aus der Jackentasche. François musste über die neusten Entwicklungen informiert werden.

Pierre klemmte das Handy ans Ohr, während er den Wagen startete. Luc Poirrot war ihre große Chance gewesen. Er glaubte nicht an einen Unfall. Jemandem war er zu gefährlich geworden, und er zweifelte nicht eine Sekunde daran, dass dieser Jemand Jacques Bonnet hieß.

Die Nachricht traf Helena unvermutet. Gerade hatte sie sich wieder in Sicherheit gewiegt und sich an den Gedanken gewöhnt, dass die Gefahr bald gebannt war. »Tot?«

»Leise«, mahnte Lucile und legte einen Zeigefinger auf die Lippen. »Ja. Pierre Lucas hat es mir gerade berichtet.«

»Es gibt nur eine Möglichkeit, wie sie auf Luc Poirrot gekommen sind: Julie. Oh mein Gott! Hoffentlich ist nicht auch ihr etwas zugestoßen.« Ein Schluchzen entfuhr ihr. Und wieder einmal überkam sie dieses Gefühl des Ausgeliefertseins.

»Ruf Julie an, schnell.«

Zitternd setzte sich Helena auf das Bett und wählte Julies

Büronummer. Erleichtert hörte sie die Stimme ihrer Freundin.

»Julie! Ist alles in Ordnung?«

»Natürlich. Was sollte passiert sein.«

»Luc Poirrot ist tot.« Tränen liefen ihr über das Gesicht.

»Luc Poirrot? Du meinst der ...«

»Der Informant. Julie, bei wem hast du Erkundigungen eingezogen?«

»Ich habe noch gar nicht damit angefangen!« Man konnte Julie anhören, wie entsetzt sie war. »Wir haben doch erst gestern telefoniert!«

»Dann ist dein Telefon verwanzt worden.«

»Das kann nicht sein. Als du angerufen hattest, war ich in der Kantine und hatte eine Rufumleitung auf mein Handy gemacht. Und das trage ich immer bei mir.«

»Gott sei Dank!« Helena wischte die Tränen von den Wangen. »Bitte pass auf dich auf.«

»Mach ich, keine Sorge.« Sie zögerte. »Soll ich jetzt, wo euer Informant nicht mehr ist, das Geld trotzdem schicken?«

Helena fragte Lucile. »Wir brauchen Geld, um Kenneth und Juliette zu bezahlen«, antwortete diese. »Und wer weiß, vielleicht müssen wir ja wieder einmal fliehen? Tausend Euro dürften reichen. Mehr Geld bei sich zu tragen, wäre zu gefährlich.«

Helena übermittelte Julie den Betrag, bat sie noch einmal inständig, auf sich aufzupassen, und legte auf.

»Ich mache mir Vorwürfe, sie mit hineingezogen zu haben.«

Lucile legte ihre Hand auf Helenas Arm. »Daran können wir jetzt nichts ändern. Aber ich glaube nicht, dass einer dieser Verfolger ausgerechnet auf sie kommt. Sie ist ganz bestimmt in Sicherheit.«

Helena wiegte den Kopf. Sie war sich dessen nicht sicher. Noch immer ließ sie das Gefühl der Angst nicht los. »Und was machen wir nun? Wir stehen wieder ganz am Anfang.« Wieder stiegen Tränen auf und sie machte sich keine Mühe, sie niederzukämpfen. »Ich habe das alles so satt!«

»Wir haben noch drei Möglichkeiten«, überlegte Lucile. »Zum Einen haben wir da noch die Amerikanerin, eine Mrs. Hersh. Die werde ich gleich nochmal zu erreichen versuchen. Sollte sie das Laborbuch besitzen, haben wir zumindest eine gute Verhandlungsposition.« Sie fuhr sich mit der Hand über die Stirn und rieb sie, als wolle sie damit die Konzentration schärfen. »Die zweite Möglichkeit wäre, zusammen mit Pierre Lucas Maurice Signac aufzusuchen und ihn zur Rede zu stellen.«

»Maurice? War das nicht der Kollege, den du um Hilfe bitten wolltest? Was hat der denn damit zu tun?«

»Pierres Kollege in Vence hat herausgefunden, dass er derjenige ist, der den angeblichen Brief von Jean erhalten hat.« Sie schüttelte heftig den Kopf. »Unglaublich, wenn man sich vorstellt, dass ich uns beinahe an ihn ausgeliefert hätte ...» Sie stockte. »Man kann wirklich niemandem mehr vertrauen – niemandem!«

Helena war froh, Lucile damals unterbrochen zu haben, aber sie verkniff sich jede Bemerkung. »Und die dritte Möglichkeit?« Sie griff nach der Packung Taschentücher, die auf dem kleinen Nachttisch neben dem Bett lag, zog ein Tuch heraus und putzte sich die Nase.

»Die dritte Möglichkeit könnte sein, dass wir doch eine Verbindung zu Jacques Bonnet finden, mit der wir ihn überführen können.« Lucile lächelte zaghaft, zum ersten Mal, seit sie den Raum betreten hatte. »Pierre hatte noch eine Neuigkeit: Laura Bonnet und Jean Batiste waren ein Paar!«

Die Frau von Jacques Bonnet ... Helena atmete tief durch. Je mehr sie erfuhren, desto komplizierter wurde es. Endlich gab es einen Zusammenhang zwischen Jean und dem Polizeikommandanten. Aber noch ergab das alles keinen Sinn. »Das gibt es doch nicht. Ich dachte, er sei homosexuell.«

»Das dachte ich auch.« Lucile lächelte triumphierend. »Siehst du? Ich habe es gleich gewusst. Jean liebte Frauen.«

»Ja. Und Männer. Sonst hätte er sich wohl kaum vor seinen Eltern zur Homosexualität bekannt.«

Lucile rümpfte die Nase. Man konnte deutlich sehen, dass die Vorstellung ihr nicht gefiel. »Okay. Gehen wir davon aus, dass er bisexuell war und sich zuletzt einer Frau zugewandt hat. Aber ausgerechnet Laura Bonnet!«

»Glaubst du, Jacques Bonnet wollte ihn *damit* erpressen?«

»Womit? Damit, dass Jean mit seiner Frau ein Verhältnis hatte?« Lucile schüttelte den Kopf. Sie zog eine Zigarette aus der Packung, zündete sie sich an und stellte sich seitlich ans Fenster, das einen kleinen Spalt geöffnet war. »Wir dürfen die Möglichkeit nicht vergessen, dass Jacques Bonnet nicht der Auftraggeber ist. Womit also war Jean erpressbar und was hat Bonnet mit der Formel zu tun?«

Helena spürte, dass sie keine Kraft hatte, sich mit dem Gedanken logisch auseinander zu setzen. »Was sagt Pierre Lucas dazu?«

»Er hält es für wahrscheinlich, dass Jean Laura von der Formel erzählt hat und die wiederum Jacques Bonnet.«

»Und dann? Laura Bonnet soll Selbstmord begangen haben. Wie hängt das damit zusammen?«

»Vielleicht war es gar kein Selbstmord?« Lucile schnippte die Asche aus dem Fenster, nachdem sie sich vorsichtig vergewissert hatte, dass niemand unten stand.

Helena seufzte. »Es wird immer verzwickter. Statt dass wir der Wahrheit ein Stück näher kommen, habe ich das Gefühl, dass uns jede Information nur noch mehr verwirrt.«

»So ist es meistens, wenn man nur einen kleinen Teil kennt. Aber je mehr Details wir erfahren, desto mehr reihen sich die kleinen Teile zu einem großen Puzzle zusammen. Ganz sicher werden wir später mehr wissen.«

Was für eine Erkenntnis, dachte Helena ironisch und brachte ein hilfloses Lächeln zustande. »Dann lass uns jetzt sehen, wie wir vorankommen. Die ganze Sache macht mich langsam unruhig. Es ist, als kämen sie uns langsam immer näher. Erst der Einbruch bei Jean, dann der nächtliche Überfall in deinem Haus. Die Verfolgung im Luberon, und jetzt stirbt auch noch unser wichtigster Informant ... Es ist unheimlich. Ich kann sie fast schon im Nacken spüren.«

Lucile merkte auf. »Du hast Recht. Manchmal glaube ich, jemand hat meinen Wagen verwanzt. Oder wir werden auf irgendeine Art abgehört. Sie sind einfach immer wieder da, wenn man glaubt, in Sicherheit zu sein.«

»Oder sie haben einen Komplizen ...«

»Pierre?«

Helena schüttelte den Kopf. »Nein. Pierre bestimmt nicht. Es war nur ein Gedanke.« Ihr Blick schweifte ab, und nachdenklich fügte sie hinzu: »Wenn wir heil davonkommen wollen, sollten wir uns beeilen.«

Während sie das sagte, spürte sie, dass die Zeit, die ihnen zur Verfügung stand, immer knapper wurde. Hatten sie sich in den letzten Tagen gelähmt gefühlt, unfähig, voranzukommen, so war es nun dringend notwendig, die Sache so schnell wie möglich zu einem Ende zu bringen. Es war, als befänden sie sich inmitten eines riesigen Spinnennetzes, kurz davor, von den Fäden festgezurrt zu werden.

## 23

Maurice lag auf der ausgeklappten Couch im Arbeitszimmer und beobachtete eine Spinne, die langsam die Zimmerdecke entlang kroch. Nebenan hörte er Nathalie lautstark telefonieren.

Mein Gott, es war fast elf Uhr. Was konnte sie um diese Uhrzeit schon zu besprechen haben, was nicht bis morgen Zeit hätte.

Er drehte sich zur Seite und starrte auf den Schreibtisch, auf dem das benutzte Geschirr vom Abendessen stand. Seit dem letzten Streit war er Nathalie aus dem Weg gegangen und hatte es vorgezogen, die Nacht nicht im gemeinsamen Ehebett zu verbringen. Nathalie hatte darauf beleidigt reagiert und ihn betont ignoriert.

Das Telefonat schien eine Ewigkeit zu dauern. Endlich aber trat Ruhe ein. Maurice starrte an die Decke und wartete, bis es zwölf war. Dann schlüpfte er, angezogen mit Jogginghose und Sweatshirt, aus dem Bett und schlich aus dem Zimmer. Das Haus lag im Dunkeln. Unter der Schlafzimmertür drang kein Licht hindurch, was ihm anzeigte, dass Nathalie, die gerne las, bevor sie einschlief, nicht mehr wach war.

Auf Zehenspitzen schlich er zur Haustür, schulterte den Rucksack mit Werkzeug und einer Taschenlampe, nahm seine Turnschuhe unter den Arm und betrat auf Socken die Straße. Erst nachdem er sich mit einem Blick zum Schlafzimmerfenster vergewissert hatte, dass alles ruhig geblieben war, schlüpfte er in die Turnschuhe und trabte den Weg am Ortskern entlang in Richtung Lucile Bertrands Haus.

Es war kalt, aber trocken. Dichte Wolken schoben sich vor den Mond und schluckten jedes Licht, was Maurice erfreut registrierte. Denn selbst wenn man in ihm nur einen harmlosen

Jogger sehen mochte, der um Mitternacht seine Runden drehte – es war besser, wenn ihn niemand erkannte.

Er hatte ausgerechnet, dass er zu dem Haus höchstens zehn Minuten brauchte. Bald aber zeigte sich, dass es um seine Kondition schlecht bestellt war, und so ging er schließlich das letzte Stück zu Fuß. Er schnaufte, Schweiß klebte ihm am Rücken. Seine Wangen glühten.

»Alles Gordons Schuld«, keuchte er und spürte, wie der Groll gegen den Amerikaner in Hass umschlug. Hätte der nicht diese dumme Idee mit dem Brief gehabt, müsste er nicht spät in der Nacht zu Lucile Betrands Haus laufen, um seine Nachricht vom Anrufbeantworter zu löschen.

Maurice fluchte. Er hatte keine Ahnung, wie er das bewerkstelligen sollte. Er hatte all das Werkzeug eingepackt, von dem er annahm, dass man damit Türen und Fenster aufbrechen konnte. Wenn er nur wüsste, wie gut Lucile Bertrands Haus gesichert war? Bei Jean Batiste war das kein Problem gewesen. Er hatte damals bei dem Mahl anlässlich der Beerdigung einen Abdruck vom Schlüssel gemacht, den Lucile achtlos auf der Flurkommode hatte liegen lassen. Der alte Schuster im Ort hatte ihm, ohne indiskrete Fragen zu stellen, einen neuen gefertigt. Aber ob er so einfach in Lucile Bertrands Haus eindringen konnte?

In diesem Moment durchbrach der Mond für einen Augenblick die Wolken. Maurice blieb kurz stehen, um sich zu orientieren. Erleichtert stellte er fest, dass gleich rechts die Straße begann, in der Lucile Bertrand wohnte.

Ein prachtvolles Haus reihte sich an das andere. Die Grundstücke waren groß, zwischen den Häusern lagen weite Rasenflächen und hohe Hecken. Neidvoll musste Maurice anerkennen, dass er es niemals so weit bringen würde. Es sei denn …

Zögernd blieb er vor Lucile Bertrands Anwesen stehen. Weit

und breit war kein Auto zu sehen. Bis auf einen weißen Transporter, der Aufschrift nach einem Elektrounternehmen zugehörig, der schräg gegenüber dem Haus parkte. Im Vorbeigehen sah er hinein. Die Fahrerkabine war leer.

Maurice atmete erleichtert auf. Was hatte er auch erwartet? Handwerker, die sich um diese Uhrzeit im Firmenfahrzeug aufhielten? Zügig ging er auf das Gebäude zu. Einmal, es muss Jahre her gewesen sein, war er hier eingeladen gewesen. Paul hatte einen großen Empfang anlässlich des FiFi-Award gegeben, dem Oscar der Parfümbranche, den eine seiner Kreationen gewonnen hatte. Es war ein prunkvolles Fest gewesen und Maurice hatte Paul um sein Leben beneidet und um die Liebe, die zwischen ihm und Lucile zu spüren gewesen war.

Jetzt stand er vor dem Haus, unsicher, ob es das Richtige war. Es hatte damals so viel gepflegter ausgesehen.

Vorsichtig blickte er um sich, und als er sich sicher war, nicht beobachtet zu werden, ging er zum Eingang und betrachtete das Türschild. Bertrand. Ja, hier war er richtig.

Maurice kniete nieder und untersuchte das Schloss. Es war ein Sicherheitsschloss, das er mit den vorhandenen Werkzeugen unmöglich aufbekommen würde. Vielleicht aber gab es im rückwärtigen Teil des Hauses eine alte Verandatür. Oder ein Fenster ohne Sicherheitsriegel, das er einschlagen und öffnen konnte.

Er stand auf, und im selben Moment, in dem er glaubte, ein Geräusch hinter sich wahrzunehmen, spürte er, wie ein schwerer Gegenstand krachend auf seinen Kopf niederfuhr. Um ihn herum wurde es schwarz.

Das leise rhythmische Klopfen riss Helena aus dem Schlaf. Das vereinbarte Zeichen! Sie blickte zur Uhr, antwortete mit einem

Klopfen gegen die rückwärtige Wand und sprang aus dem Bett. In Windeseile war sie in die Sachen geschlüpft, die sie am Vorabend bereitgelegt hatte: Ein grob gestrickter Pulli, ein geblümter Kittel, eine graue Arbeitshose. Vor dem kleinen Spiegel über dem Waschbecken band sie sich ein wollenes Tuch ums Haar und kontrollierte, ob eine widerspenstige Locke hervorblitzte. Dann setzte sie ihre Brille auf, um das Ergebnis zu begutachten. Die schmale Brille wirkte in dem vom derben Tuch umrahmten, ungeschminkten Gesicht fehl am Platz.

Helena betrachtete sich von allen Seiten. Doch, trotzdem würde man ihr die Rolle der Bäuerin abnehmen. Nichts in ihrem Aussehen wies mehr auf Helena Jacobi hin, Hamburgerin, gesucht wegen Mordes.

Entschlossen trat sie ans Fenster. Durch die Vorhänge drang dunstiges Morgengrau, und ein Blick auf den wolkenlosen Himmel sagte ihr, dass der Tag versprach, schön zu werden.

Unten in der Eingangshalle traf sie auf Lucile, ebenfalls mit einem alten Kittel bekleidet, nervös auf die Uhr sehend und mit Blick in Richtung des Zimmers, in dem der Gast untergebracht war.

Sie verständigten sich mit einem Nicken und eilten zur Tür hinaus, seitlich am Haus vorbei zur Scheune, in der Kenneth seinen alten Kleinlaster geparkt hatte. Lucile öffnete die Fahrertür, suchte nach dem Schlüssel und fand ihn genau dort, wo Kenneth ihn für sie deponieren wollte.

Langsam und ohne Licht fuhren sie vom Hof. Erst als sie auf die Landstraße kamen, die durch den Luberon nach Aix-en-Provence führte, trauten sie sich, zu sprechen.

»Das war sehr freundlich von Kenneth, uns seinen Wagen zu leihen«, bemerkte Helena. Auf Luciles Bitte hin hatte er sie, ohne einen Moment zu zögern, mit seinem Kleinlaster und ein wenig Bargeld versorgt.

»Ich hoffe, wir bringen ihn nicht in Schwierigkeiten«, meinte Lucile.

Sie schwiegen wieder. Helena betrachtete die immer karger werdende Landschaft und musste daran denken, wie sie nur wenige Tage zuvor nicht weit von hier der Verfolgung der beiden Kriminellen entgangen waren. Sie schauderte und zwang sich, nicht weiter darüber nachzudenken.

In der Ferne erhob sich der Tag. »Wenn ich lieber fahren soll, sag mir Bescheid.« Sie sah Lucile von der Seite an, doch die schüttelte nur den Kopf. Helena sank zurück in den Sitz. Es war sinnlos. Lucile konnte manchmal ziemlich dickköpfig sein.

Der Wagen schob sich langsam die bergige Strecke entlang. Einmal stotterte er kurz, und Helena schaute besorgt zu Lucile herüber. Doch deren Gesicht war zwar angespannt, aber konzentriert. Dann endlich tauchten erste Sonnenstrahlen die Landschaft in milchig-goldenes Licht und Helena begann, sich zu entspannen. Lucile schien ihre inneren Dämonen besiegt zu haben.

Sie musste zugeben, dass sie Lucile dafür bewunderte. Zuerst hatte Helena gedacht, sie sei eine verbitterte Frau, die sich gehen ließ und es nicht schaffte, ihr Leben in den Griff zu bekommen. Jetzt aber musste sie feststellen, dass Lucile, hatte sie sich endlich ein Ziel gesetzt, es mit einer Hartnäckigkeit verfolgte, die fast an Sturheit grenzte. Und genau dieser Eigenschaft war es zu verdanken, dass sie nun in Kenneths Kleinlaster saßen, auf dem Weg nach Tourette-sur-Loup, wo die Amerikanerin Mrs. Hersh wohnte. Lucile hatte sie gestern telefonisch erreicht und ihr, nachdem sich herausgestellt hatte, dass sie die gesuchte Frau war, einen Besuchstermin abgerungen.

Helena griff in ihre Kitteltasche, holte ihr Handy hervor und schaltete es ein, um die Mailbox, die sie wie versprochen eingerichtet hatte, abzuhören. Tatsächlich zeigte das Display eine eingegangene Nachricht an. War sie von Julie? Mit bangem Gefühl hörte sie die Mitteilung ab. Umso überraschter war sie, Toms Stimme zu hören.

»Hallo Helena. Ich wollte einfach nur mal hören, wie es dir geht.« Stocken. »Ich habe oft an unser Treffen denken müssen ... Meinst du, wir könnten das mal wiederholen? Ruf doch mal zurück.«

Verwundert schaltete sie das Handy aus. Mit allem hatte sie gerechnet, aber damit?

»Wer war es denn?«, fragte Lucile beiläufig. »Julie?«

»Tom!«

»Tom?«

«Ja. *Der* Tom.«

»Und was wollte er?«

Helena grinste und sah Lucile von der Seite an. »Sich mit mir treffen.« Sie wusste, sie durfte sich nicht zu viel darauf einbilden. Wahrscheinlich war es nur eine harmlose Anfrage; schließlich war er vergeben, und das Treffen mit ihm war auch nicht gerade gut verlaufen. Aber sie spürte, wie sehr sie sich über den Anruf freute.

»War das nicht der junge Mann, der dich nicht so wollte, wie du warst?«

»Warum sagst du das?«

»Weil ich dich inzwischen sehr gut kennen gelernt habe«, erklärte Lucile. »Bei diesem Tom scheinst du die unangenehmen Seiten gerne zu verdrängen.«

»Es gab auch eine Menge angenehmer Dinge, von denen du nichts weißt«, sagte Helena leise.

»Mag sein. Aber dennoch hast du in der Beziehung nicht du selbst sein können. Du brauchst einen Mann, der dich liebt, wie du bist. Nicht jemanden, für den du dich krank hungern musst.«

Helena schnappte nach Luft. »Lass das, Lucile.«

»Ich habe dich die ganze Zeit gelassen«, sagte Lucile, ohne die Augen von der Straße zu lassen. »Aber ich finde, ich kenne dich langsam gut genug, um ein Recht auf freie Meinungsäußerung zu haben. Und wenn ich ehrlich bin, glaube ich, dass ein Mann wie Tom dir nicht gut tut.«

Helena schwieg gekränkt. Was wusste Lucile schon von ihrer Beziehung zu Tom!

»Du bist so eine attraktive junge Frau«, fuhr Lucile fort. »Und trotzdem kasteist du dich, aus Angst, nicht zu gefallen. Dabei kannst du fast gar nicht noch dünner werden.« Sie sah kurz in Helenas Richtung, die die Augen starr nach vorne gerichtet hielt. »Du hast keinerlei Grund, so unsicher zu sein. Männer wie Tom verstärken das nur.«

Helena schloss die Augen. Solchen Gesprächen war sie bislang immer aus dem Weg gegangen. Aber hier im Auto nahm ihr die Enge zu Lucile fast den Atem. »Das ist alleine meine Sache«, rief sie aus.

»Schon. Genauso, wie es eigentlich meine Sache war, dass ich zu viel trinke. Aber du hattest Recht. Trinken hilft nicht, es macht alles nur noch schlimmer. Und genauso finde ich, dass du einen Mann verdient hast, der dich auch mit Normalgewicht liebt.«

In Helena fing es an zu arbeiten. Etwas in ihr sprang auf Luciles Worte an. Gleichzeitig aber war das Gefühl für Tom so intensiv, dass sie es einfach nicht wahrhaben wollte. »Er ist wahnsinnig attraktiv, weißt du? Wenn er einen anlächelt, dann fühlt man sich so geborgen, so ... » Sie suchte nach Worten. » ... so begehrt.« Tränen liefen ihr über die Wangen. Verärgert wischte sie sie ab. »Mit dem Duft der Aphrodite wird sowieso alles anders werden«, erklärte sie trotzig.

»Du willst mir doch nicht etwa sagen, dass du gestern noch

an der Wirkung gezweifelt hast und heute den Duft zur Verwirklichung deines Wunschtraumes benutzen willst? Was ist, wenn du Recht hattest? Was, wenn der Duft tatsächlich halluzinogene Stoffe enthält?«

»Ach, ich weiß es nicht.«

»Sag, Helena. Würdest du einen gefährlichen Stoff nehmen, um Tom für dich zu gewinnen? Auch wenn du nicht weißt, ob der Duft deine Wesensstruktur verändert?«

Helena spürte, wie die Tränen immer stärker danach drängten, die Augen zu füllen. »Ich weiß es nicht«, rief sie und schlug die Hände über das Gesicht.

Lucile setzte den Blinker und fuhr an die Seite. Sachte nahm sie Helena in den Arm und strich ihr über das Haar, bis das Schluchzen verebbte.

»Hier«, sagte sie schließlich und zog ein Taschentuch aus der Kitteltasche. »Glaube mir, kein Mann der Welt ist es wert, dass du das für ihn in Kauf nimmst.« Sie drückte Helena noch einmal kurz an sich. »Du bist einer der nettesten Menschen, die ich je traf. Und ich habe keinen Zweifel, dass du einen Mann triffst, der dich verdient und auf Händen trägt.«

Damit startete sie den Wagen und lenkte ihn zurück auf die Straße. Und während Helena über das Gesagte nachdachte und die Landschaft an sich vorbeiziehen sah, wurde es heller Tag.

Mit einem lauten Ruck stellte Nathalie das Geschirr in den Küchenschrank, nachdem sie zuvor mit vernehmlichem Getöse den Geschirrspüler ausgeräumt hatte. Aber auch das schien Maurice nicht wecken zu wollen. Es irritierte sie. Normalerweise stand er nicht nach acht Uhr auf, und jetzt war die Uhr schon fast neun. Nicht, dass es sie wirklich interessierte – aber es war schon sehr ungewöhnlich.

Vielleicht hatte er getrunken, dachte sie, als sie die Küche in Richtung Arbeitszimmer verließ. Auf dem Weg dorthin blieb sie vor dem bodenlangen Flurspiegel stehen. Sie sah gut aus, sehr gut sogar. Die weiße Chiffonbluse umgab ihren schmalen Oberkörper und verlieh ihm einen Hauch mehr Weiblichkeit. Dazu die weit geschnittene Nadelstreifenhose, die sie letzte Woche bei René Lezard gekauft hatte.

Zufrieden strich sie sich über das kurze Haar. Sie war eine überaus attraktive Frau. Sollte sich die Sache mit Maurice nicht einrenken, würde sie dem Werben von Hugo nachgeben, der immerhin Geschäftsführer einer renommierten Immobilienfirma war.

Stolz warf sie den Kopf zurück. Ach, warum warten. Die Sache mit Maurice war längst erkaltet. Sie hatte sich lediglich zurückgehalten, weil auch Hugo nicht ganz dem entsprach, was sie sich vorgestellt hatte. Aber dazu musste sie wahrscheinlich Grasse verlassen und an die Küste ziehen.

Energisch trat sie auf, setzte ihren Weg zum Arbeitszimmer fort und klopfte an die Tür. »Maurice, ich bin es.«

Sie erhielt keine Antwort. Zögernd öffnete sie die Tür einen Spalt. Ihr Blick fiel auf das leere Ausklappbett. War er etwa bereits aufgestanden, ohne dass sie es bemerkt hatte?

Sie trat ins Zimmer. Seine Sachen, die er gestern angehabt hatte, hingen unordentlich über dem Bürostuhl. Wenn er etwas Frisches hatte anziehen wollen, dann hätte er ins Schlafzimmer kommen müssen, und das wäre ihr nicht entgangen. Hatte er sich schon am Vortag etwas zurechtgelegt, um heimlich nachts zu verschwinden?

Ein Gedanke brannte sich ein. Hatte er etwa eine Geliebte? Nein, unmöglich, wer sollte sich schon in einen Mann verlieben, dessen Haare den Kopf in einem Kranz umrahmten? Dennoch, sie konnte diese Möglichkeit nicht ganz ausschließen.

Sie lachte trocken auf. Seltsam, nicht einmal der Gedanke an heimliche Schäferstündchen konnte sie kränken. Auch nicht die Tatsache, dass er sie offenbar nicht mehr verheimlichen wollte. Oder hatte er vielleicht einen frühen Termin mit einem seiner Auftraggeber, von dem sie nichts wusste?

Nathalie zögerte kurz und betrachtete ihre frisch manikürten Hände. Es drängte sie, sich in seinen Sachen umzusehen. Sie hatte all seine Heimlichkeiten, die sich in letzter Zeit verstärkten, so satt. Jetzt wäre die Gelegenheit, herauszufinden, womit er sich eigentlich den ganzen Tag lang beschäftigte.

Langsam, fast ehrfürchtig, hob sie seine Kleidung vom Bürostuhl, warf sie dann schulterzuckend auf das Bett und nahm hinter dem Schreibtisch Platz. Das Geschirr vom Vortag schob sie beiseite. Dann sah sie die Papiere, die ohne erkennbare Ordnung verstreut lagen, systematisch durch.

Nach einigen Minuten musste sie enttäuscht feststellen, dass es sich bei den Aufzeichnungen um Analysen, Versuchsanordnungen und Herkunftsbeschreibungen seltener Pflanzen handelte. Nichts, was für einen Parfümeur ungewöhnlich war. Sie besah sich den Schreibtisch, rüttelte an der obersten Schublade. Sie war verschlossen, ebenso wie die beiden anderen.

Wo könnte er den Schlüssel nur versteckt haben, dachte sie, und untersuchte den Unterboden der Schreibtischplatte. Nichts. Vielleicht die Rückwand?

Auf allen vieren kroch sie um den Schreibtisch herum, hoffend, dass Maurice nicht gerade jetzt unverhofft das Zimmer betrat und sie in dieser unwürdigen Position erwischte. Sie tastete entlang der Beine, in der Erwartung, den Schlüssel mit Klebeband befestigt zu finden. Aber auch dort konnte sie nichts entdecken.

Als sie sich wieder aufrichtete, überlegte sie, dass der Gedanke, Maurice könne den Schlüssel versteckt haben, falsch war. Maurice war von Natur aus ein eher träger Mensch, und da er täglich an den Inhalt der Schubladen herankommen musste, würde er den Schlüssel sicher an einer Stelle aufbewahren, die leicht zugänglich war.

Sie ging zum Regal, das hinter dem Schreibtisch stand, reckte sich in die Höhe und tastete die Böden vor den Büchern und Ordnern ab. Ihre Hand fand nur Staubflocken.

Nathalie wischte die Finger an ihrer Hose ab, sah die graue Spur, die sie hinterließen, klopfte den Staub verärgert ab und ließ schließlich ihren Blick durch den Raum schweifen. Ihre Augen hielten an der Schreibtischunterlage inne. Es wäre fast schon lachhaft, sollte der Schlüssel sich darunter befinden. Aber tatsächlich – als Nathalie die Unterlage anhob, lag er da. Triumphierend ergriff sie ihn und öffnete die Schubladen.

Es herrschte ein heilloses Durcheinander: Stifte, Briefumschläge, Papiere füllten die Schubladen ungeordnet bis an den Rand. Gerade wollte Nathalie enttäuscht ihre Suche nach dem Grund für Maurices Geheimniskrämerei abbrechen, als sie ganz unten in der letzten Schublade einen Briefumschlag fand, auf den ihr Name geschrieben war. Verunsichert zog sie ihn hervor. Er war unverschlossen. In dem Kuvert steckte eine Nachricht, handschriftlich notiert. Nathalie betrachtete seine krakelige, fast unleserliche Schrift und las.

*Ma chère Nathalie,*

*dieser Brief, den du erst nach meinem Tode lesen wirst, ist von größter Wichtigkeit, denn er enthüllt die wahren Gründe für mein Ableben.*

*Wahrscheinlich wurde dir gesagt, ich sei eines natürlichen Todes gestorben oder einem tragischen Unfall zufolge umgekommen. Es entspricht nicht der Wahrheit.*

*Seit einiger Zeit arbeite ich für einen Auftraggeber, der mir nicht ge-*

*heuer ist. Ich weiß zu viel, und es ist sehr wahrscheinlich, dass er mich mit diesem Wissen nicht am Leben lassen wird. Sollte dies so sein, möchte ich nicht, dass er ungeschoren davonkommt.*

*In meinem Schließfach, zu dem du Zugang hast, ist ein Brief hinterlegt, der die Mörder benennt und Fakten aufführt, die dafür sorgen sollen, die Verantwortlichen hinter Gitter zu bringen. Gehe damit sofort zur Polizei, bevor noch ein weiteres Unglück passiert. Denn ich bin nicht der Einzige, der ihnen zum Opfer gefallen ist, und ich werde auch nicht der Letzte sein …*

*Bisou,*
*Maurice*

Nathalie warf den Brief auf den Schreibtisch, als enthalte er Insekten. Mon Dieu, das war das Letzte, was sie finden wollte. Wahrscheinlich war das die Rache für ihre Neugierde.

Hektisch steckte sie den Zettel wieder in den Umschlag und schob ihn zurück in den unteren Teil der Schublade. Dann schob sie alles wieder so hin, wie sie es vorgefunden hatte. Sollte Maurice zurückkommen, durfte nichts darauf hinweisen, dass sie in seinem Heiligtum gestöbert hatte.

Sie warf die Kleidung zurück auf den Stuhl und schob das benutzte Geschirr zurück auf seinen Platz. Nicht eine Minute zweifelte sie, dass er noch am Leben war. Der Gedanke an einen möglichen Tod war einfach zu absurd. Er hatte sich also mit den falschen Leuten eingelassen. Ausgerechnet Maurice, der Spießer. Es war typisch für ihn, dass er sich absichern wollte, aus Angst, ihm könne etwas zustoßen. Wahrscheinlich waren seine Auftraggeber harmlose Männer, die nur ein wenig abseits der üblichen Geschäftspraxis handelten.

Mit einem Kopfschütteln vertrieb sie die Ahnung, dass sein Verschwinden mit genau diesen Männern zusammenhing und er womöglich schon tot sein könnte. Es passte nicht in ihr

Weltbild, und ganz bestimmt nicht in das Leben, dass sie für sich erdacht hatte. Nathalie Signac, Witwe …

Nein. Sie konnte nicht zur Polizei gehen. Wie sollte sie es Maurice erklären, wenn sie mit einem Male im Besitz des belastenden Materials war, das in dem Safe lag? Woher sollte sie davon wissen, wenn nicht durch unerlaubtes Herumschnüffeln!

Nathalie hasste die sich streitenden Gedanken. Schon jetzt bereute sie es, sein Arbeitszimmer betreten zu haben. Was aber, wenn ihm tatsächlich etwas zugestoßen war? Sie beschloss, bis zum Abend zu warten. Sollte er bis dahin nicht aufgetaucht sein, würde sie gleich morgen früh ihre Bank aufsuchen und den ominösen Brief aus dem Schließfach holen.

Es war zwanzig nach zehn, als Helena und Lucile Tourette-sur-Loup erreichten. Helena war froh, in ihren trüben Gedanken unterbrochen zu werden, die sich immer nur um ein Thema drehten: Tom. Hatte sie gedacht, sie hätte ihn längst überwunden, wurde sie nun eines Besseren belehrt. Allein der Klang seiner Stimme hatte die verloren geglaubte Sehnsucht wieder aufflammen lassen.

Langsam lenkte Lucile den Wagen durch die Altstadt. Helena betrachtete die hübschen Backsteinhäuschen, die gepflegten Anlagen. Die alte Stadtmauer gab plötzlich den Blick frei auf kleine, lebhafte Gässchen. Von überall her schienen Menschen aus ihren Häusern hervorgekommen zu sein, um das herrliche Wetter zu genießen. In den Cafés an der Straße saßen Einheimische und versprengte Grüppchen Touristen und hielten ihre Gesichter in die Sonne.

»Man möchte kaum glauben, dass heute ein ganz normaler Wochentag ist«, sagte Lucile in ihre Gedanken hinein.

Sie durchfuhren den Stadtkern und bogen schließlich in

eine kleinere Straße ein, in der die Häuser eng beieinander standen. Sie hatten Glück, an einer Steinmauer, nicht weit entfernt von der angegebenen Adresse, fanden sie Platz genug, um den Kleinlaster zu parken.

»Ich hatte mir das Haus anders vorgestellt«, meinte Helena und betrachtete das schmale, aber hübsch restaurierte Backsteinhaus. »Die meisten Ausländer, die hierher ziehen, wohnen doch eher in Einzelhäusern außerhalb der Städte.«

Lucile nickte zustimmend. »Was mich allerdings am meisten wundert, ist, dass sie die Sachen hier auf dem Dachboden fand, und nicht in einem Haus in Grasse, wo Yves Sagan wohnte.«

Helena stellte fest, dass sie über diesen Punkt noch gar nicht gestolpert war.

Auf ihr Klingeln hin öffnete eine kleine pummelige Frau mit kurzen, in Locken gelegten Haaren und grell rosa geschminkten Lippen. Helena schätzte sie auf Ende sechzig.

Lucile reichte ihr die Hand. »Guten Tag, mein Name ist Lucile Bertrand und das ist Helena Jacobi. Wir hatten miteinander telefoniert.«

Aber die Frau erwiderte den Gruß nicht. Offenbar hatte sie sich unter ihrem Besuch jemand anderen vorgestellt; misstrauisch betrachtete sie die derbe, bäuerliche Kleidung der beiden.

»Wir wollten nur sichergehen, dass wir unerkannt bleiben«, erklärte Helena, nahm das Tuch vom Kopf und fuhr sich mit den Fingern durch das lockige Haar.

»Unerkannt?« Mrs. Hershs Augen weiteten sich. Sie trat einen Schritt zurück ins Haus und klammerte sich an den Türgriff, bereit, die Tür jederzeit zuzuschlagen.

»Mrs. Hersh, wie ich Ihnen bereits am Telefon angedeutet hatte, ist das Buch, das wir suchen, das fehlende Puzzleteil zu einer unserer Kreationen.« Lucile warf Helena einen ärgerlichen Blick zu. »Und wir wollen doch nicht, dass die Konkurrenz uns zuvorkommt.«

»Ah, die Konkurrenz!« Mrs. Hersh schien erleichtert über diese Erklärung und bat die beiden ins Haus.

Das Innere des Hauses wirkte wie eine Puppenstube. Die Räume, die sich auf zwei Stockwerke verteilten, waren klein und voll gestopft mit Möbeln. Mrs. Hersh bat die beiden, ihr ins Wohnzimmer zu folgen, wo sie auf einem Servierwagen Kaffee und Kekse stehen hatte.

Helena nahm neben Lucile auf einem offensichtlich neuen, hässlich in Blau und Violett gemusterten Sofa Platz, Mrs. Hersh wählte den grauen Kunstledersessel gegenüber. »Kaffee?«

Sie schenkte zwei Tassen voll bis an den Rand, so dass Helena gar nicht in Verlegenheit kam zu fragen, ob die weiße Flüssigkeit in dem kleinen Kännchen Sahne oder Milch war.

»Wie lange wohnen Sie schon hier, Mrs. Hersh?«, eröffnete Helena höflich das Gespräch.

»Seit Anfang des Jahres.« Mrs. Hersh errötete angesichts des Interesses. »Mein Mann ist vor einer ganzen Weile verstorben, und er hatte immer wahnsinnige Flugangst. Nach seinem Tod habe ich mir ganz Europa angesehen, aber am besten hat es mir in Tourette-sur-Loup gefallen. Der Ort lebt von den vielen Künstlern, die hier ansässig sind, und da habe ich sofort eine Art Seelenverwandtschaft gespürt. Ich bin nämlich auch so etwas wie eine Künstlerin.« Sie holte Luft und zeigte stolz auf ein paar Skulpturen, die überall im Raum verteilt standen. »Hunde. Ich mache nur Hunde. Früher habe ich ein halbes Dutzend gehabt, aber jetzt, wo ich alleine bin – sozusagen noch eine Unbekannte im Dorf –, kann sich ja niemand um die Hunde kümmern, wenn ich weg bin. Dabei mache ich ja so gerne Tagesausflüge.« Sie wandte sich an Lucile. »Sie hatten Glück, dass Sie mich noch erreicht haben. Gerade gestern bin ich erst aus San Remo zurückgekehrt und morgen ist Saint-Tropez dran.« Sie kicherte. »Ich bin mal hier, mal dort. Ganz so, wie es mir plötzlich einfällt. Ich kann gar nicht genug bekommen von der ganzen Umgebung.« Sie griff nach einem Keks und kaute nachdenklich, als lasse sie die Landschaften noch einmal an ihrem inneren Auge vorbeiziehen.

Helena sah sie mit offenem Mund an, die Tasse noch in der Hand, ohne einen einzigen Schluck getrunken zu haben.

Lucile nutzte die Atempause. »Und die Sachen, die Sie damals auf dem Flohmarkt verkauft haben, die hatten Sie auf dem Dachboden gefunden?«

Mrs. Hersh nickte, während sie einen Schluck Kaffee trank, und antwortete, noch ehe sich die Lippen von der Tasse gelöst hatten. »Ganz richtig. Ich sage Ihnen, da stand ein Zeug rum ... Der Vorbesitzer war alt und krank und musste in ein Heim. Schrecklich, nicht wahr? Mich bekommt niemand dorthin, und wenn ich mich von einer Schwester für teures Geld betreuen lassen muss, aber in ein Heim gehe ich nicht. Na, jedenfalls hatte er alles, was er dort nicht unterbringen konnte, nach oben geschafft. Das war eine ganze Menge, das kann ich Ihnen sagen. Alte Möbel vor allem. Aber die mochte ich nicht. Ich wollte ein ganz neues Leben anfangen, da kann ich doch keine alten Möbel nehmen, oder?«

Helena sah Lucile an und konnte sich ein Grinsen nicht verkneifen. Auch Lucile schien Mühe zu haben, nicht loszulachen.

»Und diese Bücher von Yves Sagan? Waren die auch dort?«

»Ach die. Ja, da standen viele Kisten. Auf jeder war ein anderer Name notiert. Diese Bücher müssen da drin gewesen sein.«

Lucile beugte sich vor. »Kisten mit verschiedenen Namen? Sind die alle noch da?«

Mrs. Hersh sah sie mit großen Augen an. »Nein, wo denken Sie hin. Ich habe alles zusammengepackt und zum Flohmarkt geschafft. Der Rest steht jetzt zusammengewürfelt in Kartons. Viel bin ich ja nicht losgeworden. Und noch einen Flohmarkt wollte ich mir nicht antun. Die Leute zahlen ja kaum etwas für die Sachen. Und dafür steht man dann in aller Herrgottsfrühe auf. Den Rest wollte ich irgendwann mal einem Entrümpler geben. Die zahlen zwar auch nicht viel, aber immerhin hat man dann keine Arbeit mehr.«

»Und der Rest steht jetzt noch auf dem Dachboden?« Helenas Herz begann schneller zu schlagen. Sie hatte das Gefühl, kurz vor dem Ziel zu sein.

»Ja. Möchten Sie es sich angucken?« Mrs. Hersh schien zu hoffen, dass sie sich zuerst noch ein wenig mit ihr unterhalten wollten, denn sie machte keine Anstalten aufzustehen.

Lucile aber erhob sich sofort vom Sofa. »Ja, gerne. Selbstverständlich zahlen wir Ihnen auch eine angemessene Summe, wenn wir das finden, was wir suchen.«

»Aber, meine Liebe«, flötete Mrs. Hersh, offensichtlich angetan von der Aussicht auf ein wenig Geld. »Ich freue mich doch, Ihnen helfen zu können.« Endlich stand sie auf und führte die beiden über eine knarrende Treppe in den oberen Stock. Mit einem langen Haken hob sie eine in die Decke eingelassene Luke an, zog eine ausziehbare Leiter herunter und zeigte hinauf ins Dunkle. »Bitte sehr. Dort oben finden Sie eine kleine Öllampe. Streichhölzer liegen gleich daneben.«

Lucile erklomm als Erste die wackelige Leiter und winkte Helena, ihr zu folgen. Als auch sie den kleinen Dachboden betrat, konnte sie im schemenhaften Licht, das durch ein winziges Dachfenster drang, erkennen, dass sie sich kriechend würden fortbewegen müssen, da die Bodenhöhe kaum mehr als eineinhalb Meter maß. Zur Straßenseite hin wurde sie sogar immer tiefer, bis das Dach schließlich direkt am Fußboden endete.

»Eng ist es hier«, sagte Lucile und zündete die Lampe an.

»Und staubig«, ergänzte Helena. »Kannst du dir vorstellen, wie der Vorgänger, ein alter Mann, ganze Möbel heraufgebracht haben soll?« Sie betrachtete die Spinnennetze, die an der Decke knapp über ihren Köpfen hingen, und versuchte, nicht daran zu denken, dass zu jedem Netz auch eine Spinne gehörte.

Das flackernde Licht der Öllampe beleuchtete einen alten Nachttisch, diverse, angeschlagene Kartons und jede Menge nutzloser Dinge, die in die Schräge gepresst worden waren: ein alter Staubsauger ohne Saugrohr, eine verrostete Waage, alte Blumentöpfe, die augenscheinlich gerissen waren.

»Kommen Sie zurecht?«, rief Mrs. Hersh von unten herauf.

»Ja, danke«, antwortete Lucile. Sie zeigte auf die Ecke, in der die Kartons gestapelt waren. »Wenn das Laborbuch hier ist, dann in einem den Kartons«, sagte sie leise zu Helena und kroch auf allen Vieren vorwärts.

Helena folgte ihr, nicht ohne schaudernd daran zu denken, wie es wäre, wenn Mrs. Hersh plötzlich die Dachluke schloss und sie in der Enge alleine ließe. Die aufkeimende Platzangst ließ sich nur durch das Bewusstsein niederkämpfen, dass im Notfall Pierre Lucas die Adresse der Dame hatte.

Lucile schob ihr einen Karton zu. »Hier, nimm den.« Im Licht der Laterne konnte Helena eine freudige Erregung auf Luciles Gesicht erkennen. Ja, nun würde sich herausstellen, ob sie bald in der Lage waren, das Geheimnis um die Formel zu lösen.

Gespannt schlug sie den Kartondeckel zurück und spähte ins Innere. Papiere, Dokumente, kleine Heftchen bis an den Rand. Mit erhitztem Gesicht holte sie einen Stapel hervor und blätterte ihn durch. Vieles war in demselben alten Französisch geschrieben wie schon das Buch des Yves Sagan. Aber es schien sich nicht um Formeln zu handeln, sondern um eine Art medizinische Berichtshefte.

Enttäuscht legte sie die Hefte zur Seite und griff nach einem weiteren Stapel, der vorwiegend aus Dokumenten und Urkunden bestand.

»Ich habe jetzt alle Kartons durchwühlt, aber in keinem ist das Buch drin«, klagte Lucile nach einer Weile. »Wie sieht es bei dir aus?«

»Auch nichts. Allerhand Heftchen und Dokumente, aber kein Buch.« Helena sah sich um. »Vielleicht in einem der Möbelstücke?«

Lucile nickte und kroch auf den kleinen Nachttisch zu. Helena versenkte sich wieder in die Papiere. Vielleicht handelte es sich bei dem Laborbuch eher um ein Heft? Vielleicht hatte sie es in dem Stapel, der die medizinischen Befunde enthielt, übersehen? Noch einmal ging sie den Inhalt des Kartons durch, nahm ein Heft nach dem anderen in die Hand und blätterte in ihnen.

Dann, plötzlich, riss sie ein Ausruf aus ihren Studien.

»Nein, Helena, das gibt es nicht. Das ist es, ich habe es tatsächlich gefunden!« Lucile richtete sich auf und stieß prompt gegen die Decke. Aber sie lachte nur, robbte auf Helena zu und umarmte sie stürmisch. »Hier ist es«, rief sie und schwenkte ein in Leder gebundenes Buch. »Wir haben es geschafft! Wir haben es tatsächlich geschafft!«

Helena stimmte in Luciles Lachen ein. Was für ein seltsamer Moment. Seit Tagen taten sie nichts anderes, als auf den Augenblick zu warten, in dem sie der Entschlüsselung der Formel nahe waren, und nun, da es soweit war, fühlte es sich merkwürdig an. Sie freute sich, ja, aber noch waren sie nicht ganz am Ziel. Noch hatten sie die Mixtur nicht fertig in der Hand, und noch immer waren sie auf der Flucht vor Mördern und der Polizei.

Lucile legte das Laborbuch an die Seite und packte die Kartons, die sie geleert hatte, wieder zusammen. Auch Helena begann, die Papiere zu ordnen, und stutzte, als sie auf einem der Blätter den Namen Yves Sagan las.

»Schau mal, Lucile, hier steht etwas von ihm.« Sie reichte Lucile das Blatt. Diese las, erst staunend, dann mit immer tiefer werdenden Stirnfalten.

»Oh mein Gott«, sagte sie plötzlich. »Das kann doch nicht wahr sein.«

»Was denn?«

»Zeig mir mal, was da noch ist.« Lucile griff nach einem der Papierstapel und las.

»Was ist denn, Lucile?«

Lucile atmete tief. »Ich glaube, wir haben ein Problem.«

Erst später, als sie wieder im Wagen auf dem Rückweg zur Auberge saßen, registrierte Lucile, dass sie nun vielleicht auch diese Chance auf Lösung des Falles vertan hatten.

Was sie dort, in dem zerbeulten Karton auf dem Dachboden gefunden hatte, waren Patientenkarten, die von einem renommierten Arzt und Psychiater des neunzehnten Jahrhunderts stammten. In einer Zeit, in der man geistig Kranke noch in dunkle Verliese steckte oder versuchte, ihnen die Krankheit an große Räder gebunden aus dem Hirn zu schleudern, hatte sich dieser Mann, Arthur Gilot, weniger, gut situierter Patienten angenommen und ihnen in dem Haus eine Zuflucht gegeben.

Einer der Patienten war Yves Sagan, und die Tatsache, dass er selbst sich bei Monsieur Gilot gemeldet hatte, noch bevor sich der Zustand verschlechterte, zeigte Lucile, dass er es nach anfänglicher Euphorie über seinen seligen Zustand mit der Angst zu tun bekommen haben musste.

Das, was sie Helena aus der Patientenkarte vorgelesen hatte, war eine logische Konsequenz dessen, was sie am Ende des Tagebuches bereits andeutungsweise erfahren hatten. Yves Sagan, entrückt von den irdischen Dingen, erlebte die Welt wie in einem wunderbaren Rausch. Er, so hatte es Arthur Gilot beschrieben, lächelte fortwährend, seufzte wohlig beim Anblick von Blumen, der Sonne oder gar von Schwester Colette, seiner Pflegerin, und schien in seiner eigenen kleinen Welt glücklich zu sein.

*Es entspringt ihm ein Seelenfrieden, wie ich es noch nie bei einem Menschen gesehen habe. Er ist genügsam, von Liebe zu Mensch und Tier durchdrungen, ein äußerst angenehmer Patient; und doch kommt man nicht nahe genug an ihn heran, um ihm eine Beschreibung dessen zu entlocken, was genau er in seinem Gegenüber sieht.*

»Erschreckend«, sagte Helena nun und starrte aus dem Fenster. »Da glaubt man, etwas in den Händen zu haben, um die Welt zu retten, und letztendlich ist es wie ein Fluch.«

Lucile merkte auf. »Glaubst du, dass sich die Wirkung durch den Fluch des Signore Cesari derart verändert hat?«

Helena sah sie fragend an. »Du glaubst doch nicht tatsächlich daran?«

»Na ja, wenn nun aber der Duft an sich eine gute Wirkung hat und Yves Sagan nur deshalb verrückt wurde, weil Cesari ihm verboten hatte, die Formel auszuprobieren … « Lucile merkte, wie sehr sie sich an diese Vorstellung klammerte. Es konnte doch nicht alles umsonst gewesen sein. Jeans Tod, die Gefahr, in der sie sich befanden …

»Hör auf, Lucile. So etwas wie Flüche gibt es doch in Wirklichkeit gar nicht.« Helena drehte sich nach dem Buch um, das wie eine ansteckende Krankheit fern von ihnen in eine Tüte gewickelt auf der Rückbank lag. »Das Beste wäre, das Buch zu verbrennen und ein für alle Mal Schluss mit dem Unsinn zu machen. Das Zeug ist gefährlich!«

»Wenn es so etwas wie Flüche nicht gibt, dann dürfte es auch keinen Duft der Aphrodite geben.« Lucile spürte eine Gereiztheit in sich hoch kriechen. »Wir können das Buch doch nicht einfach verbrennen, nur weil Yves Sagan verrückt geworden ist! Wir wissen doch gar nicht, ob es an der Wirkung des Duftes lag.«

»Ja, warum denn dann?«

»Du meine Güte, ich bin doch kein Psychiater! Bei manchen Menschen wird es durch ein Trauma ausgelöst. Und manche haben einfach die Veranlagung dazu.« Sie schluckte. »Helena, wir haben endlich den Zugang zur Formel. Wir müssen sie zumindest einmal ausprobieren.«

Helena sah sie skeptisch von der Seite an. »Und an wem willst du das tun? Willst du das Risiko eingehen, den Verstand zu verlieren?«

»Hast du eine bessere Lösung?«

»Ich weiß es nicht. Ich weiß nur, dass das, worüber uns das Laborbuch Aufschluss gibt, gefährlich ist. Vergiss nicht, dass wir noch immer verfolgt werden. Stell dir nur vor, was mit der Welt passiert, wenn es in falsche Hände gerät. Wenn irgendein Machthaber beschließt, einen seiner feindlichen Staaten zu einem Volk voller lächelnder Idioten zu machen!«

Lucile seufzte laut. Sie ahnte, dass an dem, was Helena sagte, etwas Wahres dran war. Aber sollten sie den Duft nicht zumindest einmal zusammenstellen und vielleicht nur ganz vorsichtig testen, bevor sie falsche Schlüsse zogen?

Sie schwiegen, während Lucile den Kleinlaster in Richtung Bonnieux lenkte. Es war zehn vor zwei. In wenigen Stunden würden sie zurück in der Auberge sein und beiden war klar, dass noch heute eine Entscheidung über das weitere Vorgehen gefällt werden musste.

## 24

»Hey, alter Freund. Schön, dass du vorbeischaust.«

François biss in sein Sandwich und kaute lautstark. Pierre hatte gewusst, dass er ihn hier treffen würde. Es gab keinen Tag, an dem sein alter Kollege nicht im Bistro um die Ecke der Gendarmerie die Mittagspause verbrachte. Immer zur selben Stunde, fern der üblichen Essenszeiten.

Pierre sah sich um, ob eventuell einer der Kollegen anwesend war, denen er lieber aus dem Weg ging. Aber abgesehen von einem Pärchen, das sich in der hinteren Ecke an den Händen hielt, waren sie alleine in dem Café, also setzte er sich François gegenüber an den Tisch.

Der Besitzer des Bistros, der sich rühmte, seine hervorragenden Sandwiches noch persönlich zuzubereiten, kam freudestrahlend auf ihn zu und klopfte ihm auf die Schulter.

»Pierre Lucas, welch eine Freude. Was treibst du denn hier?«

Pierre ließ sich auf einen kleinen Plausch ein, bestellte einen Kaffee und wandte sich wieder François zu.

»Ich habe ein komisches Gefühl, mein Freund. Irgendetwas braut sich zusammen.«

François legte sein Sandwich auf den Teller, trank einen Schluck Limonade und wischte sich mit der Serviette den Mund ab. »Du meinst Luc Poirrot.«

»Ja, aber nicht nur. Um ehrlich zu sein, ich habe Angst um die beiden Frauen.«

François nickte bedächtig. »Da könntest du Recht haben. Ich habe eben gerade erfahren, dass die Leiche von Jean Batiste morgen früh obduziert werden soll. Es scheint, als suche Bonnet nach etwas, das den Verdacht gegen die beiden erhärtet.«

Pierres Züge verdunkelten sich. »Du kennst Bonnet. Für ihn wäre es ein Kinderspiel, Beweise herbeizuzaubern, die er gerade braucht. Er muss nur ein Gift finden lassen und es dann bei einer Hausdurchsuchung wie zufällig entdecken.«

»Ja, so etwas soll vorkommen.«

Der Kaffee wurde auf den Tisch gestellt, aber als Pierre die Tasse zum Mund heben wollte, fielen ihm seine Magenschmerzen ein. Bedauernd stellte er die Tasse wieder ab.

»François, ich möchte, dass du mir die Nummer deines Neffen gibst. Ich habe das Gefühl, dass er noch mehr über die Sache mit Laura Bonnet und Jean Batiste weiß. Vielleicht liegt da der Schlüssel.«

»Oh, Phillip ist im Urlaub.«

»Dann gib mir seine Handynummer.«

»Ich habe sie nicht bei mir. Aber ich rufe dich heute Abend an und sage sie durch.«

Ein Gendarm betrat das Bistro. Pierre erkannte einen seiner unliebsamen jungen Kollegen, arrogant und unhöflich.

»Sieh da, unser alter Lucas. Vertreibst du dir die Zeit? Muss ja irre langweilig sein, so als Rentner.«

Pierre sah ihn mit finsterem Blick an. »Ich habe genug zu tun. Jedenfalls so viel, dass ich nicht die Zeit habe, mich mit dir abzugeben.« Nur mit Mühe konnte er seinen Groll zurückhalten, und bevor er ausfallend werden konnte, stand er auf, legte ein paar Münzen neben die unberührte Tasse Kaffee und verabschiedete sich von François. »Wir telefonieren.« Damit verließ er das Bistro.

Es mag nach Flucht ausgesehen haben, dachte er verärgert, als er in seinen Citroën stieg, aber ich habe einfach nicht die Kraft, mich mit solchen Jungs anzulegen.

War er früher auch so wie sie gewesen? Er konnte sich nur daran erinnern, seinen älteren Kollegen mit Respekt und Hochachtung vor deren Erfahrung begegnet zu sein. Die Zeiten hatten sich verändert. Heute zählte nur der Fortschritt. Man bewunderte junge Männer, die keinen Deut Lebenserfahrung besaßen, für ihre virtuose Art, den Computer zu bedienen. Und das, was zählte, was die Polizeiarbeit im Wesentlichen ausmachte, wie Intuition und ein kluger Verstand – Ergebnis jahrelanger Arbeit –, wurde abgetan wie ein altes unliebsames Kleidungsstück.

Sein Magen fing wieder an zu kneifen. Er startete den Wagen und fuhr zurück zu seiner Wohnung. Das Gefühl, etwas Furchtbares werde passieren, verstärkte sich mehr und mehr.

»Ich kann doch nicht einfach untätig zusehen«, sagte er laut. »Es muss doch etwas geben, was ich tun kann.«

Maurice Signac fiel ihm ein, Jean Batistes Kollege, der sich durch das Auftauchen des falschen Briefes als ein Mitspieler Bonnets zu erkennen gegeben hatte. Pierre hatte ihn bislang nicht aufsuchen wollen, um weiterhin verdeckt arbeiten zu können.

Pierre schluckte hart. Luc Poirrots Gesicht tauchte vor seinem inneren Auge auf. Sein Schicksal hatte ihn stärker getroffen als erwartet. Er musste umsichtig vorgehen, wenn er nicht genauso enden wollte.

Aber wenn er sich als Beamter ausgab, die Polizeimarke hatte er ja noch, vielleicht könnte er in einem Gespräch einen Hinweis erhalten, der ihm in seinen Ermittlungen weiterhalf.

Abrupt wendete er den Wagen. Bis Grasse waren es nur wenige Kilometer.

Julie sah aus dem Bürofenster nach unten zur Straße. Da war der Dunkelhaarige wieder. Stand mit verschränkten Armen da und blickte nach oben. Er hatte sich gegen die Kälte einen knallroten Schal um den Hals geschlungen, der weithin leuchtete. Es war, als wolle er sich damit in ihr Gedächtnis einbrennen, ihr zu verstehen geben, dass er allgegenwärtig war – bereit, sie jederzeit abzupassen, sollte sie sein Spiel nicht mitspielen.

Sie starrte auf den Bildschirm, konnte sich nicht auf die Arbeit konzentrieren. Vielleicht sollte sie sich krankmelden. Sie seufzte. Ihr war übel, die Sorge um Helena fraß sich tief in ihren Magen. Sie hoffte, sie würden ihr Versprechen halten und Helena nicht allzu sehr wehtun. Aber sie ahnte, dass sie sich damit nur etwas vormachte.

Tränen stiegen in ihre Augen. Sie stand auf, ging zu ihrem Vorgesetzten, der nur einen Gang weiter saß, und meldete sich wegen Magenverstimmung ab. Als sie mit dem Wagen aus der Tiefgarage fuhr, versperrte der dunkelhaarige Mann, der sich als Pedro vorgestellt hatte, den Weg.

Sie fuhr die Seitenscheibe herunter. »Ich fahre nach Hause. Mir ist nicht gut.«

»Keine unabgesprochenen Touren.«

»Verdammt, mir ist nicht gut! Soll ich etwa auf die Tischplatte brechen?«

»Okay. Warte, ich fahre hinterher.«

Bastard, dachte sie und ließ die Scheibe wieder hochfahren. Dann stellte sie sich an die Seite und wartete, bis Pedro in seinem silbernen Mercedes hinter ihr hielt und zum Anfahren winkte.

Sie oder Helena, hatten sie gesagt und ihr zu verstehen gegeben, dass ihr Leben nicht einen Cent mehr wert war, sollte sie nicht kooperieren. Alles was sie tun musste, war, ihre Gespräche mit anhören zu lassen und Helena die richtigen Fragen zu stellen, um einen Hinweis auf ihren Aufenthaltsort zu bekommen. Es war ihr nicht leicht gefallen, aber sie hatte zu große Angst um ihr Leben gehabt, als dass sie es heldenhaft für ihre Freundin hergegeben hätte. Jetzt aber, wo es sich nur noch um Stunden handeln konnte, bis sie Helena und Lucile um die Formel und wahrscheinlich auch ums Leben brachten, fragte sie sich, was ihr Leben mit der Last dieser Schuld eigentlich noch wert war. Würde sie irgendwann wieder normal denken und handeln können, ohne an Helena erinnert zu werden? An die Tatsache, dass sie noch leben würde, wäre sie selbst stärker gewesen?

Nur noch wenige Stunden … Panik kroch in ihr hoch. Nein. Noch war es nicht zu spät. Helena durfte nichts zustoßen! Sie musste eine Möglichkeit finden, sie zu warnen. Julie erhöhte das Tempo, überholte scharf links, wobei sie sich zwischen zwei Autos zwängte, und preschte noch über die Kreuzung, nachdem die Ampel auf Rot geschaltet hatte.

Im Rückspiegel sah sie, wie der Mercedes hinter dem Wagen, den sie überholt hatte, halten musste. Sofort klingelte ihr Handy.

»Ja?«

»Was sollte das, verdammt nochmal?«

»Ich habe doch gesagt, dass mir schlecht ist. Ich muss schnell nach Hause. Wir sehen uns da.«

Mit hohem Tempo raste sie durch die Straßen und bog in Richtung Autobahn ab. Vorher machte sie an einer Telefonzelle Halt und wählte Helenas Nummer. Die Mobilbox sprang an. Sie fluchte.

»Helena, wenn du das hier hörst, dann lauf weg, so schnell du kannst. Die Mörder wissen, wo du steckst! Und ruf mich nicht an, sämtliche Telefone werden abgehört. Ich melde mich bei dir.«

Dann setzte sie ihren Weg fort. Noch ohne eine Ahnung zu haben, wie sie Helena helfen konnte, fuhr sie in Richtung Süden, getrieben von dem Wunsch, alles wieder gutmachen zu wollen, ohne auch nur einen weiteren Gedanken an ihr eigenes Leben zu verschwenden.

Der Himmel über Paris war klar und sonnig, aber der Wind frischte auf. Gordon schlug seinen Mantelkragen hoch und winkte dem wartenden Taxi, das ihn zum Flughafen bringen sollte.

Er war froh, den Aufenthaltsort der beiden Frauen noch vor Jacques Bonnet herausgefunden zu haben, denn dessen Fahndung hatte ein Eigenleben entwickelt, das ihm nicht gefiel. Die Idee mit dem Brief, ja, die war gut gewesen. Aber nun plötzlich Jean Batiste obduzieren zu wollen, nur um den Haftbefehl zu rechtfertigen? Warum war Jacques so darauf erpicht, die beiden Frauen nicht nur zu finden, sondern auch zu verurteilen?

Je öfter er nun darüber nachdachte, desto mehr beschlich ihn der Verdacht, dass Jacques vor allem eines wollte: ihn, Gordon, ans Messer liefern, um seinen Erpresser los zu werden und endlich wieder als großer Kriminalist dazustehen. Die Obduktion selbst würde nichts ergeben, die Stoffe hatten sich längst im Körper gelöst. Aber wenn Jacques den beiden Frauen etwas unterjubeln konnte, dann hatte er bestimmt auch Möglichkeiten, es bei ihm zu tun. Nur wie wollte er sich aus der Sache mit dem Material herauswinden, das Gordon gegen ihn in der Hand hatte?

Gordon stieg in das Taxi und nannte dem Fahrer den Zielort. Dann griff er nach seinem Mobiltelefon und wählte die Nummer von Jacques Bonnets privatem Handy, das er, wie Gordon wusste, immer bei sich trug. Ohne seinen Namen zu nennen, kam er zur Sache.

»Die Geschichte wird abgeblasen.«

»Warum?« Jacques Bonnet schien zweifellos sofort zu wissen, wer am anderen Ende der Leitung war.

»*Wir* bringen sie zu Ende.«

»Wir können jetzt nicht aufhören. Dazu haben wir uns zu weit aus dem Fenster gelehnt.«

»Dann lasst es im Sande versickern.«

Bonnet stellte sich stur. »Dazu muss ich aber erst einmal die Anordnungen zu Ende führen. Sonst könnte jemand auf dumme Gedanken kommen, und das kann ich mir nicht leisten.«

»Es ist mir egal, wie du es machst. Die Sache ist gestoppt.« Gordon sprach leise, aber eindringlich.

Angenommen Jacques ahnte, dass sich etwas bei den Frauen befand, was Gordon wichtig war. Hätte er den Aufenthaltsort der beiden vor ihm herausgefunden, dann wäre auch die Formel in seine Hände gelangt. Gordon grinste, als er Jacques' perfiden Plan erkannte. Ja, mit der Formel hätte er etwas in der Hand gehabt, das er gegen das belastende Material tauschen konnte. Die beiden Frauen waren ihm egal, dessen war Gordon sich sicher. Jacques Bonnet wollte ihm selbst an den Kragen.

»Ich werde sehen, was sich machen lässt«, antwortete Jacques Bonnet nun gelangweilt.

Gordon lachte trocken auf und ignorierte den irritierten Blick, den ihm der Fahrer im Rückspiegel zuwarf. »Das kann ich dir nur raten, wenn dir deine weitere Karriere lieb ist. Wenn die Sache nicht bis morgen beendet ist, geht eines der

Fotos an die Presse.« Wütend schaltete er das Handy ab. Dieser Jacques Bonnet war ein unangenehmer Zeitgenosse. Und auch wenn es sicher von Vorteil war, jemanden in dieser Position in der Hand zu haben, glaubte Gordon nicht daran, dass er das Risiko einer weiteren Zusammenarbeit jemals wieder auf sich nehmen würde. Jacques erwies sich als undankbar und halsstarrig und, was wesentlich gefährlicher sein konnte, er litt an maßloser Selbstüberschätzung.

Gordon lehnte sich im Sitz zurück, richtete seine Gedanken wieder auf die bevorstehenden Ereignisse und fing an, die Fahrt zum Flughafen zu genießen. Sein Magen kribbelte vor Erregung. Gerry hatte ihm mitgeteilt, dass die beiden Frauen sich zwar momentan nicht in der Auberge aufhielten, er aber ihre Zimmer ausfindig gemacht hatte. In einem der Räume hatte er jede Menge Essenzen und Mixturen gefunden, es war also nur noch eine Frage der Zeit, bis Lucile Bertrand und Helena Jacobi in die Auberge zurückkehrten.

Er rieb die kalten Hände aneinander und blies seinen Atem hinein, bis sie sich wieder erwärmten. Die Vorfreude stieg; er verspürte das Bedürfnis, sie endlich zuzulassen. Nicht mehr lange, und er, Joseph T. Gordon, war einer der mächtigsten Männer der Welt. Und nichts und niemand würde ihn jetzt noch aufhalten können.

Das Summen der Klingel war laut und durchdringend. Pierre drückte den Knopf durch, entschlossen, so lange zu läuten, bis Maurice Signac vor ihm stand.

Von innen hörte er Schritte. »Ja, ja. Ich komme ja schon«, rief eine Frauenstimme. Die Tür öffnete sich und eine ungemein attraktive, fast knabenhaft wirkende Frau sah ihn fragend an.

Pierre hielt kurz seinen Ausweis hoch, der ihn als Gendarm zu erkennen gab.

»Polizei?«, fragte sie, und die Farbe wich aus ihrem Gesicht. »Bringen Sie mir schlechte Nachrichten?«

»Was für Nachrichten erwarten Sie, Madame?«

»Was meinen Sie? Ist Maurice etwas zugestoßen?«

»Maurice Signac ist nicht da?«

Die Frau starrte ihn verunsichert an. »Warum sind Sie hier?«

»Um Ihren Mann zu sprechen.«

Die Wangen der Frau nahmen wieder Farbe an. »Oh, er ist nicht da.«

Irgendetwas an dieser merkwürdigen Begrüßung störte Pierre. Offenbar hatte die Frau erwartet, dass er etwas über den Verbleib ihres Mannes wusste. »Seit wann vermissen Sie ihn?«

»Vermissen? Warum?«

Er beschloss, keine Zeit mit Höflichkeiten zu verlieren. »Hören Sie, Madame Signac. Es besteht der dringende Verdacht, dass sich Ihr Mann in Gesellschaft von Menschen befindet, die zur Erreichung ihrer Ziele über Leichen gehen. Wenn Sie auch nur eine Ahnung haben, wo sich Ihr Mann befindet, kann es Leben retten.« Er hatte bewusst offen gesprochen, wissend, dass er damit vielleicht einen großen Fehler beging. Aber seine Intuition sagte ihm, dass diese Frau vielleicht von den Machenschaften ihres Mannes wusste, nicht aber in sie verstrickt war.

Ihrem Gesichtsausdruck zufolge hatte er den Nagel auf den Kopf getroffen. Sie war eher bestürzt als überrascht, schien mit sich zu ringen, Möglichkeiten abzuwägen. Schließlich war sie offenbar zu einem Entschluss gekommen.

»Kommen Sie herein«, sagte sie und trat zurück ins Haus. Pierre folgte ihr in ein äußerst geschmackvoll eingerichtetes Wohnzimmer, das er in dem auf den ersten Eindruck einfach wirkenden Haus nicht erwartet hatte. Auf ihre Aufforderung hin nahm er Platz.

»Ich bin gleich wieder da.«

Während Pierre auf Madame Signacs Rückkehr wartete, ließ er seinen Blick schweifen. Die stilvolle Einrichtung, eine Mischung aus wertvollen Antiquitäten und moderner Kunst, ließ ihn erahnen, dass Madame Signac in diesem Punkt das Sagen hatte.

Gerade hatte er sich in die Betrachtung zweier Lithographien versenkt, als sie das Zimmer betrat, in der Hand einen Brief.

»Das habe ich beim Aufräumen gefunden.«

Pierre nahm den Brief entgegen und las. Es war ganz sicher nicht die Art von Brief, die man so einfach beim Aufräumen findet, aber er wollte Madame Signac nicht in Verlegenheit bringen. Die Zeilen waren alarmierend. Pierre spürte, wie seine Hände anfingen zu schwitzen. Maurice Signac war also tatsächlich in die Sache verwickelt, und es sah so aus, als stünde er, Pierre, nun endlich kurz davor, den Kopf der Bande zu entlarven.

Er sprang auf. »Madame, das unterstreicht genau das, was ich befürchtet habe. Wir sind diesem Auftraggeber auf der Spur, und jeder Hinweis zu seiner Festnahme kann dazu führen, dass Ihr Mann und zwei weitere Personen am Leben bleiben! Wir müssen den Brief sofort sicherstellen, jede Minute zählt.«

Madame Signac sah ihn mit einem seltsamen Ausdruck an. »Wenn der Brief so wichtig ist, woher soll ich dann wissen, ob Sie nicht auch zu den Verbrechern gehören und mir den Brief mit den Beweisen entwenden wollen?«

»Ich kann mich ausweisen!«

»O ja, eine Dienstmarke. Hören Sie, ich kenne mich mit den

ganzen Dingen nicht aus. Woher soll ich wissen, dass die Marke echt ist?«

Pierre setzte alles auf eine Karte. »Sie können mich ja überprüfen lassen. Ich gebe Ihnen gerne die Telefonnummer der Gendarmerie Vence.« Er würde die Durchwahl von François nennen, vielleicht gab es so etwas wie Güte des Schicksals.

»Die Gendarmerie in Vence? Was hat die mit dem Fall zu tun?«

»Liebe Madame Signac, jede Minute, die wir hier verstreichen lassen, bringt Ihren Mann dem sicheren Tod näher.« Er runzelte die Stirn. »Die Gendarmerie in Vence bearbeitet den Fall, weil er in unserem Distrikt seinen Anfang nahm. Wir sind am besten mit den Fakten vertraut und können sofort handeln. Wenn Sie den Brief erst zur Gendarmerie in Grasse geben, könnte es zu Verzögerungen kommen, deren Folgen *Sie* zu verantworten haben!« Er sagte es freundlich, aber bestimmt.

Sie ging zu dem Sekretär, der direkt unter den Lithographien stand, entnahm der obersten Schublade eine lange Zigarette, zündete sie an und paffte ein paar kleine Wölkchen gegen die Zimmerdecke. Es sah sehr lässig aus, der Situation nicht entsprechend, und Pierre gewann den Eindruck, als wäre Madame Signac an der schnellen Rettung ihres Mannes gar nicht gelegen.

Endlich sah sie ihn an. »Gut. Ich vertraue Ihnen. Im Grunde genommen sehen Sie auch überhaupt nicht aus wie ein Gangster.«

Pierre ahnte, dass es kein Kompliment für ihn war, und folgte ihr zur Garderobe, wo sie in einen schwarzen langen Mantel aus weichem Wildleder schlüpfte. Dann griff sie zu ihrer Tasche.

»Also gut, wir fahren zur Bank. Aber wir nehmen meinen Wagen!«

## 25

Es war eine schweigsame Fahrt gewesen. Helena hatte den Kopf zurückgelegt, den zerkratzten Wagenhimmel fixiert und ihre Gedanken schweifen lassen.

Immer und immer wieder hatte sie an den armen Yves Sagan denken müssen, der genau wie sie geglaubt hatte, die Formel für Begehrlichkeit und Glück gefunden zu haben und am Ende in der Psychiatrie gelandet war. Was sollten sie nur mit einem Duft anfangen, der solch eine Wirkung hatte? Auch wenn Lucile es noch nicht wahrhaben wollte – dass Yves Sagan nur aufgrund dessen verrückt geworden war, stand für sie außer Zweifel.

Sie seufzte unhörbar. Sie sehnte sich danach, wieder ein normales Leben zu führen. Mit einem guten Job, einem netten Freund und vor allem ohne Angst. Zum wiederholten Mal musste sie an Tom denken und an das, was Lucile ihr auf der Hinfahrt gesagt hatte. Lucile hatte die Schuld ausschließlich bei Tom gesucht, aber wenn sie jetzt darüber nachdachte, lag ein großes Stück Verantwortung auch bei ihr selbst.

Solange sie denken konnte, hatte sie in Beziehungen immer versucht, es dem Mann recht zu machen. Eine kritische Bemerkung reichte aus, um ihr Selbstbewusstsein ins Bodenlose stürzen zu lassen.

Sie liebte die Harmonie, romantische Abende, die Vertrautheit einer Beziehung. Alles, was nicht in dieses Wunschbild passte – ein grobes Wort, eine vergessene Verabredung –, warf sie aus der Bahn. Aber statt hin und wieder auch mal Differenzen auszuhalten und ihre eigene Meinung zu behaupten, hatte sie alles dafür getan, dem Bild einer Traumfrau zu entsprechen und damit den Harmoniezustand wieder herzustellen – ob sie sich danach fühlte oder nicht.

Oft genug hatte sie sich wie ein Hamster im Rad gefühlt, denn je stärker sie sich anstrengte, diesen Zustand zu erreichen, desto mehr Unwillen schien sie in ihrem Gegenüber auszulösen.

All das hatte in dem Wunsch gegipfelt, sich mit dem Duft der Aphrodite unwiderstehlich zu machen. Er hätte ihr die Liebe eines Mannes gegeben, der nur die Illusion meinte, nicht sie selbst. Aber hätte sie das auf Dauer glücklich gemacht? Mit Sicherheit nicht. Und jetzt, wo sie darüber nachdachte, sah sie ein, dass sie nur dann die Chance auf eine tiefe Beziehung hatte, wenn sie endlich sie selbst blieb.

Helena richtete sich gerade auf und betrachtete die vorbeiziehenden Wälder. Ein Hinweisschild zeigte ihr, dass sie die Auberge bald erreichen würden.

Zumindest hatte die Suche nach dem Duft sie um eine Erkenntnis reicher gemacht: Dass die Schönheit und Attraktivität aus einem selbst kamen; dass wahre Schönheit gleichzeitig ein Ausdruck von Selbstvertrauen und innerer Zufriedenheit war und niemals etwas, was man sich aufsetzte, um anderen zu gefallen.

Im selben Augenblick, als sie diesen Gedanken formulierte, löste sich etwas in ihr und machte einer große Erleichterung Platz. Zum ersten Mal seit Jahren hatte sie das Gefühl, ihr Leben auch alleine meistern zu können.

Helena schrak aus den Überlegungen hoch, als sie merkte, dass Lucile mitten auf einem Feldweg zum Stehen gekommen war.

»Was ist los?«

»Wir sollten einen Platz suchen, wo wir den Wagen bis heute Nacht parken können«, murmelte Lucile, eine Zigarette zwischen ihren Lippen.

»Wegen des seltsamen Gastes?«

Lucile nickte. Sie sah sich suchend um und fuhr wieder an. »Dort hinten muss der Weg sein, der zum rückwärtigen Teil der Auberge heranführt. Paul und ich hatten damals die gesamte Gegend durchwandert. Ich hätte nicht geglaubt, dass es mir noch einmal zugute kommen würde.« Sie nahm die Zigarette aus dem Mund und klopfte die Asche im weit geöffneten Aschenbecher ab.

Die Art, wie Lucile von der Vergangenheit sprach, hatte sich verändert. Helena sah sie seitlich an, suchte nach einem Hauch von Wehmut in ihrem Gesicht. Aber sie fand nichts. Nur eine tiefe Stirnfalte, die sich aber sofort glättete, als Lucile den gesuchten Weg fand.

Der Kleinlaster rumpelte über den schmalen, steinigen Weg. Helena drehte sich um und nahm das Laborbuch von der Rückbank. »Was machen wir jetzt damit?«

Das Buch lag schwer in ihren Händen. Sie hatte das Gefühl, es tief vergraben zu müssen, damit kein Unbefugter Zugriff zu den Geheimnissen der Formel fand. »Ich habe ein ungutes Gefühl«, beschrieb sie ihre Empfindungen. »Solange dieser Gast da ist, sollten wir das Buch nicht in der Auberge verwahren.«

Am Ende des Weges tauchte ein verwuchertes Gatter auf. Lucile hielt den Wagen und schaltete den Motor ab. Dann sah sie Helena nachdenklich an. »Du könntest Recht haben. Aber wo sollen wir es solange lassen?«

Hätten sie Alufolie gehabt, eine Plastiktüte und eine Rolle Klebestreifen, dann hätten sie es gut eingepackt vergraben können. Vielleicht konnten sie ins Dorf fahren und diese Dinge kaufen? Aber nein, das Risiko, erwischt zu werden, war zu groß.

»Und wenn wir es hier im Wagen verstecken?«

Lucile nickte zustimmend. »Es muss aber ein gutes Versteck sein.«

Sie stiegen aus dem Wagen und untersuchten ihn: seine Ladefläche, den Unterboden, die Sitze. Schließlich kamen sie überein, dass das beste Versteck der Platz unter dem Beifahrersitz war. Es war ja nur für ein, zwei Tage.

»Aber vorher möchte ich doch noch einen kurzen Blick hineinwerfen. Es ist sowieso noch zu hell, um in die Auberge zurückzukehren. Wir sollten bis zum Abend warten, damit wir ungesehen hineinkommen.«

Lucile schwang sich wieder auf den Fahrersitz und blätterte die Seiten um. Helena setzte sich neben sie, versuchte erst neugierig, das Geschriebene zu entziffern, gab aber schon bald angesichts der vielen abstrakten Zeichen auf und wartete gespannt auf die Erkenntnisse, die das Buch bringen würde.

Der Wagen fing an zu vibrieren, als Julie mit hundertneunzig Kilometern pro Stunde in Richtung französische Grenze fuhr. Ungeduldig klopfte sie auf das Lenkrad, getrieben von einer tiefen inneren Unruhe. Sie hätte schon viel früher wegfahren sollen, stattdessen hatte sie ihre Freundin verraten.

Mehrfach hatte sie angehalten, um Helena von einer Telefonzelle aus anzurufen, aber das Handy war nach wie vor ausgeschaltet. Die Zeit schien stehen zu bleiben, und sie hatte das Gefühl, nicht schnell genug vorwärts zu kommen. Bis nach Bonnieux waren es noch über achthundert Kilometer. Wenn sie gut vorankam und keine längere Pause machte, müsste sie am frühen Morgen ankommen. Aber was dann? Sie hatte keine Waffe bei sich, und die Polizei konnte sie auch nicht verständigen. Helena hatte von einem alten Polizisten erzählt, der ihnen half, aber seinen Namen hatte sie nie erwähnt.

Mein Gott, was für eine furchtbare Situation … Für eine kurze Sekunde schloss sie die Augen, um sie wieder aufzureißen, als die Leitplanke gefährlich näher kam. Nein, das war auch keine Lösung. Damit konnte sie zwar dem Schrecken entfliehen, aber nicht das Unglück verhindern.

Grausige Bilder stiegen in ihr auf, Erinnerungen an den Tag, als die beiden Männer sie aufgesucht hatten.

Schon auf dem Weg von der Arbeit hatte sie sich verfolgt gefühlt, es aber dann als Einbildung abgetan. Sie hatte sich für den Abend hübsch gemacht, das schwarze kurze Kleid mit dem tiefen Dekolletee angezogen, die Haare gut frisiert, eine Seitensträhne mit einer glitzernden Spange zurückgesteckt. Es sollte eine großartige Nacht werden, denn sie war mit jemandem verabredet, der zu den besten Partien Hamburgs zählte und sich offenbar für sie interessierte.

Doch als sie die Haustür öffnete, wurde sie unsanft zurück in die Wohnung gestoßen. Zwei Männer, in denen sie Helenas Verfolger erkannte – der eine mit dunklen, krausen Haaren, der andere weißblond und durchtrainiert mit stechendem Blick –, drängten hinein und schlossen die Tür hinter ihr ab. Noch ehe sie etwas sagen konnte, hatte der Dunklere seine kräftige Hand auf ihren Mund gepresst und ihr noch im Flur den Slip runtergerissen. Entsetzt hatte sie, am Schreien gehindert, gewimmert. Dann hatte sie versucht, sich zu wehren, mit den Füßen gegen die Kniescheibe des Mannes getreten, bis er plötzlich ein großes, gezacktes Messer zog und es gegen ihre Nase drückte. Dann schob er es langsam, ganz langsam, in Richtung Unterleib, ließ es unter dem Kleid verschwinden, bis sie die kalte Klinge schließlich an ihren Schamlippen fühlte. Noch jetzt erinnerte sie sich, wie sie anfing, kurz und hastig zu atmen, bis sich ihr Kopf mit Watte füllte und sie drohte, in eine Ohnmacht abzugleiten.

»Du solltest mit uns zusammen arbeiten, Chérie.« Es war nur ein Flüstern gewesen, ein an ihr Ohr gehauchter Atem. Hastig hatte sie genickt, hoffend, der kalte Stahl möge von der empfindlichen Stelle weichen.

Abrupt war der Mann aufgestanden, hatte sie an einem Arm gepackt und in die Küche gezogen. Dort hatte sie gesessen, halb nackt auf eisigen Kacheln, und allem zugestimmt, was sie forderten.

Was sie wollten, war unmissverständlich. Sollte sie es nicht schaffen, innerhalb der nächsten zwei Wochen den Aufenthaltsort ihrer Freundin herauszufinden, dann sei ihr Tod sicher. Aber kein schneller, nein, für die Art ihres Todes habe sie ja bereits einen kleinen Vorgeschmack bekommen. Und der Weißblonde hatte grinsend hinzugefügt, dass er es sich bei einer so hübschen Frau gut vorstellen könnte, sich noch einmal so richtig zu amüsieren. Dabei hatte er anzüglich gegrinst und Julie hatte würgen müssen vor Angst.

Dann war der Weißblonde irgendwann verschwunden. Aber der Dunkle hatte sie begleitet, wohin auch immer sie ging. Wie ein Schatten war er ihr gefolgt und hatte sich immer wieder in ihrem Blickfeld postiert, damit sie sich der drohenden Gefahr auch bewusst war. Ihre Telefonanschlüsse hatten sie verwanzt: der Anschluss bei ihr zu Hause, das Handy, ja, sogar den Büroanschluss. Alles, was sie gesagt hatte, war aufgezeichnet worden.

Manchmal hatte sie an Flucht gedacht. Aber jedes Mal, wenn sie begann, sich den Hergang auszumalen, endete es damit, dass sie nicht gewillt war, das Land und ihr Leben zu verlassen; die Aussicht auf eine Liaison mit einem aufregenden Mann, der ihr das Fortbleiben in jener Nacht verziehen hatte, ihre schöne Wohnung – einfach alles. Zumal nicht sicher war, ob die Gangster sie nicht doch irgendwann erwischen würden. Und was dann folgte, weigerte sie sich auszumalen.

Julie erinnerte sich, wie wütend sie auf Helena gewesen war, die ihr die Sache eingebrockt hatte. Jetzt aber musste sie erkennen, dass die Wut auf Helena nur ein Mittel war, das schlechte Gefühl angesichts des Verrats zu verdrängen.

Und nun? Nun war sie selbst eine Verfolgte. Aber zumindest wusste sie, dass sie jetzt das Richtige tat. Sie musste es schaffen, Helena vor den Männern zu erreichen. Hätte sie besser ein Flugzeug nehmen sollen? Jetzt war es zu spät. Der nächste Flughafen war weit entfernt und selbst, wenn sie noch heute Nacht einen Flieger bekäme, so müsste sie noch mehrere Stunden hoch nach Bonnieux fahren, was auf dasselbe herauskam.

Vielleicht waren die beiden Frauen ja noch frei, am Leben, und sie kam rechtzeitig, sie zu warnen. Es war nur ein dünner Faden, an den sie sich klammerte. Aber es gab ihr die Kraft, vorwärts zu preschen, dem Süden entgegen.

Nervös wartete Pierre Lucas am Ausgang der Bank. Sie hatten Glück gehabt; wären sie nur zehn Minuten später angekommen, hätten sie vor verschlossenen Türen gestanden.

Ein Angestellter der Bank kam mit einem großen Schlüsselbund nach vorne, stellte sich demonstrativ neben die Ausgangstür und sah ungeduldig auf die Uhr. Zwei Geschäftsmänner hasteten an ihm vorbei ins Freie, gefolgt von einer älteren Dame, die den Schalterraum – den Blick fest auf einen Kontoauszug geheftet – mit kleinen trippelnden Schritten verließ. Dann, endlich, kam auch Nathalie Signac.

»Und?«, fragte Pierre, noch bevor sich die Tür hinter ihr schloss.

»Da war tatsächlich ein Brief in dem Fach. Er ist in meiner Tasche.«

»Gut. Sehen wir ihn uns an.«

»Und wo sollen wir das Ihrer Meinung nach tun? Auf offener Straße?«

Er überhörte ihre Gereiztheit. »Wenn Sie möchten, in Ihrem Auto.«

»In Ordnung.«

Sie gingen auf den dunkelblauen BMW zu, den sie nahe der Bank geparkt hatten, und stiegen ein. Pierre sank in die ledernen Polster und sah zu, wie Nathalie Signac den Brief mit einer Nagelfeile öffnete. Dann entfaltete sie ihn umständlich und hielt die erste Seite so hin, dass beide lesen konnten.

Der Brief war handschriftlich verfasst und auf drei Seiten eng beschrieben. Atemlos flog Pierre durch die Zeilen. Was dort stand, übertraf seine kühnsten Vorstellungen. Von einem Joseph T. Gordon war die Rede, einem Mann, von dem er noch niemals zuvor gehört hatte. Minutiös wurden die Standorte Gordons mitsamt Adresse aufgezählt: ein Appartement in Paris, eine Zentrale in Houston, eine Jacht im Hafen von Port Juan. Dazu der Name einer Charterfirma, bei der häufig weitere Jachten angemietet wurden.

Wenn Pierre es richtig verstand, war dieser Gordon ein hoch gefährlicher Mann, der für Geld Politskandale anzettelte und Menschen umbrachte. Nur waren die als hochbrisante Beweise angekündigten Fakten leider nichts weiter als eine Aufzählung von Behauptungen, die für einen Haftbefehl nicht reichten.

Enttäuscht seufzte Pierre auf. Immerhin wusste er jetzt mit Sicherheit, dass Jean Batiste im Auftrag von Joseph T. Gordon ermordet worden war.

Bonnet dagegen schien nur Handlanger zu sein. Laut Maurice Signac war er erpressbar und zur Zusammenarbeit gezwungen worden. Mit was Gordon ihn erpresste, war aus dem Brief allerdings nicht zu erkennen. Immerhin erwähnte er Bonnets tragende Rolle in der Fahndung nach Lucile Bertrand und Helena Jacobi, die auf einem Brief basierte, den Maurice in Wahrheit niemals erhalten hatte.

Pierre nickte zufrieden. Das konnte ausreichen, um Bonnet zu stoppen.

Dann folgte eine lange Beschreibung der Männer, die Gordon treu zu Diensten standen, vornehmlich drei, von denen zwei genau zu den Fotos passten, die Pierre damals von Leroc erhalten hatte.

Über seine eigene Rolle schwieg Maurice sich aus. Nur die letzten Sätze deuteten auf seinen Part in dem Drama hin:

*Aber egal, was man später über mich sagen wird, ich habe all das nicht gewollt. Mein Bestreben war es lediglich, eine großartige Formel zu entschlüsseln und der Welt zugänglich zu machen.*

*Dass dabei Menschen zu Schaden kommen könnten, habe ich erst erkannt, als es für einen Ausstieg zu spät war. Ich hoffe, Gott wird mir vergeben.*

*Um dich, liebe Nathalie, mache ich mir keine Sorgen. Du wirst schnell jemand anderen finden, der dich versorgt und deinen Ansprüchen genügt. Ich bitte dich nur darum, meinen letzten Wunsch zu erfüllen und den Brief an die Polizei weiterzugeben, damit mein Tod nicht umsonst gewesen ist.*

*Bisou,*
*Maurice*

Nathalie Signac ließ den Brief sinken. »Glauben Sie, Maurice ist tot?« Sie sagte es ruhig, es klang fast ein wenig verärgert.

»Es ist zumindest sehr wahrscheinlich.« Pierre strich ihr besänftigend über den Arm, zuckte aber sofort wieder zurück, als er bemerkte, wie unsinnig diese Handlung war. »Kann ich den Brief mitnehmen?«

Wortlos drückte sie ihm das Papier in die Hand und startete den Motor.

Pierre nahm es dankend entgegen. Er wurde nicht schlau

aus dieser Frau. Ging ihr das Ganze wirklich so wenig nahe? Vorsichtig faltete er den Brief zusammen und nahm sein Handy aus der Manteltasche.

»François, ich bin es. Hör zu, ich habe hier ein Dokument, das Bonnet schwer belastet. Außerdem enthält es die Namen mehrerer Männer, die hinter der ganzen Sache stecken. Es ist möglich, dass Maurice Signac in großer Gefahr ist, zumindest geht es aus diesem Dokument hervor. Ich mache mich gleich auf den Weg zu dir. Richte dich auf eine lange Nacht ein.«

Dann wählte er die Nummer von Lucile Bertrand und wandte sich mit der Hand schützend vorm Mund zur Seite, damit Nathalie Signac möglichst wenig von dem Inhalt des Gespräches mitbekam. Aber diese blickte versteinert nach vorne und konzentrierte sich auf den Verkehr.

»Madame Bertrand? Hier Pierre Lucas. Wir kommen der ganzen Sache näher. Sagt Ihnen der Name Joseph T. Gordon etwas?«

»Nein, noch nie gehört.«

»Er ist der Kopf der Bande. Ein Amerikaner. Die beiden Männer, die Sie und Mademoiselle Jacobi verfolgt hatten, gehören zu ihm. Bonnet ist nur ein kleines Rad in dem Getriebe.«

»Dafür aber ein ziemlich einflussreiches.« Lucile Bertrand stieß einen tiefen Seufzer aus. »Können Sie die Männer mit Ihren Informationen hinter Gitter bringen?«

»Ich fürchte, dafür reicht es nicht aus. Aber zumindest besteht die Chance, die Fahndung gegen Sie zu stoppen.« Er zögerte. »Sie sind noch immer in großer Gefahr. Ich würde mich wohler fühlen, wenn Sie mir sagten, wo Sie sind.«

»Ausgeschlossen!«

Im Hintergrund hörte er ein Geräusch, das sich wie ein sich nähernder Traktor anhörte.

»Ich muss jetzt aufhören«, flüsterte Lucile Bertrand hastig. »Melden Sie sich, wenn Sie mehr wissen.« Damit unterbrach sie das Gespräch.

Pierre fluchte und ärgerte sich über ihre Sturheit. Er hoffte, sie würde ihr nicht einmal zum Verhängnis werden.

Mit klopfendem Herzen kauerte Helena auf dem Boden, Lucile neben ihr. Schließlich entfernte sich der Traktor wieder, den breiteren Weg entlang, in dessen Abzweigung sie sich befanden.

»Glaubst du, er hat uns gesehen?«

»Nein.« Lucile stand auf und klopfte Sand von den Knien. »Ich denke, der Wagen steht abseits genug, um nicht bemerkt zu werden.« Sie schüttelte das Buch, das sie in der Eile an ihren Körper gedrückt hatte und dessen Einband nun ebenfalls sandig geworden war. Dann kauerte sie sich in das Innere des Wagens und schob das Buch an die ausgewählte Stelle. »Wir sollten hineingehen«, sagte sie schließlich mit Blick auf den Himmel.

Es war inzwischen dunkler geworden. Der Boden war trotz der milden Temperaturen kalt und klamm, vollgesogen vom Regen der letzten Tage. Helena rieb sich die Arme, um die Kälte aus ihren Gliedern zu vertreiben.

Sie kletterten über das verschlossene Gatter, das zum Grundstück der Auberge führte. Über einen fast zugewucherten Pfad gelangten sie schließlich in den Gemüsegarten, der hinter dem Haus lag.

Je näher sie dem Haus kamen, desto unruhiger wurde Helena. Der Gedanke, das Laborbuch unbeaufsichtigt, wenngleich weit genug unter den Sitz des Kleinlasters geschoben, liegen zu lassen, behagte ihr nicht. Und noch etwas ließ sie zögern.

»In der Küche brennt kein Licht.« Sie sah auf die Uhr. »Um diese Zeit bereitet Juliette gewöhnlich das Abendessen vor.«

Lucile zuckte die Schultern. »Wahrscheinlich gibt es heute Brot mit Wurst und Käse.«

Helena wiegte zweifelnd den Kopf. »Wie ich Juliette kenne, lässt sie es sich nicht nehmen, uns mit einer warmen Mahlzeit zu begrüßen.« Sie blieb stehen und betrachtete das Haus. Im Eingangsbereich, der vom vorderen Teil des Hauses ganz bis zur Rückseite reichte, brannte Licht, ebenfalls in dem Raum, der als Fernsehzimmer diente. Irgendetwas störte sie. Sie versuchte zu ergründen, was es war, konnte es aber nicht in Worte fassen. Wahrscheinlich war sie einfach nur überlastet und ihre Nerven spielten ihr einen Streich. Sie sah zum Himmel. Die Dunkelheit nahm rasch zu, ein paar Mücken, die den herbstlichen Temperaturen noch immer trotzten, schwirrten durch die Luft.

Lucile zog sie am Arm und sie gingen leicht geduckt, um nicht vom Licht, das aus dem Haus drang, erfasst zu werden, zum rückwärtigen Eingang. Vorsichtig lugten sie durch die Scheiben.

Weder Kenneth noch Juliette oder der Gast waren zu sehen. Die Sitzgruppe, die im vorderen Bereich stand, war unbesetzt, und auch im Fernsehraum war niemand, obwohl der Fernseher eingeschaltet war.

Langsam drückte Lucile den Griff herunter. Die Tür war unverschlossen. Auf Zehenspitzen betraten sie die Halle. Leise schlichen sie in Richtung Treppe, als sich eine Gestalt aus dem Schatten löste und eine riesige Waffe auf ihre Körper richtete.

»Endstation, Ladys«, sagte die dunkle Stimme des Mannes, den sie als Gerry Powers kannten. »Jetzt bestimmen wir die Spielregeln!«

Nervös schritt Pierre in François' Büro auf und ab. Es ging ihm alles zu langsam. François bemühte sich nach bestem Wissen, eine Suche nach den beiden Männern einzuleiten, deren Foto Pierre ihm gegeben hatte, aber Maurice Signacs Niederschrift reichte nicht, um eine landesweite Fahndung zu erwirken. Eine Untersuchung konnte nicht von einer Stunde zur anderen begonnen werden, dazu war eine Menge Papierkram vonnöten. Zudem hatte François nicht die Kompetenzen, die Ermittlungen über den Distrikt hinaus ohne Zustimmung des Dienststellenleiters zu führen. Aber als er den Leiter anrief und ihn nach ausführlicher Schilderung um Erteilung einer solchen bat, wurde er auf den morgigen Tag verwiesen, an dem man alles in einer früh einberufenen Konferenz besprechen konnte. Maurice Signac sei ein erwachsener Mann, und selbst wenn aus dem Schreiben hervorging, dass er sich in eine gewisse Gefahr begeben hatte, so wäre es dennoch nicht zwingend notwendig, vom Schlimmsten auszugehen und mitten in der Nacht tätig zu werden.

Pierre starrte aus dem Fenster auf die Straße vor François' Bürozimmer. Vor wenigen Minuten hatte er noch einmal versucht, Lucile Bertrand zu erreichen, um sie abermals zu bitten, ihren Aufenthaltsort zu verraten, aber obwohl es klingelte, hatte niemand abgenommen.

Das war ungewöhnlich. Lucile Bertrand trug ihr Handy immer bei sich. Die Tatsache, dass sie den Anruf trotz angeschaltetem Telefon nicht beantwortete, konnte nur bedeuten, dass ihr etwas zugestoßen war.

Er blieb vor François stehen und schlug wütend mit der Hand auf den Tisch, dass sein Kollege erschrocken aufsah. »Ich fahr zu Bonnet«, sagte er. »Ich kann nicht weiter untätig zusehen.«

»Was willst du dort erreichen? Ihn mit den Behauptungen

eines verschwundenen Parfümeurs konfrontieren? Du gefährdest unsere Arbeit, wenn du jetzt vorschnell handelst.«

»Mag sein. Aber wenn ich es geschickt anstelle, kann ich vielleicht etwas bewegen.« Er klopfte François auf die Schulter. »Ich halte dich auf dem Laufenden. Ruf mich bitte sofort an, wenn du etwas erreicht hast.«

Pierre griff nach seiner Jacke und lief über den Flur hinaus ins Freie zu seinem Auto. Er sah auf die Uhr. Es war kurz nach acht. Wenn er Glück hatte, konnte er Bonnet noch in seinem Büro erreichen.

In Nizza angekommen, parkte er den Wagen direkt vor dem Polizeigebäude und stürmte zum imposanten Eingangstor. Auf sein Klingeln hin und nachdem er sich ausgewiesen hatte, gewährte ihm ein vernehmliches Summen des Türöffners Einlass. Mit einem Schwung stieß er das Portal auf und betrat den Vorraum, in dem ein junger Gendarm hinter dem großen Tresen saß und ihn freundlich ansah.

»Ist Monsieur Bonnet noch im Haus?«

»Nein, der hat bereits Dienstschluss.«

Verärgert, dass ein Mann in so hoher Position sich das Recht rausnahm, Dienst nach Vorschrift zu machen, überlegte Pierre, was nun zu tun sei.

»Hören Sie, es ist ein dringender Fall. Können Sie mir seine Privatadresse geben?«

Der junge Polizist lächelte zuvorkommend. »Es tut mir Leid, ich habe keinerlei Befugnis, diese Information weiterzugeben.«

»Dann rufen Sie bei ihm an.«

»Monsieur, wie schon gesagt ...«

Nun platzte Pierre der Kragen. »Verdammt nochmal, Bursche, hier geht es um Leben oder Tod. Es wird dir nicht entgangen sein, dass einer unserer geschätzten Kollegen, Luc

Poirrot, vor nicht allzu langer Zeit auf furchtbare Weise ums Leben gekommen ist. Ich mache dich persönlich dafür verantwortlich, wenn sowas noch einmal passiert, nur weil du deinen Arsch nicht hochbekommen hast, um Bonnet anzurufen.« Da war er wieder: der Schmerz in seinem Bauch. Die aufgestaute Wut und die ungestüme Entladung zogen seinen Magen derart heftig zusammen, dass er an sich halten musste, um nicht zusammengekrümmt auf den Boden zu sinken. Mit aufeinander gepressten Lippen beobachtete er, wie der Junge mit erschrockenem Gesichtsausdruck in einem kleinen Büchlein blätterte, zum Hörer griff und eine Nummer wählte.

»Entschuldigen Sie vielmals die Störung, Monsieur Bonnet. Ein überaus dringender Fall ... « Er stockte und lauschte. »Ja, ich weiß, dass es spät ist. Aber hier ist ein Kollege, der darauf besteht, Sie zu sprechen.«

»Sagen Sie ihm, dass es um Joseph T. Gordon geht«, stieß Pierre hinter zusammengebissenen Zähnen hervor.

Der junge Mann, mit inzwischen von kleinen roten Flecken besprenkeltem Hals, nickte. »Er sagt, es geht um Joseph T. Gordon.«

Er lauschte wieder und sah Pierre an. »In welchem Zusammenhang?«

Pierre musste sich zusammenreißen, um ihm nicht den Telefonhörer aus der Hand zu nehmen. Er ermahnte sich zur Besonnenheit. Ungestüme Wut konnte jetzt das Gegenteil bewirken, es galt vielmehr, jedes Wort genauestens abzuwägen. »Sagen Sie Monsieur Bonnet, dass, wenn er mich nicht mit ihm sprechen lässt, eine alte Sache wieder aufgewärmt werden könnte, die besser in Vergessenheit verbleiben sollte.«

Der Raum stank muffig, um sie herum herrschte totale Finsternis. Das Klebeband, mit dem der Mann ihre Hände und Füße fest verschnürt hatte, grub sich in ihre Haut. Helenas Fuß war eingeschlafen. Vorsichtig drehte sie sich zur Seite, um ihn zu bewegen.

Als sie von dem Mann überwältigt und in den Raum gestoßen worden war, hatte sie erkennen können, dass es sich um eine Art Wäschekammer handeln musste. In den Regalen lagen saubere Bettlaken, auf einer Leine hingen Handtücher. Dann hatte er das Licht gelöscht, die Tür fest hinter sich verschlossen und sie in schwarzer Dunkelheit zurückgelassen.

Der Boden, auf dem sie saß, war gekachelt. Die Kälte drang in ihren Körper und verstärkte das innere Zittern.

Sie hatte Angst, nackte Angst, und sie musste sich zusammenreißen, um nicht von einer Welle purer Panik ergriffen zu werden. Sie versuchte sich abzulenken, an etwas Schönes zu denken. An den Park in Monaco, das Meer oder an ihre gemütliche Wohnung zu Hause. Doch die Gedanken drehten sich immer wieder zurück zur Gegenwart und zu der Tatsache, dass sie hier, gefangen von skrupellosen Gangstern, keine Chance hatte, zu überleben.

Helena fragte sich, warum sie nicht gleich umgebracht worden war. Sie brauchten sie nicht. Sie war eine Last, ohne jeden Nutzen. Leise schluchzte sie auf. Sie wusste nicht, was schlimmer war: Tot zu sein oder auf den sicheren Tod zu warten.

Ihre Augen brannten, aber es konnten sich keine Tränen lösen. Starr blickte sie vor sich ins Dunkle.

Was war mit Kenneth geschehen und Juliette, was mit ihrem Hund? Sie waren Außenstehende gewesen, Unschuldige, die sie nun mit in die Geschichte hineingerissen hatten. Und was hatten sie mit Lucile vor? Würden sie versuchen, ihr das Wissen um die Formel herauszuprügeln? Wussten sie überhaupt, dass Lucile so viel Ahnung von der Parfümherstellung hatte? Oder glaubten sie, sie selbst, Helena, sei Jean Batistes Komplizin gewesen und wisse mehr über den Hintergrund des Duftes?

Matt lehnte sie sich zurück, legte ihren Kopf auf die kühlen Kacheln und versuchte, in gleichmäßigen Zügen zu atmen. Sie schloss die Augen, zählte den Herzschlag. War es das, was man Todesangst nannte?

Sehnsucht stieg in ihr auf. Nach einer Umarmung, dem Gefühl, gehalten zu werden, geborgen zu sein. Nach jemandem, an dessen Schulter sie ihren Kopf legen konnte und der ihr sagte, dass alles wieder gut werde. Sie horchte in sich und spürte, dass sie noch längst nicht bereit war, zu sterben.

Soweit es ihr möglich war, richtete sie sich auf. Ja, es gab etwas Besseres, als hier zu sitzen und auf das Kommende zu warten. Sie hatte nichts zu verlieren!

Mit aller Kraft versuchte sie, dorthin zu robben, wo sie vorhin ein schmales, mit Jalousien verdunkeltes Fenster gesehen hatte. Nach einer Weile, es erschien ihr, als wäre eine lange Zeit vergangen, stieß sie gegen eine Wand. Sie presste ihren Körper auf den Boden, versuchte, die Beine anzuwinkeln und auf die Knie zu kommen. Endlich hatte sie es geschafft. Mit den auf dem Rücken gefesselten Händen war es unmöglich, etwas zu ertasten, also legte sie die Stirn gegen die Mauer und glitt mit dem Kopf hin und her, in der Hoffnung, die Fenstermulde zu erfühlen. Da, eine Kante, dann ein zarter Luftzug. Das Fenster! Was aber sollte sie nun tun? Selbst wenn sie wollte, mit dieser Verschnürung war es unmöglich, das Fenster aufzustoßen und hinauszukommen, geschweige denn weiter zu fliehen.

Sie dachte nach. Irgendwo in diesem Raum musste es etwas geben, mit dem sie ihre Fesseln durchschneiden konnte. Aber dazu brauchte sie Licht.

Mit aller Kraft stemmte sie sich aus den Knien hoch, drehte sich mit dem Rücken zur Jalousie und griff mit den Fingerspitzen hinein. Sie zog und zerrte so lange, bis ein Spalt entstand und der Raum durch das Licht der Nacht ein wenig erhellt wurde. Ihr Gefängnis begann Konturen anzunehmen. Schemenhaft erkannte sie das Regal, in dem die Wäsche lagerte, und die auf der Leine trocknenden Handtücher. Und dort, in der Ecke standen Waschmaschine und Trockner, neben ihnen ein kleines Schränkchen, in dem sie Wasch- und Putzmittel vermutete. Nach einigen Überlegungen wandte sie sich dem Schränkchen zu und hüpfte in kleinen Sprüngen hin. Das Geräusch eines ankommenden Wagens ließ sie zusammenzucken. Stimmen wurden laut, Schritte näherten sich der Tür. Augenblicklich begann ihr Herz zu rasen, Schweiß lief ihr den Nacken herunter. Schnell ließ sie sich wieder auf den Boden fallen und kauerte sich zusammen. Die Schritte verharrten kurz und entfernten sich wieder. Aber Helena lag noch lange da, lauschend, unfähig sich zu rühren.

Der Mann, der ihm mit verärgertem Blick die Tür öffnete, war anders, als Pierre ihn sich vorgestellt hatte. Er wirkte weniger elegant – gröber, als er es von den Fotos in den Zeitungen kannte. Lag es an der legeren Kleidung, Baumwollhose und Strickpullover, die er nun trug?

»Mein Name ist Pierre Lucas. Schön, dass Sie die Zeit gefunden haben«, sagte er und ärgerte sich über den übertrieben höflichen Klang seiner Stimme. Hier stand er nun vor dem Mann, den zu erledigen er sich seit Tagen gesehnt hatte, und statt ihm grollend ins Gesicht zu blicken, begann er, Nettigkeiten auszutauschen.

Jacques Bonnet brummte, ignorierte die hingestreckte

Hand und ging ohne ein Wort zu sagen in einen Raum, der wie eine Mischung aus Arbeitszimmer und Ruheraum aussah.

Pierre folgte ihm. Die Einrichtung sah teuer aus, aber dennoch kühl und sachlich. Hier gab es nichts Gemütliches, keine Accessoires, die dem Zimmer einen Hauch von Leben gegeben hätten.

Er blieb in der Tür stehen und sog jedes Detail in sich ein. Vor dem deckenhohen Bücherregal befand sich ein großer Schreibtisch aus dunklem Holz, auf dessen Platte ein zusammengeklappter Laptop lag. Ansonsten gab es nichts, was darauf hindeutete, dass Bonnet auch noch nach Dienstschluss seiner Arbeit nachging.

Die andere Seite des Raumes diente anscheinend eher zur Entspannung. Lederne Sitzgelegenheiten gruppierten sich um einen Glastisch, auf dem zwei halb leere Gläser mit Wein standen. Bei genauerer Betrachtung entdeckte er an einem von ihnen den zarten Rand eines Lippenstiftes. Er hatte den Kommandanten also bei einem gemütlichen Abend mit einer Frau gestört …

»Wir sind allein«, kommentierte Bonnet, der seinem Blick gefolgt war. »Kommen Sie zur Sache.«

Er setzte sich auf das große lederne Sofa, ohne Pierre einen Platz anzubieten. Pierre zögerte, sah sich unschlüssig um und blieb dann schließlich im Türrahmen stehen.

»Kennen Sie einen Joseph T. Gordon?«, begann er vorsichtig.

»Ja, warum?«

»Wie gut kennen Sie ihn?«

Bonnet taxierte ihn mit düsterem Blick. »Soll das jetzt eine Befragung werden?«

»Monsieur Bonnet, wir haben Informationen, dass Joseph T. Gordon der Mörder des Parfümeurs Jean Batiste ist, und da wir ebenfalls Kenntnis über eine Zusammenarbeit mit Ihnen haben, müssen wir der Sache nachgehen.« Verwundert stellte Pierre eine gewisse Unsicherheit in der Art seines Vorgehens fest. War er mit Wut im Bauch und der Entschlossenheit, Bonnet zur Rede zu stellen, hergekommen, so spürte er plötzlich in Gegenwart des Polizeikommandanten so etwas wie Befangenheit. Es ärgerte ihn, gleichzeitig aber musste er zugeben, dass Bonnet eine Aura von Macht umgab, die ihm gegen seinen Willen imponierte.

Bonnet schien nicht im Mindesten beeindruckt zu sein. »Alles der Reihe nach. Von welchem Revier kommen Sie?«

»Vence.«

»So, und was hat die Gendarmerie in Vence mit dem Fall zu schaffen?«

»Ich ...«

Bonnet lächelte milde. »Lieber Monsieur Lucas. Sie kommen nach Feierabend zu mir nach Hause, stören mich in meiner wohl verdienten Ruhe und stellen Dinge in den Raum, für die Sie keinerlei Beweise haben. Zudem unterliegt der Fall Jean Batiste meiner Zuständigkeit. Sollten Sie also über Informationen verfügen, die belegen, dass Mister Gordon der Mörder ist, dann haben Sie sie mir vorzulegen, und zwar zu Dienstzeiten.«

Der arrogante Ton rief in Pierre Verärgerung hervor. »Monsieur Bonnet, Sie haben vergessen, dass Sie bei diesem Fall befangen sind. Wie bereits gesagt, gibt es Belege für eine Zusammenarbeit zwischen Ihnen und dem Mörder. Außerdem wissen wir, dass Sie einen Haftbefehl gegen Mademoiselle Jacobi und Madame Bertrand aufgrund eines Briefes ausgestellt haben, der gefälscht worden ist.«

»Was wollen Sie, Lucas?« Bonnet sah Pierre feindselig an.

»Ziehen Sie die Fahndung nach den beiden Frauen zurück.«

»Dafür hätten Sie nicht herkommen müssen. Aufgrund – wie ich nun sehe – berechtigter Zweifel an der Echtheit des Briefes habe ich die Fahndung heute Nachmittag bereits zurückgezogen.«

Pierre schwankte. Er hatte das Gefühl, alle Kraft entweiche ihm. Was für ein Spiel trieb Bonnet? Noch einmal versuchte er sich zu konzentrieren und all seine Wut und Sorge zu ballen.

»Haben Sie das getan, weil Sie die Frauen gefunden haben? Wer kümmert sich jetzt um sie? Joseph T. Gordon? Hören Sie, Monsieur Bonnet, sollte den beiden Frauen etwas zustoßen, dann sind Sie dran! Sie selbst haben eine Suche nach Mademoiselle Jacobi eingeleitet, noch bevor dieser ominöse Brief auftauchte. *Sie* waren derjenige, der sie hat verfolgen lassen!«

»Warum sollte ich das tun?«

»Weil Joseph T. Gordon Sie in der Hand hat. Nun tun Sie doch bloß nicht so unschuldig. Gordon erpresst Sie. Wenn er ruft, müssen Sie springen!«

Es entstand eine kurze Pause. Pierre versuchte, eine Regung in Bonnets Gesicht auszumachen, doch der presste nur die Lippen aufeinander und verharrte regungslos.

»Weshalb wirst du erpresst, Jacques?«

Pierre wirbelte herum. Eine junge, hübsche Frau mit langen blonden Haaren stand hinter ihm.

Bonnet sprang überrascht auf. »Valerie! Ich dachte, du bist schon zu Hause!«

»Ja, ich weiß. Aber ich war neugierig geworden. Glaubst du, ich lasse mich so einfach wegschicken? Du hast dich verändert in der letzten Woche, und ich will wissen, warum.«

Bonnet ging auf Valerie zu und nahm ihr Gesicht in beide Hände. »Es tut mir Leid, mein Täubchen«, sagte er zärtlich. »Ich werde es dir später erklären. Bitte lass mich jetzt mit dem Herrn alleine.«

Aber Valerie streifte seine Hände ab und machte einen großen Schritt nach hinten. »Nein, Jacques, so einfach kannst du mich nicht loswerden. Sag, warum wirst du erpresst? Ist es wegen Laura?«

»Laura?« Pierre wiederholte leise den Namen, dann plötzlich wurde ihm alles klar. Das war seine Chance. Er musste handeln, selbst auf die Gefahr hin, dass seine Vermutung sich nicht bestätigte. »Ja, Mademoiselle, es geht um Laura. Und Ihr Freund Jacques wird erpresst, weil einer der größten Verbrecher ihm nachweisen kann, dass ihr Tod kein Selbstmord war!«

Treffer! Jacques Bonnet wurde blass.

»Ist das wahr, Jacques?« Valerie starrte ihn mit weit aufgerissenen Augen an. »Hast du sie umgebracht?«

»Nein, so war es nicht.« Er stand aufrecht da, doch seine Augen verrieten eine Hilflosigkeit, die Pierre noch vor wenigen Minuten nicht für möglich gehalten hatte.

»Wie war es dann?«

»Verdammt, Valerie, du kennst doch die Geschichte! Sie war krank ...«

Aber Valerie fauchte ihn an. »Schwör es mir, dass du sie nicht umgebracht hast. Schwör es mir hier, beim Leben deiner Mutter!«

»Ich ... « Bonnet verstummte. Ohne jede Gegenwehr ließ er die Schläge über sich ergehen, die nun auf ihn niederprasselten.

»Du verdammtes Schwein! Ich habe es gewusst! Laura war viel zu stark, um sich etwas anzutun. Wie konntest du nur!« Schließlich brach Valerie zusammen, sank auf den Boden und brach in Tränen aus.

Pierre kniete sich neben sie und strich ihr über das Haar. Er konnte das Drama, das sich zwischen Jean Batiste, Laura und Jacques Bonnet und Valerie abgespielt hatte, nicht ganz durchschauen. Aber es war nebensächlich. Nun hatte er Bonnet dort, wo er ihn haben wollte. »Nun?«, sagte er auffordernd und sah Bonnet, der sich langsam aus seiner Erstarrung löste, scharf an.

»Ich habe es nicht gewollt. Es war ein Unfall!« Schwer ließ er sich auf dem Sofa nieder und stützte seinen Kopf in die Hände.

»Ein Unfall, der Ihnen sehr gelegen kam ...«

»Verdammt, ja, die Frau des Polizeikommandanten hat Aids von einer Schwuchtel. Das wäre das Ende meiner gesellschaftlichen Laufbahn gewesen! Aber ich habe es wirklich nicht gewollt.«

»Erzählen Sie mir, was passiert ist.«

Bonnet antwortete nicht. Valeries Weinen ging in unkontrolliertes Schluchzen über. Pierre strich weiter über ihr Haar.

»Es kompliziert die Sache, dass Sie es als Selbstmord dargestellt hatten.«

»Ich habe nichts dargestellt. Ich habe nur den Befund des Arztes, den sie selbst dort hingetan hatte, offen auf dem Tisch liegen lassen.«

»Der Befund, wegen dem Sie sich gestritten hatten.«

Bonnet verschloss die Lippen.

»So wie es sich mir darstellt, war es Totschlag, kein Mord. Sie werden mit einem blauen Auge davonkommen; ein paar Jahre, bei guter Führung sind Sie schnell wieder draußen. Wenn jetzt aber Helena Jacobi und Lucile Bertrand sterben, dann haben *Sie* es zu verantworten. Und das gibt lebenslänglich.«

Pierre starrte Bonnet an, dessen Aura von Macht und Autorität nun vollständig verpufft war. Es war der Moment, auf den er gewartet hatte, aber ein Gefühl des Triumphes wollte sich nicht einstellen. Noch war die Gefahr nicht vorüber und die Sorge um die beiden Frauen schnürte ihm fast die Kehle zu.

Als er sah, dass Bonnet sich wieder zu verschließen begann, zog er die Fotos von Gordons Handlangern aus der Jackentasche und legte sie vor Bonnet auf den Tisch.

»Sie können es noch verhindern. Lassen Sie Ihre Kontakte spielen. Ich will das Foto der beiden morgen auf den Titelblättern sämtlicher Zeitungen sehen. Und ich will einen Hubschrauber, der bereit steht, um mich jederzeit zu dem Ort zu fliegen, an dem sie entdeckt werden. Und dann Gnade Ihnen Gott, dass es noch rechtzeitig ist!«

## 26

Es war fast Mitternacht, als Gordon den Mietwagen vor der Auberge hielt. Gerry lief ihm entgegen. Missmutig zeigte Gordon auf seine Reisetasche und sah zu, wie Gerry sie aus dem Kofferraum hob.

Noch vor wenigen Stunden war alles perfekt gewesen. Dann hatte Pedro angerufen. Die kleine Freundin, diese Julie, war verschwunden. Wahrscheinlich hatte sie sich vor Angst in ihr Höschen gemacht.

Gordon versuchte die trüben Gedanken zu verscheuchen. Er hasste Unregelmäßigkeiten. Er war Perfektionist. Und ausgerechnet jetzt, wo er seinem Ziel so nahe war …

Wütend ging er den Kiesweg entlang auf das Haus zu. Nun gut, sie hatten, was sie wollten. Die Kleine konnte ihnen nicht mehr gefährlich werden. Die Polizei arbeitete mit ihnen zusammen, an wen also sollte sie sich wenden? Aber sie durften nichts riskieren, was bedeutete, dass sie sich beeilen, die Nacht durcharbeiten und morgen früh schon den Standort wechseln mussten. Und das war in höchstem Maße ärgerlich.

»Ben ist auch schon da«, sagte Gerry in seine Überlegungen hinein. »Er hat diesen Parfümeur mitgebracht.«

Maurice Signac ... Gordon hatte schon jetzt keine Lust, ihm gegenüberzutreten. Dieses buckelnde, schwächliche Männchen, das es plötzlich wagte, einen Alleingang zu starten! Oh, er würde ihn zappeln lassen. Vielleicht war er ja auch für ihr Vorhaben nicht mehr notwendig. Wenn eine der beiden Frauen sich nur annähernd so gut mit der Materie auskannte, und er vermutete, dass es bei Lucile Bertrand der Fall war, dann würde er Maurice beseitigen.

Sie betraten die Auberge und Gordon sah sich um. Ein einsames Häuschen, groß und geräumig, weit von der Hauptstraße entfernt – das war genau das Richtige für seine Zwecke. Gut, er hatte mit mehr Komfort gerechnet, aber es war ja nur bis morgen früh.

»Bring ein Schild an der Tür an, auf dem steht, dass die Auberge geschlossen ist«, befahl er und ärgerte sich, dass Gerry das nicht schon längst getan hatte. »Wir wollen nichts riskieren.«

Dann ging er die Treppe hinauf zum ersten Stock und besah die Zimmer der beiden Frauen, Gerry nur wenige Schritte hinter ihm. In einem der Zimmer befanden sich die beschriebenen Fläschchen voller Essenzen und Düften.

»Das ist das Zimmer von Lucile Bertrand«, erklärte Gerry.

»Schön, sehr schön.« Gordon rieb sich die Hände.

Er ging zurück auf den Flur und öffnete weitere Türen, auf der Suche nach einem geeigneten Raum, der ihm in den kommenden Stunden für Verhöre dienen sollte. Schließlich schien er ihn im Erdgeschoss gefunden zu haben. Die Küche bot alles, was dafür notwendig war: ausreichend Platz, eine hölzerne Sitzgruppe und eine lange Reihe scharfer Messer, die in sämtlichen Größen über dem Herd hingen. Langsam, fast liebkosend strich er über die Klingen und prüfte deren Schärfe. »Beeindruckend«, murmelte er, »wirklich beeindruckend.« Er nickte Gerry zu. »Wir machen es hier.«

Ben betrat den Raum. »Hallo Boss.« Er blieb in respektvollem Abstand stehen, als Gordon ihn mit einem kurzen Kopfnicken begrüßte. Dann strich er sich über das weißblonde Haar. »Pedro ist auf dem Weg hierher. Sein Flieger ist vor kurzem gelandet, er müsste jeden Augenblick kommen.«

»Sorgt dafür, dass wir hier keinen Fuhrpark vor dem Haus haben«, bemerkte Gordon. »Guck nach, ob es eine Garage gibt, oder eine Scheune.«

»Es ist eine Garage vorhanden«, beeilte sich Gerry zu sagen. »Sie ist leer. Da ist Platz für mindestens zwei Autos.«

Gordon nickte zufrieden. Plötzlich bemerkte er ein dumpfes Grummeln in seinem Magen. Erwartungsvoll ging er zu dem großen Kühlschrank und triumphierte innerlich, als er die prall gefüllten Fächer sah. Er konnte eine kleine Stärkung gut gebrauchen. Gleich danach würden sie mit den Verhören beginnen.

Helena hatte fast eine halbe Stunde in der Dunkelheit gelegen und gelauscht, bevor sie sich nun wieder aufrichtete.

Du schaffst es nie, wenn du es jetzt nicht versuchst, dachte sie.

Sie robbte zu dem kleinen Schränkchen, das ihr vorhin aufgefallen war, und stieß es mit beiden Beinen um. Der Klang des fallenden Möbels auf den nackten Stein war unerwartet laut, und einen Moment lang hielt sie den Atem an. Aber niemand kam, um nach der Ursache der Geräusche zu sehen.

Im schwachen Licht versuchte sie, den herausrollenden Inhalt zu erkennen. Ihre Augen brannten, mehrmals musste sie

sie zusammenkneifen. Dort lagen Wischlappen, Putzmittel, ein Karton, in dem sie Waschpulver vermutete. Aber nichts, was ihr weiterhelfen konnte.

Gerade wollte sie auf die andere Seite der Kammer robben, als ihr Blick auf eine kleine Schachtel fiel. Mit beiden Füßen schob Helena sie zur Wand und trat dagegen, so dass sie aufplatzte und sich der Deckel löste. Etwas Metallisches sprang auf den Boden. Helena robbte näher und versuchte, den Gegenstand mit den verschnürten Händen zu ertasten. Etwas Spitzes fuhr in ihren Daumen. Erschrocken zuckte sie zurück. Eine Nähnadel! Hektisch suchte sie weiter, bis sie das in den Händen hielt, was sie nicht mehr für möglich gehalten hatte: den Griff einer kleinen Handarbeitsschere.

Helenas Puls begann zu rasen, die Finger zitterten. Nun musste sie es nur noch schaffen, das Klebeband loszuschneiden, bevor jemand hereinkam. Alles Weitere war ein Kinderspiel. Das Fenster öffnen, sich durch den schmalen Spalt zwängen, in der Dunkelheit entkommen und Hilfe holen.

Mit bebenden Händen machte sie sich an die Arbeit und versuchte, sich von den wieder näher kommenden Schritten nicht irritieren zu lassen.

Lucile starrte an die Decke ihres kleinen Verlieses. Man hatte sie in eine der Duschkabinen gesteckt, die sich auf den Fluren befanden. Allem Anschein nach waren sie seit langem unbenutzt; die Fliesen waren trocken, Staubflusen lagen in den Ecken, wie sie im Licht des Mondes, der durch das winzige Fenster oberhalb der Wandkacheln schien, erkennen konnte.

Seit sie hier hineingeworfen worden war, hatte sie viel an Paul denken müssen. Ob sie ihm bald folgen würde? Wenn es ein Leben nach dem Tod gab, würde sie ihn dann wieder sehen?

Sie mochte noch nicht so recht glauben, dass sie sterben sollte. Es war einfach kein guter Zeitpunkt. In den letzten Tagen hatte sie endlich wieder neuen Lebensmut gewonnen. Trotz Verfolgung und dem ständigen Gefühl von Angst im Nacken hatte sich etwas in ihr verändert. Sie hatte angesichts der Bedrohung gemerkt, wie sehr sie am Leben hing. Ja, es gab ein Leben nach Paul!

Sie seufzte. Die Erkenntnis kam reichlich spät.

Ein Geräusch ließ sie zusammenzucken. Jemand drehte den Schlüssel im Schloss. Die Tür wurde aufgestoßen und der Mann mit den weißblonden Haaren, dessen stechenden Blick sie nie vergessen würde, kam herein.

»Zeit für eine kleine Unterhaltung«, sagte er und zerrte Lucile hoch. Mit einem Schwung hob er sie über die Schulter. Ein Gemisch aus Männerschweiß und billigem Rasierwasser stieg Lucile in die Nase. Dann registrierte sie, dass er sie in Richtung Küche trug.

Unsanft wurde sie auf einem Stuhl abgesetzt. Jemand richtete einen Strahler direkt auf ihr Gesicht. Blinzelnd versuchte sie, die Anwesenden zu erkennen. Aber das ungewohnt grelle Licht machte jeden Versuch zunichte. Plötzlich ertönte eine Stimme hinter ihr.

»Bonsoir, Madame Bertrand. Oder soll ich schon bonjour sagen?« Luciles Blick fiel in Richtung der großen Küchenuhr, die Zeiger verschwammen vor ihren Augen. Es musste so gegen drei Uhr morgens sein. Sie versuchte, sich zu dem Mann umzudrehen, der sie angesprochen hatte, aber sie sah nichts als Dunkelheit.

»Geben Sie sich keine Mühe, Madame. Ich habe nicht vor, mich Ihnen zu zeigen.«

»Warum? Sie haben doch sowieso vor, mich umzubringen.«

»Es kommt ganz darauf an.«

»Auf was?«

»Darauf, wie sehr Sie bereit sind, mit uns zusammenzuarbeiten.«

Obwohl der Mann französisch sprach, konnte sie an seinem breiten Akzent ausmachen, dass er Amerikaner war.

»Haben Sie die Sprache verloren, Madame?«

Ein Streichholz wurde entflammt. Der Duft einer Zigarre entfaltete sich.

»Sie sind Joseph T. Gordon, habe ich Recht?«

Der Mann im Hintergrund lachte trocken. »Sie überraschen mich, meine Liebe. Sie sind besser informiert, als ich dachte.«

Plötzlich spürte Lucile etwas Kaltes, Scharfes an ihrem Hals. Sie erstarrte. Jemand hielt von hinten ein Messer an ihre Kehle.

»Die Formel!«

Lucile schluckte. Sie nahm all ihren Mut zusammen. »Zug um Zug. Erst will ich wissen, was mit Jean Batiste passiert ist.«

»Madame Bertrand, noch haben Sie die Chance, am Leben zu bleiben. Wenn ich Ihnen alles erzähle, kann ich für nichts mehr garantieren.«

Lucile bezweifelte, dass er sie auch sonst verschonen würde. In ihrem Kopf arbeitete es. Wenn sie ihn aufhielt, in ein Gespräch verwickelte, vielleicht hatte sie die Chance auf Befreiung? Je später es wurde, desto größer war die Wahrscheinlichkeit, dass jemand auf ihre Lage aufmerksam wurde. Der Postbote zum Beispiel, der sich immer gerne mit Kenneth auf einen Plausch einließ. Oder ein Gast, der von der Stadtinformation an die Auberge verwiesen wurde. Zugegeben, es war nur ein kleiner Strohhalm, an den sie sich klammerte, aber sie musste jede Möglichkeit in Betracht ziehen.

»Ich bin auf alles vorbereitet«, sagte sie fest. »Aber ich möchte meinem Mörder in die Augen gucken.«

Einen Moment herrschte Stille. Dann wurde der Strahler abgeblendet und eine Gestalt löste sich aus dem Dunkeln. Ein Mann, ungefähr Mitte fünfzig, mit sonnengebräunter Haut und silbergrauem Haar. Lässig die Zigarre zwischen den Fingern drehend, lehnte er sich ihr gegenüber an die Küchenzeile.

»Sie haben Mut, das gefällt mir«, sagte er und betrachtete sie abschätzend. Dann sog er an der Zigarre und paffte ein paar Züge, bis die Spitze kräftig glomm. »Jean Batiste war ein Glücksfall. Als Maurice mir von der Formel erzählte, an der sein Kollege arbeitete, war Batiste für mich kein Unbekannter.«

»Warum?«

»Zug um Zug. Sie haben es selbst gesagt. Wo ist die Formel?«

»Oben in meinem Zimmer. Sie ist vollständig.«

»Wie weit sind Sie der Lösung gekommen?«

Lucile schüttelte den Kopf. »Warum war Batiste kein Unbekannter für Sie?«

Gordon grinste. Das Spiel schien ihm Spaß zu machen. »Da muss ich ein wenig ausholen. Vor nicht allzu langer Zeit habe ich meinem guten alten Freud Jacques Bonnet dazu verholfen, die Karriereleiter hinaufzufallen.«

»Der Polizeikommandant.«

Gordon nickte. »Da ich aber wusste, dass Bonnet nicht über den Weg zu trauen ist, habe ich nach etwas gesucht, mit dem ich mich seiner Ergebenheit versichern konnte.« Er drehte die Spitze der Zigarre am Rand des Waschbeckens, bis sie eine gleichmäßig runde Form hatte. »Dazu habe ich in seiner Abwesenheit Kameras installieren lassen. Eine in seinem Wohnzimmer und eine in seinem Arbeitszimmer. Er führte kein überaus spannendes Leben, aber wir hatten ja Zeit. So, zur Formel. Hat sie funktioniert?«

Lucile seufzte. »Das kann ich noch nicht sagen. Zwei der Bestandteile sind mir unbekannt.« Sie zögerte. »Wir haben jedoch Belege dafür, dass die Wirkung tatsächlich möglich ist.«

»Was für Belege?«

»Eine Art Tagebuch.« Lucile überlegte, wie weit sie gehen durfte. Konnte sie es wagen, vom Tagebuch zu erzählen? Sie würden es sowieso in ihrem Zimmer entdecken. Viel wichtiger war es, dass sie nichts von der Existenz des Laborbuches erfuhren. »Was haben Sie mit Hilfe der Kameras erfahren?«

»Es gab einen Streit zwischen Bonnet und seiner Frau. Er war wütend, so sehr, dass irgendwann seine Faust in ihrem Magen landete. Die Frau ging zu Boden, rappelte sich aber schnell wieder auf. Plötzlich hatte sie ein Messer in der Hand. Sie war außer sich vor Furcht. Bonnet war stärker ...«

»Haben Sie verstanden, um was es ging?«

»Sie hatte sich bei ihrem Liebhaber mit Aids angesteckt. Bonnet befürchtete, es selbst bekommen zu haben. Aber noch viel mehr sorgte er sich darum, dass die Wahrheit an die Öffentlichkeit kam und seinem Platz in der Gesellschaft schadete.« Gordon zog verächtlich die Lippen zusammen.

Lucile nickte. So also hatte Gordon Bonnet zur Mitarbeit erpressen können.

»Als er nicht spurte, habe ich ihm einfach ein paar Ausschnitte des Materials in Form von Fotos zugeschickt«, bestätigte Gordon, als habe er Luciles Gedanken gelesen.

»Und was hatte Jean Batiste damit zu tun?«

»Zuerst die Formel. Sie haben von einem Tagebuch gesprochen.«

»Die Formel geht aus einem Auftrag hervor, den Yves Sagan, ein bekannter Parfümeur Anfang des Neunzehnten Jahrhunderts, von einem italienischen Handlungsreisenden erhalten hatte. Laut seinen Angaben kann sie Menschen derart verändern, dass sie unwiderstehlich werden.«

Gordons Augen leuchteten. »Tatsächlich? Erzählen Sie mehr davon.«

»Als Yves Sagan den Duft an sich ausprobierte, erlebte er ein intensives Gefühl der Glückseligkeit. Seine Experimente an zwei hässlichen Schwestern verwandelten diese nach Berührung mit dem Duft innerhalb kürzester Zeit in anmutige Geschöpfe, die Männer in Liebe zu ihnen verfallen ließen.«

»Ja, ja. Davon habe ich gehört.«

»Mister Gordon, was hatte Jean Batiste mit dem Mord an Laura Bonnet zu tun?«

Gordon blickte sie unwillig an, besann sich aber wieder. »Laura Bonnet und Jean Batiste waren an dem Abend, als der Mord geschah, verabredet. Als Batiste vergeblich vor dem Haus auf sie wartete, schlich er zum Hintereingang hinein und fand Laura tot auf dem Teppich liegend vor. Auf dem Tisch ein Dokument, das Bonnet noch dort hingelegt hatte, bevor er fluchtartig das Haus verließ. Es war der Befund eines Arztes, der bestätigte, dass Laura sich mit Aids angesteckt hatte. Bonnet hatte ihn in Lauras Papieren gefunden, die er regelmäßig durchwühlte. Batiste las den Bericht, brach in Tränen aus. Er beugte sich über seine tote Geliebte, wohl um ihr ein letztes Mal Lebewohl zu sagen.« Gordon verzog den Mund. »Ein romantischer Gedanke. Nur sah es später auf den Fotos, die wir Ihrem Freund zugeschickt hatten, so aus, als habe er der armen Frau das Leben genommen.«

Lucile wurde übel. Der arme Jean. Was musste er durchgemacht haben. Warum hatte er niemals davon erzählt?

»Von einem Geräusch gestört verschwand er wieder durch die Hintertür«, fuhr Gordon fort, »kurz bevor Bonnet mit einem Freund in die Wohnung zurückkehrte und, übrigens grandios gemacht, den erschrockenen Ehemann spielte, der den Selbstmord seiner Frau entdeckt.«

»Alles andere war dann ein Kinderspiel«, mutmaßte Lucile. »Der Zufall spielt Ihnen Maurices Entdeckung zu, Sie erpressen Jean zur Herausgabe der Formel und träumen von einem Leben als Manipulator der Menschheit. Nur dass Jean fliehen konnte.«

»Womit wir bei Ihrer Freundin Helena wären.«

»Die hat nichts damit zu tun. Sie war nur zufällig dort.«

»Und wie ist sie dann an Sie gekommen?«

Lucile schluckte. »Das erzähle ich Ihnen gerne, wenn Sie mir einen Schluck Wasser geben.«

Gordon nickte jemandem hinter ihr zu. Die Klinge, die sich tief in die Haut gebohrt hatte, entfernte sich und der Mann, der sich Gerry nannte, ging zum Küchenregal und holte ein Glas heraus. Er füllte es mit Leitungswasser, hob es an ihren Mund und schüttete es so abrupt, dass das Wasser an Luciles Mundwinkeln wieder hinauslief.

»So, meine Liebe.« Gordons Tonart hatte sich verändert, vom freundlich-entspannten Plauderton zu einem, der ahnen ließ, dass ihr ein harter, unerbittlicher Mann gegenüberstand. »Genug der seichten Unterhaltung. Ich will jetzt genau von Ihnen wissen, wer diese Helena ist und wo Sie beide gestern den ganzen Tag über gewesen sind.«

Die Handgelenke schmerzten. Dort, wo sich das Klebeband befunden hatte, waren nun dunkelrote Striemen tief in die Haut geprägt. Helena strich sich massierend über die Stellen, dann schnitt sie mit der Schere die Klebebandfesseln der Fußgelenke durch.

Bald bin ich frei, dachte sie. Sie atmete tief durch. Nur noch wenige Minuten ...

Rasch sprang sie auf, knickte aber sofort mit taub gewordenen Füßen ein. Ungeduldig massierte sie die Fußgelenke und bewegte die Beine, immer in Richtung Tür lauschend. Aber die Schritte, die sie noch vor wenigen Minuten gehört hatte, waren verstummt. Dann kehrte das Gefühl in ihre Füße zurück.

Atemlos lief sie zum kleinen Fenster. Die Gangster schienen mit einer Flucht nicht gerechnet zu haben, der Riegel öffnete sich ohne Probleme. Mit einiger Mühe gelang es Helena, sich durch den schmalen Rahmen zu zwängen, dann aber war sie draußen und kam inmitten der Gemüsebeete zum Stehen.

Fieberhaft überlegte sie, was jetzt zu tun sei. Bonnieux war nicht weit entfernt. Innerhalb einer halben Stunde könnte sie dort sein. Sie wusste nicht, ob es dort eine Polizeistation gab, zumindest aber würde sie an allen Türen klopfen, bis ihr jemand öffnete und Zugang zu einem Telefon gab. Dann würde sie der Polizei den Überfall in der Auberge melden und Pierre Lucas verständigen. Wenn sie Glück hatten, war in einer Stunde alles vorbei.

Vorsichtig, um kein unnötiges Geräusch zu verursachen, schlich sie an der Hausmauer entlang. In der Küche brannte Licht. Sie sah sich nach einer anderen Möglichkeit um, am Haus vorbei zur Straße zu kommen. Aber die Stauden an dieser Stelle waren dicht, sie würde nicht ohne lautes Rascheln hindurchschlüpfen können. Es gab keinen anderen Weg – sie musste es wagen, an der Küche vorbeizuhuschen.

Erleichtert registrierte sie, dass das Küchenfenster verhängt war. Als sie jedoch das Fenster passieren wollte, erblickte sie durch einen schmalen Spalt zwischen den Vorhängen Luciles entsetztes Gesicht. Hinter ihr stand der Mann, der sich als Gast ausgegeben hatte und nun ein riesiges Fleischmesser an ihre Kehle hielt.

»Lucile«, flüsterte Helena erschrocken. Unschlüssig, ob sie weitergehen und Hilfe rufen, oder bleiben und Lucile im Notfall beistehen sollte, kniete sie sich auf die Erde und presste ein Ohr gegen die Scheibe.

»Wir haben von Ihrem Freund Kenneth erfahren, dass Sie unterwegs waren, um ein wichtiges Dokument zu holen. Er war sehr gesprächig, als wir anfingen, die Haut seiner Frau anzuritzen.« Bestürzt schlug Helena die Hände vor den Mund. Der Mann, der sprach, stand seitlich an die Küchenzeile gelehnt. Sein Gesicht war durch die Vorhänge nicht zu erkennen.

»Wir haben es nicht gefunden.« Lucile presste ihre Lippen aufeinander.

»Gut. Ich sehe, Sie wollen nicht kooperieren.« Er lachte laut, es klang wie ein Bellen. »Wissen Sie, mein Freund, der hinter Ihnen steht, wird sehr leicht nervös. Ich kann Ihnen leider nicht versprechen, dass ich ihn zurückhalten kann, wenn ihm die Hand mit dem Messer ausrutscht.«

»Nur zu«, rief Lucile. »Aber von mir erfahren Sie nichts.«

Helena hielt den Atem an. Ihre Knie begannen zu zittern. Wenn sie sich jetzt beeilte, käme sie dann noch rechtzeitig in Bonnieux an, um Lucile aus ihrer Lage zu befreien?

»Na schön. Wir können ja auch bei Ihrer Freundin beginnen. Vielleicht ist die ja nicht so immun gegen Schmerzen?«

Lucile riss die Augen weit auf. »Nein, Sie werden ihr nichts antun!«

Helena hielt inne.

»Selbstverständlich«, sagte der Mann an der Küchentheke. »Irgendwie werden wir an die Informationen kommen, die wir brauchen.«

Ein weiterer Mann bewegte sich aus der hinteren Ecke. Es war der Dunkelhaarige, der sie in Monaco und Hamburg verfolgt hatte. Er ging auf die Tür zu.

»Warten Sie!« Lucile war kreidebleich. »Lassen Sie Helena aus dem Spiel!«

Helenas Herz jagte. »Nein, nicht«, flüsterte sie. »Sag es Ihnen nicht!«

Doch Lucile sank zusammen und begann mit gesenktem Kopf den Platz zu beschreiben, an dem sie das Laborbuch versteckt hatten.

Helena zögerte keine Sekunde. Sie sprang auf und sprintete durch den Gemüsegarten in Richtung des Weges, wo der Kleinlaster stand.

Wenn das Laborbuch in die Hände dieser Gangster gelangte, das wäre nicht auszudenken! Denn was Lucile dem beim Durchblättern entnommen hatte, hatte ihre schlimmsten Befürchtungen bestätigt.

»Das eine ist eine Art Pilz«, hatte sie gesagt. »Er wird auf eine ungewöhnliche, mir unbekannte Art zubereitet. Er soll das Bewusstsein erweitern. Der andere Stoff wird aus einer seltenen Pflanze gefertigt, die wohl damals über Händler aus Asien nach Griechenland gelangt war. Ich vermute, dass der Duft dieser Pflanze abhängig macht.«

Helena hatte empört den Kopf geschüttelt. Duft der Aphrodite, Rezeptur von Ambrosia! Wahrscheinlich waren selbst die damaligen Götter nur allzu menschliche Gestalten, die sich ihre übernatürlichen Kräfte aufgrund von Drogen einbildeten.

Weiter hatte Lucile erklärt, dass dem Laborbuch zufolge die Mischung aus betörenden Düften und Halluzinogenen derart brisant sei, dass man damit tatsächlich die beschriebenen Wirkungen erklären könne. Es aber nur an den Drogen ausmachen zu wollen, wäre zu einseitig gedacht. In der Kombination müsse sich etwas befinden, das sich stimulierend auf das limbische System im Gehirn auswirke und damit im Träger, wie auch in seinem Gegenüber, eine Art Euphorie auslöse, die dem Gefühl der Liebe nahe sei. Etwas Ähnliches kenne sie aus Berichten, die sie zu Therapien mit Procaininfusionen gelesen hatte, einem Mittel, das betäubend auf Nerven wirkt und somit Schmerzzustände lindert. Nur könne man dort nicht sagen, ob der Patient mit Angst oder Glücksgefühlen reagiert, was bei dem Duft der Aphrodite anders sei.

Helena keuchte und bog in den kleinen Pfad ein, der zum Gatter führte. Hinter ihr wurden Stimmen laut.

»Da ist sie!«

Äste schlugen ihr ins Gesicht, Sträucher rissen an der Kleidung. Helena rannte, wie sie noch nie in ihrem Leben gerannt war. Es war noch ein kleines Stück bis zum Kleinlaster. Aber die Verfolger kamen unaufhaltsam näher.

Julie hielt den Wagen an und starrte auf die Karte, die sie sich an der Tankstelle gekauft hatte. Nervös wippte sie mit dem Fuß auf und ab. Die Zeit lief. Sie hatte nicht geschlafen, die Sorge um ihre Freundin hatte sie vorangetrieben. Nun war sie so kurz vor dem Ziel, und ausgerechnet jetzt hatte sie sich verfahren! Die Straße, in der sie stand, war bebaut; laut Karte aber sollte der Weg nach Bonnieux durch kleine Wälder gehen. Wahrscheinlich hatte sie die Abzweigung übersehen und war vorbeigefahren.

Sie sah sich nach jemandem um, den sie nach dem Weg fragen konnte. Ein Kleinwagen raste an ihr vorbei und hielt an der Bar Tabac, die ein kleines Stück weiter rechts lag und deren Türen durch ein Gitter verschlossen waren. Ein junger Mann sprang heraus, wuchtete ein schweres Paket aus dem Kofferraum und warf es auf den Gehweg vor dem heruntergelassenen Gitter.

Julie sprang aus dem Wagen und lief zu ihm hin.

»Jeune homme, können Sie mir sagen, wie ich nach Bonnieux komme? Ich suche die Auberge de Campagne, sie müsste etwas außerhalb des Ortes liegen.«

Der Mann sah auf, offensichtlich erfreut, zu so früher Stunde einem weiblichen Geschöpf zu begegnen. »Mais oui. Das kann ich Ihnen genau erklären.«

Julie notierte sich die Wegbeschreibung und wollte gerade zum Wagen zurücklaufen, als ihr Blick auf die Pakete fiel, die der junge Mann geladen hatte. Sie enthielten Tageszeitungen, auf deren Titelseiten Fotos der beiden Männer prangten, die sie selbst in Hamburg aufgenommen hatte.

»Kann ich mal sehen?« Ohne eine Antwort abzuwarten, riss sie eine Zeitung an sich und las den Text.

*Wer hat diese Männer gesehen?*

*Die Gendarmerie in Nizza bittet um Ihre Mithilfe bei der Fahndung nach mutmaßlichen Mördern. Da die beiden Kriminellen vor dem Gebrauch von Schusswaffen nicht zurückschrecken, ist äußerste Vorsicht geboten.*

*Auf Hinweise, die zur Ergreifung der Täter führen, ist eine Belohnung von zweitausend Euro ausgesetzt. Meldungen zum Aufenthaltsort sind an unten stehende Nummer zu richten.*

»Mein Gott, das sind sie!«, rief Julie aus. Eine Fahndung also. Was war passiert? Hatten sich die Gangster mit dem Polizeikommandanten überworfen? Aufgeregt zeigte sie auf das Titelblatt.

»Sie müssen die Polizei verständigen, bitte. Die beiden Verbrecher befinden sich in der Auberge de Campagne!«

Der junge Mann blickte sie verdutzt an. »Und das soll ich glauben?«

»Ich schwöre es Ihnen.« Julie tippte auf den Text. »Wollen Sie sich etwa die Belohnung entgehen lassen?«

Er zückte zögernd sein Handy.

»Nun machen Sie schon. Es geht um Leben und Tod.« Damit lief sie zum Wagen, startete den Motor und preschte zurück, der Wegbeschreibung folgend.

Hastig zerrte Helena an den Kabeln unter dem Lenkrad. Sie hatte keine Ahnung, wie man einen Wagen kurzschloss, aber in Filmen hatte es immer so einfach ausgesehen. Schon konnte sie die heranlaufenden Männer sehen. Es hatte keinen Sinn. Auf der Ablage entdeckte sie eines von Luciles Feuerzeugen, steckte es ein und zog das Laborbuch unter dem Sitz hervor. Dann sprintete sie zu dem Weg, der von der Auberge zur Hauptstraße führte.

Sie kam nicht weit. Die Schritte hinter ihr wurden lauter. Im Laufen drehte sie den Kopf und sah, dass der Weißblonde höchstens fünfzig Meter von ihr entfernt war.

»Halt«, schrie sie und riss das Feuerzeug hoch. »Keinen Schritt weiter, oder ich vernichte das Buch.«

Der Mann stutzte kurz, lief dann aber weiter. Hastig versuchte Helena, das Feuerzeug zu entzünden, aber ihre zitternden Hände fanden keinen Halt. Nun tauchte auch der dunkelhaarige Mann auf. Es waren nur noch wenige Meter. Helena sprintete weiter, das Buch fest an den Körper gepresst.

Das Geräusch eines sich nähernden Autos ließ sie aufblicken. Ein kleiner Wagen preschte den Weg entlang. Mit unvermindertem Tempo hielt er auf die kleine Gruppe zu. Helena kniff die Augen zusammen. Julie?

Der Wagen war nur noch wenige Meter von ihr entfernt. Mit einem Satz sprang sie zur Seite. Im nächsten Moment schon erfasste er den weißblonden Mann, der mit einem lauten Krachen hochgeschleudert wurde und dumpf auf die Erde fiel.

Dann ging alles ganz schnell. Weiter hinten sah Helena etwas Metallisches aufblitzen.

»Neeeeein!« Ihr Mund formte sich zu einem lautlosen Schrei.

Aus Richtung des Dunkelhaarigen knallte ein Schuss. Der Wagen geriet ins Schlingern, streifte den Mann und riss ihn mit in den Graben. Dann war plötzlich alles still.

»Julie!«, rief Helena mit sich überschlagender Stimme und rannte zum Wagen. Er war auf der Seite zum Liegen gekommen; sie musste sich aufstemmen, um in das Innere sehen zu können. Dann sah sie ihre Freundin. Schlaff hing sie im Sicherheitsgurt, der Kopf lag zur Seite, die Arme baumelten auf den Beifahrersitz. Und überall war Blut.

»Nein, nicht!« Sie versuchte, die Tür aufzustemmen, als ein schrilles Pfeifen an ihr vorbeizischte. Vom Haus her kamen zwei Männer gerannt, der eine, eine Waffe in der Hand haltend, blieb nun stehen und zielte erneut in ihre Richtung.

Helena sprang zurück und kauerte sich hinter den Wagen.

»Himmel, hilf«, flüsterte sie. Dann fiel ihr das Laborbuch wieder ein, das sie noch immer fest umklammert hielt. Mit bebenden Händen versuchte sie, das Feuerzeug zu entzünden. Es kam ihr vor, als sei eine Ewigkeit vergangen, als endlich eine Flamme hervorschoss, die Helena sofort gegen das Buch hielt. Das Feuer leckte an den Seiten, bis sie sich schließlich knisternd ergaben. In hohem Bogen warf Helena das lodernde Papier auf die Straße.

»So. Nun kann damit keiner mehr Unheil anrichten«, sagte sie seltsam erleichtert. Sie schloss die Augen und wartete auf ihre Mörder.

Aus der Ferne erklang das Geräusch nahender Sirenen. Helena öffnete erstaunt die Augen. Drei Polizeiwagen kamen mit quietschenden Bremsen zum Stehen, mehrere Polizisten sprangen heraus und sicherten das Gelände. Schüsse lärmten durch die Luft, ein Mann schrie. Helena legte ihren Kopf auf die Knie und presste ihre Hände auf die Ohren. Dann war alles still.

Ein Mann in Uniform trat auf sie zu und kniete sich vor ihr hin.

»Alles in Ordnung, Mademoiselle?«

Sie schüttelte den Kopf. »Ein Krankenwagen! Wir brauchen einen Krankenwagen.« Tränen rannen über ihr Gesicht, bevor die Kräfte sie verließen.

## 27

Es war Ende November, als der erste Schnee fiel. Helena sah gen Himmel in die tanzenden Flocken und lächelte.

Dann schloss sie die Haustür auf. Aus ihrem Briefkasten im Treppenhaus ragte ein weißer Umschlag. Sie zog ihn heraus und schmunzelte, als sie Luciles Handschrift erkannte. Neugierig betrachtete sie den Poststempel. Sie hatte bereits Karten aus Montreal und Vermont bekommen, am leicht verwischten Poststempel konnte sie erkennen, dass dieser Brief in Connecticut eingeworfen worden war.

Rasch ging sie die Treppen zu ihrer Wohnung herauf, öffnete die Tür und stellte ihre Einkäufe auf den Küchentisch. Sie hatte sich von den weihnachtlichen Bildern einer Zeitschrift anregen lassen und Mandeln, Mehl, Eier und Marzipanmasse gekauft, um an diesem Wochenende Plätzchen zu backen.

Helena zog ihre Jacke aus, hängte sie an die Garderobe im Flur und ging mit dem Brief in der Hand ins Wohnzimmer. Sie freute sich, dass Lucile endlich angefangen hatte, ihr Leben zu genießen. Nur wenige Wochen, nachdem die Verbrecher gefasst worden waren, die Aussagen zu Protokoll genommen und ihre Anwesenheit nicht mehr notwendig gewesen war, hatte sie sich entschlossen, eine lange Reise zu machen und sich Orte anzusehen, die sie schon immer einmal besuchen wollte.

»So wie es Mrs. Hersh nach dem Tod ihres Mannes gemacht hatte«, hatte Lucile lachend gesagt. »Nur dass ich im Unterschied zu ihr nicht vorhabe, irgendwo anders zu leben als dort, wo Paul und ich glücklich gewesen sind.«

Helena schmunzelte in Erinnerung an die Euphorie, die Lucile dabei versprüht hatte. Voller Erwartung setzte sie sich auf das Sofa und öffnete den Umschlag. Ein kleines Röhrchen mit einer hellbraunen Flüssigkeit fiel heraus. Überrascht legte sie es zur Seite und entfaltete den Brief.

*Ma chère Helena,*

*wie du siehst, bin ich auf meiner Reise durch Kanada und Nordamerika ein kleines Stück weiter gekommen. Es gefällt mir sehr gut hier; fast möchte ich sagen, dass Neu England zu den schönsten Flecken der Erde zählt. Den Indian Summer, wie man den farbenfrohen Herbst hier nennt, habe ich leider um wenige Wochen verpasst, aber noch ist genügend Laub an den Bäumen, um sich die vergangene Farbenpracht vorstellen zu können.*

*Die Menschen hier sind ausgesprochen zuvorkommend, so bin ich nächste Woche bei der Familie meiner Pensionswirtin zum Thanksgiving-Essen eingeladen. Dennoch werde ich schon bald wieder nach Hause kommen, um die Vorweihnachtszeit, die ich so sehr liebe und in den letzten beiden Jahren nicht genießen konnte, in Europa zu verbringen.*

*Besonders freue ich mich darauf, deiner Einladung zu folgen und dich endlich in Hamburg zu besuchen. Ich bin gespannt auf dein*

*Gesicht, sicherlich wirst du mich kaum wiedererkennen! Ich habe mir in einem hiesigen Friseursalon eine neue Frisur verpassen lassen. Die Inhaberin, eine ehemalige New Yorkerin, die erst vor kurzem aufs Land gezogen ist, versteht sich darauf, das Beste aus jedem Typ hervorzubringen. Ich muss gestehen, dass es dringend notwendig gewesen war …*

*Gestern habe ich mit Pierre telefoniert. Es geht ihm gut. Sein neuer Posten bei der Gendarmerie in Vence gefällt ihm, wenn er es auch ein wenig übertrieben findet, einen alten Herren kurz vor der Pensionierung zu so großen Ehren zu bringen. Aber weißt du, was ich denke? Er macht sich bestimmt so gut als leitender Ermittler, dass sie ihn so schnell nicht mehr gehen lassen werden.*

Helena schloss die Augen. Pierre Lucas. Ohne ihn hätten sie es nicht geschafft. Seinem Einsatz war es zu verdanken, dass sie noch in letzter Sekunde gerettet worden waren.

Bilder des Tages, an dem sie dem sicheren Tod nur knapp entronnen war, schwappten hoch. Sie hatten sich ihr klar eingeprägt, Helena konnte sich noch an jedes Detail erinnern.

Als sie aus ihrer Ohnmacht erwacht war, hockte Pierre an ihrer Seite und hielt ihre eiskalte Hand. Er blickte den Sanitäter sorgenvoll an, und als der aufmunternd nickte, half er ihr, sich aufzusetzen.

»Geht es Ihnen gut, Mademoiselle Jacobi?«

Helena hatte sich nach Julies Wagen umgesehen. Die Tür war aufgeschnitten worden.

»Was ist mit ihr? Ist sie …?«

Aber Pierre schüttelte den Kopf und zeigte zu einem Polizeihubschrauber, der nicht weit entfernt auf dem Feld stand.

»Es geht ihr nicht gut, aber sie wird es überleben. Sie bringen sie nach Lyon.«

»Die Kugel …«

»Sie hat Glück gehabt. Der Schuss ging in die Schulter. Aber eine Hauptader wurde getroffen, sie hat viel Blut verloren.«

Erst später, als Helena Julie im Krankenhaus besuchte, hatte sie von dem Verrat erfahren. Julie war bei ihrem Anblick in Tränen ausgebrochen, hatte sie ungestüm an sich gedrückt und weinend alles erzählt.

Selbst jetzt war sich Helena noch nicht darüber im Klaren, wie sie damit umgehen sollte. Sicher, sie hatte ihre Freundin überhaupt erst in diese furchtbare Situation gebracht, und es war Julie gewesen, die den letzten entscheidenden Schritt getan und die Polizei verständigt hatte. Aber dennoch ... Vielleicht war es ihre glaubwürdige Art gewesen, mit der sie Besorgnis ausgedrückt hatte, und die Unbeschwertheit, mit der sie Helena zu ihrem Aufenthaltsort befragt hatte – obwohl sie doch wusste, dass jede Information, die Helena preisgab, große Gefahr bedeuten musste. Wie sollte sie Julie in Zukunft vertrauen, ohne an die Telefongespräche zu denken, in denen nicht ein Hauch von Zweifel oder Unsicherheit zu spüren gewesen war?

Obwohl sie nicht sicher sagen konnte, wie sie selbst in einer solchen Zwangslage gehandelt hätte, fiel es ihr schwer, die Freundschaft fortzusetzen, als ob nie etwas zwischen ihnen gestanden hätte. Wahrscheinlich war es besser, sich nicht mehr so häufig zu sehen, bis Helena sich über ihre Gefühle klar geworden war. Der Wechsel zu ihrer neuen Arbeit, und damit auch der berufliche Abstand von Julie, würde ihr dabei helfen.

Die neue Agentur hatte sie mit Freuden eingestellt. Sie war kleiner als Bellini & Partner und auch weniger bekannt, bot ihr aber eine bessere Position und auch ein weit höheres Gehalt.

Helena schürzte die Lippen. Herr Vollmers hatte die Kündigung, bestürzt über die tatsächliche Gefahr, in der Helena sich befunden hatte, sofort zurückgezogen. Aber nach all dem, was geschehen war, erschien ihr eine Veränderung notwendig.

Helena öffnete die Augen und besann sich auf den Brief, den sie in den Händen hielt.

*Pierre hat mir auch erzählt, dass Jacques Bonnet, Joseph T. Gordon und Gerry Powers nächste Woche ihre Verhandlung haben. Er rechnet mit sehr langen Haftstrafen. Maurice Signac allerdings wird wahrscheinlich mit einer Bewährungsstrafe davon kommen, was mich ziemlich wütend macht. Ohne ihn wäre Jean noch am Leben.*

*Die beiden Verletzten, Ben Hudson und Pedro León liegen noch immer im Krankenhaus, aber auch sie werden einer Verurteilung nicht entgehen.*

Die Bilder des Tages wurden wieder lebendig. Kurz nachdem der Hubschrauber mit Julie an Bord in der Ferne als kleiner Punkt verschwand, fuhren zwei Krankenwagen mit Blaulicht den Weg zur Auberge hinauf.

Für wen waren die? Helena war aufgesprungen, voller Angst, Lucile könne etwas zugestoßen sein.

Aber die Sanitäter, die aus dem ersten Wagen stiegen, kauerten sich etwas abseits vom Wege auf den Boden. Der Weißblonde, den Julie umgefahren hatte, wurde mit einer Infusion im Arm auf eine Trage gelegt, regungslos, ohne ein Lebenszeichen.

Helena ging zur Auberge. Ihre Schritte wurden immer schneller, dann begann sie zu laufen. An der Auffahrt sah sie zwei weitere Sanitäter, die sich um den Mann kümmerten, der sie bereits in Monaco verfolgt hatte und der offenbar beim Schusswechsel mit der Polizei von einer Kugel getroffen worden war. Schnell wandte Helena sich ab und setzte ihren Weg fort zur Auberge. Als sie das Haus betrat, registrierte sie Kenneth und Juliette, die eng umschlungen auf dem Sofa im Eingangsbereich saßen und einem Gendarm den Überfall schilderten. Befreit nickte sie den beiden zu, doch die Sorge um Lucile trieb sie weiter.

In der Küche fand sie Lucile völlig erschöpft, immer noch auf dem Stuhl sitzend. Jemand hatte ihre Fesseln durchtrennt. Erleichtert, sich unversehrt wieder zu sehen, schlossen sie sich in die Arme.

Helena schluckte. Die Erinnerung daran ließ ihr die Tränen wieder in die Augen steigen. Das Gefühl, das sie damals durchlebt hatte, war unbegreiflich gewesen. Die immer wieder unterdrückte Furcht, die nun noch einmal hervorbrach, vermischte sich mit dem Gefühl der Erlösung, der Freiheit. Sie hatte auch danach noch eine Weile gebraucht, um zu begreifen, dass niemand sie mehr verfolgte, dass die Gefahr vorüber war.

*Noch etwas ist geschehen. Ich traue mich kaum, es dir zu erzählen, denn es ist ein wenig merkwürdig. Ich weiß selbst nicht, ob ich diese Entwicklung gutheißen soll, aber letztlich fühle ich mich doch sehr geschmeichelt. Und, wenn ich ehrlich bin, ist es auch einer der Gründe, warum ich bald zurück nach Hause möchte:*

*Du erinnerst dich doch an Gerald Batiste? Seitdem ich ihm geholfen habe, Jeans Haus in Valbonne neu zu gestalten, macht er mir Avancen! Jetzt lachst du bestimmt und fragst dich, ob er nicht ein wenig zu alt für mich ist. Ja, wahrscheinlich. Aber der Unterschied beträgt nicht einmal siebzehn Jahre ...*

*Nun, ich werde sehen, was die Zukunft bringt. Wir verstehen uns gut, und es kann sein, dass sich einfach nur eine schöne Freundschaft entwickelt. Denn ich weiß nicht, ob ich für mehr schon bereit bin.*

Helena lachte leise auf. Lucile und Gerald Batiste? Nie im Traum wäre sie darauf gekommen. Aber warum eigentlich nicht? Jeans Vater war ein netter Mann, der in Lucile eine verlässliche, freundliche Partnerin finden würde.

Sie freute sich für Lucile und stellte verwundert fest, dass sie keinen Stich der Eifersucht spürte, obwohl ihr eigenes Liebesleben brach lag. Noch …

Letzte Woche hatte sie nach langer Zeit Tom getroffen, als sie auf dem Markt Gemüse einkaufte.

»Was für ein Zufall«, hatte er erfreut ausgerufen, aber Helena war das Gefühl nicht losgeworden, dass er ihretwegen hier war, denn er kannte ihre Gewohnheit nur zu gut, samstags gegen zehn Uhr diesen Markt zu besuchen. Ängstlich hatte sie in sich gehorcht und ihre Gefühle beobachtet, nur um festzustellen, dass er noch immer eine große Anziehung auf sie ausübte, sie aber wesentlich gelassener damit umgehen konnte.

»Was machst du denn hier?«, hatte sie ihn gefragt. »Es ist doch gar nicht deine Gegend.« Soweit sie sich erinnerte, war er mit seiner Freundin Marion in einen entfernten Stadtteil gezogen.

»Oh, ich bin vor zwei Wochen ausgezogen.« Er sah sie an, als wolle er ihre Reaktion abschätzen.

Helena lächelte höflich. »Das tut mir Leid.«

»Braucht es nicht. Es war besser so.« Er stockte und betrachtete seine Schuhspitzen. »Hast du nicht Lust, einen Kaffee mit mir zu trinken?«

An diesem Tag war es spät geworden. Zuerst hatten sie drei Stunden im Café gesessen und waren schließlich zum Essen in ein Restaurant gewechselt. Helena hatte von ihren Erlebnissen berichtet, und Tom war tief beeindruckt gewesen.

Helena legte Luciles Brief auf den Beistelltisch, stand auf und ging in die Küche. Die Erinnerungen an die Begegnung versetzten sie in einen Zustand von Leichtigkeit.

»Ich könnte ihn zurückhaben, wenn ich wollte«, sagte sie laut, während sie sich ein Glas Wasser einschenkte.

Aber wollte sie das? Nachdenklich trank sie einen Schluck und ging zurück zum Wohnzimmer. Sie fühlte sich sehr wohl als Single. Endlich lebte sie in dem Bewusstsein, etwas ganz Besonderes zu sein. In den letzten Wochen war sie selbstbewusster geworden, freier. Sie merkte, dass sie nicht zwingend eine Beziehung brauchte. Natürlich wünschte sie sich noch immer, jemanden zu treffen, mit dem sie eine harmonische Beziehung eingehen konnte. Aber es musste eben ein Mann sein, der auch zu ihr passte. Und Tom? Nein, sie glaubte nicht, dass er derjenige war. Aber man konnte ja nie wissen ... Zumindest müsste sich eine ganze Menge ändern, und ob das möglich war, blieb abzuwarten.

Helena setzte sich wieder auf das Sofa und nahm Luciles Brief in die Hand.

*Meine liebe Helena, jetzt, da alles geklärt ist und ich von höchster Stelle eine Zusage erhalten habe, kann ich dir auch ein weiteres Geheimnis anvertrauen.*

*Ich weiß, dass du dir manchmal den Kopf darüber zerbrichst, ob du das Laborbuch hättest verbrennen sollen. Natürlich, du hattest ja nicht wissen können, dass Rettung nahe war. Glaube mir, es war das Beste. Aber sollte es noch einmal wichtig werden, das Geheimnis zu lüften, werde ich versuchen, mein Gedächtnis zu erforschen.*

*Manchmal, in einer ruhigen Minute, glaube ich ganz sicher, dass ich noch alles zusammenbekomme, was ich in aller Eile in dem Buch gelesen habe. Aber wer kann sagen, ob du nicht Recht hattest und Yves Sagan tatsächlich aufgrund des Duftes verrückt geworden ist? Nein. Es ist besser, das Geheimnis der Formel bleibt zerstört.*

*Dennoch konnte ich es nicht lassen, einen Duft zu kreieren, der aus wesentlichen Bestandteilen der Formel besteht. Ich habe ihn nur ein we-*

*nig verändert, eine Kopfnote ergänzt, um der Nase Zeit zu lassen, sich an die Intensität zu gewöhnen. Der Duft ist schwer und herb, aber gleichzeitig verströmt er eine leichte Eleganz ... Ich habe ihn einem von Pauls früheren Auftraggebern vorgestellt und er hat mir jetzt die Zusage gegeben, ihn auf den Markt zu bringen.*

*Was sagst du nun? Es ist unser Duft, Helena. Von den Einnahmen können wir uns mit einer großzügigen Summe bei Pierre, Kenneth und Juliette bedanken und uns ein schönes Leben machen! Oh, ich freue mich, dich bald wieder zu sehen und alles Weitere zu besprechen.*

*Au revoir, à bientôt,*

*Lucile*

*P. S. Anbei eine kleine Kostprobe des Duftes. Ich hoffe, er gefällt Dir.*

Helena ließ den Brief sinken und hob das kleine Röhrchen vom Tisch. Ganz sachte drehte sie es zwischen den Fingern und prüfte die Farbe. Sie hatte etwas von einem Bernstein, satt und rund. Vorsichtig entfernte sie den Verschluss und tupfte einige Tropfen auf ihr Handgelenk. Dann näherte sie sich langsam mit ihrer Nase und sog den Duft tief ein. Es roch phantastisch! Ihre Sinne schienen zu prickeln. Eine Welle des Glücks durchflutete sie.

Sie stand auf und ging zum Fenster. Dicke Schneeflocken wehten herab und senkten sich über Bäume, Autos und Passanten. Noch einmal schnupperte sie am Parfüm, das sich nun im Raum auszubreiten schien und ihn mit seinem Wohlgeruch erfüllte.

Ein Lächeln glitt über ihr Gesicht. Sie hatte nicht die geringsten Zweifel, dass dieser Duft ein Erfolg werden würde.

Marcia Muller

**Dunkle Schatten**

Aus dem Amerikanischen von
Cornelia Holfelder-von der Tann

Band 15594

In einer kalifornischen Küstenstadt wird die Leiche einer jungen Frau angeschwemmt. Für die Polizistin Rhoda Swift ist dieser Mord die Fortsetzung eines jahrelangen Albtraums: Vor 13 Jahren hatte Rhoda als Erste den Tatort eines ähnlichen Mordes, der nie aufgeklärt wurde, begutachtet. Die damals frisch gebackene Polizistin war dem Vorwurf ausgesetzt gewesen, Beweismaterial übersehen zu haben. Ist der grausame Täter jetzt zurück?

»Unter den Frauen, die erfolgreich in
die Männerwelt der Privatdetektive eingedrungen
sind, war Sharon McCone die erste – und bleibt
die beste und sympathischste.«
*FAZ*

Fischer Taschenbuch Verlag

fi 15594 / 1

Carlene Thompson
**Sieh mich nicht an**
Roman
Aus dem Amerikanischen von Anne Steeb
Band 14538

Deborah Robinson, ihr Mann Steve und die fünfjährigen Zwillinge Brian und Kimberley sind eine richtige Bilderbuchfamilie – bis zu dem Tag nach der traditionellen Vorweihnachtsfeier in ihrem Hause, als Steve spurlos verschwindet. Deborah hatte gespürt, dass Steve sich Sorgen machte. Was sie nun herausfindet, erschreckt sie zutiefst. Sie kann sich nicht länger sicher sein, Steve wirklich zu kennen. Und sie weiß, dass irgend jemand ihr Haus beobachtet, jemand, der skrupellos getötet hat – und bloß darauf wartet, wieder loszuschlagen ...

Fischer Taschenbuch Verlag

fi 14538 / 1

Alexandra Marinina
**Auf fremdem Terrain**
Anastasijas erster Fall
Aus dem Russischen von Felix Eder und Thomas Wiedling
Band 14313

Eigentlich wollte Anastasija Kamenskaja, die erfolgreiche Moskauer Kriminalistin, im Sanatorium ihr verschlepptes Rückenleiden auskurieren und Ordnung in ihr verworrenes Gefühlsleben bringen. Doch in dem trügerischen Idyll der Kleinstadt, fernab der russischen Metropole, gehen seltsame Dinge vor sich ...

»Alexandra Marinina gesellt sich zu
Donna Leon und Ingrid Noll.«
*ZDF-aspekte*

Fischer Taschenbuch Verlag

fi 14313 / 1

Gary Krist

**Der falsche Trip**

Aus dem Amerikanischen von Hans M. Herzog

Band 15232

Ein packender Thriller über zwei Jungen in Washington, D.C., die nur einen Fehler machen: zur falschen Zeit am falschen Ort zu sein. Sie werden Zeugen eines perfekt inszenierten Mordes. Ohne es zu ahnen, geraten die beiden hinein in eine tödliche Verschwörung mitten im Machtzentrum der korrupten Hauptstadt. Und als Zeugen müssen sie bald um ihr eigenes Leben fürchten. Eine gnadenlose Jagd beginnt.

»Eine spannende Lektüre für alle,
die gute Kriminalgeschichten lieben.«
*Radio Bremen*

Fischer Taschenbuch Verlag

fi 15232 / 1

Björn Hellberg
**Ehrenmord**
Sten Walls erster Fall
Aus dem Schwedischen von Christel Hildebrandt
Band 15321

Wie in jedem Jahr wollte Kriminalkommissar Sten Wall geruhsame Ferientage auf Bornholm verbringen – doch diesmal ist alles anders. Denn nach dem Mord an einem Staatsanwalt verdichten sich die Anzeichen, dass Sten Wall das nächste Opfer sein wird.

Walls daheim gebliebene Kollegen ermitteln – und er selbst findet sich plötzlich im gefährlichsten Urlaub seines Lebens wieder ...

»Ehrenmord ist einer der besten Krimis seit langem.«
*Sundsvall Tidning*

Akif Pirinçci
**Das Duell**
Ein Felidae-Roman
Band 15992

Darauf haben Millionen Felidae-Fans gewartet: Francis ist zurück!

Ein junger, ebenbürtiger Rivale und ein geheimnisvoller Mörder, der die Katzen des Viertels in Angst und Schrecken versetzt: Francis, der Meisterdetektiv auf vier Pfoten, steht vor der größten Herausforderung seines Lebens ...

»Akif Pirinçci ist so etwas wie der
deutsche Stephen King.«
*Allegra*

Fischer Taschenbuch Verlag

fi 15992 / 1